"十一五"国家重点图书出版规划项目

A History of 20th Century
Literature Translated into Chinese

杨义 / 主编

二十世纪
中国翻译文学史

新时期卷

赵稀方 / 著

百花文艺出版社
BAIHUA LITERATURE AND
ART PUBLISHING HOUSE

图书在版编目（CIP）数据

二十世纪中国翻译文学史．新时期卷 / 赵稀方著．—天津：百花文艺出版社，2009.1

ISBN 978-7-5306-5183-4

Ⅰ．二… Ⅱ．赵… Ⅲ．①翻译 – 文学史 – 中国 – 20 世纪 ②翻译 – 文学史 – 中国 – 当代 Ⅳ．I209.6

中国版本图书馆 CIP 数据核字（2009）第 001506 号

百花文艺出版社出版发行

地址：天津市和平区西康路 35 号

邮编：300051

e – mail：bhpubl@ public.tpt.tj.cn

http：//www.bhpubl.com.cn

发行部电话：（022）23332651　邮购部电话：（022）27695043

全国新华书店经销

河北省三河市宏达印刷有限公司印刷

＊

开本 787×1092 毫米　1/16　印张 20　插页 2　字数 288 千字

2009 年 11 月第 1 版　2009 年 11 月第 1 次印刷

定价：35.00 元

目　录

第一章　绪论：
新时期翻译文学概观

　　翻译文学史可以有多种写法，或以国别为单位，或以翻译家为单位等，都可以事无巨细地交待出翻译出版的状况。但我并不满足于此，因为觉得这些写法容易流于材料的平铺直叙，缺少思想史的脉络，无法体现翻译与新时期话语实践的关系。踌躇之后，本书试图采用话题式的论述结构，以事件为中心，兼顾国别，希望在交待翻译史的同时大致体现出新时期话语建构的过程。

　　之所以以这种方式梳理翻译文学，缘自我对翻译文学的不同理解，这种理解与西方当代翻译研究的新思路有关。在我看来，翻译文学不仅仅是外国文学，更是中国文化的一个部分。作为一种外来文化资源，翻译文学一旦成为中文，就成了中国文化场域的一个重要部分，从而在新时期文化建构中担当着重要作用。赛义德"理论旅行"的理论，可以给翻译研究带来很多启示。在新时期，从人道主义、现代主义到弗洛依德、后现代主义等等，西方文学和文化思潮一时间汹涌地冲击着中国。我们既可以用文化帝国主义理论分析冷战以后西方全球现代性的文化主导，也可以以自我殖民化理论剖析中国当代作家"追新"背后的"进化论"心态。然而冲击并不仅仅来自外部，翻译事实上主要是由内部的历史原因决定的。翻译对象的选择,翻译的阐释权力,翻译的效果等无不来自于内部,它折射了中国内部的文化冲突。“新时期中国”并不是一个不可化约的整体,而存在着不同的利益集团和文化群体,作为一种外来思想资源的翻译便成为了本土价值冲突的工具。更为深入的研究,应该来自于对于这些文化群体之间的互动关系的具体分析。有关于此种翻译研究的理论和方法,本书在第九章有详细论述。

从结构上看,这种“话题”式的翻译史写作的不足之处在于,尽管本书已经尽量将“论题”与国别文学相牵连,但仍然无法全面地介绍国别文学的翻译状况,即便在某一时期介绍某国文学,重点涉及的多是一些影响中国文坛的特定对象,难以兼及其余,更有一些较少思想史意义的国别翻译无法提及。为解决这一问题,本书先在这里以国别为线索,对中国新时期翻译文学作一大致的“概观”,以方便读者对于背景知识的了解。更详细的目录,见附录“相关翻译要目”。

第一节 欧美诸国

(一)

说到英国文学,不能不首先提到莎士比亚。莎士比亚堪称新时期外国文学翻译的开端和里程碑。1977年人民文学出版社首批重印的六本外国名著中,赫然出现了三部莎士比亚剧本,它们是《哈姆雷特》、《雅典的泰门》和《威尼斯商人》。新时期外国经典作家“全集”的出版,也首推莎士比亚。早在1978年4月,就有十一卷《莎士比亚全集》的面世。此后,莎士比亚的重印和翻译绵绵不断,有曹未风、曹禺、卞之琳、方平等名家名译的面世。2000年,河北教育出版社又出版了方平翻译的《新莎士比亚全集》,这是第一部诗体莎剧全集的翻译。莎士比亚的“人是多么了不起的一件作品!理性是多么高贵!力量是多么无穷”的名言,成了新时期初期人道主义的宣言。

在英国文学史上,地位仅次于莎士比亚的是弥尔顿。中国翻译弥尔顿的专家是朱维之。他早在四十年代就开始翻译弥尔顿,并在五十年代

^ 杨苡译《呼啸山庄》
^ 江苏人民 1980 版

^ 全增嘏 胡文淑译《艰难时世》
上海译文 1978 年版

出版了《复乐园》。此后他开始翻译最著名的《失乐园》，没想到译稿在"文革"中全部被抄走。1981 年，朱维之将译出的《斗士参孙》与《复乐园》合辑出版。接着重新整理翻译《失乐园》，终于在 1984 年由上海译文出版社出版。至此，弥尔顿的三大诗作终于有了完整的中译本，这是新时期英国文学翻译的一个重要成就。

"名著重印"中出现的英国文学名家如狄更斯、奥斯丁、勃朗特姐妹等人的作品，都是恒常的经典，有多种复译和文集的出现。

狄更斯自本世纪初林译以来就一直翻译不断，基础雄厚。新时期开始后，便有众多的重印和新译出现。1978 年 3 月，董秋斯翻译的《大卫·科波菲尔》和全增嘏、胡文淑翻译的《艰难时世》被人民文学出版社和上海译文出版社重印。1979 年，狄更斯的《匹克威克外传》、《荒凉山庄》、《远大前程》同时被重印。截止 1983 年年底，《大卫·科波菲尔》一书居然出现了六个译本。新时期以后，狄更斯的作品几乎都被译成了中文。1998 年，上海译文出版社出版了《狄更斯文集》，堪称高水平之作，获第四届全国优秀外国文学图书奖和国家图书奖提名奖。

夏洛蒂·勃朗特的《简爱》的第一个译本，是 1936 年的李霁野译本。1982 年，陕西人民出版社重印这个译本。不过在此之前，竟然已经有几个新译本出现了：1980 年，上海译文出版社出版了第二个祝庆英译本；次年，即 1981 年，《简爱》又出现了周微林和陈小眉两种简译本。祝庆英译本在后来的二十年中，累计印数超过了三百万册，并在 1998 年登上文艺类畅销书排行榜。艾米丽·勃朗特的《呼啸山庄》在中国影响也很大，新时期以前就已经有四种复译，其中杨苡译本后来较为流行。八十年代以来，《呼啸山庄》一直复译不断，已经出现了近三十种译本。九十年代，上海译文、时代文艺和河北教育分别出版了三套勃朗特三姐妹的文集，这些文集囊括了她们所有作品。

1980年6月，上海译文出版社重印了奥斯丁《傲慢与偏见》的王科一译本。次年，又出现了杨国强翻译的该书的缩写本。1983至1984两年，奥斯丁的《理智与情感》出现了王雨裳（湖南人民出版社，1983，12）和吴力励（北京出版社，1984，4）两个译本。1981年至1984年，奥斯丁的《爱玛》居然出现了四个译本，分别是钟美荪译本（北京：外语教学与研究出版社，1981，7）、刘重德译本（漓江出版社，1982，5）、亦骏、智祥译本（湖南人民出版社，1982，9）和张经浩译本（浙江文艺出版社，1984，3）。奥斯丁的小说在八十年代初就得到众多的重译，并不多见。值得一提的是，九十年代以后她的小说屡屡被拍成电影并获奖，激起欧美的"奥斯丁热"，导致了她的作品在中国再次热销。仅1998—2002年，《傲慢与偏见》就出现了近三十个译本。1997年，南海出版公司推出了我国第一套《奥斯丁全集》，六卷本"全集"收录了奥斯丁的全部六部作品。

新时期之初重印的英国作家的作品尚有笛福的《鲁滨孙飘流记》，萨克雷的《名利场》，雪莱的《伊斯兰的起义》，拜伦的《唐璜》，司各特的《艾凡赫》，哈代的《德伯家的苔丝》等。

著名女性主义作家伍尔芙的作品在1949年前尚有翻译，此后便沉寂了，差不多四十年间没有消息。新时期后，随着"意识流"的流行和女性主义的觉醒，伍尔芙开始受到重视。1986年5月，瞿世镜译出伍尔芙的一些理论和评论文章，编成《论小说与小说家》，由上海译文出版社出版。1988年和1989年，瞿世镜又在上海文艺出版社出版了《伍尔夫研究》和《意识流小说家伍尔夫》。伍尔芙的作品也得以翻译出版：1986年，湖南人民出版社出版了由唐在龙、尹建新翻译的伍尔芙的长篇小说《黑夜与白天》；1988年，上海译文出版社出版了孙梁、苏美翻译的《达洛卫夫人，到灯塔去》；1989年，三联书店出版了由王还翻译的伍尔芙的代表作《一间自己的屋子》；1990年，河北教育出版社出版了《伍尔夫作

∧ 贾辉丰译 《一间自己的房间》
人民文学 2003 年版

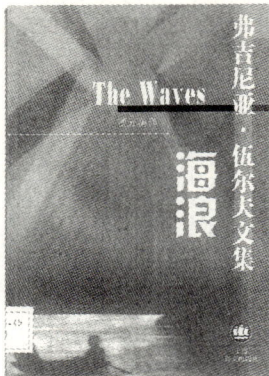

∧ 曹元勇译《海浪》
上海译文 2000 年版

品精粹》。最后的集大成之作,是 2000 年上海译文出版社出版的五卷本《弗吉尼亚·伍尔夫文集》。至此,伍尔芙的主要作品都有了汉译。

五四以后,唯美主义的代表人物王尔德在中国很红,对中国现代文学影响较大,译本也颇多。左翼文学和抗战文学兴起以后,王尔德的翻译开始衰落。1949 年以后,王尔德的译介几乎停止。1981 年 9 月,四川人民出版社率先重印了巴金翻译的王尔德的童话集《快乐王子集》;10 月,少年儿童出版社又出版了巴金译的《快乐王子》;1982 年,外国文学出版社出版了荣如德翻译的《道连·葛雷的画像》;1983 年,花城出版社出版了钱之德翻译的《王尔德戏剧集》。王尔德后来出现了很多复译,最多当推《快乐王子》。2000 年,中国文学出版社出版了六卷《王尔德全集》,收齐了王尔德的全部作品。这是王尔德在中国的唯一全集。

著名英国现代小说家福斯特在新时期之前的中国居然没有任何翻译,而 1981 年他首先被翻译过来的著作却并不是小说,而是那本在八十年代学界颇为流行的学术著作《小说面面观》,着实令人奇怪。作为一个作家的福斯特,此后才被"发现"。中国文联出版社公司分别于 1988 年和 1989 年出版了林林、薛力敏翻译的《天使不敢涉足的地方》和李辉翻译的《露西之恋》;重庆出版社也在 1988 年出版了石幼珊翻译的《印度之行》。九十年代,国内只翻译了福斯特的一本论著《现代的挑战》(李向东译,作家出版社,1998)。另外,安徽文艺出版社推出了《福斯特选集》，不过只收录了弗斯特的两部小说：《印度之行》（杨自俭、邵翠英译，1990）和《看得见风景的房间》（李瑞华、杨自俭译，1992）。2002年，文洁若又译出福斯特的另一部小说《莫瑞斯》（文化艺术出版社）。

1981年，外国文学出版社出版了傅惟慈翻译的毛姆的《月亮和六便士》；1982年，毛姆的小说《刀锋》出现了两个译本：上海译文出版社的周煦良译本和湖南人民出版社的秭佩译本；1983年，毛姆的小说《人性的枷锁》也出现了两个译本：湖南人民出版社的徐进译本和江苏人民出版

＾ 石幼珊 马志行 董冀平译
《印度之行》重庆出版社
1988年版

社的张柏然译本；1984年，毛姆的《寻欢作乐》又出现了两个译本：浙江文艺出版社的章含之、洪晃译本和湖南人民出版社的李珏译本（题为《啼笑皆非》）。毛姆的小说在八十年代初就有如此多的译本出现，当与其介于严肃与通俗之间的性质有关。可能是八十年代翻译太多，九十年代以后毛姆的汉译减少。1995年，上海译文出版社出版了五卷本《毛姆文集》，除了《剧院风情》为新译外，其它都是旧译。

在八十年代中国，一个较受争议、也较流行的英国作家是劳伦斯。1954年，北方文艺出版社出版了由刘宪之、徐崇亮翻译的劳伦斯的《白孔雀》。自此以后，劳伦斯在中国译界无人问津，《查特莱夫人的情人》更没人敢提。新时期最早被翻译过来的劳伦斯作品，是1983年的《劳伦斯短篇小说集》。1986年，劳伦斯的《查特莱夫人的情人》和《儿子和情人》在国内同时翻译出版，引起瞩目。因为性描写的露骨，《查特莱夫人的情人》自1928年问世以来一直饱受争议，直至1960年伦敦中央刑事法庭审判后才得以解禁。这样一本书在新时期中国引起关注、争议并流行一时，并不奇怪。它还带动了劳伦斯其它作品的畅销。次年，即1987年，劳伦斯的小说《恋爱中的女人》同时出现了时代文艺出版社、长江文艺出

版社和中国文联出版社的三个版本。此后，劳伦斯的书一直译本不断。时隔多年以后的 2004 年，人民文学出版社新译的《查特莱夫人的情人》以其"无删节"版本再次吸引了大众读者，荣登销售排行榜。劳伦斯的小说堪称经典，不过它在中国的畅销显然另有"看点"，近乎通俗小说。

说到通俗小说，英国还真值得一说。七十年代末期，英国通俗作家柯南道尔的《福尔摩斯探案集》及克里斯蒂的《东方快车上的谋杀案》、《尼罗河上的惨案》等小说在国内发表出版，《译林》杂志还曾因此受到批评。这两个小说家的作品，自此以后长盛不衰。至 1987 年，英国弗来明 007 系列小说又风行起来，加入了通俗畅销小说的行列。不过，最后登上中国销售排行榜的英国作家却是魔幻小说家罗琳，她的《哈里·波特》系列不但风靡中国，而且流行全球。

看来，英国不但能够产生莎士比亚这样的经典作家，同样善于制造流行小说，堪称大"雅"大"俗"。

（二）

在"名著重印"中，法国十九世纪经典是其大宗，巴尔扎克、雨果、司汤达、莫泊桑、大仲马等名家名作成为一时之选，雨果的《九三年》更成为人道主义论争的重要思想资源。新时期经典名家重译之多，可以司

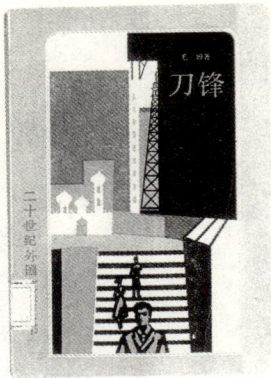

∧ 周煦良译《刀锋》
上海译文 1982 年版

∧ 陈良廷、刘文澜译
《儿子与情人》
外国文学 1987 年版

∧ 主万等译《劳伦斯中短篇小说选》上海译文 2002 年版

^ 罗玉君译《红与黑》
上海译文 1979 年版

汤达为代表。1949 年前,《红与黑》只有 1947 年赵瑞蕻译本。1949 年至新时期前,《红与黑》也只有 1954 年罗玉君译本。至新时期,《红与黑》译本骤然增加,计有郝运译本、闻家驷译本、郭宏安译本、许渊冲译本、罗新璋译本、臧伯松译本、赵琪译本、亦青译本等等,多达二十多种。围绕着众多的译本,评论界出现了不同的评论,最后演化为一场有关翻译的大规模的争议和讨论。

在新时期"现代派"的热潮中,萨特的存在主义及其文学作品风靡中国。在中国的"现代派"只能剥离西方现代、后现代文学技巧时,萨特虽遭中国式的解读,却不能不说无意中为中国的现代主义奠定了思想基础。萨特对于新时期文学的影响,可以从 1984 年谌容的《杨月月与萨特之研究》中明白无误地看出来。

法国另外一个著名的存在主义作家是加缪。加缪与萨特齐名,1957年获诺贝尔文学奖,比 1964 年获该奖的萨特早了七年。萨特与加缪本来是好友,后来萨特左转,加缪右转,导致决裂。萨特在中国颇受欢迎,加缪在 1949 年后却没有任何翻译。对于加缪的翻译,直到新时期才开始。1980 年,上海译文出版社首先出版了顾方济、徐志仁翻译的《鼠疫》;1985 年,外国文学出版社出版了郭宏安翻译的《加缪中短篇小说集》;1986 年,漓江出版社出版了李玉民翻译的加缪剧本集《正义者》;1989年,上海三联出版了杜小真翻译的加缪散文集《置身于苦难和阳光之间》。如此,加缪的中长篇小说及散文剧本在国内都得到了介绍。加缪和萨特一道,影响了新时期"现代派"文学。

然而,法国现代主义文学的大宗,还不是萨特和加缪,而是未获过诺贝尔文学奖的普鲁斯特。袁可嘉编选的《外国现代派作品选》中曾刊载过普鲁斯特的《追忆似水年代》的片断《小玛德兰点心》和《斯万的爱情》(桂裕芳译),让八十年代的中国读者见识了真正的意识流。《追忆似水年代》这本书共七部 250 万字,卷帙浩繁,晦涩难懂,堪称最难翻译的法国小说。八十年代中期,译林出版社下定决心组织桂裕芬、许渊冲、许钧等十五位中老年翻译家共同翻译此书。全书由施康强译原"序",罗大冈作代序。翻译差不多延续了十年,至 1994 年完成。虽然十五位翻译家的翻译手法不尽相同,因而影响了全书的风格统一,但这一"十年辛苦不寻常的"浩大工程当称我国新时期法国文学翻译的重要成就。

　　普鲁斯特之前,还有一位现代主义的先驱人物值得一书,那就是"恶魔诗人"波德莱尔。波德莱尔对于中国二三十年代的象征主义及现代主义诗歌有较大影响,但在 1949 年后却成了禁忌。新时期以后,波德莱尔重出江湖。1980 年 12 月,王了一据 1940 年旧译加以补充修改,出版了波德莱尔的代表作《恶之花》。其后《恶之花》又出现了另外两个译本:钱春绮译本(人民文学出版社,1986)和郭宏安译本(漓江出版社,1992)。1982 年,亚丁翻译的波德莱尔散文集《巴黎的忧郁》也在漓江出版社出版。1987 年,郭宏安译出了《波德莱尔美学论文选》。1996 年,浙江文艺出版社出版了《波德莱尔诗全集》。这本全集收录了波德莱尔各个时期的全部诗作,而且都是新译。

∧ 李恒基 徐继曾等译 《追忆似
水年华》译林社 2001 年版

∧ 钱春绮译《恶之花》
人民文学 1986 年版

∧王道乾译《痛苦·情人》
上海译文 1989 年版

∧林青译《橡皮》
上海译文 1981 年版

此后,在中国文坛产生了较大影响的是法国新小说。罗布–格里耶的《窥视者》早在 1979 年就由郑永慧翻译过来,《橡皮》于 1981 年由林青翻译过来,均由上海译文出版社出版。布托尔的《变》也在 1983 年由桂裕芳翻译过来,由外国文学出版社出版。1986 年,柳鸣九主编的《新小说派研究》出版。这本书分为三部分:第一部分是"新小说派文论选",选编了萨洛特、罗伯–格里耶、布托尔三人的十篇论文;第二部分是"新小说作品选",选译了萨洛特的《陌生人肖像》、《行星仪》,罗伯–格里耶的《嫉妒》、《去年在马里安巴》,和布托尔的《变》、《度》;第三部分是"批评家论新小说派",辑录了包括萨特在内的五个人的评论。这本书的出版,让国人大体上了解了法国新小说派的全貌。此后,"新小说"派四大干将罗伯–格里耶、萨洛特、西蒙、布托尔的作品,陆续被各出版社翻译过来。其中罗伯–格里耶的作品译介尤多,后来还有《罗伯–格里耶作品选集》出现。罗伯–格里耶等法国新小说派作家对于中国文坛的影响,是与博尔赫斯一道,促进了中国先锋小说的出现。残雪、余华、马原等人的小说中残忍的客观主义态度及非逻辑片断式的叙述语言,应该都与罗伯–格里耶等人的新小说叙事试验有关。

另外,杜拉斯在中国新时期十分流行。杜拉斯在新时期的第一个译本,是 1982 年浙江文艺出版社出版的王道乾翻译的《琴声如诉》。至八十年代中期,杜拉斯的《情人》忽然大行其道,短短时间内出现多种译本,计有 1985 年 7 月四川人民出版社王东亮译本,1986 年 2 月上海译文出版社王道乾译本,1986 年 8 月北京出版社戴明沛译本和漓江出版社的李玉民译本等。至九十年代，《情人》仍有新译本不断出现。在此情形下，杜拉斯的著作有了系统的出版。漓江出版社推出了"杜拉斯丛书"。作家出版社出版了《杜拉斯选集》。春风文艺出版社则从法国伽利玛出版社购买版权，组织翻译该社半个世纪以来出版的杜拉斯的二十二种作品，结成《杜拉斯文集》。关于杜拉斯是否法国新小说派一员的问题，学界有不同的看法，但大体可以肯定，中国的"杜拉斯热"与法国新小说没有多少关系。正如《情人》这一书名所昭示的，杜拉斯的畅销与情感有关。另外，王小波等当代作家对于王道乾译本的推崇，也助推了杜拉斯的风行。

最后要提及的作家是米兰·昆德拉。自1987年韩少功翻译的《生命中不能承受之轻》出版后，昆德拉的作品在中国一路畅销，引起文坛相当的注意。或许因为"被改写的昆德拉"的原因，2003年上海译文出版了由许均重新翻译的《不能承受的生命之轻》，新翻译本再次畅销，让人惊叹昆德拉小说在中国的生命力。说起来，昆德拉原是捷克人，捷克的历史经验造就了他，但他既然早已入了法国籍，这里就只能作为法国作家而提及了。

（三）

本世纪以来，特别是1949年以后，美国文学得到较多翻译介绍的是其社会批判文学。新时期以后，一方面传统翻译在延续，另一方面从前被遮蔽的美国现代主义乃至后现代主义文学异军突起，成就了美国文学的"再生"。

由中国人翻译的最早的美国小说是1872年《申报》上刊登的华盛顿·欧文的《一睡七十年》，由于这部译文不太正式，人们一般将林纾1901年翻译的《黑奴吁天录》作为美国小说翻译的起点。不过，林译本所译内容仅为原书四分之一，很不完整。这种不完整一直持续下来。1949年以来，这部社会批判的小说居然没有任何翻译以至重印，多少有点出人意料。八十年代初，这本书忽然"复兴"，翻译出版出现了高潮。1981年，林译本《黑奴吁天录》重印，刘重德翻译的同名缩写本也由湖南人民出版社出版。1982年，这部书出现了两个全译本：一是张培均翻译漓江出版社出版的《黑奴吁天录》，二是黄继忠翻译上海译文出版社出版的《汤姆大伯的小屋》。黄继忠译本考订了汤姆的辈分，认为英文 Uncle 在这里应该译成"大伯"，而不是"叔叔"。事隔八十年，这部名著被重新发现，两年之内出版了四个译本，可谓枯木逢春。

马克·吐温是中国译介最多的美国作家。"马克·吐温"的译名来自周瘦鹃，是他在1917年编译《欧美名家短篇小说丛刻》时用的译名。三十年代以后，马克·吐温的几部长篇小说如《汤姆·索亚历险记》、《哈克贝利·芬恩历险记》、《王子与贫儿》等在国内已有译本。1949年后的十七年间，马克·吐温的主要小说几乎全部译成了中文。新时期以后，马克·吐温翻译出版依然延续。连重印加翻译，马克·吐温的译本颇不少。1980—1982年间，《王子与贫儿》出现了张友松、陈双璧和刘小薇三个译本；1982—1983年间，《汤姆·索亚历险记》出现了张友松、胡华禹、梁欢和谭理四个版本；1981—1985年间，《哈克贝恩历险记》出现了张万里、张友松、言实和郭健生四个译本。2002年，河北教育出版社出版了《马克·吐温十九卷集》。这部八百多万字的文集，分为十九卷，包括马克·吐温的短篇、中篇和长篇故事、游记、小说、人物传记、散文、杂文、政论、哲理文论、自传、演讲和书信等等，算是对于本世纪马克·吐温翻译的一次总结。

惠特曼是美国最伟大的诗人，他的诗曾对中国现代文学中的浪漫主义诗人如郭沫若等产生影响。致力于翻译惠特曼的是楚图南，他翻译的《草叶集》于1949年3月由上海晨光公司出版，1955年改名为《草叶集选》由人民文学出版社重版。新时期以后，国内先重印了楚图南1955

∧ 张友松译《汤姆·索亚历险记》
人民文学 1978年版

∧ 美国诗人惠特曼

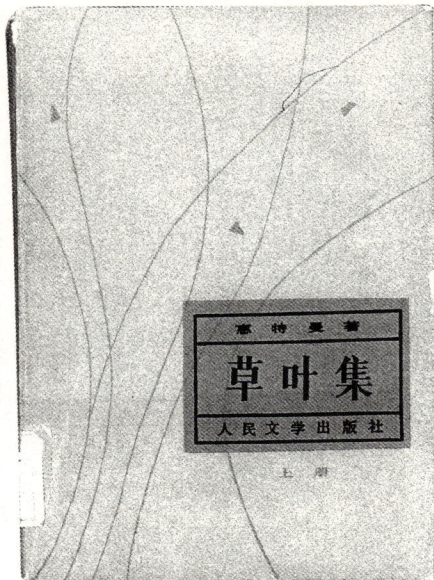
∧ 楚图南 李野光译《草叶集》
人民文学 1987 年版

年译本,接着开始了对于这一译本的超越。1987 年,人民文学出版社推出楚图南和李野光合译的《草叶集》中文全译本,这是大陆的第一个全译本。李野光还于 1988 年推出了《惠特曼评传》和《惠特曼研究》。著名翻译家赵萝蕤首先翻译出版了《我自己的歌》(1987,上海译文),并于 1991 年翻译出版了《草叶集》。除此之外,屠岸和楚图南翻译的《我在梦里梦见》于 1987 年由人民文学出版社出版,李视岐译注的《惠特曼诗选》于 1988 年 1 月由北岳文艺出版社出版。诗歌之外,惠特曼的散文也在中国面世。1986 年,张禹九编译的《惠特曼散文选》在湖南人民出版社出版,内中包括惠特曼的散文 39 篇。

德莱塞、杰克·伦敦、斯坦贝克、欧·亨利等为中国读者熟悉的美国传统经典作家,继续延续着较多的翻译。1976 年和 1978 年诺贝尔文学奖获得者、美国犹太作家索尔·贝娄和辛格,为中国读者所陌生,新时期以后这两位作家都得到了重点的翻译介绍。1980—1985 年间,辛格有八部作品翻译出版,索尔·贝娄有四部作品翻译过来,其中《雨王汉德森》出现了两种版本。爱伦坡的小说、菲茨杰拉德的《了不起的盖茨比》、梭罗的

∧ 安佳等译《老人河》
安徽文艺 1985年版

《瓦尔登湖》等成为受欢迎的新译。

虽然传统经典依然延续，但在新时期影响最大的美国文学作品已经不再是马克·吐温等人，而是现代主义乃至后现代主义作家。

因为与中国有特殊机缘，而其作品又并不特别"现代"，海明威的作品较早得以流行。而此前从未在中国得到介绍的美国诺贝尔文学奖获得者福克纳，接着向中国读者展示了真正的意识流小说。李文俊对于福克纳的翻译介绍，引起了中国作家和读者的特别注意。

还有另外两位美国当代作家的作品在新时期影响极大，那就是塞林格的《麦田里的守望者》(1951)和约瑟夫·海勒的《第二十二条军规》(1961)。早在1963年，塞林格的《麦田里的守望者》在我国就有了施咸荣的"内部发行"译本，我国当代作家对这本书的熟悉当与此有关。约瑟夫·海勒的《第二十二条军规》在我国面世也较早，1981年就由南文等翻译过来，上海译文出版社出版。这两部创作于五六十年代的美国小说一时成为了中国当代作家和读者追捧的时尚，这一点我们可以在刘索拉的《你别无选择》等"现代派"作品中找到佐证。

与约瑟夫·海勒同属于美国六十年代"黑色幽默"派的作家还有冯内古特、品钦、巴思、纳博科夫等人，在八十年代中期中国的文学先锋运动中，他们被目为后现代作家而受

∧ 南文、赵守垠、王德明译
《第二十二条军规》
上海译文 1981年版

到追捧。以冯内古特为例，他的作品在 1983—1986 年间就有六种翻译出版。纳博科夫是俄国旅美作家，他的《普宁》早在 1981 年就由上海译文出版社出版了梅绍武译本。他在中国最有名的小说是描写"恋童癖"的《洛丽塔》，此书在 1989 年一年之内出了王晓丹、黄建人和孔小炯三个译本。品钦和巴思虽然介绍不少，但作品翻译则并不多。1996 年出版的"美国后现代主义文学代表作丛书"，算是此类翻译的一个总结。

有一位与中国有关的美国女性作家值得一提，那就是充满争议的赛珍珠。赛珍珠的父亲在中国镇江任长老会教士，她从小跟随父亲住在中国，直到十七岁才回美国。三十年代，她写下了以中国为题材的三部曲《大地》、《儿子》和《分家》，获 1938 年诺贝尔文学奖。1949 年之前，赛珍珠在中国有多种译本，仅《大地》就有七种译本。不过，这些书后来在中国基本上成了禁品。1982 年，贵州人民出版社出版了林俊德翻译的题为《生命与爱》的赛珍珠短篇小说集。这本只包括三个短篇的小书，只能说是一个试探。1988 年 7 月，漓江出版社出版了由王逢振等八位专家翻译的《大地》。在"前言"中，王逢振提出了重新看待赛珍珠的说法，这像是一个对于赛珍珠的"平反"。赛珍珠的《大地》由此销得很快，掀起了小小的热潮。对赛珍珠的翻译和研究，也由此进入了正轨。

∧ 多种版本的《洛丽塔》

美国的通俗小说在中国持续畅销。米切尔的《飘》已经在不断的重译中成为流行经典,其它如谢尔顿、曾佐的小说等也一直有持续不断的译本出现。最新登陆美国和中国畅销榜的小说,则是丹·布朗的惊险小说《达·芬奇密码》。

∧ 王逢振等译《大地三部曲》
漓江社 1998 年版

(四)

德国文学有着优秀的传统,出现了歌德、席勒、海涅等经典作家。这些经典作家在中国一直受到景仰,翻译出版不断。早在 1978 年,就有歌德《浮士德》、海涅《一个冬天的童话》、《海涅诗选》、席勒《威廉·退尔》、《阴谋与爱情》等名著重印出版。这些经典作家作品的翻译出版,此后一直持续不断。

歌德的著作在新时期的翻译出版出现了热潮。《少年维特之烦恼》(一译《青年维特之烦恼》)一书,居然出现三十个左右的译本;《浮士德》这样的大著,在短短的 1982 年到 1986 年间,也出现了董问樵、钱春绮、梁宗岱和郭沫若等新老版本。甚至连歌德的自传《亲和力》,都出了很多译本。歌德的热度,由此可见一斑。1999 年,人民文学出版社出版了十卷《歌德文集》;同一年,河北教育出版社出版了十四卷《歌德文集》。这两套文集,标志着新时期歌德翻译的兴旺。

海涅的诗歌也十分流行,出现了众多的"诗选"、"诗集"。1982 年 1 月,钱春绮一口气在上海译文出版社出版了三本海涅诗译:《诗歌集》、《新诗集》和《罗曼采罗》。钱春绮不但翻译海涅,也翻译席勒。新时期最早的席勒剧译《威廉·退儿》(人民文学出版社,1978)和诗译《席勒诗选》(人民文学出版社,1984)都出自钱春绮的笔下。

为中国读者熟悉的其他德国作家还有布莱希特、雷马克、施笃姆、黑塞等人。早在 1981 年,人民文学出版社就出版了高士彦等翻译的《布莱希特戏剧选》。布莱希特的作品后来还有《四川好人》等被翻译过来。1980年以来，我国翻译出版了雷马克的数十种小说，其中最有名的是朱雯翻译的《西线无战事》（外国文学出版社，1983）。施笃姆的作品在新时期翻译得更多，《茵梦湖》等小说以其特有的抒情性在读者中流传。

　　1946年诺贝尔文学奖得主黑塞，在新时期引起中国读者的注意。八十年代初期，他的作品就被接连翻译过来。1983年1月和2月接连出现张佑中（上海译文出版社）和潘子立（人民文学出版社）两个《在轮下》译本，1986年3月又同时出现上海译文出版社（赵登荣、倪诚恩译）和人民文学出版社（李世隆、刘泽硅译）两个《荒原狼》译本。

　　在德国现代文学中，引人注意的是托玛斯·曼的《布登勃洛克一家》和亨利希·曼的《臣仆》的翻译出版。这两部德国现代文学名著的翻译，都出自翻译家傅惟慈之手。杨武能认为，这两部书翻译水平之高，使得"在重译或复译成风的今天，至今没有人敢动另起炉灶的念头"。

　　两次大战之后，使德国文学从废墟中走出来的是两个最为优秀的作家亨利希·伯尔和君特·格拉斯。我国对于亨利希·伯尔的作品翻译较早，他于1974年创作的《丧失了名誉的卡塔琳娜》，居然早在1977年就为孙凤城、孙坤荣翻译过来，由人民文学出版社出版。1980年外国文学出版社出版了《伯尔中短篇小说选》，1981年上海译文出版社出版了伯尔的《莱尼和他们》，1982年湖南人民出版社出版了伯尔的小说集《一次

∧ 钱春绮译《浮士德》
上海译文 1989 年版

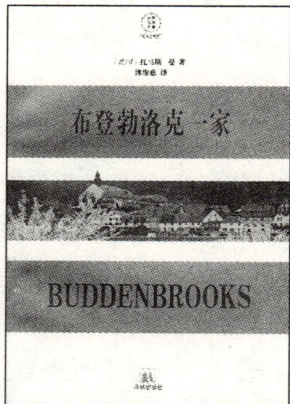

∧ 傅惟慈译《布登勃洛克一家》
译林 1997 年版

格拉斯文集
狗年月

刁承俊 译

∧ 刁承俊译《狗年月》
上海译文 2005 年版

出差的终结》，1983 年上海译文出版了伯尔的《小丑之见》。如此，在八十年代初中期，伯尔几乎每年都有译作出现。伯尔作品在中国的红火，与他的进步的政治倾向有关。

据说，伯尔在 1972 年获诺贝尔文学奖的时候说："为什么不是君特·格拉斯呢？"由此足见格拉斯的实力和名声。不过，格拉斯在中国的出现则要晚得多。虽然法斯宾德导演的《铁皮鼓》获得了 1979 年奥斯卡最佳外语片奖，使格拉斯为中国人所知，但格拉斯的作品却极少有中文翻译，其原因可能与其作品的晦涩及性描写有关。中国对于格拉斯较早的翻译介绍，是 1987 年《世界文学》上的"格拉斯专辑"。这个"专辑"第一次翻译了格拉斯的《猫与鼠》这篇小说，同时还发表了"格拉斯论文学"、"格拉斯访问记"、"格拉斯小传"、"格拉斯的绘画艺术"以及中国学者的评论文章。此后，格拉斯的作品开始有了翻译介绍。1991 年漓江出版社出版了格拉斯的《猫与鼠》，1998 年该社出版了《铁皮鼓》，1999 年又出版了《狗年月》。至此，格拉斯的"但泽三部曲"出齐。巧合的是，就在 1999 年，格拉斯获诺贝尔文学奖。"诺贝尔奖"引发了中国文坛对于格拉斯的热情，也带动了格拉斯的翻译和销售。《格拉斯文集》赫然出现。

如果从德国文学作品在中国翻译出版的数量来看，最多的可能不是从歌德到格拉斯中的任何一个，而是格林童话。据统计，仅 2002 年，格林童话在中国就出现了二十四个译本，这里面包括《格林童话》、《格林童话选》、《格林童话故事》乃至两本《格林童话全集》，而到 2003 年，格林童话的译本又增至二十七个。

提及意大利文学，中国读者最熟悉的是但丁的《神曲》。《神曲》的第一个全译本，是 1939 年商务印书馆出版的王维克法语转译本，此版本后来在 1980 年修订重印。《神曲》的另一个全译本，是 1954 年和 1962 年上海文艺出版社出齐的朱维基英语转译本，这个版本在 1984 年由上海译文出版社重印。如此重要的《神曲》全是转译，未尝不是一个遗憾。田德望在晚年的时候，决定自意大利原文翻译《神曲》。老先生自 1983 年七十四岁高龄起，开始从意大利语翻译散文体《神曲》，历经十八年，中途几次因病辍笔，终于在 2000 年完成最后一部，他本人在两个月后与世长辞。田德望翻译的《神曲》，后由人民文学出版社采用法国著名画家杜雷为原书制作的一百三十五幅精美插图做成珍藏本统一出版。自钱稻孙 1921 年发表《神曲·地狱篇》前五歌起，《神曲》先后有七种中译本问世，这些中译本要么不完整，要么是从别的文字转译，存在着种种不足。意大利文学翻译家吕同六称："田译可以当之无愧说是迄今译文质量最具水准、最富于学术价值的译本"。田德望后来被意大利总统授予意大利"一级骑士勋章"，可谓名至实归。

薄卡丘的《十日谈》是中国读者所熟悉的。新时期流行的《十日谈》是方平、王科一译本，此外还不断地出现各种选本。亚米契斯《爱的教育》早在二十年代就在《东方杂志》连载，流行甚广。1980 年，夏丏尊版本得以重印，同年又有了田雅青译本。此后，其他复译本不断出现。罗大里的童话在新时期翻译颇不少，受到青少年读者的喜爱。

对新时期中国最有影响的意大利作家，大约是后现代作家卡

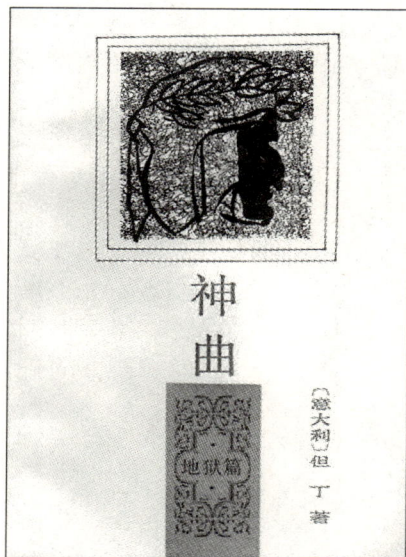

∧ 田德望译《神曲·地狱篇》
人民文学 1989 年版

尔维诺。在意大利现当代文学少为人知的情况下,卡尔维诺在新时期中国受到了出人意料的欢迎。早在 1981 年,卡尔维诺的小说《一个分成两半的子爵》就由上海译文出版社出版;后来陆续有多部卡尔维诺的作品翻译过来,如《我们的祖先》(中国工人出版社,1989)、《隐形的城市》(花城出版社,1991)、《帕洛马尔》(花城出版社,1992)、《寒冬夜行人》(安徽文艺,1993)、《未来千年文学备忘录》(辽宁教育出版社,1997) 等等。2001 年,吕同六、张洁翻译的《卡尔维诺文集》由译林出版社出版。从八十年代初到现在,卡尔维诺的翻译出版一直持续不断,足见国人的兴趣。卡尔维诺对于中国当代作家颇有影响,较为明显的是王小波和阿城,他们对于卡尔维诺的推崇也带动了读者的注意。

《卡尔维诺文集》的编者吕同六是中国意大利文学研究会的会长,在意大利文学翻译上很受人瞩目。早在 1978 年,他就在《外国文艺》上翻译发表了意大利诗人蒙塔莱的诗歌。这位 1975 年的诺贝尔文学奖得主的作品,在当时的中国颇引起震动,陈思和曾在文章中回忆他初读蒙塔莱诗时的激动情景。吕同六后来将系统翻译的蒙塔莱的诗歌,编成了《蒙塔莱诗歌集》出版。在八十年代初期,吕同六还为《外国现代派作品选》翻译了 1934 年诺贝尔文学奖获得者意大利剧作家皮兰德娄的名剧《亨利四世》,让中国读者一睹闻其名而不知其实的皮兰德娄戏剧的面

∧ 吕同六 张洁主编《卡尔维诺文集》
译林 2001 年版

∧ 吕同六编选《皮兰德娄精选集》
山东文艺 2000 年版

目。吕同六后来翻译出版了《皮兰德娄戏剧集》。1997 年诺贝尔文学奖获得者、意大利戏剧家达里奥·福的代表作《一个无政府主义者的死亡》在中国被搬上舞台,剧本也是由吕同六翻译的。吕同六翻译介绍的还有莫拉维亚的小说、夸西莫多的诗歌等等。

吕同六的最近一次努力,是 2002 年的"鸵鸟文学丛书"。这一丛书收录了四位意大利八九十年代活跃作家的作品:朱迪切的《身影离开大地》、罗多利《鲜花》、切拉米的《小职员》和斯卡尔帕的《铁栅栏上的眼睛》。这些作家可能为我国读者所陌生,但他们其实已经是具有欧洲声誉的作家,并为我国注意当代外国文学的作家所喜爱,知名作家余华、苏童、莫言等分别撰文推荐评论了他们所欣赏的意大利作家。

(六)

来自奥地利的弗洛依德对于中国新时期文化影响很大,本书有专门论述。不过准确地说,弗洛依德并非文学中人,而主要是精神分析学家。

从文学上看,在新时期较具影响的奥地利作家至少有茨威格、里尔克和卡夫卡三人。茨威格的作品构思精巧、寓意深刻,很受读者欢迎。五十年代初联合国教科文组织统计世界各国作家的著作及其各种文字译本的销售量时,名列榜首的即是这位在文学史上没有多少人提起的茨威格。1981 年,为了纪念茨威格百岁诞辰,联邦德国 S·费歇尔出版社重新出版斯·茨威格的著作,这在德语国家重新掀起了一股斯·茨威格热。这种热潮似乎传到了正处于新时期开始的中国。八十年代初期以来,茨威格在中国一直有较多的翻译介绍。1979 年,人民文学出版社就出版了著名德语翻译家张玉书翻译的《斯蒂芬·茨威格小说四篇》。仅

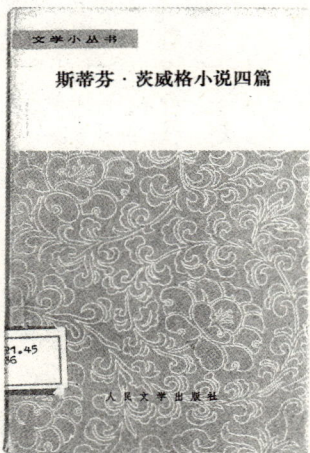

∧ 张玉书译《斯蒂芬·茨威格小说四篇》 人民文学 1979 年版

1982年,国内就翻译出版了《永不安宁的心》(江苏人民出版社)、《斯·茨威格小说选》(外国文学出版社)、《同情的罪》(山东人民出版社)、《茨威格小说集》(百花文艺出版社)等多种茨威格小说译本。此后茨威格的小说一直译本不断,2000年,除张玉书主编、华夏出版社出版的《斯台芬·茨威格集》外,还有七种不同版本的茨威格著作面世。茨威格小说在中国的流行程度,由此可见一斑。

与茨威格相比,里尔克和卡夫卡多少有点晦涩和异端,但这两位现代主义经典作家,特别是卡夫卡,却对新时期现代主义文学产生了很大的影响。

1980年出版的《外国现代派作品选》第一册发表了冯至翻译的里尔克的诗歌,此后虽间有选译,但直到1988年才出现了杨武能翻译的《里尔克抒情诗选》(四川文艺出版社)。九十年代后,又有臧棣编《里尔克诗选》、绿原译《里尔克诗选》等书面世。里尔克的书虽然晚出,但仅前期零星的介绍就已经对新时期初的现代主义诗歌运动产生较大影响。《外国现代派作品选》中里尔克的诗歌《豹》的怪异面目及其编者袁可嘉的现代主义分析,让很多人至今记忆犹新。其后,里尔克的

∧ 绿原译《里尔克诗选》
人民文学 1996年版

名字常常被中国当代诗人提起。

本书在涉及新时期现代主义的域外影响时,主要分析了福克纳和萨特等人,没有谈到卡夫卡。事实上,卡夫卡的影响不容忽视。1966年,作家出版社曾出版过一部由李文俊、曹庸翻译的《〈审判〉及其他小说》,其中包括卡夫卡的六篇小说:《判决》、《变形记》、《在流放地》、《乡村医生》、《致科学院的报告》、《审判》。不过,这部小说集当时是作为反面教材"内部发行"的,一般人难以看到。1979年,《世界文学》杂志刊登了由李文俊翻译的《变形记》,并发表了署名丁方、施文的文章《卡夫卡和他

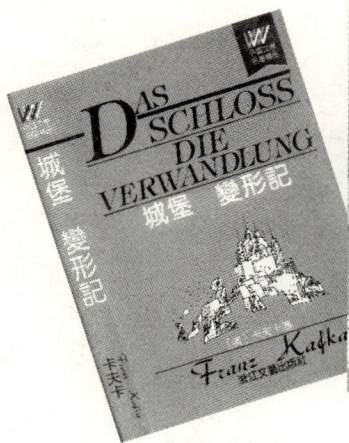

∧ 韩耀成、李文俊译
《城堡 变形记》
浙江文艺 1995 年版

∧ 钱满素 袁华清译
《审判》湖南人民
1982 年版

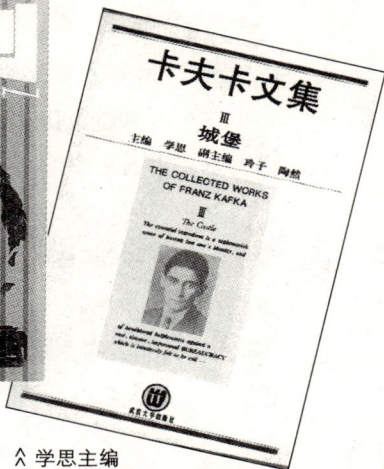

∧ 学思主编
《卡夫卡文集》武汉大学
1995 年版

的作品》。1980 年，上海译文出版社的"外国文艺丛书"出版了卡夫卡的
《城堡》。1982 年，湖南人民出版社出版了他的《审判》。在此后的时间里，
我国出版了卡夫卡的著述二十余种。由最权威的卡夫卡专家叶廷芳主
编的《卡夫卡全集》也于 1996 年出版(河北教育出版社)。卡夫卡对于新
时期小说的影响，很容易举出的例证：一是宗璞，她的《我是谁》明显是
卡夫卡《变形记》的再次变形；二是余华，卡夫卡的《乡村医生》中的那匹
"说来就来，说走就走"的马让余华领会了现代主义的写作法则，让他从
川端康成的影响下解放出来；三是被称为卡夫卡中国传人的残雪，她不
但在书中创造出了卡夫卡式的诡异画面，还专门撰写了一本解读卡夫
卡的大著《灵魂的城堡——理解卡夫卡》。

还有两个奥地利作家需要介绍，一个是最早翻译到中国的奥地利
作家施尼茨勒，另一个是最近红火的奥地利作家耶利内克。

新时期的译名"施尼茨勒"让人觉得陌生，但现代文学史的译名"显
尼志勒"则让人熟悉。施尼茨勒被称为弗洛依德在文学上的"双影人"，
对我国三十年代新感觉派作家影响较大。新感觉派作家施蛰存先生同
时也是施尼茨勒的翻译者。新时期后施尼茨勒作品的第一次翻译，是
1985 年《当代外国文学》上发表的由吴麟绶翻译的《埃尔泽小姐》。此后，
施尼茨勒有重译也有新译。1991 年出现了两部施尼茨勒的小说选：一本

是安徽文艺出版社出版的蔡鸿君选编的《古斯特少尉》,一本是上海译文出版社出版的张玉书等人翻译的《一位作家的遗书——施尼茨勒小说选》。

耶利内克是 2004 年诺贝尔文学奖获得者。耶里内克获奖后,引起国内多家出版社的抢译出版,并迅速有"文集"的出现。耶里内克之"红火",差不多完全因为"诺贝尔奖"的原故。国内读者对于这位作家有多少了解或兴趣,实在难说。据社科院外文所的宁瑛说,她在上世纪九十年代末期就开始翻译耶里内克的《钢琴教师》,但书稿一直压在出版社不能出版,耶里内克获奖后这本书才得以迅速面世。对耶里内克获奖后迅速出现的大量中文译本,专家们则颇担心其翻译质量。

(七)

爱尔兰是一个小国,但在现代文学上却非常强大。这个小小的地方在历史上出现了数位现代主义文学大师:1923 年诺贝尔文学奖获得者叶芝,1969 年诺贝尔文学奖获得者贝克特,及堪称现代英语文学巅峰的乔伊斯。乔伊斯未获诺贝尔文学奖后来几乎成了该奖的耻辱。

贝克特的作品,特别是《等待戈多》,几乎成了现代主义文学的代名词,它对于新时期荒诞剧,如高行健的《车站》,产生了明显的影响。国内对于贝克特的翻译也堪称"荒诞"。早在接近"文化真空"的 1965 年,中国戏剧出版社就内部出版了施咸荣翻译的《等待戈多》。到了新时期以后,居然没有贝克特的著作翻译面世,只有诸如《外国现代派作品选》等书的个别介绍。这种翻译缺席的一个后果是,人们仅凭《等待戈多》知道贝克特是一个戏剧家,而不了解作为小说家的贝克特。贝克特获得诺贝尔文学奖的评语是:"由于他具有新奇形式的小说、戏剧作品,使现代人从贫困的境地得到了振奋。"中国读者却见不到他的小说,是一个遗憾。2006 年 4 月 13 日贝克特诞辰 100 周年纪念,湖南文艺出版社一举推出由余中先主译的五卷本《贝克特选集》,其中包括了贝克特用法文撰写的小说《莫瓦罗》三部曲。《贝克特选集》的出版,弥补了国内贝克特翻译的缺憾。

叶芝的命运则要好得多。他的诗在新时期初就得以传播,受到朦胧诗人的喜爱,后来得到了大量的翻译出版。1986 年 1 月,四川文艺出版社出版了裘小龙翻译的《抒情诗人叶芝诗选》。王家新编的《叶芝文集》(1996)、傅浩翻译的《叶芝诗集》(2003)等,都是后来的集大成之作。

爱尔兰之于新时期翻译文学史最重要的事件,莫过于乔伊斯的《尤利西斯》这部现代主义巨著的翻译。乔伊斯的作品在新时期初就被翻译介绍进来了,1980 年《外国文艺》第四期发表了乔伊斯的《死者》(智量译)、《阿拉比》和《小人物》(宗白译),1983

∧ 傅浩译《叶芝抒情诗全集》
中国工人 1994 年版

年外国文学出版社出版了黄雨石翻译的《一个青年艺术家的画像》,1984 年上海译文出版社出版了孙梁等人翻译的《都柏林人》。不过,乔伊斯的代表作《尤利西斯》却因为晦涩一直难以得到完整翻译。1981 年袁可嘉、董衡巽、郑克鲁选编的《外国现代作品选》第二册中,收录了金隄翻译的《尤利西斯》第二章,并附有袁可嘉的短评。1987 年,金隄的《尤利西斯》节译本(第二、六、十章及第十五、十八章的片断)在天津百花文艺出版社出版。与此同时,在南京译林出版社的李景端的动员说服下,早年在英国剑桥攻读过乔伊斯的著名作家萧乾及其夫人文洁若开始翻译《尤利西斯》。1992 年,萧乾、文洁若合译的《尤利西斯》第一章在《译林》第二期刊载。1994 年,萧乾、文洁若合译的《尤利西斯》全译本分三卷由译林出版社出版。1996 年,金隄的全译本由人民文学出版社出版。

被视为"天书"的《尤利西斯》在中国大陆由两大家同译,两名社并出,这一现象引起了国内外媒体的巨大兴趣,一时成为备受关注的文化热点。至于因为萧乾、文洁若名气大而销路后来居上,引起金隄的不满,则已经是无关紧要的事了。据萧乾《尤利西斯·译序》记载:1942 年,萧乾在英国伯明翰参观过一次莎士比亚外国译本的展览,"在东方国家的译本中,最辉煌、最完整的是日本坪内逍遥的那套全集:剧本之外,还附

∧ 孙梁译《都柏林人》
上海译文 1984 年版

∧ 安知译《乔伊斯文集》
四川文艺 1995 年版

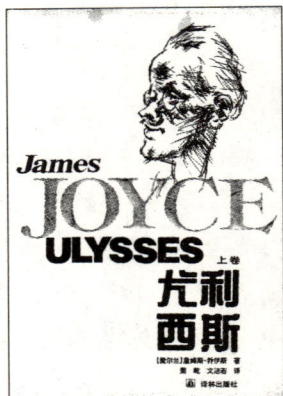
∧ 萧乾、文洁若译《尤利西斯》
译林 1994 年版

∧ 金隄译《尤利西斯》
人民文学 1994 年版

有传记、年谱、研究专集等精装烫金数十册,真是洋洋大观。紧挨着的就是中国,空荡荡的台子上,摆了薄薄的一本《罗密欧与朱丽叶》,译者田汉(说不定还是由日文转译的),中华书局出版。"萧乾感觉,"那个孤零零的小册子同日本的全集译本并排摆在一起,就像是在一桌丰盛的筵席旁边放的一碟小菜。还不如一本不放,真是丢人! 而那是在珍珠港事变发生后,中国还是西方的'伟大盟邦'呢。我至今想起此事,仍记得当时何等狼狈。我赶紧从展览会上溜出,一路在想,一个国家的国力不仅仅表现在大炮军舰的数目上,也不光看它的国民产值多少。像世界公认的这样经典名著的翻译情况，也标志着一个国家的国民素质和文化水平。"正是在这一念头的鼓励下，萧乾才不惜以八十高龄勉力翻译《尤利西斯》的。由此看来，多几个《尤利西斯》的译本，应该是值得鼓励的中国文化盛事。据悉，北京师范大学的刘象愚教授也在翻译《尤利西斯》，并预备将此新译收入河北教育出版社的《乔伊斯全集》中，这是一件值得期待的事情。

（八）

在中国，西班牙文学几乎等同于塞万提斯的《堂吉诃德》。2002 年 5 月，在诺贝尔文学院和瑞典图书俱乐部联合举办的由百名著名作家参加的"有史以来百部最佳文学作品"评选活动中，塞万提斯的《堂吉诃德》被推选为第一名。塞万提斯的《堂吉诃德》在中国得到了反复翻译，广为流传。据统计，自 1922 年上海商务印书馆出版林纾、陈家麟翻译的两卷本《魔侠传》以来，至 1997 年，塞万提斯的《堂吉诃德》已经出版了十八个不同译本。此后，中国翻译《堂吉诃德》的热情并未停止。2000 年出现了九种版本，2002 年出现了七种版本，2003 年出现了五种版本，重译之多让人瞠目。

说到《堂吉诃德》，首先想起的是杨绛的名家名译。杨绛翻译《堂吉诃德》，得追溯到上世纪五十年代末。新时期出版的"外国文学名著丛书"其实始于 1957 年，杨绛重译《堂吉诃德》当时就列入了计划。精通英、法文的杨绛找来《堂吉诃德》的三个英译本和两个法译本进行比较和研究，仍觉不足，她毅然决定重新学习西班牙文，直接从原文翻译。翻译延续了二十年，"文革"中几度中断，但她顽强地坚持下来了。直到 1977 年 5 月，她才将《堂吉诃德》全书译稿交到了人民文学出版社。本世纪以来，《堂吉诃德》翻译众多，却只有杨绛是从西班牙文直接翻译的，此译本出版后仅 1978—1979 两年间印刷就达到了二十万套，成为了一枝独秀的译本。

当然，也有不信邪的。北大西班牙语教授董燕生便向杨绛挑战，他认为杨绛译本错误甚多，并亲自进行重译，他的重译本于 1995 年由浙

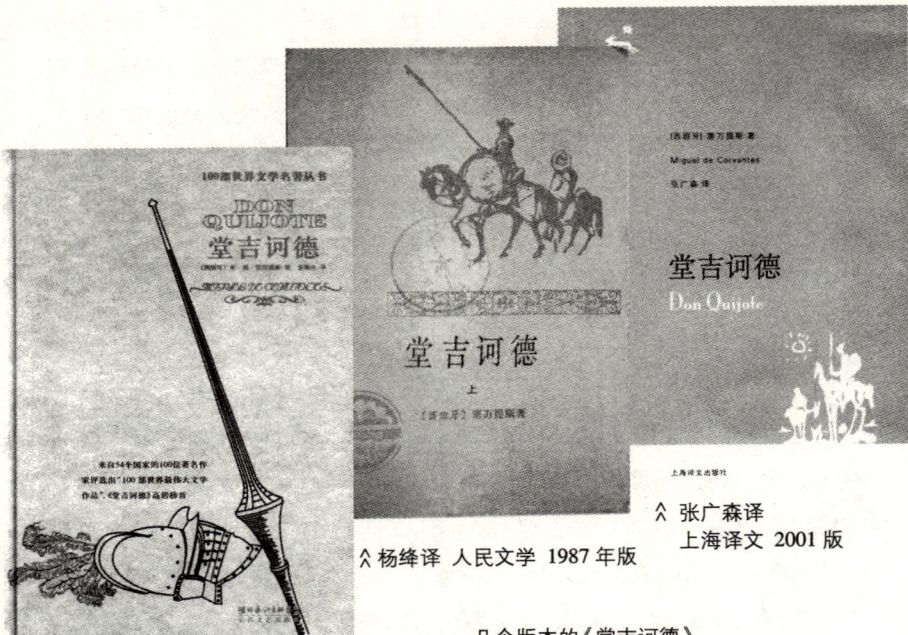

^ 董燕生译 长江文艺 2006 年版

^ 杨绛译 人民文学 1987 年版

^ 张广森译
上海译文 2001 版

几个版本的《堂吉诃德》

江文艺出版社出版。关于董燕生的批评,目前尚有不同说法。1997 年人民文学出版社出版的董燕生等人翻译的八卷《塞万提斯全集》以其译文准确严谨、装帧设计古朴典雅,获第三届国家图书奖。

其实西班牙不仅仅有塞万提斯,当代即另有一位文学大家,那就是卡米洛·何塞·塞拉。早在 1980 年,塞拉的短篇小说《圣巴尔维纳街 37 号的故事》就被翻译过来,发表在《外国文学》1980 年第二期上,译者毛金里。1983 年,塞拉的小说《帕斯夸尔·杜阿尔特一家》在《当代外国文学》刊出,译者屠孟超、徐尚志和魏民。塞拉出版于 1951 年的代表作《蜂房》在 1986 年由孟继成译出,北京十月文艺出版社出版。同年 12 月,青海人民出版社又出版了此书的朱景冬译本。朱景冬在"译后记"中高度评价了《蜂房》,并认为它是当代西班牙小说最杰出的一部。1989 年,塞拉获诺贝尔文学奖。1995 年,塞拉获得西班牙语文学界最高奖塞万提斯奖。中国译界一向是追逐诺贝尔文学奖的"马后炮",这一回却显得眼光超前。

第二节　俄苏及亚非拉

（一）

本世纪以来，俄苏文学的翻译在中国一直占据主流，这使得俄苏文学成为中国读者最为熟悉的文学，中国的俄语文学翻译人才也因之而非常丰富。

在新时期"名著重印"中，俄国古典作家占据了相当的比例。1977年出版的五本古典文学名著，事实上只有两位作家，一是莎士比亚，另一个是俄国的果戈理。此后，托尔斯泰、契诃夫、普希金、屠格涅夫、莱蒙托夫等作家的作品被大量重印出来，成为了当代国人的精神慰藉和写作指导。托尔斯泰曾被列宁誉为"俄国革命的一面镜子"，但他却在"文革"中被"四人帮"大加讨伐。新时期以后，对于托尔斯泰的辩护无形中成为了对于"四人帮"的批判和对于人道主义的辩护。

为了批判苏修，一些苏联"解冻"后的当代文学曾被作为"反面教材"翻译过来。这些"内部发行"的翻译作品包括爱伦堡的《人、岁月、生活》(冯南江等译，作家出版社，1962)、《解冻》(沈江等译，作家出版社，1963)，《艾特玛托夫小说集》(陈韶廉等译，作家出版社1965)、《白轮船》(雷延中译，上海人民出版社，1973，7)、利帕托夫《普隆恰托夫经理的故事》，(上海外国语学院俄语系译，上海人民出版社，1973)、邦达列夫的《热的雪》(上海外国语学院《热的雪》翻译组翻译，上海人民出版社，1976)、《岸》(南京大学外文系欧美文化研究室译，人民文学出版社，1978)。邦达列夫的《岸》居然在1978年仍然还"内部发行"，可见其敏感性。让出版者大出意料的是，这些"反面教材"让中国作家和读者了解了苏联的改革文学。利帕托夫、艾特玛托夫、邦达列夫、瓦西里耶夫等苏联当代作家的名字在新时期初成为热点，并直接成为了新时期改革文学的资源。在新时期改革文学中，蒋子龙《乔厂长上任记》之于利帕托夫的《普隆恰托夫经理的故事》、徐怀中的《西线轶事》之于瓦西里耶夫的《这里的黎明静悄悄》、张承志的《黑骏马》之于艾特玛托夫的《永别了，古利萨雷》,都有明显的借鉴关系。

　　随着新时期文学翻译的深入，从前被掩埋在历史深处的俄苏作家逐渐地浮出了水面。八十年代对于陀思妥耶夫斯基的系统翻译，当数两套陆续出版的文集：一是人民文学出版社出版的"陀思妥耶夫斯基选集"，二是上海译文出版社出版的"陀思妥耶夫斯基作品集"。陀思妥耶夫斯基在中国获取了愈来愈多的认可，得到了应有的文学大师的地位。茹科夫斯基、蒲宁、安德列耶夫、阿赫玛托娃、帕斯捷尔纳克、布尔加科夫、雷巴科夫、茨维塔耶夫、勃洛克、勃留索夫、别雷、索尔仁尼琴等作家的作品开始陆续得到翻译出版。这些水流，最终汇集成了九十年代后期蔚为大观的"白银时代"大潮。所谓"白银时代"指群星璀璨的俄罗斯二十世纪初期，与十九世纪的黄金时代相映衬。1998年，国内同时涌现出四套"白银时代"作家作品集：中国文联出版公司的四本《俄罗斯"白银时代"精品文库》、云南人民出版社的七本《俄罗斯"白银时代"文化丛书》、学林出版社的五本《"白银时代"文丛》、作家出版社的六本《"白银时代"丛书》。被历史淹没的俄苏作家能够不断地解禁出来，根源于国人对于历史的反省。八十年代初期国内常常提起的是改革时代的作家艾特玛托夫、瓦西里耶夫等人。到了九十年代前后，被人们挂在嘴边的则是索尔仁尼琴、布尔加科夫、帕斯捷尔纳克、阿赫玛托娃等人，基本上都是前苏联时期被压抑的逆流作家。他们或者流亡国外，或者被压制于国内，却不畏强权，坚守苦难，捍卫人的尊严。如果说在艾特玛托夫等人那里，人们开始怀疑"光明"，那么在布尔加科夫、帕斯捷尔纳克等人这里，我们学到的则是对于盲从"光明"的自我批判。

　　出乎人们意料的是，在世纪之交的2000年前后，奥斯特洛夫斯基《钢铁是怎样炼成的》再次风行中国。《钢铁是怎样炼成的》原由梅益翻译，1942年上海新知书店出版。这本革命经典在中国家喻户晓，影响巨大，仅人民文学出版社1952年至1956年就已印了一百三十二万册。新时期以后，《钢铁是怎样炼成的》虽得以重版，后来却与其它红色经典一样，逐渐被人忘却。九十年代中后期，《钢铁是怎样炼成的》这部书开始重新流行，出现了翻译出版的热潮。仅在1996年，国内就有六个出版社同时出版《钢铁是怎样炼成的》。2000年2至3月，中央电视台在黄金时间播出了二十集电视连续剧《钢铁是怎样炼成的》，获得了很高的收视率。为电视连续剧所带动，其后又有多家出版社翻译出版此书。《钢铁是怎样炼成的》出现了好的译本，但译本过多，未免泥沙俱下。

《钢铁是怎样炼成的》一书的重新流行，固然有其历史原因，但究其实，它主要并不是一个思想事件，而是一个得到政治资本支持的市场行为。从市场的角度说，商家选择《钢铁是怎样炼成的》不能不说是一种精明的选择。"红色经典"是经过几代人积累的品牌，知名度高，容易得到读者及主流政治的认同，书籍发行及电视播出都容易完成。中国读者对于革命时代理想主义的怀旧，被商家及时地包装炒作起来，形成了中国的"红色经典热"。

俄苏文学注定了与中国有不解之缘！

（二）

日本文学进入新时期的方式较为特别。"文革"以后我国的外国文学翻译极为凋零，七十年代以后有所松动，开始有为数很少的外国文学作品翻译过来。在这些作品中，日本文学占据着相当的比例，原因是1972 年的中日建交。这段时间被翻译过来的日本作家有小林多喜二、有吉佐和子、松本清张、三岛由纪夫等，尽管数量不多，却是"文革"后期外国文学翻译的"亮点"，并成为了日后"日本文学热"的前奏。

新时期初的"日本文学热"有雅俗两个维度：一是以《人性的证明》为代表的日本小说和电影，它以通俗的形式参与了新时期的人道主义大潮；二是诺贝尔奖获得者川端康成，他以其东方式的现代小说审美品格引起了中国文坛的相当注意。

许多日本古典名著，在新时期之前就已经或者即将译好，因为"文革"而中断了，这些著作在新时期迅速获得了出版。其中

∧ 丰子恺译《源氏物语》
人民文学 1980 年版

有周作人译的《古事记》,钱稻孙译的《万叶集》和丰子恺翻译的《源氏物语》等等。

明治时代前半期的日本近代文学,如尾崎红叶、朱镜花、幸田露位、森鸥外等人的作品,在新时期都得到过翻译,中国日本近代文学翻译的一些空白由此得以填补。自然主义作家岛崎藤村的《破戒》和田山花袋的《棉被》被重译,他们的其它作品也相继得到翻译。唯美主义作家谷崎润一郎的《细雪》在八十年代中后期出现了两个译本。永井荷风有四种小说集和一种散文集被译出。白桦派作家有岛武郎的《一个女人》,志贺直哉的《暗夜行路》,已经与中国读者见了面。新感觉派作家横光利一等人的作品,也在中国问世。

夏目漱石、芥川龙之介、井上靖等人,是在中国新时期得到重点译介的日本现当代文学大家。新时期的译者将主要精力放在夏目漱石的以前后"三部曲"为代表的后期著作的翻译上。夏目漱石晚年的两部自传性的长篇作品《路边草》和《明暗》,也分别于 1985 年在国内出版。芥川龙之介是日本现代"新理智派"的代表人物,堪称日本现代文学一流名家。芥川龙之介在我国翻译介绍很早,但 1949 之后竟至于完全停顿下来,至新时期之前居然没有任何译本出现。湖南人民出版社出版的楼适夷翻译的《芥川龙之介小说十一篇》是新时期的第一个芥川龙之介译本。规模较大的翻译,是 1981 年人民文学出版社出版的《芥川龙之介小说选》。这部书由文洁若、吕元明、文学朴、吴树人四人翻译,收录了小说四十五篇,计四十多万字,是我国第一部对于芥川龙之介较为系统的翻译集。井上靖是日本当代卓有成就的文学大家,与川端康成、三岛由纪夫并称为日本二十世纪下半叶的文学三大家。我国对于井上靖小说的大规模翻译,始于新时期。早在 1977 年,人民文学出版社就出版了由唐月梅翻译的《井上靖小说选》。井上靖的与中国历史有关的小说,如《天平之甍》、《敦煌》和《杨贵妃》等等,在中国都有多种译本出现。

九十年代以后,川端康成对于中国文坛的影响似乎已经不再,但对于他的作品的翻译出版却出现了热潮。叶渭渠一人就主编了四套川端康成的文集。三岛由纪夫的作品,因为其性倒错、变态心理、剖腹嗜血等描写及武士道、天皇意识、军国主义而为人忌惮。自从 1986 年中国文联出版公司获准出版他的作品后，三岛由纪夫的作品就在争议中不断翻译出版。与主编川端康成的情形相仿佛，叶渭渠也为出版社主编了两套三岛由纪夫的作品集："三岛由纪夫小说集"和"三岛由纪夫作品集"。大江健三郎在获诺贝尔文学奖之前，我国连他的一个单行本都没有翻译过。而在 1994 年获奖后，1995 年国内就有叶渭渠主编的五卷本《大江健三郎作品集》问世，速度之快，让人惊讶。1996 年，叶渭渠又为作家出版社主编了五卷本《大江健三郎最新作品集》。川端康成、三岛由纪夫、大江健三郎的翻译文集，似乎都为叶渭渠一人包办。文集的重复快速出版，应该是九十年代以后中国翻译出版业的市场运作方式的结果。

　　表明中国已开始社会转轨、阅读日益成为一种跨国界的文化消费的，是近来最为流行的日本作家村上春树。村上春树的《挪威的森林》等作品 1989 年始由漓江出版社出版，2001 年后转由上海译文出版社出版，销量一路上升，高居销售排行榜。大江健三郎在谈及村上春树的时候曾感叹：他自己的书年销五万，而村上春树的书年销量超过四百万。村上春树的译者林少华声称：村上春树作品的销售量"大约超过新时期出版的所有日本文学作品的总和"[1]。这一断言似乎有点夸张，比如日本畅销书作家森村诚一，从七十年代末的《人性的证明》至今，已经有七十多部作品畅销于中国，销量之大未必少于村上春树，当然，村上春树的作品在中国十分畅销，是确定无疑的。

（三）

　　拉美文学爆炸，是中国新时期值得一书的独特景观。

　　二十世纪以来，拉美文学在中国一直少为人知。1949 年后拉美文学作为亚非拉第三世界文学的一部分得到介绍，但未曾引起真正的关注。

　　早在八十年代初，就已经有阿里图斯亚斯的《总统先生》(1980)、鲁尔弗的《胡安·鲁尔弗中短篇小说集》(1980)、加纳的《马丁·里瓦斯》

---

①　林少华《村上春树小说的特色》，雷世文编《相约挪威的森林——村上春树的世界》，华夏出版社，2005 年 3 月第 1 版。

（1981）等小说开始被翻译过来。拉美文学的高潮,是由 1982 年马尔克斯获诺贝尔文学奖所带动的。

　　在中国新时期文坛处于"现代主义"困惑期的时候,马尔克斯及时地给我们带来了一个第三世界文学成功走向世界的范例。1982 年 10 月,上海译文出版社出版了赵德明翻译的《加西亚·马尔克斯中短篇小说集》。1984 年,魔幻现实主义的代表作马尔克斯的《百年孤独》出现了上海译文出版社和北京十月出版社的两个中译本。1985 年,马尔克斯的另一部长篇小说《族长的没落》由伊信译出,山东文艺出版社出版。1987 年,马尔克斯再次引起世人兴趣的第三部长篇小说《霍乱时期的爱情》由黑龙江人民出版社出版。1990 年,海南出版公司出版了马尔克斯刚刚面世的长篇小说《迷宫中的将军》。至此,马尔克斯的全部长篇都翻译到中国来了。马尔克斯对于新时期文学创作直接影响的结果,是八十年代中期的寻根文学。

　　马尔克斯之后,阿根廷的世界级作家、后现代文学代表人物博尔赫斯,继续在中国引领拉美文学热潮。早在 1979 年,《外国文艺》就刊登了王央乐翻译的博尔赫斯小说四篇,计有《交叉小径的花园》、《南方》、《马可福音》、《一个无可奈何的奇迹》。1983 年,《博尔赫斯短篇小说集》翻译出版。不过,直至八十年代中期以后,博尔赫斯的影响才随着后现代先锋小说的借重而日益显赫。1986 年,博尔赫斯去世。国内报刊的报道和论述,推动了国内文坛对于博尔赫斯的认识。1992 年和 1993 年,云南人民出版社和花城出版社分别出版了博尔赫斯作品选集《巴比伦的抽签游戏》和《巴比伦彩票》。前者是小说散文和诗歌选,译者王永年;后者是小说选,译者陈凯先和屠乃超。值得一提的是,九十年代后期国内出现了两套大型的博尔赫斯文集:一是海南国际新闻出版中心出版的由陈众议主编的三卷本《博尔赫斯文集》,二是浙江文艺出版

拉丁美洲短篇小说选

人民文学出版社

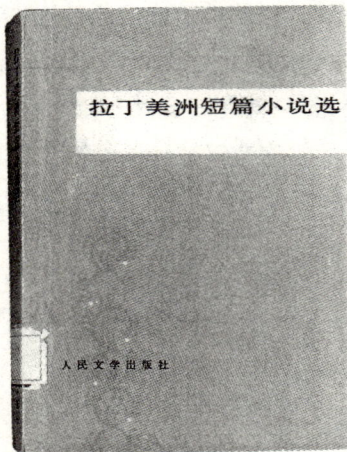

∧ 人民文学出版社编 《拉丁美洲短篇小说选》 人民文学 1981 年版

社出版的由林一安主编的三卷五册《博尔赫斯全集》。马原、洪峰、余华、格非等年轻作家都不同程度地借鉴了博尔赫斯，构建他们的"先锋性"，引发了文坛对于博尔赫斯的崇尚之风。

除了哥伦比亚的马尔克斯、阿根廷的博尔赫斯以外，拉美其它国家还有很多有成就的作家在新时期被翻译介绍过来。

墨西哥诗人维奥·帕斯是 1990 年诺贝尔文学奖获得者，他的诗歌自八十年代初以来就在拉丁美洲诗歌选本中被翻译过来。1990 年获奖后，帕斯的诗作在我国得到了大量翻译。1991年，北方文艺出版社出版了董继平翻译的《1990 年诺贝尔文学奖得主奥克塔维奥·帕斯诗选》。1992 年，漓江出版社出版了朱景冬、尹承东等翻译的帕斯诗文集《太阳石》。还是 1992 年，云南人民出版社出版了赵振江翻译的《帕斯诗选》。

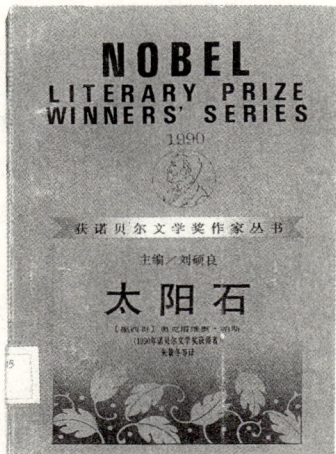

∧ 朱景冬等译《太阳石》
漓江社 1982 年版

胡安·鲁尔福被视为墨西哥当代魔幻现实主义的代表人物之一，他的小说受到了国人的喜爱。继 1980 年外国文学出版社出版倪华迪等人翻译的《胡安·鲁尔福中短篇小说选》之外，1986 年人民文学出版社出版了孟屠超翻译的《人鬼之间》，1993 年云南人民出版社出版了《胡安·鲁尔福全集》。

六十年代拉美文学"爆炸"代表人物之一、以"结构现实主义"驰名的秘鲁作家略萨也是为中国读者熟悉的作家。早在 1981 年，外国文学出版社出版了赵绍天翻译的略萨的第一部长篇小说《城市与狗》。1983年，外国文学出版社又出版了孙家孟翻译的《绿房子》。同一年，赵德明翻译了略萨的《世界末日之战》，由江苏人民出版社出版。1986 年，孙家孟又翻译了略萨的第三部长篇小说《潘达雷翁上尉与劳军女郎》。可以说，我国对于略萨的翻译介绍既早又多。1996 年，长春时代文艺出版社推出的九卷本《略萨全集》，是迄今中国翻译略萨作品最完整的记录。

在智利文学中，我国较早翻译的是聂鲁达。八九十年代，聂鲁达的作品得以继续出版。与此同时,不为我们所知的其他智利优秀作家也被翻译过来。智利著名女诗人卡夫列拉·米斯特拉尔是 1945 年诺贝尔文学奖得主,也是拉丁美洲的第一个诺贝尔文学奖获得者,但她的诗却直到八十年代才翻译到中国来。她的作品目前已经被翻译过来两本:一是王永年翻译、上海译文出版社 1988 年出版的诗歌散文集《露珠》,二是赵振江、陈孟翻译,漓江出版社 1986 年出版的诗集《柔情》。

巴西当代最负盛名的作家,大约算若热·亚马多。早在五十年代,亚马多就曾两次来华访问,他的作品当时就被译出多部。八十年代以后,亚马多的作品在中国得以继续翻译出版。1985 年,孙成敖翻译的《加布里埃拉》由上海译文出版社出版。1987 年,范维信翻译的《死海》由黑龙江人民出版社出版。同一年,云南人民出版社出版了孙成敖和范维信联手翻译的《弗洛尔和她的两个丈夫》和《大埋伏》。1988 年,北方文艺出版社出版了文华等人翻译的《厌倦了妓女生活的特雷莎·巴蒂斯塔》。1989 年,花山文艺出版社又出版了范维信翻译的《老船长外传》。

拉美文学在中国文坛的热度,推动了"拉丁美洲文学丛书"的翻译出版。这套由拉美文学研究会与云南人民出版社 1987 年合作出版的丛书翻译出版了五六十种优秀的拉美文学作品。除了上面提到的马尔克斯、博尔赫斯等人以外,这套书还包括了很多其他拉美作家的作品,如(墨西哥)卡洛斯·富恩特斯的《最明净的地区》、(古巴)阿莱霍·卡彭铁尔《卡彭铁尔作品集》等等。另外,这套书还包括一个"拉美作家谈创作"系列,出版了博尔赫斯《作家们的作家》、马尔克斯《加西亚·马尔克斯谈创作》等书。"拉丁美洲文学丛书"工程之大,出书之全,称得上是拉美文学翻译史上最值得纪念的工程。

"拉丁美洲文学丛书"开始销路不错,第一本若热·亚马多的《弗洛尔和她的两个丈夫》印了十几万册,可惜后来一年不如一年,有的甚至印数跌到少于五千册。1992 年后,由于版权的限制,中国对于拉美文学的翻译每况愈下。这种状况引起了有识之士的忧虑,报刊上出现了"文学爆炸已成历史"、"西班牙语文学翻译前景堪忧"、"拉美文学翻译出版出现断档"等声音。

（四）

中国新时期对于亚洲国家文学的翻译，较有成就者，除日本外，应该说是印度了。相较于日本文学，印度文学在中国新时期的文化影响微不足道，如二十年代那样的"泰戈尔热"早已不复存在，但中国的印度文学翻译却是相当可观的。

印度文学翻译的成就，集中于史诗和泰戈尔。

史诗翻译方面成就最为显赫者，是季羡林自梵文翻译的《罗摩衍那》全译本。正如萧乾所说，对于世界公认的经典名著的翻译标志着一个国家的文化水平，如《罗摩衍那》这种已有多种语言译本的堪称人类文化遗产的史诗，汉语全译本出现的重要意义自不待言。

印度有《罗摩衍那》和《摩诃婆罗多》两大史诗，它们是印度文化的源头，也是婆罗门教、印度教的经典。中国古代迻译佛教经典，未曾注意这两大史诗。二十世纪以来，陆续有一些自英语转译过来的汉语节译本，如台湾糜开文的《印度两大史诗》(1950)、大陆孙用的《腊玛延那·玛哈帕腊达》(1962)。季羡林从"文革"期间的 1973 年起开始自梵文翻译《罗摩衍那》，1980 年起陆续由人民文学出版社出版：1980 年出版《罗摩衍那》(一，童年篇)，1981 年出版《罗摩衍那》(二，阿逾陀篇)，1982 年出版《罗摩衍那》(三，森林篇)和(四，猴国篇)，1983 年出版《罗摩衍那》(五，美妙篇)，1984 年出版《罗摩衍那》(六，战斗篇)和(七，后篇)，至此《罗摩衍那》全译本完成。《罗摩衍那》全译出版后，在国内外产生了巨大的影响，并获得了国内外国文学翻译的最高奖项，堪称中国翻译史和中印文化交流史上的大事。

另外一首印度史诗《摩诃婆罗多》自新时期以来陆续出现部分翻译，如 1982

∧ 季羡林译《罗摩衍那》
译林 2002 年版

年中国社科出版社出版的由赵国华翻译的《那罗和达摩衍那》,1987年人民文学出版社出版的由金克木等人翻译的《摩诃婆罗多插话选》,1989年中国社科出版社出版的张保胜翻译的《薄伽梵歌》等,但迄今尚未有完整译本出现。

泰戈尔的翻译,在中国早已有丰厚的基础。新时期之前,中国的泰戈尔翻译有过两次高潮:一是二十年代初中期,这段时间泰戈尔的很多重要诗集如《吉檀迦利》、《新月集》、《飞鸟集》等被翻译过来,有的甚至有几种译本出现。二是五十年代,解放初期中印关系友好,中国方面十分重视对于泰戈尔作品的翻译,最为集中的翻译成就是在1961年泰戈尔诞辰一百周年时出版的十卷本《泰戈尔作品集》。

新时期对于泰戈尔的翻译仍有很大的进展。大量的新译、重译自不待言,新时期泰戈尔翻译的独特贡献至少有两点值得提出:一是直接来自孟加拉语、印地语的翻译,如白开元《寂园心曲——泰戈尔诗歌三百》等。本地语的翻译体现出了泰戈尔诗歌的原有格律,较散体英译显然大大进步了;二是《泰戈尔全集》的出版,由刘安武、倪培耕、白开元三人主编的《泰戈尔全集》共计二十四卷,规模上大大超过了《泰戈尔作品集》,在质量上也不同往常,它除了收录已有的翻译,还收录了大量来自孟加拉文、印地文的译作。这一套巨型文集的出现,堪称本世纪中国泰戈尔翻译的收官之作。

(五)

我国对于朝鲜文学的翻译,可追溯到三十年代。1936年,上海文化生活出版社出版了胡风翻译的《山灵——朝鲜台湾短篇集》。除台湾的三篇外,收录了四篇朝鲜小说:张赫宙的《山灵》、《上坟去的男子》,李北鸣的《初阵》,郑遇尚的《声》。

五六十年代,因为中朝关系友好,我国翻译介绍了不少朝鲜文学作品以及电影。新时期初,朝鲜文学的翻译仍在延续。1978年,即"名著重印"的第二年,就有多部朝鲜小说面世,如长篇小说《血海》、中篇小说《回声》、长篇叙事诗《白头山》、革命歌剧《卖花姑娘》等。1983年,人民文学出版社出版了《李箕永短篇小说集》和《赵明熙诗文集》等作品。

朝鲜古典文学的翻译,始于五六十年代,新时期后得以延续。《春香传》原是朝鲜民间传说,至18世纪末、19世纪初形成小说。早在1956年,作家出版社就出版了这一朝鲜古典名著,译者是陶冰蔚和张友鸾。值得一提的翻译家是韦旭升,他在八十年代后期陆续翻译出版了数部朝鲜古典文学作品,包括金万重的《九云梦》(北岳文艺出版社,1986)、《谢氏南征记》(中州古籍,1987)和南永勇的《玉楼梦》,(北岳文艺出版社,1989)等。

在新时期之前,韩国文学不太为我们所知。1980年,《外国文艺》第1期就刊载了专栏"南朝鲜短篇小说五篇"。1983年,上海译文出版社首次出版了枚之等翻译的《南朝鲜小说集》。1988年,社会科学文献出版社出版了《南朝鲜"问题小说"选》。1992年中韩建交后,我国对于韩国当代小说翻译增多,如李殷相的诗集《鹭山时调选集》、许世旭的诗集《东方之恋》、李文烈的长篇小说《扭曲了的英雄》和《人的儿子》、韩末淑的长篇小说《美的灵歌》等。

韩国文学真正为国人所知,却是由"韩流"带来的韩国青春文学。中韩建交后,韩国影视、歌曲、文学相继打开中国市场,形成"韩流"。韩国青少年读物借国内青春文学走红之际大举进入中国图书市场,金河仁、可爱淘已然成为偶像人物,《菊花香》、《那小子真帅》、《狼的诱惑》等书大量出现于中国市场,并雄踞于销售排行榜,成为中韩文学交流的奇观。当然,这些快餐式的青春文学读本,并不为文坛看重。

(六)

1949年后,我国对于非洲文学有过不少翻译介绍。不过,国人对非洲文学仍然陌生,这与非洲文学自身的知名度不高有关。八十年代至今,非洲出现了四位诺贝尔文学奖获得者,这一情况多多少少改变了非洲作家不为人知的状况。诺贝尔文学奖一直以西方为中心,很少有亚非拉作家,本世纪八十年代之前甚至没有非洲作家入选。八十年代四位诺贝尔文学奖获得者的产生,不知道是不是对于非洲文学的一种补偿。

1980 年,埃及作家纳吉布·马哈福兹获得诺贝尔文学奖。他是非洲第一个诺贝尔文学奖获得者,也是亚非地区继泰戈尔、川端康成之后的第三个获奖者。我国自八十年代中期开始翻译介绍马哈福兹的作品。1984 年,湖南人民出版社出版了李唯中等翻译的长篇小说《平民史诗》。同年,花山文艺出版社出版了李唯中等翻译的长篇小说《尼罗河的悲剧》。1985 年,上海译文出版社出版了郅溥浩翻译的长篇小说《梅达格胡同》。1986 年,上海译文出版社又出版了孟凯翻译的长篇历史小说《最后的遗嘱》。1986 年,马哈福兹获奖的代表作品《宫间街》、《思宫街》和《甘露街》由湖南人民出版社出版,译者为朱凯、李唯中等。此后,仍不断有马哈福兹的译本出现。

1986 年,尼日利亚作家沃尔·索因卡获诺贝尔文学奖,成为非洲第二个获此殊荣者。索因卡获奖次年,即 1987 年,他的长篇小说《痴心与浊水》即被沈静、石羽山翻译过来,由外国文学出版社出版。1990 年,索因卡的另一部小说《狮子和宝石》由邵殿生翻译,漓江出版社出版。索因卡不但是小说家,也是诗人、戏剧家,他的部分诗作曾收入 1992 年作家出版社出版的由王家新、唐晓渡编选的《外国二十世纪纯抒情诗精华》。

非洲大陆第三位诺贝尔文学奖获得者,是南非白人女作家纳丁·戈迪默,时在 1991 年。戈迪默获奖的第二年,即 1992 年,她的小说《七月的人民》即由莫雅平等翻译,漓江出版社出版。此后,她的小说《我儿子的故事》又由莫雅平译出,1998 年译林出版社出版。

2003 年,南非另一位作家库切再获诺贝尔文学奖。在库切获奖之前的 2002 年,译林出版社已经未卜先知地翻译出版了库切的《耻》,但未引起注意。2003 年库切获奖后,次年,即 2004 年,浙江文艺出版社即以最快速度推出了"库切小说文库"五种。出版社和读者的追捧,导致了库切作品的流行。

当然,还有很多诺贝尔文学奖获得者以外的优秀非洲作家被翻译过来。尼日利亚的著名作家钦努阿·阿契贝的名著《瓦解》早在 1964 年就由高宗禹译出、作家出版社出版;二十年后的 1984 年,这本书被外语教学与研究出版社重译出版,译者李季芳。另一位具有国际声誉的作

∧ 南非作家库切

∧ 张冲 郭整风译《耻》
译林社 2002 年版

家,是肯尼亚的恩古吉。外国文学出版社分别于 1984 年和 1986 年出版了他的长篇小说《一粒麦种》、《孩子,你别哭》和《大河两岸》三部长篇小说。其他作家不再一一介绍。

第二章 复 苏

第一节 人民/译文/译林

（一）

"文革"之后，中国对于世界文学的翻译介绍逐渐中断。"四人帮"对外国文学采取了全面否定的态度，由此隔绝了中国与世界文学的联系。新时期以后，翻译逐渐出现了全面复苏。下面，我们以北京的人民文学出版社、上海的译文出版社和南京的译林出版社（《译林》杂志）为路径，考察新时期伊始外国古典名著、现代主义及通俗文学的"复苏"历程。

新时期翻译的起点，始于 1977 年人民文学出版社的"名著重印"。在刚刚粉碎"四人帮"这样一种新的政治气候下，人民文学出版社跃跃欲试，试探性地重印了五本久被禁止的世界古典文学名著。它们是斯威布的《希腊的神话和传说》、阿拉伯民间故事集《一千零一夜》（一、二、三）、果戈理的《死魂灵》、莎士比亚的《哈姆雷特》和《雅典的泰门》。这些书都不是新翻译的，而是对从前版本的重印，故称为"名著重印"。果戈理《死魂灵》系鲁迅翻译，最早在 1935 年由上海文化生活出版社出版。

莎士比亚的《哈姆雷特》《雅典的泰门》均为朱生豪译本,朱译莎士比亚戏剧全集 1947 年由世界书局初版。《希腊的神话和传说》为楚图南所译,1949 年由上海书报联合发行所初版。只有《一千零一夜》是解放之后翻译的,人民文学出版社初版,它的译者是纳训,初版时间是 1957 年。从篇目上看,这五本书显然经过了出版者的慎重选择,入选篇目都具有一定的"安全系数"。古希腊神话与阿拉伯民间故事,很明显具有较弱的意识形态色彩。果戈理的《死魂灵》则是鲁迅的翻译名品,而鲁迅在"文革"中虽受歪曲,却仍是"旗帜"。莎士比亚则是被马克思称誉为"戏剧天才"的作家,马列文论中屡有"莎士比亚化"之类的经典论述。突破禁区的步履,看来是谨慎而蹒跚的。

投石问路以后,接下来的步伐更大了。1978 年,人民文学出版社在出版外国文学作品上来了一个飞跃,出版外国文学作品的总数达到了"文革"以来前所未有的六十七种,其中包括重印书三十七种。这其中的外国古典文学名著有:《莎士比亚全集》、狄更斯的《大卫·科波菲尔》、《契诃夫小说选》、托尔斯泰的《安娜·卡列尼娜》和《战争与和平》、萨克雷的《名利场》、雨果的《悲惨世界》和《九三年》、塞万提斯的《堂·吉诃德》、巴尔扎克的《高老头》、屠格涅夫的《处女地》、莫泊桑的《羊脂球》、莱蒙托夫的《当代英雄》等等。

在很多作家、学者的文章中,我们都可以看到他们对于当初外国文学名著印行时的情景的深情追忆。陈思和曾在一篇文章中谈到:"那年 5 月 1 日,全国新华书店出售经过精心挑选的新版古典文学名著《悲惨世界》、《安娜·卡列尼娜》、《高老头》等,造成了万人空巷的抢购的局面。"① 日本的尾崎秀树当时正在访问中国,亲眼目睹了国人半夜起来排队买书的情形,他后来在 1978 年《朝日周刊》上发表文章记叙了他的见闻,"现在,中国的面目焕然一新,文艺界也是一派'百花齐放,百家争鸣'的动人景象……恢复出版古典作品和翻译外国文学作品。"② 张世君的小

---

① 陈思和《想起了〈外国文艺〉创刊号》,《作家谈译文》,上海译文出版社 1997 年 12 月第 1 版。
② 何少贤《日本文艺界人士对我国文艺的反应》,《外国文学动态》1979 年第 1 期。

说《红房子》，记述了那一年重庆人半夜排队抢购名著的生动情景："熬过了两三点钟阴阳不分的时辰，四五点钟天就在开始麻麻亮了，马路上跑动的脚步声多起来，为了维持秩序，先到的人自发制了一些排队号数的小纸片，以免后来的人加塞'插轮子'。早上八点钟了，书店门口围起了里三层外三层的人……九点正门一开，售书的在店里边，买书的在店外边。每个买书的人都笑呵呵地捧着一摞书出来，买书是没有选择的，几乎有几本名著，就买几本。书荒太长时间了，饥不择食呀，有什么书，就都买。那天卖的书有《高老头》、《欧也妮·葛朗台》、《安娜·卡列尼娜》，亦琼都买上了。土黄色封面上描着青色的单线图案，印着深褐色的书名，哎呀，这名著，摸摸都过瘾呀！"①

经过 1977、1978 两年的重印和出版，"文革"以来的"书荒"得到了初步缓解。1979 年，人民文学出版社除了继续加大重印出版数量外——这一年出版的外国文学著作更达到七十三种，其中包括重印书二十三种——开始考虑系统的外国文学的出版计划。一个重要的规划是恢复"三套丛书"——"外国文学名著丛书"、"马克思主义文艺理论丛书"和"外国文艺理论丛书"——的出版。这件工作本来从五十年代末期就开始了，至 1965 年前已经出版了数十种，此后中断了。1978 年末和 1979年初，由中国社会科学院外文所、人民文学出版社等处专家构成的工作组会议和组委会会议先后召开，确定"外国文学名著丛书"第一批选题二百种的计划，并确定了"马克思主义文艺理论丛书"和"外国文艺理论丛书"的出版计划。除此之外，人民文学出版社还有很多其它的出版规划。他们设计了一套外国短篇小说选，总括性地介绍各国短篇小说。1979 和 1980 年，这套书出版了《东欧短篇小说选》、《英国短篇小说选》、《德国短篇小说选》、《俄国短篇小说选》、《日本短篇小说选》、《拉丁美洲短篇小说选》等。人民文学出版社还出版了另外几套丛书：一是"文学小丛书"，出版了普希金的《杜布罗夫斯基》、托尔斯泰的《哈吉穆拉特》、伏契克的《绞刑架下的报告》、莫泊桑的《羊脂球》、《高尔基早期作品选》、《果戈里小说选》、马克·吐温《竞选州长》、《斯蒂芬·茨威格小说四篇》、

---

① 张世君《红房子》，广东人民出版社 1999 年 6 月第 1 版。

当时出版的部分外国文学经典著作

《莱辛寓言》、小林多喜二的《蟹工船》、库普林的《阿列霞》等书；二是"日本文学丛书"，出版了《芥川龙之介小说选》、紫式部《源氏物语》、德永直《没有太阳的街》等；三是"印度文学丛书"，出版了《伐致呵利三百咏》、《罗摩衍那》等。值得一提的是，著名作家的文集也开始上马，人民文学出版社继 1978 年出版十一卷《莎士比亚全集》后，又出版了高尔基的文集，煌煌二十卷《高尔基文集》在 1985 年前陆续出齐。

(二)

人民文学出版社所出版的"外国文学名著丛书"部分由上海译文出版社承担。1978、1979 年，上海译文出版社出版了十种，1980 年出版了十一种，1981 年出版了十二种，包括司汤达的《巴马修道院》、狄更斯的《荒凉山庄》、霍桑的《红字》、亨利希·曼的《亨利四世》、《莱辛戏剧两

^《外国文艺》1978年第一期
总第一期

种》、狄更斯的《大卫·考坡菲》等等。至1981年底，上海译文出版社完成了这套丛书两千种的四分之一。

不过，上海译文出版社的主要贡献并不在外国古典名著的重印，而在于西方现代主义的引进。首先要提到的，是1978年上海译文出版社创办的《外国文艺》。1978年，中国新时期刚刚开始，连现实主义、人道主义还受到争议，《外国文艺》就突兀地把现代主义呈现在国人面前，产生了颠覆性的效果。《外国文艺》在创刊号中刊登了日本川端康成的《伊豆的歌女》、《水月》，意大利蒙塔莱的诗歌《幸福》(外三首)、美国约瑟夫·赫勒的《第二十二条军规》和法国让-保尔·萨特的剧本《肮脏的手》。在后面几期刊物中，又陆续刊出了约翰·巴思的《迷失在开心馆里》、福克纳的《纪念爱米丽的一朵玫瑰花》、阿·罗布-格里耶的《橡皮》、豪·路·博尔赫斯的《交叉小径的花园》等西方的现代主义以至后现代主义的名著。这是中国解放以后第一次在非批判的状态下集中展示外国"现代派"小说，效果可说是石破天惊。二十年后，刘心武还能真切地回忆自己看到《外国文艺》"满眼的新奇"的感觉，"中国定位于改革开放路线的中国共产党的十一届三中全会还未召开，须知那时并不是所有的出版社和刊物都能如此义无反顾地打开窗户让读者们观览外部世界的，因之，抚今追昔，上海译文出版社与《外国文艺》的胆识气魄，确实不能不令人感佩赞叹。"①《外国文艺》在新时期不经过任何试探，首次引进西方"现代派"文学作品，其胆识勇气的确十分令人敬佩，意义也非同小可。陈思和曾从文化嬗变的角度，高度评价《外国文艺》的地位。他认为：凡一时代的文学风气发生新旧嬗变之际，首先起推波助澜作用的往往

---

① 刘心武《滴水可知海味》，《作家谈译文》，上海译文出版社1997年12月第1版。

是一两家期刊,如五四时期的《新青年》,三十年代《现代》杂志,五十年代台湾的《文学杂志》等;以这样的标准来看,他认为"文革"后对新时期文学影响最大的刊物,不是当时那些文学期刊,而是引进外国现代文学观念的刊物,"我想说的是上海译文出版社出版的《外国文艺》杂志。"①

《外国文艺》开了风气之先,但它毕竟是一本刊物,对于外国现代作家作品的翻译介绍不成系统。弥补了这一缺陷的,是上海译文出版社陆续出版的"外国文艺丛书"。"外国文艺丛书"自 1979 年就开始出书,较早出版了一些重要的"现代派"作家作品,如(奥)卡夫卡的《城堡》(汤永宽译,1980)、(法)加缪的《鼠疫》(顾方济、徐志仁译,1980)、(美)约瑟夫·海勒的《第二十二条军规》(南文等译,1981)、(法)阿·罗布格里耶的《橡皮》(林青译,1981)、(哥)《加西亚·马尔克斯中短篇小说集》(赵德明等译,1982)、(阿根廷)《博尔赫兹短篇小说集》(王央乐译,1983)等。此外,自 1981 年起,上海译文出版社和人民文学出版社联合出版的"二十世纪外国文学丛书",出版了福克纳的《喧哗与骚动》(李文俊译)、《康拉德小说选》(袁家骅等译)等书。可以说,在八十年代初引进西方现代主义文学的过程中,上海译文出版社担当了最为重要的角色。

在谈到《外国文艺》时,陈思和认为,它的贡献在于带来了崭新的西方现代审美观念和文学风貌,对新时期突破陈旧的现实主义有巨大的作用,"在几十年的时间里,我们接受外国文学一直停留在古典欧美传统文学和苏联社会主义现实主义的范围之内,并以此作为文学创作的参照系,现在一道神秘的门终于悄悄打开了,新的艺术世界第一次不在被批判的视角下展开了自身的魅力……也许从以后的创作发展来看,川端小说中所含的精致的颓废情调与海勒的黑色幽默风格对中国作家的影响更大一些,前者对贾平凹的小说审美观念的构成可说是履痕处处,而后者,则启发了八十年代中期的一大批年轻的实验小说家。"②这段话谈的是《外国文艺》,如果加上"外国文艺丛书"和"二十世纪外国文

①　陈思和《想起了〈外国文艺〉创刊号》,《作家谈译文》,上海译文出版社 1997 年 12 月第 1 版。
②　陈思和《想起了〈外国文艺〉创刊号》,《作家谈译文》,上海译文出版社 1997 年 12 月第 1 版。

学丛书",当更为恰当。

(三)

将"译林"与"人民""译文"在这里相提并论有点勉强,因为此时的"译林"指的是江苏人民出版社的《译林》杂志(后来独立成译林出版社)。《译林》的独特之处是它对于通俗文学的翻译介绍,这在当时是很大胆的行为,曾因此受到批评,酿成"风波"。

据时任江苏省出版局局长的高斯回忆:"文革"的灾难造成了全社会的"书荒"局面,为了应急,社会重印了一批中外文学名著,不过文化部出版局决定重印的外国文学图书中,只限于托尔斯泰、巴尔扎克、狄更斯等古典名家作品,没有当代文学,也没有通俗作品。为了"打开窗口,了解世界",省出版局决定让江苏人民出版社创办《译林》,由李景端主持。《译林》的宗旨是介绍外国当代文学,着重于对外国通俗文学的介绍,这样就与当时北京的《世界文学》和上海的《外国文艺》区别开来。

1978 年夏天,全国影院正放映英国侦探影片《尼罗河上的惨案》,李景端约请了上海外语学院的三位英语教师译出了小说原著,发表在 1979 年 11 月《译林》创刊号上。这一行为引起了不小的震动。《译林》初版 20 万册很快售完,只好又加印了 20 万册。据邮局的人说,南京邮局每天外地邮购的汇款单要用大邮袋装,汇款员们因此工作量骤增。据说还出现一个有趣的小插曲:《译林》的原定价 1.2 元,黑市小贩卖一本则要 2 元,还外加两张香烟票。《译林》第一期出刊后,收到了一万多封读者来信。不过,乐极生悲,李景端接着就听到了不好的消息。

1980 年 4 月中旬,李景端听说,北京有某位领导人在讲话中点了《译林》的名。经了解才知道,原来中国社会科学院外国文学研究所的所长冯至先生在 1980 年 4 月 7 日给胡乔木同志写了一封长信,批评了《译林》刊载《尼罗河上的惨案》的行为:

> 目前有关翻译出版外国文学作品的某些情况,觉得与"左联"革命传统距离太远了。近年来有个别出版社有片面追求利润的倾

向，当前我国印刷和纸张都很紧张，他们却翻译出版了些不是我们所需要的作品。如江苏人民出版社出版的"外国文学丛刊"《译林》一九七九年第一期，用将近全刊一半的篇幅登载了英国侦探小说女作家克里斯蒂的《尼罗河上的惨案》，浙江人民出版社出版了同一作家的《东方快车上的谋杀案》，这些书刊被一部分读者争相购阅，广为'流传'，印数达到数十万册以上。

侦探小说也有优秀的、启人深思的作品，但是大多数都没有什么教育意义，有时还能造成坏的影响，根本谈不上对于发展和繁荣社会主义文学、培养社会主义新人有任何好处。

冯至先生的信中还提到了江苏人民出版社出版的三种美国小说，阿瑟·黑利的《钱商》、劳勃特·纳珊的《珍妮的肖像》和登克尔的《医生》：

去年八月，美国文学研究会在山东烟台开会，江苏人民出版社在会上散发了三种他们新出版的美国小说。一位美国专家说，这样的小说，在美国都是供人在旅途上消遣、看完就抛掉的书。据我所知，就是在资本主义国家比较正派的出版社和书店，也很少出版出售红红绿绿只供人旅途上消遣的书籍，想不到我们社会主义的中国，在党的领导下的出版社，却有人对那样的书趋之若鹜，这真有失我国文化界的体面。

胡乔木收到这封信后，加了批语转发给了中共江苏省委。李景端事后心有余悸：倘若在"文革"期间，像这样一种由中央负责同志批转给省委"研究处理"的文件，少不了要当成一桩"案子"对待，甚至会将刊物停刊整顿，主持工作的他也难免隔离审查；幸好此事发生在十一届三中全会之后，江苏省委对此事的处理采取了慎重的态度。当时的省委负责人在来信上做了批示，大意是：建议认真总结改进，但《译林》还是应该办下去。江苏省出版局党组责成《译林》编辑部认真全面进行自查，并向省委写出自查报告。《译林》编辑部不畏压力，在自查报告中认为《尼罗河上的惨案》既不诲淫,也不诲盗,在电影已经公开上映以后刊载没多少错。唯一的缺点是,在当时纸张紧张的情况下,印数多了一些。至于冯至先生在信中所批评的"三种美国小说"《钱商》、《医生》和《珍妮的肖像》,也都是比较健康的文学作品。对外国"通俗文学"的看法,是一个有待探讨的学术问题,可以展开讨论,但以此就说《译林》"追求利润"、"倒退"、"堕落"、"有失体面"、"趋时媚世"等等,他们难以接受。

这份自查报告上交以后,《译林》编辑部处于等待处理的状态,忐忑不安。外界传闻很多,指责纷来,流传着江苏《译林》犯了路线性错误的说法。冯至先生写信的一个月之后,1980年5月上旬,中国作协在北京召开全国文学期刊编辑工作会议。《译林》作为刚创刊的新刊物,也被指名邀请参加。江苏省出版局决定派副局长陈立人和《译林》编辑部副主任李景端出席这个会议。他俩报到后领取文件,发现每人文件袋里都有一份冯至先生所写的长信,听说会议日程中还专门安排有冯至的批评发言。出乎意料的是,与会的许多文艺界人士在发言中并不完全赞成冯至先生的批评,著名学者作家冯亦代、陈登科、于浩成、黄伟经等都直率地针对那封信的观点发表自己的不同见解,李景端也作了一个坦诚的发言,介绍了编辑部自查的结果,并澄清了《译林》唯利是图的说法。会议上多数人发言所形成的基本共识,改变了会议的议程。后来通知,原定冯至先生的大会发言不讲了。5月9日下午大会闭幕,时任中宣部部长的王任重在作大会总结报告时,特别提到了《译林》。他指出:"这些信和江苏省委转发时的按语,我和耀邦同志都看了。耀邦同志要我说一下,这件事就这样处理,就到此结束。"李景端等人顿时如释重负。至此,关于《译林》创刊号所登载的《尼罗河上的惨案》而引发的告状信风波,算是画上了句号。①

应该说,冯至是较为敏感的,他的看法并非无的放矢。1977、1978年名著重印头两年之后,大致自1979年起外国通俗文学开始抬头。这一年几家出版社同时出版外国通俗作品:二月,群众出版社印行《福尔摩

---

① 有关《译林》的《尼罗河上的惨案》的风波,来自当事人李景端先生的回忆,见李景端《回忆译林坎坷路》,收自《波涛上的足迹——译林编辑生涯二十年》,重庆出版社1999年8月版。李景端先生亲自给笔者惠寄材料,特此志谢。

∧ 敬之译《希腊棺材之谜》
群众社 1979 年版

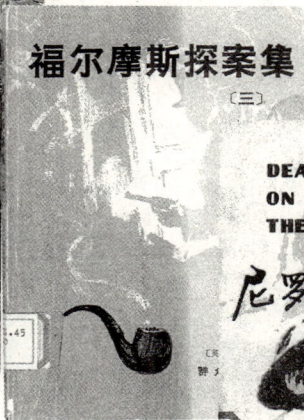

∧ 李家云、陈羽纶译
《福尔摩斯探案
集》（三）
群众社 1980 年版

∧ 宫英海译《尼罗河上
的惨案》江苏人民
1979 年版

斯探案集》；四月，群众出版社印行艾勒里·奎恩的《希腊棺材之迷》，江
苏人民出版社印行阿瑟·海雷的《钱商》；五月，浙江人民出版社印行马
格丽特·密西尔的《飘》；十一月《译林》创刊号上全文刊载《尼罗河上的
惨案》，江苏人民出版社同月出版该书，同时出版了森村诚一的《人性的
证明》；十二月，浙江人民出版社印行克里斯蒂的《东方快车谋杀案》。冯
至察觉到了通俗文学抬头的倾向，抓住《译林》连载事件，上报批评。不
过，他的上报中央的做法及过于苛刻的批评，在文坛引起了反感，未能
得到支持。

这事件反过来激励了《译林》。全文刊载《尼罗河上的惨案》的 1979
年《译林》第 1 期，其实也是该年唯一的一期。转过年来，在 1980 年第 1
期上，《译林》发表了戈宝权的"示威性"文章《把"窗口"打开得更大些
吧！》，表达该刊对于开放当代外国通俗文学的坚持。这一期刊载了施咸
荣介绍美国通俗长篇小说《教父》的文章《美国七十年代最畅销书〈教
父〉》，和李景端介绍日本通俗小说《人性的证明》的文章《社会派推理文

艺的佳作——介绍畅销小说《人性的证明》》,并连续刊载长篇小说《吕蓓卡》。此后,《译林》又刊载了不少外国畅销小说,如日本石川达三的《破碎的山河》、英国艾·安东尼的《特殊使命》、美国马普佐·佛·科普拉的《教父》、美国埃里奇·西格尔的《罗伯特的风波》等,并刊载了介绍阿加莎·克里斯蒂、西德尼·谢尔顿等通俗小说家的文章。在《译林》的引领下,通俗小说获得合法性,并在国内得以大量出版,并渐至于泛滥了。仅1980—1981 两年间,国内各出版社就出版了克里斯蒂的小说 23 种,柯南道尔的"福尔摩斯系列"也风靡社会,印数动辄几十万,上百万。批评通俗小说浪费纸张的冯至看到这一现象,不知会生发何种感想?

第二节　莎士比亚

　　"名著重印"是 1977 年,《外国文艺》的创刊是 1978 年底,《译林》刊载《尼罗河上的惨案》是 1979 年底,从时间上,外国文学进入中国的顺序是古典现实主义、现代主义和通俗文学。首先是"名著重印"的冲击,引发了有关人道主义的争论,这是新时期话语实践的先声。

　　在外国文学名著的回归中,开始最为令人瞩目的无疑是英国的莎士比亚。用徐迟的话来说,是"文艺复兴的巨人莎士比亚领头来访问我们的读者。"在人民文学出版社首批重印的六本外国文学名著中,莎士比亚占了三本,它们分别是:《哈姆雷特》、《雅典的泰门》和《威尼斯商人》,出版于 1977 年 12 月。接着,在次年一月,《奥瑟罗》、《亨利四世》又面世了。最值得一提的,是 1978 年 4 月十一卷《莎士比亚全集》的出版。在 1977 年的政治气候下,人民文学出版社推出莎士比亚的剧作已属不易,接着又能以如此快的速度编纂出版《莎士比亚全集》,堪称奇迹。这套新时期最早的外国作家全集的出版,是我国出版史上的一件盛事。

　　这套《莎士比亚全集》的底本,是 1954 年人民文学出版社出版的十二卷《莎士比亚戏剧集》的朱生豪译本。朱生豪莎译的最初汇集是 1947

∧ 曹未风译《汉姆莱特》
上海译文 1979 年版

∧ 朱生豪译《莎士比亚全集》
人民文学 1978 年版

年由上海世界书局出版的《莎士比亚戏剧全集》，此时离朱生豪去世已经三年。朱生豪极具才华，在抗日战争极端困苦的环境下以每年三个剧本的速度翻译莎士比亚，但最终还是未能完成全部三十七个剧本的翻译，而在译完了三十一个剧本时贫困交加而死，年仅三十二岁。世界书局的《莎士比亚戏剧全集》仅仅收了朱生豪翻译的二十七种莎剧，1954年人民文学版的《莎士比亚戏剧集》又增加了四种历史剧，全部出齐了朱生豪的莎译三十一种。然而就莎士比亚的剧本来说，这仍然是不全的。至 1978 年，时间虽然匆忙，人民文学出版社还是找到了吴兴华、方平、方重校订，章益、方平、张谷若、方重、杨周翰等人补译朱生豪未译的剧本，真正完成了"全集"的出版。

　　这一时期"莎士比亚热"不但表现在朱生豪译本的单行本和全集的出版上，也表现在对于其他译者译本的出版上。说起来，朱生豪的《莎士比亚戏剧全集》在中国并非第一本莎士比亚"全集"，早在 1942—1944年间，曹未风就以《莎士比亚全集》的总名陆续出版了《该撒大将》、《暴风雪》、《微尼斯商人》、《凡隆纳的二绅士》、《如愿》、《仲夏夜之梦》、《罗米欧与朱丽叶》、《李耳王》、《汉姆莱特》、《马克白斯》、《错中错》十一个剧本。1946 年上海文化合作公司又以《曹译莎士比亚全集》为名出版了其中的十种剧本。到了五六十年代，曹未风又进行了改译重译，重新出版了十二个莎士比亚剧本。新时期没有遗忘曹未风这位翻译家。1979
年,上海译文出版社重印了曹未风翻译的《汉姆雷特》、《马克白斯》、《奥
赛罗》、《罗米欧与朱丽叶》四个剧本。1983 年,该社又重印了他的《安东
尼和克柳巴》、《仲夏夜之梦》、《错中错》、《尤利斯·该撒》、《如愿》等译
本。

　　1944 年,剧作家曹禺曾为成都剧团译出了莎士比亚的《柔蜜欧与幽
丽叶》。这个曹禺唯一的莎译,因诗体的优美而流传于世。作家出版社和
人民文学出版社分别于五六十年代出版过这一译本。新时期后,人民文
学出版社于 1979 年 1 月再次重印了此书。

　　由于朱生豪在国内定于一尊的地位,对于朱译本的超越成了后来
莎译的主要方向。对于朱译的超越主要表现在两个相关的方面:一是对
于他翻译原则的超越。朱译的原则大体与傅雷相似,是求神似而舍形
似。这种译法虽然十分通畅,但缺点是不精确,容易给人造成误解。在写
于 1956 年的《关于我译的莎士比亚悲剧〈哈姆雷特〉:无书有序》一文
中,卞之琳曾指出,朱生豪译的"欠忠实"有时会带来严重的问题。他有
一次审阅某外国文学讲稿,发现里面大加发挥莎士比亚的"平等"观念。
"自由、平等、博爱"是十八世纪的主题,文艺复兴时期的莎士比亚作品
中反倒更多等级制的思想。莎士比亚"平等"的依据何在呢? 原来来自于
论者引用的朱生豪译文,原来朱生豪将"desert"译成了"名份",这样哈姆
雷特就说出了应该以"他们应得的名份"对待演员的话。卞之琳认为决
不能译成"名份",因为"名份"有身份的意思,而这里的意思实际上是
"应有的待遇"。① 对于准确性的强调带出了形式上的要求,这是超越朱
译的第二个方面。朱生豪是以散文体翻译莎士比亚的(汉语莎士比亚另
一台湾全译本梁实秋译本也是散文体②),卞之琳、方平等人认为莎士比
亚剧作原来就是诗体,散文的译体固可传达意思,但有时会失去神韵。

---

① 卞之琳《关于我译的莎士比亚悲剧〈哈姆雷特〉:无书有序》,刊载于《外国文学研
究》1980 年第 1 期。

② 梁实秋翻译莎士比亚始于本世纪三十年代,在 1936—1939 年间,梁实秋就译出
了《威尼斯商人》、《马克白》、《暴风雨》等八种莎士比亚剧本,但他译齐出版四十
册《莎士比亚全集》已经在 1967 年的台湾了。因为意识形态的原因,梁实秋译本
并未在大陆得到出版。

方平曾专门对比卞之琳诗体《哈姆雷特》与朱生豪散文体《哈姆雷特》的长短。这里且举一例,哈姆雷特曾说过这么一句话:

That they are not a pipe for Fortune´s finger
To sound what stop she please

这句话朱生豪译为"命运不能被玩弄于指掌之间",这完全只是意会,卞译为:"他们并不做命运所吹弄的笛子/随她的手指唱调子。"卞之琳在诗行上有所对应,以汉语的音顿译出了英语诗行的节奏,而且还译出了朱译中泯灭了的"笛子"等意象。方平在大量的对比之后,说:"对比一下卞译、朱译为代表的诗体和散文体的两种翻译方法,我们可以感觉到,二者之间的一个很大的区别在于:优秀的诗体译本以鲜明的语言的节奏感,语言的形象性,语言的个性化,使语言不仅仅是思维活动的载体,而且成为具有艺术表现力的主体,使读者得到一种听觉上的、视觉上的快感或美感,如闻其声,如见其人。而好的散文译本追求的目标是通顺明晓,注意的重心放在文意字义的确当的复述上,这也并不是轻易能达到的成就;但形式和内容之间的密切关系没有得到足够的重视,因此容易平铺直叙,容易忽视了语言作为艺术媒介的音乐性和形象性,因此它往往不产生'伴音',甚至'伴象'有时也消失了。"[1]在诗译莎士比亚上,卞之琳成就最高,方平是其继承者。卞之琳于1954年译完《哈姆雷特》,1956年由人民文学出版社出版,获得高度评价。其后因为种种运动及"文革",卞之琳除了在1956年译出《奥赛罗》的部分,后来一直到新时期后才腾出时间翻译。他于1977年翻译了《里亚王》,1983年翻译了《麦克白斯》,最后终于在1988年出版了他历经三十年才完成的《莎士比亚悲剧四种》。方平后来居上,致力于诗体莎剧全集的翻译,他于1979年在上海译文出版社出版了《莎士比亚喜剧五种》,并于2000年在河北教育出版社出版了有纪念意义的《新莎士比亚全集》。

---

[1] 方平《如闻其声 如见其人——评卞之琳译〈哈姆雷特〉》,《他不知道自己是一个诗人》,湖北教育出版社2002年5月第1版。

另外值得一提的是,1998 年,译林出版社延聘英语界和戏剧教育界专家裘克安、何其莘、沸林、辜正坤等多人,重新对朱生豪译本进行了全面修订,再经索天章、孙法理、刘炳善、辜正坤诸教授补译、新译之后,重新推出了新版《莎士比亚全集》"八卷本"。这样,中国的莎士比亚汉译终于在世纪之交的时候有了大功告成的意味。

新时期初期对于莎士比亚的兴趣和热情,并非空穴来风。"文革"时期外国古典作家受到了"四人帮"的否定,如今要给这些古典作家作品恢复名誉,从莎士比亚入手当最具说服力,因为莎士比亚是得到马克思恩格斯高度肯定的作家。

1978 年《外国文学研究》创刊号上首先发表论述莎士比亚的文章,论述的是被马克思、恩格斯谈论最多的《威尼斯商人》。为了给自己寻找"底气",作者朱维之在这篇文章的开头,不惜冗长地反复强调马克思、恩格斯对于莎士比亚及《威尼斯商人》的肯定和引用,"马克思在著作中屡次引用莎士比亚剧中的典故、人物和词句,尤其是《威尼斯商人》中的主人公夏洛克的形象被引用得最多。""马克思和恩格斯在著作中常引用它的情节、人物和台词,多至数十次。"尽管如此,作者对于莎士比亚《威尼斯商人》的评价仍受制于从前的认识,肯定极其有限,仅仅着眼于认识价值和艺术价值。文章在结论部分的肯定仍然是首先以否定为前提,"《威尼斯商人》这出名剧,虽然也有其时代的局限性和阶级局限性,只批判高利贷取息的剥削性,没有看到那时商人在海上贸易的掠夺行为与海盗性质,对国内和殖民地人民进行着更残酷的剥削,它所表现的人性论也很明显;但对我们今天还是有借鉴意义的,就是用形象思维,概括并写出一幅资产阶级上升初期的社会画卷,塑造了世界文学史上一个著名的剥削者的典型,还有其他娴熟的戏剧技巧,都值得我们去批判地吸收。"①

---

① 朱维之《论〈威尼斯商人〉》,原载《天津师院学报》1978 年第 1 期,修改后发表于《外国文学研究》1978 年第 1 期。

接着,《外国文学研究》1978 年第 2 期上出现了曹让庭的《还历史以本来面目——批判"四人帮"歪曲资产阶级古典文学的谬论》一文。在这篇文章中,论者开始批判"四人帮"对于莎士比亚的人道主义的歪曲,"面对否定人的理性、力量和现世活动的意义把人视为任人宰割的畜类的中世纪,人道主义作家呼喊出'人是多么了不起的一件作品! 理性是多么高贵! 力量是多么无穷'的呼声,这难道不是一种革命的舆论! "[1]而在同期的阮坤《〈威尼斯商人〉简论》一文则已经开始为莎士比亚人道主义的"历史局限"辩护,认为安东尼奥与夏洛克的冲突,反映了资本主义发展早期商业资本与高利贷资本之间的矛盾,但这只是作品题材的客观意义所在,"从作者的创作思想即作者的主观意图来看,剧本所表现的是善与恶、好人与坏人的对立。是人道与不人道的对立。"由此我们发现了莎士比亚首先浮现于新时期的深刻的思想根源,那就是以莎士比亚代表的人文主义思想与新时期历史要求的暗合。

第三节　托尔斯泰/雨果

在俄国古典作家中,托尔斯泰的著作在新时期翻译最多,也最为引人注目。托尔斯泰的《战争与和平》,先有 1978 年董秋斯 1950 年三联书店译本的重印,接着又有 1981 年高植 1950 年文化生活出版社译本的重印,到了 1984 和 1986 年,湖南人民出版社和宝文堂书店又出版了克非、恩琪和余航、深善的两个新译本,这样托尔斯泰的《战争与和平》在八十年代中期前已经有了四个版本流传于世。托尔斯泰的《安娜·卡列尼娜》,先有 1978 年周扬、谢素台 1956 年人民文学出版社译本的重印,接着在 1982 年又出现了草婴与范仲英的新译。托尔斯泰的《复活》,1979 年有汝龙 1952 年平明出版社译本的重印,1983 年又出现了草婴

---

① 曹让庭《还历史以本来面目——批判"四人帮"歪曲资产阶级古典文学的谬论》,《外国文学研究》1978 年第 2 期。

∧ 草婴译《复活》
上海译文 1983 版

∧ 高植译《战争与和平》
上海译文 1981 版
1983 年 2 印

∧ 谢素台译《童年 少年 青年》
人民文学 1984 版

的新译。国内后来陆续出版了两部多卷本托尔斯泰文集,一套是人民文学出版社出版的集旧译新译为一体的十七卷本《列夫·托尔斯泰文集》,另外一套是上海译文出版社出版的由草婴专家专译的十二卷本《托尔斯泰文集》。翻译托尔斯泰最有成就者应数草婴,1987 年他在莫斯科国际翻译会上被授予"高尔基文学奖"。

托尔斯泰曾受到革命导师的高度评价,被列宁誉为"俄国革命的一面镜子",但他自 1949 年以来在中国却一直饱受争议。早在五六十年代,国内就有过"托尔斯泰有没有用"的争论。在"文革"中,有人提及托尔斯泰的人道主义具有进步意义,结果被"四人帮"大加讨伐。在姚文元亲自授意并改定的《鼓吹资产阶级文艺就是复辟资本主义》的文章中,作者认为托尔斯泰反对资本主义是假的,以托尔斯泰为代表的外国古典文艺都是"剥削阶级的政治愿望和思想感情的表现",因此要"彻底批判","彻底决裂"。由此,托尔斯泰在无形中成了一个象征,对于托尔斯泰的辩护成了对于人道主义及对于整个外国古典文艺的辩护。

早在 1979 年《外国文学研究》第 1 期上,就有沈国经撰文《昨日的人道主义与今日的封建法西斯主义》,试图为托尔斯泰及其人道主义辩护。该文直截了当地对比"四人帮"法西斯行径和托尔斯泰的小说人物,为人道主义辩护,"……稍微读过几本这类作品,觉得它们所宣扬的那种人道主义精神,或者说人性论,似乎并不像'四人帮'所说的那么可憎可怕,而且较之他们一伙搞的那套法西斯主义,似乎要好九十九倍(姑且不说一百倍,以免涉'全盘肯定'、'盲目崇洋'之嫌)。就拿《复活》里的男主人公聂赫留朵夫来说吧,当他看到被他玩弄并遗弃的玛丝洛娃,因为他而遭到悲惨的命运时,他毕竟产生了羞愧和忏悔之心,并且冲破了他的贵族身份所必然带来的伦理上、社交上、舆论上的重重障碍而真诚地去尽心赎罪,挽救玛丝洛娃。对聂赫留朵夫这个典型,我这里不去分析,不过我觉得比起"四人帮"这伙披着'最革命的'外衣的刽子手、恶棍来,聂赫留朵夫的道德水准似乎也要高出九十九倍。"[1]这里论者对于托尔斯泰及其人道主义的肯定,不免过于直观,缺乏理论性,但却反映出托尔斯泰与新时期初期话语变革的关联所在。

　　在 1978 年的"名著重译"书目中,有雨果的《悲惨世界》和《九三年》。雨果最为中国人所知的小说《悲惨世界》,在新时期不但出齐了李丹夫妇翻译的五卷本,还出现了大量的节译本:1982 年,陕西人民出版

∧ 李丹 方于译《悲惨世界》
人民文学 1984 版

∧ 陈敬容译《巴黎圣母院》
人民文学 1982 年版

---

① 沈国经《昨日的人道主义与今日的封建法西斯主义》,《外国文学研究》1979 年第 1 期。

社出版了周光熙翻译的简写本，外语教学与研究出版社出版了丁雪英翻译的简写本；1983 年，甘肃人民出版了廖星桥翻译的缩写本，湖南人民出版了郎维忠、杨元良翻译的缩写本。《笑面人》在 1979 年出现了两个译本，一是鲁膺译本，一是郑永慧译本。《巴黎圣母院》在 1980 至 1986 年间出现了四个译本，它们分别是陈敬容重译本、管震湖、余耀南、李祥新译本。雨果不但是一个小说家，还是一个诗人，但诗歌方面国内以前翻译较少。1949-1984 年的三十五年间，雨果的诗歌单行本只出版了一本闻家驷翻译的《雨果诗选》。这本诗集收录译诗二十二首，由作家出版社于 1954 年出版。到了新时期，雨果的诗歌开始风行，仅 1986 年一年，国内就出版了四种雨果诗歌译本，沈宝基译《雨果抒情诗选》，程曾厚译《雨果诗选》，闻家驷译《雨果诗抄》，张秋红译《雨果诗选》。戏剧方面，人民文学出版社于 1986 年出版了许渊冲翻译的《雨果戏剧集》。1998 年，河北教育出版社出版了柳鸣九主编的二十卷《雨果文集》，这个文集近一千万字，是对于中国雨果翻译的一个强大展示。

　　论及新时期初雨果的翻译成就及影响，还得回到《悲惨世界》和《九三年》。新时期初雨果翻译的最大成果，就是李丹夫妇呕心沥血译出的五卷本《悲惨世界》的出版。早在 1903 年，年仅二十二岁的鲁迅就翻译了雨果的《哀尘》，发表于当年 6 月 15 日出版的《浙江潮》月刊上。鲁迅署名为庚辰，将雨果译为嚣俄。全文 2000 余字，以文言译成。1929 年，留法归来的李丹、方于翻译的《悲惨世界》第一部问世，书名为《可怜的人》，收录在商务印书馆《万有文库》的第一集，分九册出版。1932 年，"一·二八"事变爆发，商务印书馆被日机炸毁，翻译出版遂告中止。1958 年 5 月和 1959 年 6 月，李丹、方于的《悲惨世界》新译本第一、二部由人民文学出版社出版。正当第三部译毕付梓时，"文革"到来，翻译再次中止，译者也被送进了"牛棚"。1971 年，夫妇俩被释放出"牛棚"，还未平反、摘帽，他们又开始了《悲惨世界》的翻译。那一年，李丹 70 岁，方于 68 岁。在完成了《悲惨世界》第三、四部后，李丹身体日益衰弱，但他顽强地带着第五部住进了医院，这一住就再也没回家。李丹逝世后，方于扑到了书桌前，帮助完成了最后第五部译稿。人民文学出版社 1980 年 6 月和 8 月重印了《悲惨世界》第一、二部，9 月、12 月出版了第三、四部新译,四年之后的 1984 年 3 月出版了《悲惨世界》的第五部。至此,雨果《悲惨世界》的五部全译终于出齐,它们几乎耗尽了李丹夫妇一生的精力,费时半个世纪之久。翻译的周折,足以演绎一部中国现代史。

雨果的小说《九三年》在中国很早就被翻译过来了。1913 年,晚清著名作家兼翻译家曾朴曾以《九十三年》为名翻译该书,连载于上海《时报》,次年由有正书局刊印,后于 1929 年修订成两卷由上海真美善书店印行。曾朴之后,林纾和毛文钟合作,又于 1921 年翻译了这部小说,以《双雄义死录》为书名由上海商务印书馆出版,作者名译为预勾。1948 年,董时光也翻译出版了这部小说。不过,比较忠实的全译本是郑永慧译本,它以《九三年》为书名于 1957 年由人民文学出版社出版,1978 年人民文学出版社重印的即是这个版本。

雨果与中国的纠结,一直在人道主义。早在 1924 年,曾朴就指出过:"嚣俄历数其历史上的观察,良心上之皈依何物乎,即所谓人道主义。"①无奈人道主义在中国命运不济,屡受批判。六十年代罗大冈的下列论述,大体可以看作六十年代以来主流话语对于雨果的评价,"雨果的人性论、阶级调和、社会乌托邦等资产阶级的基本思想,将有助于识破雨果及其《悲惨世界》所宣扬的人道主义思想的资产阶级实质。"②新时期以后,对于人道主义的重新认识导致了欧洲"人道主义化身"雨果的重新浮出。

从 1980 年出版的戴厚英的小说《人啊,人!》中,我们可以发现雨果的小说在中国思想解放中的重要影响。这部小说的主人公何荆夫的老师因为"向学生介绍了《九三年》,宣扬了反动的人道主义"而被贬黜到县城卖西瓜,何荆夫在流浪的时候遇见了他的老师,老师又给他拿出了雨果的《九三年》,师生俩对此有了一段探讨:

"你读过吗?"

"我读过。在大学里读的。在革命与反革命决战的时候,雨果想调和斗争,靠人的天性解决阶级矛盾,这只能是一种幻想。革命军将

① 《学衡》1924 年 36 期。
② 罗大冈《评〈悲惨世界〉中一个艺术细节》,《光明日报》1965 年 8 月 22 日。

领郭文放走了反革命的叔祖,确实犯了罪。雨果却歌颂他。"我说。

"你这观点是对的。可是雨果的理想里有没有一点合理的因素,你说?忘了吗?想想看。喏喏喏,这一页。"他像当年一样,对学生循循善诱。

"革命的目的难道是要破坏人的天性吗?革命难道是为了破坏家庭,为了使人道窒息吗?绝不是的。'我要人类的每一种特质都成为文明的象征和进步的主人;我要自由的精神,平等的观念,博爱的心灵。'"

"这是主人公郭文的话,也是雨果的思想。你说,一钱不值吗?"老师问我。

"不。雨果提出的问题很有意思。可惜他的理想在资本主义社会里不能实现。资产阶级革命是为了取封建阶级的地位而代之。他们的自由、平等、博爱只能是虚伪的。"我回答老师。

"但是无产阶级能不能把它变成真实的呢?"老师的两道眉挑得很高,额头闪闪发亮。

"我想是能够的,老师!我们共产主义者不是要解放全人类吗?马克思说过:'无神论是通过宗教的扬弃这个中介而使自己表现出来的人本主义,共产主义则是通过私有财产的扬弃这个中介而使自己表现出来的人本主义。''无神论的博爱最初还是哲学的、抽象的博爱,而共产主义的博爱则从一开始就是现实的、直接追求实效的博爱。'马克思划清了资产阶级人道主义和无产阶级人道主义的界限,并没有否定人道主义和博爱本身啊!"

何荆夫回到校园后,发现孙悦也在看《九三年》,并且看到她在老师曾经给他看过的那两段话下都划上了红线,并打了"?!"他问孙悦:"你欣赏郭文的这两段话?"孙悦回答:"我也说不上。我已经与资产阶级人道主义划清了界限,难道还会栖到这棵树上来?"但何荆夫反问:"有没有无产阶级的人道主义呢?"接着,他以马克思主义论证人道主义的合理性:"你读读马克思、恩格斯的著作吧!多读几遍,你就会发现,这两位伟人心里都有一个'人',大写的'人'。他们的理论,他们的革命实践,都是要实现这个'人'，要消灭一切使人不能成为'人'的现象和原因。"戴厚英的《人啊，人！》在当时曾引起巨大的争议，成为了新时期人道主义话语实践的重要构成部分。从小说的内容上，我们可以清晰地看到雨果小说与新时期人道主义的精神联系。

托尔斯泰和雨果对于新时期人道主义话语实践的参与和推进，评论家似乎比我们看得更清楚。1982年，张笑天发表了小说《离离原上草》。这篇小说的主人公杜玉凤出于善良在家中同时照料解放军女伤员苏岩和国民党将军申公秋。在这两个敌对阵营的人相遇并展开了殊死搏斗时，杜玉凤用自己的身体隔开了双方的枪火。苏岩和申公秋都十分震惊，被杜玉凤的"爱"感化了。在几十年后，已经成为政协委员的申公秋和成为地委书记的苏岩不约而同地去医院看望杜玉凤。小说力图表明的是，在阶级性以外，还有更为根深蒂固的共同人性。这篇小说很快受到了批评，批评家准确地把握了这篇小说的意图，"作家在这里实际要表现的思想是：人性和兽性——或者说神性和魔性，同时存在于任何人身上，只不过在坏人那里兽性或魔性占上风，而人性或神性被窒息。在适当的条件下，坏人心灵中的人性或神性也是会觉醒的。"除此之外，批评家还准确地指出了这种人道主义思想的外国古典文学来源："不是吗，列夫·托尔斯泰就是这样写的。聂赫留朵夫公爵不就是目睹玛丝洛娃在法庭上的悲惨景象而良心发现，从而神性在内心中'复活'了。用托尔斯泰的话说，就是所谓'道德自我完善'。雨果在《九三年》的结尾，描写共和国的凶恶敌人朗德纳克侯爵在被捕前从大火里救了三个儿童，使主持军事法庭审判处决朗德纳克的共和国英雄、司令官郭文深受感动，并甘愿代替这个魔鬼受刑而放掉了他。因为从朗德纳克救孩子的行动中，郭文看到了'魔鬼身上的上帝'，而在郭文头脑里，'在绝对正确的革命上，还有一个绝对正确的人道主义'。由此可见，笑天同志所追求的'人类之爱'并非什么新东西，是托尔斯泰、雨果等十九世纪西方作家早就宣扬过的了。"①

---

① 张毓茂《探求者的得与失》，沈太慧等编《文艺论争集 1979—1983》，黄河文艺出版社 1985 年 6 月第 1 版。

根据笔者的考察，中国新时期人道主义讨论事实上是从外国文学领域开始的，由名著中的西方古典人道主义所引发，再进一步，就不免要涉及到马克思主义与人道主义的关系问题。在关于人道主义的大讨论中，有几句话先后在中国被反反复复地引用，几乎家喻户晓，一是莎士比亚《哈姆雷特》中对于人的颂扬，"人是一件多么了不起的杰作！多么高贵的理性！多么伟大的力量！多么优美的仪表！多么文雅的举动！在行为上多么像一个天使！宇宙的精华！万物的灵长！"二是马克思早年关于"人的解放"的论述，"人的根本就是人自身"，"人本身是人的最高本质"，"共产主义就是现实的人道主义"等。这正说明了新时期人道主义思潮从世界文学名著中的古典人道主义到西方马克思主义的递进嬗变[1]。

---

① 有关人道主义的相关讨论参见赵稀方《翻译与新时期话语实践》，中国社会科学出版社，2003年8月第1版。

第三章　日本文学热

第一节　历史的"亮点"

（一）

　　在人们的印象中，"文革"时期的中国是完全封闭于世界的。其实不完全如此，中国与美国、日本这两个最为重要的战略伙伴的关系，都开始于"文革"时期。特别需要提到的是 1972 年，这一年尼克松和田中角荣访华。尼克松访华只是中美接触的开始，田中角荣访华却带来了实质性的中日建交。中日建交促进了中日文学的交流，给七十年代以来中国的外国文学翻译格局带来了变化。

　　"文革"以来，我国的外国文学翻译极为凋零，而到七十年代以后，翻译出版方面有所松动，开始有为数较少的外国文学作品翻译进来。如：1972 年，人民文学出版社出版了《越南南方短篇小说集》、《老挝短篇小说选》和《柬埔寨通讯集》；1973 年，人民文学出版社出版了高尔基的《母亲》、绥拉菲摩维奇的《铁流》；1974 年，人民文学出版社出版了《巴勒斯坦战斗诗集》、《朝鲜短篇小说选集》和法耶斯·哈拉瓦(埃及)的《代表

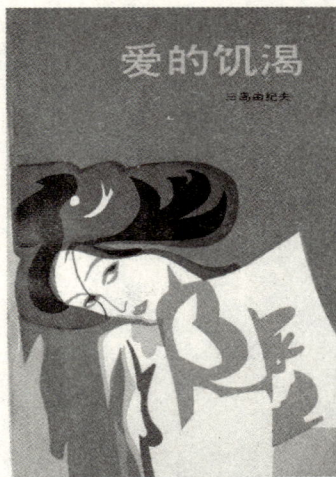

∧ 金若淼译《爱的饥渴》
作家 1987 年版

∧ 唐月梅译《春雪》
中国文联 1999 年版

团万岁》；1975 年，人民文学出版社出版了高尔基的《人间》，广东人民出版社出版了法捷耶夫的《青年近卫军》；1976 年，人民文学出版社出版了尼·奥斯特洛夫斯基的《钢铁是怎样炼成的》等。

1972 年中日建交后，我国增加了对于日本文学的翻译引进。1973 年，人民文学出版社出版了小林多喜二的《沼尾村》、《蟹工船》及《在外地主》三部作品；1974 年，上海人民出版社出版了《故乡——日本的五个电影剧本》；1975 年，人民文学出版社出版了松本清张的《日本改造法案——北一辉之死》、有吉佐和子《恍惚的人》、小松左京《日本沉没》三部著作；1976 年人民文学出版社出版了电影剧本《沙器》和《望乡》，五味川纯平的《虚构的大义——一个关东军士兵的日记》，堺屋太一的《油断》，上海人民出版社出版了户川猪佐武《党人山脉》。由于当时出版的外国文学作品为数很少，日本文学作品因之占据了相当的比例。

在 1977 年翻译出版的外国文学作品中（"名著重印"除外），既非革命经典也非第三世界文学的日本文学有中田润一郎的《从序幕中开始》、户川猪佐武的《角福火山》和《吉田学校》、城山三郎的《官僚们的夏天》，有吉佐和子的《有吉佐和子小说选》、井上靖的《井上靖小说选》，夏崛正元的《北方的墓标》,在区区十几部作品中几乎占据了一半,令人注目。

自然,这一时期对于日本文学的翻译介绍是有选择性的。小林多喜二是在中国知名度最高的日本无产阶级作家。1933年,小林多喜二被日本军国主义严刑拷打致死时,鲁迅曾致电哀悼,对其予以高度评价。早在1958—1959年,我国就有三卷《小林多喜二选集》的出版。"文革"中出版日本文学作品,小林多喜二是当然的首选。1973年出版的《沼尾村》、《蟹工船》及《在外地主》,都是小林多喜二的代表性作品。新时期以后,小林多喜二不再受到青睐。1983年人民文学出版社出版的《小林多喜二小说选》,差不多是一个小小的纪念性的总结了。

除无产阶级文学外,这一时期翻译的日本文学作品多是社会批判型的。五味川纯平的《虚构的大义——一个关东军士兵的日记》是反战小说,作者本人曾参加过关东军,后被俘虏,这部小说描写了关东军士兵杉田在日本战败前夕的遭遇。城山三郎则是日本现代经济小说的代表性作家,他的小说揭露了日本公司企业内部的尔虞我诈和下层职员的辛酸。1965年,我国翻译出版的他的一部长篇小说名字就叫《辛酸》。1977年,我国翻译出版了他的《官僚们的夏天》。到了1980年,外国文学出版社将这两部中篇合起来出版了《城山三郎小说选》。

有吉佐和子是这一时期在中国比较走红的日本女作家。她自六十年代以后多次访问我国,并受到了毛泽东等人的接见。1977年8月3日起,她在日本《新潮新闻》连载《中国通讯》,谈论她对于中国的观感。1978年6月,她第五次访问我国。有吉佐和子这一时期被翻译过来的,主要是反映日本"老人问题"的小说,如1975年人民文学出版社的长篇小说《恍惚的人》。1977年出版的《有吉佐和子小说选》,收录的也主要是反映日本老艺人的小说。

另外,值得一提的是,在1971—1973年间,我国内部出版了日本著名作家三岛由纪夫的《忧国》和《丰饶之海》四卷(《春雪》、《奔马》、《晓寺》和《天人五衰》),这些书的出版虽然是供批判之用的,但还是成为了我国读者了解三岛由纪夫的起点。据新时期三岛由纪夫的介绍翻译者叶渭渠、唐月梅回忆,他们对于三岛由纪夫的了解就开始于此。

1972 年中日建交所带来的历史契机，使得日本文学翻译先行一步。新时期以后，日本文学翻译，无论在古典文学还是在现代文学方面，都获得了丰硕的成就。

《古事记》是日本最为古老的史书兼文学。1926 年，周作人曾译出此书的"神代卷"。周作人在译本的"引言"中曾有如下介绍，"《古事记》的神话之学术价值是无可疑的，但我们拿来当文艺看，也是颇为有趣味的东西。日本人本来是艺术的国民，他的制作上有好些印度中国影响的痕迹，却仍保有其独特的精彩；或者缺少庄严雄浑的空想，但其优美轻巧的地方也非远东的别民族所能及。他的笔致都有一种润泽，不是干枯粗粝的，这使我最觉得有趣味。"1949 年以后，考虑到《古事记》的翻译难度，人民文学出版社请周作人译出了此书的全译本，并于 1956 年出版。1979 年 10 月，人民文学出版社首先重印了周作人（署名周岂明）的这一全译本，同年又出版了邹有恒、吕元明的新译本。

新中国对于日本古典文学的翻译原是颇有计划的，可惜译事或出版往往因后来的"文革"而中断。如《古事记》这样能够及时出版的书并不多，往往是五六十年代开始翻译，却拖到新时期初才得以出版，这才造成了新时期日本文学的"繁荣"。

在奈良时期最早的书面文学中，除散文体的《古事记》外，还有和歌集《万叶集》。《万叶集》的译者，是与周作人齐名的著名日本文学翻译家钱稻孙。1958 年，钱稻孙曾在《译文》上发表《〈万叶集〉介绍》一文，向国人介绍此书的体例情况，在此文中他评价《万叶集》的诗风为"情意真率而声调雄壮，词藻富丽而句法苍劲"。1959 年，钱稻孙选译的《万叶集》在日本东京出版，获得日方的高度评价。六十年代，钱稻孙又再增译了一半篇幅，拟在国内出版，结果为"文革"所误。直到九十年代，此书才由文洁若整理以《万叶集精选》为名出版。杨烈对于《万叶集》的翻译晚于钱稻孙，不过也完成于六十年代，但他的译本却较钱稻孙的译本早出，时在 1984 年，而且是全译本。《万叶集》的汉译本，后来又出现了一种，那就是 1998 年人民文学出版社出版的李芒译本。《万叶集》在日本文学史上的地位,相当于中国的《诗经》。这种经典文学在中国能够出现三个译本,是可喜的现象。从译文的角度看,据专家分析,三个译本应该是各有特色。

应该特别提到的,是丰子恺翻译的日本最重要的古典名著《源氏物语》。丰子恺也是早在"文革"以前就译完了此书,据文洁若回忆,译毕还经过了钱稻孙和周作人的校订,质量应该说是上乘的,但出版也被"文革"耽误了。早在 1979 年,人民文学出版社就委托丰子恺之子丰一吟重新整理此书,于 1980 年出版。《源氏物语》成书于十一世纪初,全书约合中文八十万字。书中描写了主人公光源氏及其薰君的爱情故事,反映了平安王朝宫廷贵族的生活情景。《源氏物语》标志着日本古典文学的高峰,奠定了后来日本文学的基调。它也是世界上最早的长篇小说,较我国的《三国演义》、《水浒传》早了三百多年。令人称奇的是,这部皇皇巨著竟然出自平安朝宫

∧《源氏物语》插图

廷弱女子紫式部之手,这也是一个历史之谜。1980 年出版的《源氏物语》丰子恺译本只是上卷,此书的中卷和下卷后于 1982、1983 年间陆续得以出版。此书的出版,是中国文化界的大事,具有重要意义。

《源氏物语》在日本文学史上的出现并不是突如其来的。日本古代"物语"文学原有两大类,一是"虚构物语",代表是《竹取物语》和《落洼物语》,二是"歌物语",代表是《伊势物语》。《源氏物语》即是在这两种物语的基础上发展而来的,它综合了两者而成为高峰。丰子恺在译出《源氏物语》之后,又译出了这三部"物语"。1984 年 2 月,人民文学出版社以《落洼物语》为名出版了这三种"物语"。不过,在此前的 1983 年,山东人

民出版社就已单独出版了武殿勋翻译的《竹取物语》。

谈及日本的"物语"文学，必须提到《源氏物语》之后的名著《平家物语》。《平家物语》是日本镰仓时代的"战地物语"，它与《源氏物语》已经不同，类似于历史演义。这部书在日本流传甚广，对后世文学影响很大。此书原也由周作人翻译，但他在译至第六卷时，因"文革"而惨死；新时期以后，申非翻译了后七卷，终于在1984年由人民文学出版社出版。

新时期初对于日本近现代文学的翻译也很重视，翻译了不少著名作家的作品。二十世纪上半叶以来，中国对于日本现代文学的翻译有着雄厚的基础，这促成了新时期日本近现代文学翻译的更大成就。

虽然在"文革"后期日本文学出现了"亮点"，但在1977、1978头两年世界名著重印时，风头却主要为俄苏英法等国的古典名著占据，日本文学反倒不多。在这种情形下，我们赫然看到德富芦花的《黑潮》居然在1978、1980和1982年三次重印，很不容易。《黑潮》原发表于1903年，是日本近代具有社会主义倾向的政治批判小说，早在1959年就由上海文艺出版社出版了金福译本。这个译本之所以得到重印，当与其政治倾向有关。不过，新时期伊始，人民文学出版社和上海译文出版社等的确重视明治时代前半期日本近代文学的翻译，翻译出版了尾崎红叶、朱镜花、幸田露位、森欧外等人的作品，填补了日本近代文学翻译的一些空白。

岛崎藤村的《破戒》和田山花袋的《棉被》是日本现代自然主义的名著，八十年代以后这两部书分别得到重译（柯毅文、陈德文译《破戒》，人民文学出版社，1982；黄凤英、胡毓文译《棉被》，江苏人民出版社，1987），后者尤其受到读者欢迎，首印突破十万册。日本自然主义作家的作品，也出现了不少新译，如田山花袋的《乡村教师》，岛崎藤村的《春》、《家》，德田秋声的《缩影》等。

唯美主义作家作品方面，首先应该提到的是谷崎润一郎的《细雪》，这部书在八十年代中后期出现了两个译本，它们分别是湖南人民出版社1985年出版的周逸之译本和上海文艺出版社出版的储元熹译本。深为周作人所喜爱的唯美作家永井荷风也得到较多的翻译，出现了四种小说集和一种散文集。

白桦派作家有岛武郎唯一的长篇小说，也是他一生最重要的代表作《一个女人》，在1984年被翻译出版（谢宜鹏译，湖南人民出版社），不过书名被改为《叶子》。白桦派另一位作家志贺直哉仅有的一部长篇小说《暗夜行路》也与中国读者见了面，并且有两个译本，一是湖南人民出版社的刘介人译本，二是漓江出版社的孙日明译本，出版时间都是1985年2月。

以横光利一为代表的日本新感觉派，曾影响了中国三十年代的施蛰存、穆时英、刘呐鸥等作家，以至于形成了中国的新感觉派。1988年，作家出版社出版了《日本新感觉派作品选》，其中多为新译。1993年，辽宁教育出版社出版了藤忠汉、王志平、宋崧和李军四人合译的横光利一的名篇《上海故事》。这些翻译，让中国读者直接目睹了日本第一个现代主义文学流派新感觉派的真正面目。

夏目漱石是日本现代文学第一人。早在1923年，鲁迅就翻译过他的两篇小说《挂幅》和《克莱喀先生》。五十年代，人民文学出版社出版过《夏目漱石选集》两卷。夏目漱石的代表性作品如《我是猫》、《哥儿》、《草枕》等都得到了翻译。不过这些其实还主要是夏目漱石的前期作品，新时期的译者将精力放在夏目漱石的以前后"三部曲"为代表的后期著作的翻译上。陈德文翻译的《三四郎》、《从此以

∧ 楼适夷译《罗生门》
湖南文艺 1980 年版

∧ 吴树文译《三四郎》
上海译文 1983 年版

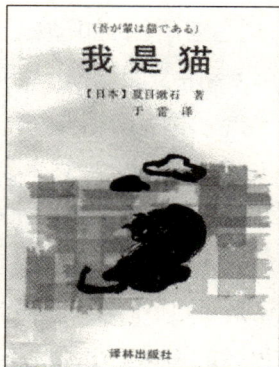

∧ 于雷译《我是猫》
译林 1993 年版

后》及《门》"前三部曲",从 1982 年开始由湖南人民出版社出版;几乎与此同时,吴树文翻译的"前三部曲"也陆续由上海译文出版社出版;而"后三部曲"《春分以后》、《使者》和《行人》后也由张正立、赵德远、李致中等翻译出来,于 1985 年出版。夏目漱石后期的作品较前期有所变化,这些翻译作品的问世,显然能够增进我们对于作家的全面了解。夏目漱石晚年还有两部自传性的长篇作品,一是《路边草》,一是未完成的《明暗》,这两本书也分别于 1985 年在国内出版。补译了夏目漱石的后期作品后,译者们又试图更上层楼,重译他的前期名著。1987 年,上海译文出版社出版了吴树德和刘振瀛重译的小说集《哥儿》。1989 年,海峡文艺出版社又出版了陈德文重译的《哥儿·草枕》。九十年代以后,夏目漱石最有名的代表作《我是猫》又出现了两个新译本,一是于雷译本,一是刘振瀛译本。这两位译者均是知名的日本文学翻译家和研究者,他们对于《我是猫》的精益求精的翻译和研究,加深了我们对于夏目漱石的理解。

芥川龙之介是日本现代"新理智派"的代表人物,堪称日本现代文学一流名家。芥川龙之介在我国的翻译介绍也很早,但后来却中断了。早在 1921 年,鲁迅就翻译出了芥川龙之介的《鼻子》和《罗生门》,发表于《晨报副镌》。1927 年,芥川龙之介自杀,引发了中国文坛的翻译热潮。同年,《小说月报》开设了《芥川龙之介专辑》。1928 年,由汤逸鹤编选翻译的中国第一部《芥川龙之介小说集》出版。1929 年,由鲁迅等人翻译的《芥川龙之介集》出版。1931 年,冯乃超翻译出版了《芥川龙之介集》。不过,这些翻译全部加起来,也不过二十余篇小说。后来,芥川龙之介的作品因受到左翼文坛排斥而日益冷落,翻译愈来愈少。到 1949 年之后,竟至于完全停顿下来,至新时期之前居然没有任何译本出现。新时期对于芥川龙之介的翻译,首先要提到楼适夷。楼适夷从干校回京后,开始打算"弄通"日本的经典《万叶集》,"整整啃了大半年,全书四千五百多首,好容易译出了七八十首,不但应该知难而退,而且也兴趣不大了。"后来他还是回到了他较为熟悉的日本近代文学,着手翻译芥川龙之介。那是 1976 年的 4 月至 6 月间,正是"四·五"运动期间,"正当天安门广场四五运动之后,我在闭门深居之中,作为自己日常的课程,也可以说作为逃避现实,逃避痛苦的一种手段,便选出了自己所偏爱的篇目,重作冯妇,又理旧业,开始翻译起来。"①当时,他是没有想到出版的,只是复写了几份装订起来"与众同乐"。然而在那个无缘接触外国文学的时代,此手抄本大受欢迎,为人们辗转传阅。粉碎"四人帮"后,湖南人民出版社将其正式出版,名为《芥川龙之介小说十一篇》,这是新时期第一个芥川龙之介的译本。此译本虽然只有十一篇,但除《罗生门》、《秋山图》外,其它都是新译。真正规模较大的翻译,是 1981 年人民文学出版社出版的《芥川龙之介小说选》。这部书由文洁若、吕元明、文学朴、吴树人四人翻译,收录了芥川龙之介的小说四十五篇,计四十多万字,大多数都是新译,它是我国第一部对于芥川龙之介较为系统的翻译集。

新时期新译最多的日本现代文学名著,莫过于井上靖的作品。井上靖是日本当代卓有成就的文学大家,与川端康成、三岛由纪夫并称为日本二十世纪下叶的文学三大家。我国对于井上靖的翻译开始于六十年代。早在 1963 年,楼适夷就译出了作者创作于 1957 年的《天平之甍》。不过,井上靖小说的大规模翻译始于新时期。前文我们提到,早在 1977年,人民文学出版社就出版了由唐月梅翻译的《井上靖小说选》,内收

∧ 耿金声 王庆江译
《井上靖西域小说选》
新疆人民 1984 年版

∧ 董学昌译 《敦煌》
山西人民 1982 年版

---

① 楼适夷《〈芥川龙之介小说十一篇〉书后》,湖南人民出版社 1980 年 5 月第 1 版。

《比良山的石楠花》、《一个冒名画家的生涯》、《核桃林》、《弃妇》四篇小说。井上靖的小说创作从题材上说主要有两部分：一是现实题材的小说，反映战后日本的现实和人物心理；二是历史题材小说，其中有大量的反映中国历史、特别是西域历史的小说。新时期对于井上靖小说的兴趣主要在与中国历史有关的小说。《天平之甍》写的是鉴真东渡的故事，在中国颇受好评。1980年，这部小说由人民文学出版社重新出版，它是楼适夷据日本中央公论社版本的重译本。1982年，井上靖描写中国敦煌石窟的小说《敦煌》由董学昌译出，山西人民出版社出版。此书后来又出了龚益善的新译。井上靖的长篇小说《杨贵妃》居然在1984和1985两年间出现了四个译本，它们分别是1984年的林怀秋、文兰译本和1985年的周祺等人及郝迟等人的译本。井上靖的西域小说后来得以辑集出版。1985年，我国翻译出版了两个选本：一是新疆人民出版社的《井上靖西域小说选》，二是甘肃人民出版社的《西域小说集》。老作家冰心在为新疆版译本所写的序中说道："我要从井上靖先生这本历史小说中来认识、了解我自己国家西北地区，当年的美梦般的风景和人物。这是我欣然执笔作序，并衷心欢迎这个译本出版的原因。"冰心的这段话，道出了井上靖小说在新时期得到众多翻译的原因。

第二节 《人性的证明》

（一）

新时期的人道主义热潮主要来自于如莎士比亚、雨果、托尔斯泰等西方文艺复兴以来的文学名著，与东方的日本文学名著并无直接关系，不过我们未曾注意的是，日本其实以《人性的证明》等当代通俗小说和电影参与了新时期的人道主义大潮。

新时期初，最为流行的日本通俗小说大概是森村诚一的《人性的证明》。1979年，江苏人民出版社一版印刷该书四十五万册，数量相当惊人。在电影的带动下，《人性的证明》的故事在中国几乎家喻户晓。《人性的证明》说的是一个怎样的故事？何以在新时期初的中国产生如此大的影响呢？

　　小说的女主角八杉恭子在二战后美军进驻日本时与美国黑人士兵相爱，并生下儿子约翰尼。不久，一家人被迫分离。威尔逊接到了回国命令，当时美军只允许正式妻子随他们回本国，而八杉恭子娘家是八尾的名门望族，他们是绝不会允许她与外国人、特别是与黑人结婚的。不得已，威尔逊只认领了约翰尼，带着他走了。八杉恭子决定花时间说服父母，征得同意后，再去追赶威尔逊父子。就在她难以向父母启齿的时候，有人给她介绍

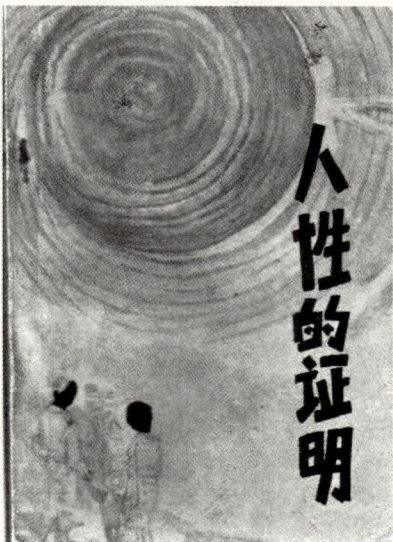

∧ 王智新译 《人性的证明》
江苏人民 1979 年版

了具有较高地位的郡阳平，婚事在双方家庭间顺利地完成了。在美国过得穷困潦倒的威尔逊及其儿子约翰尼却十分想念八杉恭子，尤其是约翰尼，深深地怀念妈妈。在离开日本时，八杉恭子一家曾去雾积旅行，她后来将包括"草帽歌"在内的《西条八十诗集》作为雾积的纪念赠送给了威尔逊。去雾积时约翰尼刚满两岁，但牢牢记住了妈妈当时给他解说的西条八十的"草帽歌"。西条八十写的草帽诗，咏诵的是他自己对雾积的回忆，这正符合约翰尼的心境，它成为了母亲和童年的象征。为了能见到八杉恭子，威尔逊用自己那风烛残年般的躯体撞车，换取了一笔赔偿费，约翰尼就用这笔钱来到日本。然而，此时的八杉恭子已经不同从前，她是执政党少壮派首脑人物郡阳平的太太，本人又是日本著名的家庭问题评论家、电视报刊的红人。她不愿意见约翰尼，担心黑人私生子的出现会毁掉她目前的一切。八杉恭子竭力劝约翰尼回美国去，但约翰尼不愿意，八杉恭子感到被逼上了绝路，于是在清水谷公园亲手杀了自己的儿子约翰尼。

　　中国读者所感兴趣的地方，并不在这罪恶本身，而在作为罪恶化身的八杉恭子身上所体现出的人性。东京的刑警栋居等人在侦察此案时，

始终找不到确凿的证据。在走投无路的时候,栋居决定"赌人性","她有没有人性呢? 不,她有没有连低等动物都有的母性呢?""我要和她赌一次,看一看她还有没有人性。"在八杉恭子矢志抵赖时,栋居突然拿出了约翰尼珍藏多年的陈旧的草帽和西条八十的诗集,并深情地诉说孩子对于母亲的思念,这是全文最打动人的精彩之处:

　　这草帽是约翰尼小时候让母亲给他买的,大概也许是游雾积回来的途中,让母亲给买的纪念品吧。他将这草帽作为日本母亲的离别留念,一直细心地保存了二十多年。您看这陈旧的程度。这陈旧程度足以说明,约翰尼对母亲的思念之情是多么强烈啊!不信您碰一下看,它会像灰一样刷刷地往下掉。而就是这顶旧草帽,却是约翰尼用金也不换的宝贝啊!

　　如果您还有一点人的良心,不,只要还存有任何低等动物都有的母性的话,听到这首草帽诗,您就绝不会无动于衷吧!

　　八杉先生,还记得这本诗集吗? 这是约翰尼同草帽一起带到日本来的,说起来这已是他的遗物了,说不定这也是您给他买的呢。后面的诗就请您自己念念吧,多好的一首诗啊! 只要躯体里还有血液流淌的人,或者是有儿女的父母,或者是有父母的儿女,谁都会被这感人肺腑的诗而深深打动的。您能不能念啊,要是不能念的话,我帮您念吧。

　　——妈妈。我喜欢那草帽。
　　一阵清风却把它吹跑,
　　您可知那时那刻我是多么惋惜。
　　——妈妈,那时对面来了位年轻的采药郎中,
　　打着玄青的绑腿和手背套。
　　他不辞辛劳帮我去找,
　　无奈谷深草高,
　　他也无法拿到。
　　——妈妈,您是否真的记得那顶草帽?

那路边盛开的野百合。

想必早该枯萎。

当秋天的灰雾把山岗笼罩。

草帽下也许每晚都有蟋蟀歌唱？

——妈妈，我想今宵肯定会像这儿一样。

那条幽谷也飞雪飘摇。

我那只闪亮的意大利草帽

和我写在背面的名字。

将要静静地、凄凉地被积雪埋掉……

八杉恭子的嘴唇"微微地哆嗦，面色越发苍白"，终于发出了呜咽。她招供："我，我每时每刻都没忘记那个儿子啊。"八杉恭子失去了一切，她的地位、丈夫和孩子，但小说中写道："不过，她在丧失了一切之后，仍保留下了一件珍贵的东西，而这只有一位刑警明白，那就是人性。"

如前所述，小说《人性的证明》与电影《人证》在中国面世的七十年代末，正是新时期为"人性论"、人道主义申诉的当口。1949 年以来，特别是"文革"以来，"人性"一直被看成是可怕的东西，主流话语强调的是"阶级性"和阶级斗争，结果酿成了惨祸，由此人道主义才成了新时期初首当其冲的话题。森村诚一这部小说通过八杉恭子这样的十恶不赦的坏人的良心发现，证明了人性的存在，这无疑契合了中国新时期的追求人性、人道主义的潮流。雨果的《九三年》之所以在新时期获得巨大反响，正是因为这部小说描写了共和国的凶恶敌人朗德纳克侯爵在被捕前从大火里救了三个儿童，从而显示了"魔鬼身上的上帝"，宣扬了"在绝对正确的革命上，还有一个绝对正确的人道主义"的思想。与雨果等人的古典小说相比，日本当代推理小说《人性的证明》显然更为可读，并且，它又通过电影这一大众媒介进行了传播，这个故事在中国产生了巨大的影响是可以想象的。

小说中的主要人物之一栋居的经历，颇能引起中国读者的共鸣。栋居因为母亲出走、父亲被杀等特殊经历，丧失了对于人性的信心，"栋居很不相信人类，取而代之的是憎恨。人这种动物，无论是谁，如果追究到底,都可以还原为'丑恶'这个元素。无论戴着多么高尚的道德家、德高望重的圣人的面具,夸夸其谈什么友情和自我牺牲,在其心中的某个角落里都隐藏着明哲保身的如意算盘。"他之所以当警察,目的是为了报复人类,他对于八杉恭子一案卖命侦破的背后,是他自己被母亲遗弃的背景。然而,他在"赌人性"的时候,还是获胜了,八杉恭子证明了人性的存在,"是八杉恭子为了证明自己还有人性,才丧失一切的。栋居在八杉恭子供认后,知道了自己内心的矛盾,并为之愕然。他从不相信人,而且这种想法根深蒂固。但是,他在无法获得确凿证据的情况下,同八杉恭子进行较量时,却赌她的人性。栋居的这种做法,则正说明他心底里还是依然相信人的。"

栋居的这一经历,与饱受"文革"之苦从而丧失了对于人的信心的国人有相似之处。赵振开(北岛)《波动》中的女主人公肖凌父母先后死于"文革"红卫兵之手,自己又被隔离专政和下放,这种遭遇使她对于一切都不再信任。小说中她与杨讯有一段对话:

"请告诉我,"她掠开垂发,一字一字地说,"在你的生活中,有什么是值得相信的呢?"

我想了想。"比如:祖国。"

"哼,过了时的小调。"

"不,这不是个用滥了的政治名词,而是咱们共同的苦难,共同的生活方式,共同的文化遗产,共同的向往……这一切构成了不可分的命运,咱们对祖国是有责任的……"

"责任?"她冷冷地打断我。"你说的是什么责任?是作为供品被人宰割之后奉献上去的责任呢,还是什么?"

"需要的话,就是这种责任。"

"算了吧,我倒想看看你坐在宽敞的客厅里是怎样谈论这个题目的。你有什么权力说'咱们'?有什么权力?!"她越说越激动,满脸涨得通红,泪水溢满了眼眶。"谢谢,这个祖国不是我的!我没有祖国。没有……"她背过身去。

因为身遭不幸，从而愤激地否定一切，肖凌的遭遇在"文革"后的中国颇有代表性。但国人终于还是保持了自己的忠诚，在新时期"归来者"——五十年代被打为右派，新时期复出的作家如王蒙、丛维熙、张贤亮等——的歌中，为祖国母亲殉难是一种基调。他们在过去蒙受了巨大的冤屈，经历了难以想象的苦难，但他们含垢忍辱，无怨无悔。王蒙的小说《布礼》中的钟亦成年轻时被开除出党，打成右派，下放农村改造，二十多年间经历了痛苦的折磨，但他对于党始终忠诚不渝，他甚至认为："中国如果需要枪毙一批右派，如果需要枪毙我，我引颈受戮，绝无怨言。"在他们看来，母亲再委曲自己，仍然还是母亲，不能背叛。这一观念在丛维熙的小说《雪落黄河静无声》中体现得十分明显，小说中的范汉儒说："别的错误都能犯了再改，唯独对祖国，它对于我们至高无上，我们对它不能有一次不忠……"这正像《人性的证明》中约翰尼对于八杉恭子的至死不渝。约翰尼想不到他的热爱的母亲会刺杀他，在那刀尖浅浅

∧ 电影《人证》海报

地刺进他胸口时，约翰尼忽然醒悟了，他对八杉恭子说："妈妈，我是你的累赘吧？……"为让妈妈卸去累赘，约翰尼抓住刺到一半的刀柄，猛劲深深地捅了进去，并叫妈妈快逃："妈妈，在你逃到安全地方前，我是绝对不会死去的，快跑啊！"在最后时刻，他还在想着保护自己的妈妈。他挣扎着走向皇家饭店，"在他最后绝望的瞳孔中模模糊糊地映出了一顶草帽，那是顶由华丽的彩灯镶嵌的、漂浮在夜空中的草帽。"他仍然相信母亲，以为母亲在那儿等着自己，他的身后流下了斑斑血迹。在经过了"文革"的国人看来，《人性的证明》中约翰尼对于母亲的爱隐约具有一种象征意义。在中国，子女与母亲的关系是个体与祖国以至个体与党的

关系的隐喻。八杉恭子最终的悔悟，也让国人松了一口气，它验证了人性的存在，也验证了子女的忠诚信念的价值。

新时期中国对于《人性的证明》的接受，存在着明显的误读，它忽略了这部日本文学作品中的强烈的意识形态色彩。

这部小说写的是二战后的日本现实，反映的是美国对于日本的战争遗害。它的确证明了人性，但证明的是日本人的人性，反证的是美国人的无人性，从而将日本塑造成了战争受害者的角色。在中国放映的经过剪接加工的电影《人证》，以《草帽歌》作为反复出现主题曲，竭力渲染人性苏醒的悲歌。在电影中，小说的另一重要角色栋居仅仅被处理为贯穿故事的线索。栋居首先是破案的刑警，其次他本人具有从小被母亲遗弃的经历，因而他对于八杉恭子的人性的追索也掺杂着他的个人期待。不过，栋居与其父亲的关系及其由此引发出的政治含义却被忽略了，而这其实是这部作品的一个叙述重点。栋居与之相依为命的父亲，死在美国大兵的脚下。起因是栋居的父亲在街上看见一群喝醉的美国大兵强奸一位日本女子，周围的人都畏缩不前，他上前营救，结果被美国大兵打死。一个大兵还在大庭广众之下，在他的身上撒尿。小说在这里竭力渲染作为战胜国的美国在日本的罪恶和作为战败国日本的屈辱：

父亲拉着栋居的手，快步朝那边走去。他们透过人墙的缝隙往里一瞧，只见几个喝得酩酊大醉的美国兵正在纠缠着一个年轻的女人，那几个年轻的美国兵满口说着下流话，虽然不知道他们说的是什么意思。但那副嘴脸却是全世界都通用的。他们正在众目睽睽之下玩弄着那个年轻的姑娘！

一眼看上去，这些美国兵个个都很强壮。与战败国日本那些骨瘦如柴、弱不禁风的国民相比，他们有着营养充足的身体和油光发亮的红皮肤，他们体内所积蓄的淫秽能量眼看就要把他们的身体和皮肤都胀破了。

......

　　对方作为战胜国的军队，一切都凌驾于日本之上。他们瓦解了日本军队；否定了日本至高无上的权威——天皇的神圣地位。也就是说，他们高高地坐在日本人奉若神明的天皇之上，统治着日本。他们使天皇成为附庸。对于当时的日本人来说，他们已经成了新的神明。

　　对于占领军这支"神圣的军队"，警察也无法插手干预。对于占领军来说，日本人根本就算不上是人。他们把日本人看得比动物还要低贱，所以他们才能做出这种旁若无人的放荡行为。

　　成了美国兵牺牲品的姑娘，已经陷入了绝望的状态。围观的人们，谁也不插手，也没有人去叫警察。因为他们知道，即使去叫，警察也无能为力。

　　小说中的"日本意识"是十分明显的，它将昔日的自己放在战争受害者的角度上，处处不忘对于美国的抨击。小说中写道，约翰尼这样一个美国人被杀，美国根本不关心，这样一种不关心正衬托了日本方面的公正和效率，"对于'合众国'美国来说，一个黑人在异国被杀之类的事情，可能是并没有什么了不起的吧？纽约是个凶杀案根本算不上什么新闻的地方。但是，美国警方对于自己国家的公民被杀，采取如此冷漠的态度，这不能不给日本的搜查本部造成不利的影响。"小说不惜节外生枝地用大量篇幅描写美国的黑暗，书中甚至有精确的统计数字：

　　纽约已经呈现出了一派末日的景象。

　　哈莱姆和布鲁克林的贫民窟就在曼哈顿区林立的摩天大楼边上。一方面是超高层的摩天大厦，正以各自所独具的匠心和高度争奇斗妍，象征着美国的富裕和繁荣；而另一方面则是哈莱姆、布朗斯维尔、布鲁克林的贫民区，在那破烂不堪的建筑物里，还有人在过着贫困交加的生活。

　　那已经不是人所能过的生活了。墙壁倒塌，房顶倾斜。窗户上的玻璃都已经打碎了，那些没了玻璃的窗子上钉着白铁皮。马路上到处都是垃圾和污秽不堪的脏东西，老鼠和野狗摆出一副唯我独尊的样子横行霸道。婴儿被老鼠咬死，幼童遭到野狗袭击之类的事情实属司空见惯，布朗斯维尔的新生儿死亡率在纽约是最高的。

由于付不起钱，煤气、自来水和电都已经断了。于是，人们就砸坏消防栓取水，可以想象，这里一旦发生火灾，消防车就根本起不了作用。

无法谋生的罪犯、醉鬼、吸毒者、妓女等以这里为巢穴，向整个纽约市播撒着灾祸。在纽约，摩天大楼、华尔街、新闻机构、教育设施、大型联合企业、文学、美术、音乐、戏剧、时装、烹饪、形形色色的娱乐……世界上第一流的货色全都集中到了这个地方，并进一步向着顶峰发展。与此形成鲜明对照的是，罪恶也在阴沟的深处，伸出了它那不祥的魔掌，杀人、放火、盗窃、强奸、卖淫、毒品，各种各样的犯罪活动都在进行之中。纽约现在的两极分化现象十分严重，上下之间的差距有如天壤之别，纽约正在这个矛盾当中苦闷地挣扎着。

在去年一年当中，纽约市总共发生了凶杀案1351起，强奸案1803起，抢劫案49238起，盗窃案293053起。连警察也经常遭到杀害，仅去年就有5人殉职。据统计，纽约平均每天有3人以上被杀，有大约5名妇女遭到强奸。

小说暴露美国的两极分化和社会罪恶，并不是为了批判资本主义。小说旨在向新一代日本人表明日本仅仅是战争的受害者，而昔日受欺负的日本，今天早已发愤图强超过了西方国家，你们不要再神气了。小说中的日本人对于西方人的怨恨十分明显，"我就看不惯，我见了那些老外就烦，特别是美国和欧洲来的那帮家伙。日本生活水平已经超过他们了，可他们却还要摆出一副发达国家的派头。那些连本国的纽约、巴黎都不知道的外国乡巴佬，猛一下子来到东京，看花了眼，却还要拼命地虚张声势，硬撑出发达国家的架子来。"原版电影中日本刑警在美国大打出手的场面，更加露骨地表现了可怕的"日本意识"。

但遗憾的是，这种"日本意识"在中国新时期被忽略了，我们从人道主义的语境中接受了这部作品,将其剪辑成为一曲"普遍人性"的故事。更有甚者,中国居然为其种族主义宣传所迷惑。1980年2月5日,《人民日报》发表了一篇题为《〈人证〉发人深思》的文章。文章谈到,栋居到美国调查短短几天里,看到了美国两极社会的尖锐对比,并向美国警察复仇,"它深刻展示了有民族自尊感、有血肉、有性格的日本青年的内心世界,表达了日本人民是不可侮的。"真正发人深思的,其实是这篇文章本身。日本是二次大战的元凶、侵略者,中国才是真正的受害者,而美国对于日本的打击是中国抗日战争胜利的转折点。今天我们却毫无辨别力地跟随于日本之后批判美国,可悲可叹!

在我看来,作为推理小说的《人性的证明》之所以能在中国大行其道,除了其"人性的旗帜"之外,另外还有通俗小说文类本身的原因。

1949年以来,新中国限制通俗小说[①],而主流小说愈来愈概念化、八股化。到了"文革",小说已经成为主题的演绎,全无艺术魅力可言。与严肃文学相比,通俗小说不在乎作品的社会意义,却注重故事性的经营。整体上说,通俗小说的结构是程式化的,但对于封闭了几十年的中国读者而言,它们却是十分新鲜的。由此,在新时期思想禁锢放开以后,通俗小说随着世界名著来到中国。如柯南道尔的《福尔摩斯探案集》、克里斯蒂的《东方快车上的谋杀案》、《尼罗河上的惨案》等小说都进入了中国,广为流行。

森村诚一是日本当代最知名的推理小说家,据《朝日新闻》1978年5月报道,森村诚一在日本大约拥有两千万读者。1977年,森村诚一的收入首屈一指,达到六亿两千多万日元,超过了原来最为畅销的推理小说家松本清张。森村诚一推理小说的特点是,既注重社会揭露,又注重揭示所谓的"人性"。这就给中国文坛造成了错觉,将《人性的证明》作为严肃文学来对待,评论也主要着眼于它的社会批判方面。其实,揭露批

---

① 仅有少量的晚清武侠小说如《三侠五义》等一度重印出版。

判的作品很多,《人性的证明》的魅力在于它的小说方式。它在缜密的推理中展开惊心动魄却又跌宕起伏的故事,牢牢吸引着读者。另外,它又有着与通常推理侦探小说不同的地方,即注意营造一种抒情的气氛,展示亲情及人物心理的空间。这种叙事方式,在读惯了"文革"假大空作品的中国读者那里,无疑是充满吸引力的。

第三节　川端康成

(一)

真正在审美品格上吸引了中国文坛,并切实地在审美艺术上推动了新时期文学的并不是森村诚一,而是日本第一个诺贝尔文学奖获得者川端康成。

早在 1924 年大学毕业后,川端康成就与横光利一一同发起了日本新感觉派文学运动,他发表了著名论文《新晋作家的新倾向解说》,并创作出了《感情装饰》、《梅花的雄蕊》和《浅草红团》等作品。至三十年代,川端康成又致力于引进乔依斯的意识流和弗洛依德的精神分析说,写下了《针·玻璃和雾》、《水晶幻想》等日本最早的新心理主义作品。后来他感到这种横的移植过于生搬硬套,又回过头去寻找日本传统,而当他将西方文学技巧融于日本传统美的时候,他就走上了成功之路。

出人意料的是,川端康成这样一个世界级的作家在新时期之前的中国基本上没有介绍。川端康成的早期优秀之作《伊豆的歌女》早在1926 年就面世了,但此时他还不太为人所知。等到他的代表作《雪国》发表的三十年代,中国已是左翼文学的天下,对唯美虚无的川端康成没有了兴趣。川端康成获诺贝尔文学奖的 1968 年,则是中国的"文革"期间。川端康成就这样与中国一而再,再而三地失之交臂。值得庆幸的是,新时期对于川端康成的翻译介绍相当及时,选择也非常精到。

最早进入中国的川端康成小说是《伊豆的歌女》和《水月》,发表于1978 年第 1 期《外国文艺》上。首先介绍《伊豆的歌女》到中国,这一选择是很有眼光的。如果首先介绍川端康成前期的"新感觉派"小说,那么他很可能会被淹没在新时期初"现代派"作品洪流中。《伊豆的歌女》是川端康成从新感觉派转向传统的尝试,是他前期最为可读的小说。小说中的"我"是一个忧郁、厌世的学生,在去伊豆的旅行途中,遇见一行流动演出的乡村歌女。"我"为他们的漂泊旅情所打动,同时又爱慕这其中的一个年少的歌女,于是追随着他们同行。"我"怀有的并不是一种色欲之爱,而是对于这个少女的自然本性和风尘际遇的怜惜。在这种同情中,"我"的悲哀的心也得到了荡涤。在看到她洗沐时的裸体时,我首先感到的是纯净,"她赤身裸体,连块毛巾也没有。这就是那歌女。我眺望着她雪白的身子,它像一棵小桐树似的,伸长了双腿,我感到有一股清泉洗净了身心,深深地叹了口气,咪咪地笑了起来。"在歌女议论"我"是个"好人"的时候,"我"的内心尤为感动,"这句话听来单纯而又爽快,是幼稚地顺口流露出感情的声音。我自己能天真地感到我是一个好人了。我心情愉快地抬起眼来眺望着爽朗的群山。眼睑里微微觉得痛。我这个二十岁的人,一再严肃地反省到自己由于孤儿根性养成的怪脾气,我正因为受不了那种令人窒息的忧郁感,这才走上到伊豆的旅程。因此,听见有人从社会的一般意义上说我是个好人,真是说不出地感谢。"日本式的纤细朦胧的内在感觉的呈现,再加上清丽的文字,令川端康成在新时期中国文坛别开生面。

《伊豆的歌女》还只是川端康成前期的尝试之作,这篇小说后,他又走了完全遁入传统的弯路,直到 1935 年的《雪国》,川端康成的艺术个性才完全成熟起来。幸运的是,《雪国》又是中国翻译家首先翻译出版的川端康成的作品之一。据叶渭渠回忆,在翻译出版《雪国》的时候,有人认为这是一部描写妓女的黄色小说,提出反对,后来此书在省新闻出版局局长承担责任的情况下才得以出版。但为了淡化《雪国》,而将书名列为《古都·雪国》,将时间在后成就也不如《雪国》的《古都》放在了前面,这一现象曾引起日本学者的惊奇。尽管有此曲折,《雪国》还是较早地与中国读者见面了。其实,在 1981 年 9 月叶渭渠、唐月梅翻译的《古都·雪国》出版之前两个月,已经有老翻译家侍桁翻译的《雪国》在上海译文出版社单独出版。川端康成代表作《雪国》的两个译本的同时问世,是川端康成大规模正式登陆中国的开始,也是后来旷日持久的"川端康成热"

∧ 侍桁 金福译《古都》
上海译文 1985 年版

∧ 侍桁译《雪国》
上海译文 1980 年版

的起点。

《雪国》可以说是《伊豆的歌女》的深入，两者都是写男主人公与歌女的关系，如果说《伊豆的歌女》是青春期的序曲，那么《雪国》则已经是中年人的心绪。《伊豆的歌女》中的"我"仅仅停留在对于少女的幻想上，《雪国》中的三岛则已既有妻室而又与歌女驹子有肉体关系。《伊豆的歌女》与《雪国》有着一脉相承的主题，即隐藏于日本式的"好色"后面的对于生命的沉思和哀叹。在这一点上，《雪国》较之《伊豆的歌女》已经深沉得多，在叙述上则也更加丰满。岛村来到原始的山区雪国闲居，是为了卸去生命的平庸，"唤回对自然和自己容易失去的真挚感情"。他对途中每个地方的风土人情，都有一种本能的敏感。他从山下的一个村庄朴实的景致中，领略到一种悠闲宁静的气氛。这里原来主要是雪国农民的温泉疗养地，"有艺妓的家，都挂着印有饭馆或红豆汤馆字号的褪了色的门帘。人们看到那扇被煤烟熏黑的旧式拉门，一定怀疑这种地方居然还会有客上门。"在这世外桃源里，他与年轻的少女驹子间产生了一种温馨的情感，"溪中多石，流水的潺潺声，给人以甜美圆润的感觉。从杉树透缝的地方，可以望见对面山上的皱襞已经阴沉下来。""他俩之间已经交融着一种与未唤艺妓之前迥然不同的情感。岛村明白，自己从一开头就是想找这个女子，可自己偏偏和平常一样拐弯抹角，不免讨厌起自己

∧ 唐月梅译《舞姬》
外国文学 1985 年版

∧ 叶渭渠 唐月梅译《雪国》
天津人民 2005 年版

来。与此同时,越发觉得这个女子格外的美了。从刚才她站在杉树背后喊他之后,他感到这个女子的倩影是多么袅娜多姿啊。"年轻美貌的驹子有着不幸的经历,对岛村也一往情深。然而,这已经不可能是一个男欢女爱的故事。对于岛村来说,他一方面爱恋着驹子,另一方面又冷眼旁观着,觉得这种情感是单纯的,却是徒劳的。驹子"自己没有显露出落寞的样子,然而在岛村的眼里,却成了难以想象的哀愁。如果一味沉溺在这种思绪里,连岛村自己恐怕也要陷入缥缈的感伤之中,以为生存本身就是一种徒劳。"然而,这种爱虽然徒劳,但驹子的热情却正激起了他在寒冷中对于生的热度,"尽管驹子是爱他的,但他自己有一种空虚感,总把她的爱情看作是一种美的徒劳。即使那样,驹子对生存的渴望反而像赤裸的肌肤一样,触到了他的身上。他可怜驹子,也可怜自己。"《雪国》致力于对于成年男人面对女性时的微妙心理的开掘,并将这种描写与自然景色穿插融合,叙述中深深地渗透着一种忧生伤世的调子。在岛村再一次见到驹子时,小说中这样写道:

　　岛村头一次认识驹子,是从积满残雪、抽出嫩芽的山上,走到这个温泉村来的时候。现在又逢秋天登山季节,在这里远望着留下自己足迹的山峦,心儿不由得被整个山色所吸引。他游手好闲,无所事事,不辞劳苦地登上山来,可以认为这是一种典型的徒劳。正因为如此,这里边还有一种虚幻的魅力。尽管远离了驹子,岛村还不时惦念着她,可一旦来到她身边,也许是完全放下了心,或是与她的肉体过分亲近的缘故,总是觉得对肌肤的依恋和对山峦的憧憬这种相思之情,如同一个梦境。这大概也是由于昨晚驹子在这里过夜刚刚回去的缘故吧。但是,在寂静中独自呆坐,只好期待着驹子会不邀自来,此外别无他法。听着徒步旅行的女学生天真活泼的嬉戏打闹声,岛村不知不觉间感到昏昏欲睡,于是便早早入眠了。

这种独特的川端康成格调,可谓独具魅力。川端康成艺术感觉的丰富及其融会东方工笔与西方新感觉及意识流手法的描绘文字,在《雪国》里也达到至境。《雪国》的一开始对于岛村面对车窗的一段描写,已经成了摘抄的名文:

在遥远的山巅上空,还淡淡地残留着晚霞的余晖。透过车窗玻璃看见的景物轮廓,退到远方,却没有消逝,但已经黯然失色了。尽管火车继续往前奔驰,在他看来,山野那平凡的姿态越是显得更加平凡了。由于什么东西都不十分惹他注目,他内心反而好像隐隐地存在着一股巨大的感情激流。这自然是由于镜中浮现出姑娘的脸的缘故。只有身影映在窗玻璃上的部分,遮住了窗外的暮景,然而,景色却在姑娘的轮廓周围不断地移动,使人觉得姑娘的脸也像是透明的。是不是真的透明呢?这是一种错觉。因为从姑娘面影后面不停地掠过的暮景,仿佛是从她脸的前面流过。定睛一看,却又扑朔迷离。车厢里也不太明亮。窗玻璃上的映像不像真的镜子那样清晰了。反光没有了。这使岛村看入了神,他渐渐地忘却了镜子的存在,只觉得姑娘好像漂浮在流逝的暮景之中。

对于惯用社会学批评的新时期中国文坛来说,川端康成的作品在思想格调上是很难得到承认的。新时期以来,叶渭渠、唐月梅夫妇在川端康成的翻译引进上功不可没,但他们在早期评价川端康成的时候仍不免受到时代的制约。

　　唐月梅发表于 1979 年第 3 期《世界文学》的川端康成"小传"，是目前知道的较早的介绍川端康成的文字。此文对于川端康成的概括是："概括起来，川端创作的特点，是以虚无思想为基础，追求一种'颓废的美'，他的作品是由虚幻、哀愁和颓废三个因素罗织构成，以病态、失意、孤独、衰老和死亡，来反映没落的心理和颓废的生活。"1981 年，叶渭渠在《外国文学研究》第 5 期上发表了《川端康成创作的艺术特色》一文，全面论述川端康成的文学创作，为引进川端康成呼吁，但此文在基调上仍然无改变。文章认为："从川端的创作经历来看，从宿命论到虚无主义，到诉诸于感官刺激，来作为逃避现实、摆脱精神苦闷的渊薮，这既是他生活经历造成的，同时也是他长期脱离社会和人民的必然结果，反映了战后一个时期日本社会的动荡以及英国颓废文化的影响，使日本社会中的一部分人产生了一种畸形的心理状态。可以说，川端的作品有明朗、抒情的一面，也有虚无、颓废的另一面，尤其后期某些作品消极因素表现得更严重，这无疑是应该否定的。"我们应当注意的是，叶渭渠的文章的题目是"川端康成创作的艺术特色"，他以为川端康成作品的思想并不足道，其成就主要在于艺术。八十年代以来，新时期文坛对于川端康成作品思想格调的评论颇有分歧，但对其艺术上的成就却一致赞赏。论述川端康成的文章常常在简略地概括了他的思想倾向后，笔锋一转说"川端康成作品的成就主要表现在艺术上"，然后是艺术上的分析。叶渭渠对于川端康成的思想评价或有不得已之处，但其艺术体验和分析却十分细腻独到，成为后来者的榜样：

　　　日本古典文学中人物心理刻画之细腻，感情表露之纤细，形成了一个鲜明的特色。川端康成继承了这个艺术传统，但又有其独到之处。他非常重视描写人物的感情和心理活动，全力挖掘他们的内心世界。比如在《雪国》中，作者对驹子的肖像、动作和环境都是使用白描手法，笔墨简练，不加烘托，而心理描写则是从人物的主观感受出发，还常常掺杂一些哲理性议论，以抒发他们对人生真谛和社会风习的看法。对于驹子那种在爱情与痛苦里挣扎煎熬的矛盾心理,不仅写出她的性格,而且深化对她的心理活动的剖析。作者在《伊豆的舞女》中对于"我"的朦胧的爱恋所表现的心理状态,更是刻画得细致入微,真切准确,带有浓厚的抒情性。

川端还充分调动日本文学传统中的"四季感"的艺术手段,以景托情,创造出一种特殊的气氛,将人物的感情突现出来。《雪国》和《古都》就把自然写成一个伴随着感情的旋律,使人物的感情和自然的美融合得天衣无缝,造成一种优美的意境。《雪国》对雪夜景物和银河下雪中火灾现场的记述,对雪国初夏、晚秋、初冬的季节转换、景物变化的描绘,以及对镜中人物的虚幻感觉的着笔,都移入人物的感情世界,以托出岛村的哀愁,驹子和叶子的纯洁。有关旭日东升时映照着山上积雪的镜中的驹子那段描述,更是显出驹子"无法形容的纯洁的美",而且注入了驹子昂扬的感情。《古都》以京都的春夏秋冬、山川草木来衬托人物的幽情,表现出千重子和苗子这对孪生姐妹的悲欢离合,以及人世的寂寥之感。同时又以她们对外界事物的主观感受,来展示四季时令的推移,透视她们的不同心理和性格特征。可以说,自然景物的灵光,已渗透到人物的内心世界。这种感情和自然、心理和客观描写的契合,达到了水乳交融的境界。

这种纯粹而精彩的艺术分析,在新时期初的中国文坛上是少见的。由于文学政治化的传统,新时期文学感到艺术分析的缺乏,故有高行健、叶君健、李陀等人的呼吁。川端康成作品超常的感觉力和语言的美感恰恰迎合了中国文坛的需要,推动了新时期文学的审美转折。

(二)

川端康成对于中国文坛的艺术刺激,直接表现在对于创作的推动上。王小鹰是在"文革"期间就开始发表小说的。那时代对于创作的要求是图解政治理念,她被编辑反复要求在小说里增加阶级斗争,修改了八次才得到通过,这样的小说自然不足观。到了1980年,她初次接触川端康成，"顿时像中了邪一般"被迷住了，"看腻了'文革'中那些十全十美假大空的'英雄'人物，川端作品中纯真少女的哀伤、忧怨、爱情愈显得可亲可近，令人爱怜；厌烦了'三突出'作品千篇一律的结构套路，川端作品的清闲自然真让人耳目为之一新。川端的作品中那种古典风格的美，遣词造句的精巧都让人尽情感受着艺术的无穷滋味。特别是川端并不以故事情节取胜，只着重对人物的感情和内心的描写，心理与客观、动与静、景与物、景与人的描写是那样地和谐统一，对我有很大的启发，触动了我的创作灵感。"停笔三四年后，王小鹰在川端康成的感召下又

∧ 川端康成肖像

川端康成
作品精粹

高慧勤 选编
河北教育出版社

∧ 高慧勤编选《川端康成作品精粹》
河北教育 1995 年版

开始写作了。这段时间她的创作，可以说是对于川端康成亦步亦趋的追随。

　　据王小鹰说，她的创作在三个层次上学习川端康成，"我将那时的作品分为三类：一类是只学川端取材的方法，以真情写引起自己感触的身边的凡人凡事，单纯清新自然，比如《翠绿的信笺》、《别》、《闪亮、闪亮、小星星》、《净秋》等等；另一类是刻意效仿川端风格的，细腻、忧郁，有着淡淡的哀愁，却也很空洞，如《前巷深、后巷深》，写得很精美却有无病呻吟的倾向；还有一类我自以为是写得比较成功的，像《相思鸟》、《雾

重重》、《新嫁娘的镜子》等，艺术上学川端，追求完美而内容也较为充实。"在那很长一段时间里，王小鹰沉溺在川端风格中流连忘返，"这在我前三部小说集中都多少有所反映。"①

莫言也曾自述，自己的创作是经过了川端康成的启迪以后才得到飞跃的。莫言自新时期的 1979 年开始写作，直到 1984 年才接触到川端康成的作品，不过却未亦步亦趋地模仿川端康成，而是在川端康成的启发下找到了属于自己的世界，于是能有较大的成就。川端康成对于莫言的作用，也是让他摆脱了文学的政治化效应，走向文学审美。莫言说："在我刚开始创作时，中国的当代文学正处在所谓的'伤痕文学'后期，几乎所有的作品，都在控诉'文化大革命'的罪恶。这时的中国文学，还负载着很多政治任务，并没有取得独立的品格。我摹仿着当时流行的作品，写了一些今天看起来应该烧掉的作品。只有当我意识到文学必须摆脱为政治服务的魔影时，我才写出了比较完全意义上的文学作品。"使莫言觉悟的，是对于川端康成《雪国》的阅读。《雪国》中既无重大题材，也无中心故事，有的是毛茸茸的生活感，这让莫言感到前所未有的奇异。当驹子在冬天的早晨离开岛村的屋子时，小说这样描写：

> 她面对着枕旁的梳妆台照了照镜子。"天到底亮了。我要回去了。"岛村朝她望去，突然缩了缩脖子。镜子里白花花闪烁着的原来是雪。在镜中的雪里现出了女子通红的脸颊。这是一种无法形容的纯洁的美。也许是旭日东升了，镜中的雪愈发耀眼，活像燃烧的火焰。浮现在雪上的女子的头发，也闪烁着紫色的光，更增添了乌亮的色泽。大概为了避免积雪，顺着客栈的墙临时挖了一条小沟，将浴池溢出的热水引到大门口，汇成一个浅浅的水潭。一只壮硕的黑色秋田狗蹲在那里的一块踏石上，久久地舔着热水。

读到这里，莫言再也按捺不住了，连一只狗都可以如此质朴地进入小说，让他明白了什么是真正的文学，"我的觉悟得之于阅读，那是十五

---

① 王小鹰《从川端康成到托尔斯泰》，《外国文学评论》1988 年第 3 期。

年前冬天里的一个深夜,当我从川端康成的《雪国》里读到'一只壮硕的黑色秋田狗蹲在那里的一块踏石上,久久地舔着热水'这样一个句子时,一幅生动的画面栩栩如生地出现在我的眼前,我感到像被心仪已久的姑娘抚摸了一下似的,激动无比。我明白了什么是小说,我知道了我应该写什么,也知道了应该怎样写。在此之前,我一直在为写什么和怎样写发愁,既找不到适合自己的故事,更发不出自己的声音。川端康成小说中的这样一句话,如同暗夜中的灯塔,照亮了我前进的道路。"莫言已经顾不上把《雪国》读完,他放下川端康成,抓起了自己的笔,写出了这样的句子:"高密东北乡原产白色温驯的大狗,绵延数代之后,很难再见一匹纯种。"这是他的小说中第一次出现"高密东北乡"这个字眼,也是在他的小说中第一次出现关于"纯种"的概念。这篇小说就是后来赢得过台湾联合文学奖并被翻译成多种外文的《白狗与秋千架》。从此之后,莫言将他的小说之家安在了"高密东北乡"这样一个他用之不竭的生活源泉之上。

"一只壮硕的黑色秋田狗蹲在那里的一块踏石上,久久地舔着热水",这仅仅是一句普通的文学描写,它之所以产生了那么大的力量,是因为它让停留在题材先验、主题先行阶段的中国作家感到了文学的真正对象和审美品质,"我一直找不到创作的素材。我遵循着教科书里的教导,到农村、工厂里去体验生活,但归来后还是感到没有什么东西好写。川端康成的秋田狗唤醒了我:原来狗也可以进入文学,原来热水也可以进入文学! 从此之后,我再也不必为找不到小说素材而发愁了。"莫言找到了他的故乡,作为创作的源泉:"好的作家虽然写的很可能只是他的故乡那块巴掌大小的地方,很可能只是那块巴掌大小的地方上的人和事,但由于他动笔之前就意识到了那块巴掌大的地方是世界的一个不可缺少的组成部分,那块巴掌大的地方上发生的事情是世界历史的一个片段,所以,他的作品就具有了走向世界,被全人类理解和接受的可能性。"①这里,莫言已经化用了美国现代主义作家福克纳对他的影

---

① 莫言《我变成了小说的奴隶——在日本京都大学的讲演稿》,(日)《新华侨》1999 年末合并号。

响，福克纳给莫言的影响是他将目光始终盯在他像邮票一样大的家乡里，应该说莫言是经过了川端康成才到达福克纳的，川端康成首先告诉他什么是文学的真正对象。

余华在读川端康成的时候，只是一个普通读者，还没有开始创作。据余华回忆，"1982年在浙江宁波甬江江畔一座破旧公寓里，我最初读到川端康成的作品，是他的《伊豆的歌女》，那次偶然的阅读，导致我一年以后正式开始的写作，和一直持续到1986年春天的对于川端康成的忠贞不渝。那段时间我阅读了译为汉语的所有川端作品。他的作品我都是购买双份，一份保藏起来，另一份放在枕边阅读。后来他的作品集出版时不断重复，但只要一本书中有一个短篇我藏书里没有，购买时我就毫不犹豫。"[1]川端康成在余华的阅读经验中提供了一个完全不同的天空，让他感受到了审美的魅力，从而发现了写作的形式，这让他走上了创作的道路。让余华感受最深的，是川端康成生机勃勃的感觉力和描写的精美，这使余华发现了作为一个作家的独特目光。当然，在余华后来遇到卡夫卡之后，真正感受到西方现代主义意识的时候，他已经能够对于川端康成"过于沉湎在自然的景色与少女肌肤的光泽之中"表示不满了。

在谈到外国文学对自己影响时，王小鹰称自己是"从川端康成到托尔斯泰"，余华则称自己是从川端康成到卡夫卡，莫言则是从川端康成走到福克纳，姑且不论这些作家是否走到了托尔斯泰、卡夫卡、福克纳，川端康成之为中介则是无疑的。这种中介作用主要表现在，川端康成启动了新时期作家的审美眼光，使其从政治化、社会化的写作中逃脱出来。

① 余华《川端康成与卡夫卡》，《外国文学评论》1990年第2期。

第四章　重返俄苏文学

第一节　经典的记忆

（一）

在所有的外国文学中，中国读者最熟悉的是俄苏文学。在"以俄为师"口号的激励下，我国二十世纪的外国文学翻译一直侧重于俄苏文学，解放以后更是变得"一边倒"。中国读者对于俄苏文学十分熟悉，中国的俄语人才也非常充足。正因为如此，在新时期国门重开之后，俄苏文学首先大量地被重版重译，它们对中国新时期之初的文化情境造成了很大的影响。

1949 年后，俄苏文学翻译在中国占据绝对压倒性优势。据统计，建国后的 1949 年至 1958 年，中国翻译俄苏文学作品 3526 种，印数达8200 册，占全部外国文学翻译种数的三分之二和印数的四分之三。这个数字是相当惊人的。六十年代中苏关系冷却以后，俄苏文学的翻译逐年递减。1966 年进入"文革"以后，翻译工作走向凋零。至 1972 年"文革"中后期,社会秩序有所恢复,翻译出版业也开始启动。这一时期翻译作品的出版较少,其中俄苏文学仍占据相当的比例。其中一部分是无产阶级文学经典,如高尔基的《一月九日》(1972)、《母亲》(1973)、《人间》(1975),绥拉菲摩维奇的《铁流》(1973),法捷耶夫的《青年近卫军》(1975)、《毁灭》(1976),奥斯特洛夫斯基的《钢铁是怎样炼成的》(1976)。还有一部分较有价值,是"内部出版"供批判之用的苏联当代文学作品,如肖洛霍夫的《他们为祖国而战——长篇小说的若干章节》(1973)、利帕托夫的《普隆恰托夫经理的故事》(1973)、艾特玛托夫的《白轮船》(1973)、邦达列夫的《热的雪》(1976)等,这些作品后来意外地成为新时期改革文学的资源。

新时期伊始,为我国读者熟悉但在六七十年代未得到出版的俄国古典文学出现了"复兴"。在 1977 年出版的五本古典文学名著中,事实上只有两位作家,一是莎士比亚,另一个就是俄国的果戈理。我国对于俄国古典作家作品的翻译应该说很有成就,其标志是很多重要的俄国古典作家的作品都有多种译本,名家很多都有了文集,还出现了较高水平的专家专译。除前文已经介绍的托尔斯泰之外,新时期翻译较多的俄国古典作家还有屠格涅夫、普希金和契诃夫等人。

屠格涅夫在三四十年代即成为中国最受欢迎的俄国作家。巴金主持的文化生活出版社出版了不少屠格涅夫的作品,如巴金翻译的《父与子》、《处女地》,耿济之翻译的《猎人笔记》、陆蠡翻译的《罗亭》、《烟》,丽尼翻译的《前夜》、《贵族之家》等。这些名译大体奠定了后来屠格涅夫翻译的格局,它们不但在 1949 年后再版,至新时期仍然再版重印。新时期最早重印的屠格涅夫著作,是人民文学出版社 1978 年 2 月重印的 1944年巴金翻译的《处女地》。1979 年 9 月,人民文学出版社重印了丽尼、巴金翻译的《前夜·父与子》。《前夜》在 1982、1984 和 1986 年又分别有了阿波、黄伟经和赵文序新译本的出现。1979 年重印的《猎人笔记》,是 1953年丰子恺的文化生活出版社译本,这本书在 1983 年又出现了黄经纬的新译本《猎人手记》。《贵族之家》则先有 1980 年丽尼译本的重印,后又有黄伟经和赵洵新译本的出现。黄伟经似乎打算成为屠格涅夫翻译专家,他已经重译了屠格涅夫的《贵族之家》、《猎人笔记》、《罗亭》、《父与子》、《前夜》、《初恋》，并首次译了屠格涅夫的散文诗全译本《爱之路》。1992年，人民文学出版社出版了十三卷《屠格涅夫选集》。1994年，河北教育出版社出版了刘硕良主编，力冈等人翻译的《屠格涅夫全集》。这些"选集"和"全集"，是我国屠格涅夫翻译成就的体现。

新时期出现最早的普希金作品是1979年1月人民文学出版社出版的普希金的小说《杜布罗夫斯基》，此系刘辽逸1957年译本的重印。1981年，群众出版社又重印了该书1950年三联书店出版的周立波译本。1982年，江西人民出版社出版了万紫的新译，名为《复仇遇艳》。普希金的代表作《叶甫盖尼·奥涅金》分别在1981、1982、1983和1985年连续出版重印了四个译本，译者分别是王士燮、冯春、查良铮和王智量。普希金的诗歌选和小说选则如雨后春笋般地涌现，让人目不暇接。诗歌集有刘湛秋译的《普希金抒情诗选》，汤毓强、陈浣萍译的《普希金爱情诗选》，余振译的《普希金长诗选》，查良铮译的《普希金抒情诗选集》和《普希金叙事诗集》，冯春译的《普希金抒情诗选》；小说集有萧珊译的《普希金小说选》，冯春译的《普希金小说集》，戴启篁译的《普希金小说集》，萧珊译的《黑桃皇后及其他》等等。至九十年代，我国出现了多种普希金的文集：1991年，上海译文出版社开始出版由冯春翻译的多卷本《普希金文集》；1993年，湖南文艺出版社出版了戈宝权、王守仁编的《普希金抒情诗全集》；1994年，浙江文艺出版社出版了由余振、智量翻译的《普希金长诗全集》；1995年，人民文学出版社出版了卢永主编的《普希金文集》；1997年，浙江文艺出版社出版了由肖马、吴笛主编的《普希金全集》。上海译文出版社1991—1999年出版的十卷本《普希金文集》，是翻译家冯春历经二十年个人所译，全书体例统一，风格一致，属于高水平的专家专译。1999年由河北教育出版社出版的《普希金全集》，是由不同的新老译家完成的。其独特之处在于，它是根据俄罗斯最新的普希金文集版本（莫斯科文学出版社1974—1978年出版的《普希金十卷本》）翻译而来的。

对于契诃夫的作品，我国很早就有翻译。鲁迅和周作人合译的《域外小说集》里就收了契诃夫的《戚施》和《塞外》两个短篇，并附有一段"著者事略"，它可能是我国最早论述契诃夫的文字。系统的翻译有两

冯春译《叶甫盖尼·奥涅金》
上海译文 1982 年版

汝龙译《出诊集》
上海译文 1982 年版

赵洵译《贵族之家》
四川人民 1986 年版

次：一次是 1930 年上海开明书店出版的《柴霍甫短篇杰作集》八卷本，收入契诃夫短篇小说162 篇，译者赵景深；另一次是在 1950 年至1958 年间，上海的平明出版社和新文艺出版社先后出版 27 卷《契诃夫小说选集》，收录小说 220 篇，以不同的题名单行出版，译者汝龙。汝龙 40 岁开始学俄语，俄英对照，沤心沥血，成就了难以超越的契诃夫专家专译。因为早已有了汝龙系统而出色的专家专译在前，新时期对于契诃夫的翻译较少，出版社似乎只需要重版重印汝龙就可以了，这在俄苏经典作家的翻译出版中是一个例外。1979 年 1 月，人民文学出版社出版了汝龙翻译的《契诃夫小说选》。1982 年 8 月，上海译文出版社重版了汝龙翻译的 27 卷《契诃夫小说选集》。1980 年开始，上海译文出版社开始出版汝龙翻译的十卷本《契诃夫文集》，至 1995 年出齐。九十年代，安徽文艺出版社和上海译文出版社两次再版了27 卷《契诃夫小说选集》，可见汝译的经典。

（二）

因为俄苏与中国的特殊关系，国人对于俄国古典作家怀有极为深厚的感情。

作家肖复兴专门写过《契诃夫之恋》一文，记述他对于契诃夫的依依不舍之情。肖复兴是在"文革"的文攻武斗的血腥风雨中初次读到契诃夫的，特殊的环境促成了肖复兴对于契诃夫的精神认同，"在这样极为特殊的氛围中读契诃夫，契诃夫仿佛变成了在那种艰辛黑暗年

代里经过曲折和困苦方才得以相见的难得
的朋友，便印象深刻而多了一份难以言说
的感情。"正因为这种特殊的经历，肖复兴
在新时期以后还在日复一日地寻找契诃夫
的著作。1980年，他第一次见到了上海译文
出版社出版的汝龙翻译的《契诃夫全集》第
一卷，"第一眼见到这本书有一种风雨故人
来的感觉(应该包括汝龙先生在内)，阔别
十多年才相逢，一下子是那样的亲切。我连
内文都没看一眼，毫不犹豫地买了一本。

∧ 非琴 赵蔚青等译
《巴乌斯托夫斯基选集》
人民文学 1982 年版

……我回到学院的宿舍里才打开书，仔细
地看契诃夫。想想那时的感情真有些像小孩子好不容易得到一块奶糖，
舍不得一下子就把糖吃完，要含在嘴里一口一口慢慢地吃，细细地品它
的滋味。"此后，肖复兴开始了漫长的等待，等待《契诃夫全集》的出齐。
"只要到书店，总要留心看看新的一卷《契诃夫文集》出来了没有？记得
第二卷是在两年后的 1982 年出版的，第三卷是又隔了一年 1983 年出
版的，第四卷是 1984 年出版的，第六卷是在 1986 年出版的。其中，不知
为什么我没有买到第五卷。当时，我曾经到好几家书店问过，可惜都没
买到。缺少了一卷，就像是有一段岁月空白了，留下许多怅惘。仿佛契诃
夫一直是在我的身旁，只是这一段时光突然离开了我，连个片言只语的
书信都没有寄给我，不知他到何处漂泊流浪？"①

　　当代诗人王家新与自己心爱的诗人普希金的相遇，也是在"文革"
之中，"普希金是最早触及到我那年幼懵懂心灵的几位诗人之一。在'文
革'尚未结束的那些日子里，这种触及无疑属一种冒犯。我难忘当时我
从一位年长的外地知青的笔记本上贪婪地转抄《致恰达耶夫》、《致大
海》等诗时的那种止不住的全身颤栗。我当时并不曾意识到这种触及竟
然像卡夫卡所说的砍下的冰斧之于冰海那样，带有一种决定一切的性
质……"在"文革"的荒凉而残酷的岁月中，普希金成了诗人坚守苦难的

----

① 　肖复兴《契诃夫之恋》，《作家谈译文》，上海译文出版社 1997 年 12 月第 1 版。

精神支柱。这种感觉影响了他的后来,他觉得对于普希金的感觉至今也没有变化,"当我回过头重读普希金时我仍不能不感到惊异:我们还写什么诗?一个生于一二个世纪前的诗人,一个经历着爱情、流亡、权贵迫害和致命决斗的诗人,早已用他的热血和鹅毛笔写下我们!他不仅写下了勃洛克、阿赫玛托娃、曼德施塔姆他们,甚至也写下了处于另一片大陆的我们这些中国诗人的命运!"如此,他终于理解了为什么阿赫玛托娃在生命最困厄的时候搁下诗笔,转而埋头研究普希金,"在那个艰难年代,她需要把普希金重新创造出来,并和他守在一起。这就像普希金自己在流亡期间,在极其孤寂、荒凉的境地会写诗献给古罗马诗人奥维德一样。"①

刘小枫谈到,他们一代人从前"曾疯狂地吞噬着《钢铁是怎样炼成的》和《牛虻》中的激情,吞噬着语录的教诲",但这一切却被偶然遇到的契诃夫的《带阁楼的房子》和巴乌斯托夫斯基的《夜行的驿车》等格调完全不同的作品改变了。从此,"我们的心灵不再为保尔的遭遇而流泪,而是为维罗纳晚祷的钟声而流泪。"正因为这样,他们一代人后来"始终不能摆脱《带阁楼的房子》和《夜行的驿车》中散发出来的理想的温馨,它表达出这代人从苦涩中萌生的对神圣的爱之渴慕的深切体认。"②

俄国文学经典出现于中国,都带有特定的政治诠释。肖复兴、王家新等感受敏锐的作家,却从中得到了属于自己的独特体验。刘小枫更是朦胧地感觉到与革命叙述不同的属于"个体""肉身"的思想传统,他将之称为"怕与爱"的境界。

俄国古典作家的影响,不止于精神的支撑,也表现在写作技巧的层面。作家王小鹰认为,托尔斯泰帮助她扩大了视野,深化了洞察力,从而实现了风格的转变。在初期创作的时候,王小鹰觉得,因为过分地沉迷于日本的川端康成,她的小说过于纤细。她干脆停笔阅读,试图在外国大师的写作中寻求出路:

---

① 王家新《另一个已化为青铜雕像……》,孙绳武、卢永福编《普希金与我》,人民文学出版社,1999年5月第1版。
② 刘小枫《这一代人的怕与爱》,三联书店(北京)1996年12月第1版。

在这期间的阅读中,我不知不觉渐渐地、愈来愈强烈地倾心于托尔斯泰了。《安娜·卡列尼娜》、《复活》、《战争与和平》以前都浏览过,还曾经为安娜与玛丝洛娃的遭遇一掬同情之泪。然而以前看只是看故事,跟着情节走,遇到像《战争与和平》中大段关于战争的描写,我总是一一跳过去。在重读这些巨著时,我仿佛闯入了一个崭新的天地,感受着托尔斯泰博大精深的艺术魅力。托翁以他天才艺术家所特有的力量,描绘了无与伦比的俄国生活的图画。在托翁的长篇巨制中,历史的事实融合着艺术的虚构,奔放的笔触糅合细腻的描写,再现宏观世界的同时又刻画微观世界。最拨动人心弦的是他能洞察人的内心奥秘,把握心灵的辩证发展,细致地描写心理在外界影响下的嬗变过程,并深入人的下意识,把它表现在同意识相互和谐的联系中。他总是如实地描写人物内心的多面性、丰富性和复杂性,他不隐讳自己心爱人物的缺点,也不窒息所揭露的人物心中闪现的微光。他不粉饰,不夸张,不理想化或漫画化,他借助真实客观的描写来展示世界的本来面目。他恰到好处地描绘人物性格的发展和变化,自然浑成,不露刀斧痕迹。重读托翁巨著,心扉洞开了一扇窗口,这些年来遇到的许多事情被烛照了一般变得深奥而意味无穷。

经历了托尔斯泰的熏陶之后,王小鹰开始写作中篇和长篇。在写作中篇《星河》、《岁月悠悠》、《一路风尘》以及50万字的长篇《你为谁辩护》的时候,她试图扩大视野,用笔倾诉心灵对社会对岁月的感受,用笔去描述一个个她理解了的人物。人们评价她的这些作品的风格发生了明显的变化,"视野开阔了,思想深远了,人物丰富而复杂了"。对于王小鹰来说,托尔斯泰已经成了一个摹拟的范本。在写作之前,她常常重读托尔斯泰的小说,以汲取灵感。[①]

当代作家格非在《欧美作家对创作的启迪》一文中谈到:"在这些

---

① 王小鹰《从川端康成到托尔斯泰》,《外国文学评论》1988年第3期。

杰出的叙事大师之中,我印象最深的当首推列夫·托尔斯泰,他的《战争与和平》和《哈泽·穆拉特》迄今为止仍是我心目中伟大的小说的两座丰碑。前者丰富的想象力,复杂而觉深邃的哲学历史内涵以及明朗的叙事风格令人陶醉;而后者不仅提供了更为简洁、有效的文体和形式,而且提供了通过人物的行为展示人物瞬息万变的内心状态的杰出典范……,这两者对于我这样一个初学写作的人来说,影响是深远而持久的。"[①]格非坦认,在新时期初期他初学写作的时候,引导他上路的是托尔斯泰。托尔斯泰在创作中对于现实生活的不同寻常的理解和处理,给他提供了他认为最伟大的楷模。

最能说明俄国古典作家作品对于新时期文学创作产生影响的,莫过于下面这个事例。1983 年,当代作家叶蔚林在《文学报》"文学创作"栏里主讲"风景描写"。在《关于风景描写》这篇文章中,叶蔚林以自己的获奖小说《在没有航标灯的河流上》为例,传授文学创作中风景描写的技巧。令人啼笑皆非的是,事隔不久,就有署名张南枝的文章发表,揭发叶蔚林所列举的《在没有航标灯的河流上》的几段风景描写抄袭了屠格涅夫的中篇小说《草原》。揭发者分别列举了多段叶蔚林和屠格涅夫相像的风景描写,这里引出两例,以兹比较:

> 在七月的黄昏和夜晚,……太阳刚刚下山,黑暗刚刚笼罩大地,白昼的烦闷就给忘记,一切全得到原谅,草原从它那辽阔的胸脯里轻松地吐出一口气。仿佛因为青草在黑暗里看不见自己的衰老似的,草地里升起一片快活而年轻的鸣叫声,这在白天是听不到的;瞿瞿声、吹哨声、搔爬声,总之草原的低音、中音、高音,混合成一种不断的、单调的闹声,……又听见另一种鸟在哭,或者发出歇斯底里的哭声,——那是猫头鹰。
>
> ——屠格涅夫《草原》

> 在这七月的薄暮和夜晚,河流从它那宽阔柔软的胸怀里舒了

---

① 　格非《欧美作家对创作的启迪》,《外国文学评论》1991 年第 1 期。

一口气,于是忘记了一天的暑热和烦恼;它像一位慈祥的母亲,对两岸所发生过的一切都给予谅解和宽恕;它静静地展开肢体,仿佛要准备入睡了。然而两岸的树棵和草丛却活跃起来,发出了白昼所不敢发出的声响:唧唧、啾啾、磨擦、搔爬、叩击,混合成一片复杂的、固执的闹声。就正如有一大群人,议论一件什么大事,七嘴八舌,乱糟糟地,又激动,又惶恐。忽然有人尖锐地嚎叫起来,又像狂笑——那是夜猫子。

——叶蔚林《在没有航标灯的河流上》

透过暗影,样样东西都看得见,只是各种东西的颜色和轮廓却很难辨清。样样东西都变得跟它本来的面目不同了。……忽然看见前面大路旁边站着一个黑影,像一个修士;它站在那儿一动不动,等着,手里不知拿着什么东西……别是土匪吧?那黑影越来越近,越变越大;这时候它跟马车平齐了,你这才看见原来这不是人,却是一丛孤零零的灌木或者一块大石头。

——屠格涅夫《草原》

星月没有显现之前,阴影虽然浓重,但两岸的景物凭感觉都能辨认。不过当你注目观看的时候,反而难于准确分清它分清它们的颜色和轮廓;……呵,那是什么呀——一个巨无霸,黑森森地矗立着,手里举着一支长矛,好像要向你掷来!这时你会感到恐惧,瞪大眼睛瞧着它。直到木排走得跟它拉平了,你才发现那不过是一块孤零零的岩石,上面长着一株笔直的枯树。

——叶蔚林《在没有航标灯的河流上》①

二者看起来的确是过于雷同了,它们在语气和句法上都非常接近。《在没有航标灯的河流上》的责任编辑在重读了屠格涅夫的《草原》和叶蔚林的《在没有航标灯的河流上》之后,说:"我不能不相信张南枝的文

---

① 引自张南枝《这算是"独特的"风景描写吗?——从叶蔚林的中篇小说〈在没有航标灯的河流上〉里看到的》,《太原日报》1984 年 5 月 10 日。

103

章是有根有据的。《河流》竟将《草原》中的'在七月的黄昏和夜晚'开始,直到'月亮升上来了'整整三大段连贯的文字肢解为几个小段落,化整为零,嵌进自己的小说中。张南枝所指出的六个段落基本上是改头换面的'移植'"。①当然,也有人认为这属于"借鉴",而不是"剽窃"。到底是否剽窃的问题,这里暂且不论。这个事例向我们显示的是,如屠格涅夫等俄国古典名著对于中国当代作家的影响是何等的深入。

第二节　改革文学/军事文学

(一)

与俄国古典作家相比,苏联当代作家的影响更多地表现在对于现实的直接干预上。艾特玛托夫等五十年代"解冻"以来的苏联当代文学在中国的流行,直接与八十年代前后新时期"改革文学"思潮相伴随。苏联的社会主义制度早于中国,其弊端的暴露也早于中国。1956 年苏共二十大批判斯大林崇拜以后,苏联进入了社会主义历史变革时期。这一历史阶段与中国的新时期相仿佛,于是"解冻"以后的当代苏联文学合乎逻辑地成为了中国新时期的文学创作的借鉴资源。其实,五十年代中期以后的苏联"解冻"文学,在当时的中国就有翻译介绍,并且影响了一批"干预生活"作品的出现,如王蒙的《组织部新来的年青人》,刘宾雁的《在桥梁工地上》等。此后苏联当代文学的进展一直时断时续地为我们所知,很多作家的作品在新时期之前就有供批判之用的"内部印行",这为它们在新时期的"复出"奠定了基础。

利帕托夫《普隆恰托夫经理的故事》,早在"文革"中的 1973 年就被作为批判的反面教材而翻译过来了,目的是为了影射党内的走资派。署名常峰的"代出版前言"《如此"当代英雄"》将普隆恰托夫的改革视为苏联全面复辟资本主义的表现,认为"他代表着苏联的一小撮叛徒、特务和走资派,即一小撮精神贵族的统治。"不过,这部小说所反映出的苏联

---

①　周艾文《读者的眼睛和叶蔚林的"能手"》,《文学报》1984 年 7 月 5 日。

∧ 范国恩、赵永穆、陈行慧译《阿尔巴特街的儿女们》中国文联 1988 年版

∧ 王金陵译《这里的黎明静悄悄》湖南人民 1980 年版

∧ 张永全译《死刑台》湖南人民 1987 年版

∧ 索熙译《岸》外国文学 1986 年版

改革时代的对于历史的重审，反倒扩展了我们的眼界。小说对于改革过程的揭示，成了新时期改革文学的直接借鉴。这篇"前言"中有一段对于"奖金制"的批判，看起来饶有趣味：

奖金真的具有那么大的魅力吗？这简直是对苏联工人阶级的最大诬蔑！苏联工人阶级在列宁的领导下，前赴后继，视死如归地进行了十月革命，这难道是为了获取区区几个奖金吗？苏联工人阶级在列宁的领导下建设社会主义的过程中创造了共产主义劳动日的劳动形式，这难道也是为了区区几个奖金吗？苏联工人阶级在斯大林的领导下，在卫国战争中为了支援前线，付出了巨大的牺牲，最后终于取得了对希特勒的法西斯德国的胜利，这难道又是为了获取区区几个奖金吗？只有在勃列日涅夫之流统治下的苏联社会，才会在文学作品中把苏联工人阶级说成是为奖金而生存的可怜虫。文学艺术是社会的一面镜子。苏联文学作品的堕落，恰正反映了今天苏联社会的堕落。它是对列宁亲手缔造的革命的社会主义事业的背叛，是对全世界工人阶级为之共同奋斗的神圣的事业——共产主义的背叛！

讽刺的是,奖金制后来成为中国新时期改革的一个开端。

新时期以后,利帕托夫的小说更多地在中国面世了,如《伊戈尔·萨沃维奇》、《这些关于他的事》、《民警阿尼斯金》、《乡村侦探》、《船长的爱情》等,但其影响最大的作品仍然是《普隆恰托夫经理的故事》。

蒋子龙《乔厂长上任记》与《普隆恰托夫经理的故事》在结构方式以至细节上都有诸多的共同之处。《普隆恰托夫经理的故事》写的是有专业知识和管理魄力的普隆恰托夫重新振兴塔加尔木村管理处的故事,《乔厂长上任记》写的是有知识有魄力的乔光朴重新振兴重型电机厂的故事。两部小说的主人公以同样的方式出场:普隆恰托夫上任后初次来到工地上时,“‘选材女工们挤在一起低头说着话,装卸工们安闲地玩着纸牌,年轻的木材流送工们卧在地上,把晒得发痛的背脊对着太阳。’多么悠闲啊!简直像马采斯疗养区!”正是这种散漫的生产状况唤发了普隆恰托夫经理的改变现状、提高生产效率的雄心。也正是在这里,他迈开了改革的第一步。他宣布取消累进计件工资,并处罚了装筏厂厂长库林诺依,引起了企业的震动。乔厂长上任后也是首先来到了车间,也发现了糟成一团的情况:青年工人干活不管不顾,嘴里哼着流行歌曲,随手把加工好的叶片丢在地上,致使加工好的零件大部分都有磕碰。这令乔光朴大怒,他实行了全厂的技术考评,将不好好工作的工人都撤了下来。普隆恰托夫的法宝“奖金”制度,当然也被作为重要手段而施之于工厂。在其后遭遇的挫折中,普隆恰托夫和乔光朴都不由自主地陷入了“生活作风”问题。普隆恰托夫的对手们无中生有地制造他与波里亚柯夫的侄女间的不正当关系,乔光朴与其在苏联留学时的同学工程师童贞的关系也是为人注目的焦点。这两位改革家虽然都受到同辈以至领导的排挤,但又有相同的有利处境,即有最高领导的支持,这最高领导在《普隆恰托夫经理的故事》中是区委书记古特金和州委书记祖卡索夫,在《乔厂长上任记》中是机电局长霍大道。这使得他们俩最终能够冲破一切阻力而取得成功。

据《乔厂长上任记》交待,小说的主人公乔光朴五十年代末留学于苏联,并曾在列宁格勒电力工厂担任过助理厂长,小说中的总工程师后来成为乔光朴的妻子的童贞,正是乔光朴在苏联留学时的同学。这一细节意味深长,五十年代正是苏联的改革时期,乔光朴和童贞在改革中所运用的应该正是他们从苏联带回来的经验,它在某种意义上说明了中国新时期改革与苏联五十年代以来的改革之间的渊源关系。

(二)

对于读厌了红色革命经典的中国读者来说,当代苏联"战壕真实"派邦达列夫及"新浪潮派"的瓦西里耶夫等人的小说都让人刮目相看。

早在1976年内部印行的《热的雪》中,我们就对邦达列夫有所耳闻。至新时期初,他的小说如《岸》、《选择》、《瞬间》、《最后的选择》迅速有了翻译,而其《人生舞台》在中国接连出现了译名不同的四种版本。瓦西里耶夫的《这里黎明静悄悄》早在1978年就被翻译过来,至1980年又有了新译本。他的其它被翻译过来的小说还有《未列入名册》、《后来发生了战争》、《不要射击白天鹅——瓦西里耶夫小说选》。邦达列夫对于战争的残酷性和非人道的揭露批判,颇让我们震惊,但似乎超过了可以接受的限度,而以重振英雄主义为宗旨却又经过了"战壕真实"洗礼的瓦西里耶夫,显然更为适合新时期作家的口味。

徐怀中的《西线轶事》明显是对瓦西里耶夫的《这里黎明静悄悄》的效法。《这里黎明静悄悄》的"看点"在于女性与战争的碰撞,这篇小说写的是高射机枪班的五名女兵在指挥员华斯珂夫的率领下追歼德国空降兵的故事。《西线轶事》也一样,描写了通讯连部机班六名女兵在中越自卫反击战战场的遭遇。在故事的开头,女兵们均散漫不堪。《这里黎明静悄悄》中的女兵们除了每天夜晚狂放一阵炮火外,"到了白天就没完没了地又洗又涮,消防棚周围永远晾挂着她们各式各样的玩意儿。"德国兵的行踪,首先是一名女兵在夜间开小差时发现的。在《西线轶事》中,女兵班刚刚编起来的时候,没让连里的干部少伤脑筋。有几个女兵嘴巴从不闲,整天吃瓜子,并把瓜子皮从窗户里吐出去,被男兵们称为"五香嘴儿"。还有一位女战士在幼儿园是以爱哭出名的,"芝麻大的一点事儿,绝对用不着哭的,她可以大哭一场。"但在战争中,这些女兵与敌人战斗起来却毫不含糊。《这里黎明静悄悄》中穿插了李莎与华斯珂夫的爱情,这使得李莎的牺牲变得格外地感人至深。《西线轶事》则穿插了陶坷与刘毛妹的爱情,使得刘毛妹的牺牲形成了小说的高潮。

由于时代的局限,徐怀中尚未放开手脚,因而《西线轶事》与《这里黎明静悄悄》还是有差距的。在《这里黎明静悄悄》中,女机枪班之所以调来,是因为这里原来的男战士们除了喝酒就是和当地女性调情,逼得指挥官不得不一再打报告要求调一些对酒和女性没有兴趣的战士来。此类描写在《西线轶事》中是不可能出现的。像其它中国红色经典军事文学一样,《西线轶事》中的战士们政治觉悟都很高,所苦恼的仅仅是不让他们上前线。在《这里黎明静悄悄》中,每一个女战士都有亲人丧生于德寇的枪口之下,有的则是全家都被残杀,这是她们上前线拼死杀敌的理由和动力。在《西线轶事》中,战争的动力仅仅是这样一种说教:"你更应当懂得,我们不能再丧失时间,不能再没有一个平静的建设环境了,只讲这一点,这一仗就非打好不可。"这样一种国族叙事,未免显得空洞。在《这里黎明静悄悄》中,五名女战士全部壮烈牺牲。中国的《西线轶事》正相反,让女战士们大获全胜,全部凯旋而归,延续着"从胜利走向胜利"的经典叙述模式。

第三节　艾特玛托夫

(一)

在王蒙心目中,艾特玛托夫是一个"光明"的作家,王蒙甚至觉得他过于正统,以至于限制了他的发挥。王蒙说:"苏联作家里我最佩服的是多吉斯·艾特玛托夫,但我有一种感觉,就是艾特玛托夫太重视和忠于他的主题了,他的主题那么鲜明,那么人道,那么高尚,他要表达的苏维埃人的高尚情操、苏维埃式的人道主义、苏维埃式的对爱情、友谊、理想、道德的歌颂在一定意义上限制他,使他没能够充分发挥出来。"这是一种中国的六七十年代式的理解,事实上,新时期文坛对于艾特玛托夫的兴趣恰恰在于他的道德批判和对于苏维埃政治的反省上。在苏联当代改革以后,艾特玛托夫愈来愈背离"正统",他的小说不但揭露当代社

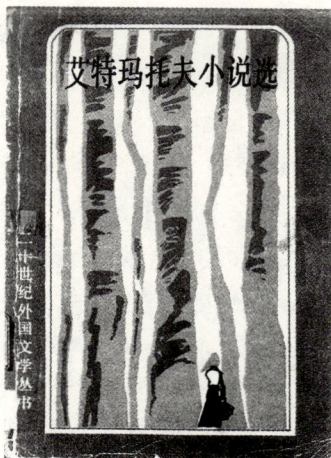

∧ 力冈、冯加译《艾特玛
托夫小说选》
外国文学 1984 年版

∧ 赵泓等译《白轮船》
上海译文 1986 年版

会人对于自然的破坏，同时也揭露了苏联社会主义时代的弊端。他在小说中甚至将希特勒与斯大林的名字连写，说他们是两位一体的，"像两个赌徒一样，挑动千百万人自相残杀。"这种激烈的立场颇受当代"正统派"非议，他们称艾特玛托夫为"忘本的钦吉斯"。

艾特玛托夫早在六七十年代就有两部书在中国"内部印行"，它们分别是陈韶廉等译《艾特玛托夫小说集》(作家出版社,1965)和雷延中译《白轮船》(上海人民出版社,1973)。新时期以后，他的小说迅即得到了更多的翻译出版。早在 1980 年，外国文学出版社陆续出版《艾特玛托夫小说集》上中下三卷。艾特玛托夫的新作尤受欢迎，他写于 1980 年的长篇小说《一日长于百年》，国内在 1982 年就有了张会森译本。更令人称奇的是，艾特玛托夫的《死刑台》在 1987 年同时出现了三种译本(冯加译本,李桅译本,张永金等译本)，在 1988 年又出现陈锌译本，短短的两年内居然出现了四种译本，可见受欢迎的程度。

艾特玛托夫在中国新时期最初的影响，主要在于爱情婚姻及人与自然的关系等方面的道德探索上。

张贤亮的《肖尔布拉克》看起来与艾特玛托夫的《我的包着红头巾的小白杨》很相像。《我的包着红头巾的小白杨》以一位记者与一位卡车司机的对话构成故事情节,《肖尔布拉克》完全一样,故事情节也是由一位记者与一位卡车司机的对话构成的,只不过前一篇小说的记者最后参与了故事本身,而后一篇小说中的读者仅仅是一位听众。

在《我的包着红头巾的小白杨》中,"我"在路上结识了美丽的姑娘阿谢丽,并爱上了她。她不顾家庭的反对与"我"逃走了,两人在朋友的帮助下成了家,并有了孩子。但"我"后来在工作的挫折中陷入另外一场情感中,致使阿谢丽在绝望中再一次出走。"我"后悔不已,苦苦寻找阿谢丽。最后终于见到阿谢丽的时候,她已经成了别人的妻子,她的男人则是救了他的性命的朋友。阿谢丽不愿意跟"我"走,"我"也不忍拆散他们,但"我"既依恋她,更依恋儿子,于是常常去看他们,这样就形成了一个女人和两个男人的尴尬场面。无独有偶,《肖尔布拉克》说的也是一个女人和两个男人的故事。小说中的"我"因为家里穷,从河南流落到新疆,开上了卡车。经别人介绍,"我"娶了一位同样因为老家没饭吃而流落到新疆的姑娘。婚后,这位姑娘虽然一直对"我"十分尊敬,但毫无热情。直到有一个来自于她的家乡的小伙子偷偷来找她,"我"才发现她原来在老家早已有青梅竹马的男友。她在新疆只是因为生活无着才被迫嫁给了"我",心却一直在那个小伙子那里。这让"我"十分失落,但"我"还是离开了她,成全了这一对情人。后来,"我"常去看他们两口子,而他们对"我"也十分照顾。

在最后的结局上,《西线轶事》与《这里黎明静悄悄》的差别再一次重演。在《肖尔布拉克》中,"我"好人好报,在帮助别人的时候,得到了一位上海姑娘的爱情,成立了美满的家庭。而在《我的包着红头巾的小白杨》的最后,"我"却只能满怀悲怆地离开阿谢丽,在心里永远地忏悔着自己的过失。

(二)

张承志公开承认艾特玛托夫小说的影响,并且表示"《艾特玛托夫

① 转引自孟晓云《你生命中那阳光》,《人民文学》1985 年第 7 期。

小说选》我恨不能倒背如流"①。的确,我们很容易指认出张承志的一些小说中的"艾特玛托夫痕迹"。张承志在《黑骏马》中对于主人公初次获得爱情时在飞奔的车上拥抱的情景的描写,与《我的包着红头巾的小白杨》中"我"初次获得阿谢丽的爱情时在卡车上飞奔的情形如出一辙。当然,指认《黑骏马》与《永别了,古利萨雷》的相像之处,更为容易。二者同样都在写草原的故事,同样以一匹英俊的马作为贯穿故事前后的线索。在《黑骏马》的最后,"我"因为抑制不住自己对于草原的留恋,情不自禁地扑向草地。这让我们想起了《永别了,古利萨雷》中库鲁巴伊在被遣送到西伯利亚之前一头扎向他所留恋的麦地的情景。

比较起来,《黑骏马》在开掘的深度上较《永别了,古利萨雷》有所不如。《黑骏马》与《永别了,古利萨雷》都以马为线索,《黑骏马》中虽然对于钢嘎·哈拉有浓笔的描写,但这匹马与小说情节并无直接关系,它在整个小说中仅仅具有结构上的意义,《永别了,古利萨雷》中的溜蹄马古利萨雷的功能却远大于此。

古利萨雷与马夫塔纳巴伊是小说共同的主角,他们的命运彼此相联,互为象征。古利萨雷是一匹由塔纳巴伊亲手培育起来的骏马,在草原的赛马和叼羊比赛中都获得过最高荣誉,深受牧民们的喜爱。对吉尔吉斯人来说,能驾上这样的骏马飞跃驰骋,是莫大的荣幸。但出名总不是什么好事,古利萨雷很快遭受了霉运,农庄主席勒令塔纳巴伊将这一匹用来配种的头马交出来给他当坐骑。古利萨雷眷念马群,屡屡挣脱马厩跑回草原,这令它遭受了更为残酷的命运,它被带上了镣铐,后来索性被骟了。塔纳巴伊悲痛欲绝,但他这个从前线回来的马夫根本没人理会。上面的特派员来到村里,"颠来倒去就是国际形势,至于农庄的民政部,好像就无关紧要了。"在塔纳巴伊想谈谈农庄时,却遭到白眼,被批评为思想有问题。官僚们只关心自己的官运,在塔纳巴伊因为羊群的大批死亡而焦急万分时,特派员谢基兹巴耶夫内心却隐隐得意,因为这主要得由他的对手区委书记负责。村支书乔罗与塔纳巴伊私交很好,当初就是他说服塔纳巴伊去放马的,但他对于塔纳马伊的不通世故却很担心,现在最最要紧的是见什么人说什么话。要说些合乎潮流的话,说得跟大家一样:既不冒尖,也不巴结,要四平八稳,背得滚瓜烂熟。这么一来,事情就稳妥了。"塔纳巴伊终于为他的直率付出了代价,被开除出党了。原因是在他一个人拼死拼活地抢救羊群时,来视察的特派员居然批评他没有参加"社会主义竞赛",他愤怒地痛斥特派员为"穿皮大衣的新牧主",并操起草杈向他扑去。官僚政治使苏联农村陷入了连战前都不如的困境,对此塔纳巴伊深有感受,"到何年何月才能结束这种无报酬的劳动呢?难道战前是这种景况吗?那时候到了秋天,家家户户都往回拉两三车粮食。可如今呢?男女老少都随身带个空袋子,好在外头捡什么东西回来。自己种庄稼,可自己吃不着粮食!这好在哪儿呢?成天穷开会,瞎指挥,靠这个能撑多久!"

艾特玛托夫的高明之处在于,他并没有将塔纳巴伊塑造成一个理想人物。塔纳巴伊最不能让人原谅的事是他对于自己哥哥的伤害。他的哥哥库鲁巴伊原来与他一道当雇工长大,但后来哥哥的家业逐渐兴旺起来了。在土改的时候,村领导倾向于保护像他们这样的穷苦人出身的家庭,但塔纳巴伊为了表现自己政治上的积极,却主张将哥哥划成富农,没收家产,最后导致了哥哥被发配的悲惨命运。古利萨雷以及塔纳巴伊的遭遇,深刻地揭示了苏联社会主义实践中的弊病,这正是艾特玛托夫《永别了,古利萨雷》的寓意所在。张承志的《黑骏马》发表于1982年,在对于社会主义实践的反省上,不可能达到艾特玛托夫《永别了,古利萨雷》的高度,这是时代的局限。

到了1986年张炜的《古船》,我们才看到了艾特玛托夫式的对于中国历史上农村土改的批判性描写。张炜也是一个深受艾特玛托夫影响的作家,他曾在多种场合表达他对于俄苏文学、特别是艾特玛托夫的热爱。艾特玛托夫一开始对于张炜的吸引力,主要表现于"自然与人"的主题。在热爱大自然,追求人与自然的和谐,批判破坏这种和谐的"恶"等方面,张炜与艾特玛托夫存在着精神上的契合。后来,在艾特玛托夫的启示下,张炜的小说逐渐突破了简单的人与自然的善恶对立,而将思考深入到了历史的层面,这才有了《古船》。关于中国革命中的土改,我们的历史记忆早已被《暴风骤雨》式的红色经典铸就,但张炜却在档案和人事中发现了它从未被揭示过的一面。我们记忆中美好的"打土豪,分田地",在张炜的《古船》中却成了一场夹杂着私欲和情欲的暴力行为。

洼狸镇的"打土豪,分田地"进行不下去,被上级领导批评为右倾路线、"和风细雨","当夜,赵多多就把平时最不顺眼的几个家伙脱光了衣服,放到一个土堆上冻了半夜。几个人瑟瑟发抖着,赵多多说:'想烤火了!'几个人跪着哀求:'赵团长,开恩火吧……'赵多多嘻嘻笑着,用香烟头儿触一下他们的下部,高声喊一句:'火来了!'几个人两手护着身子,尖叫着……这一夜轻松愉快。"这还仅仅是个开始,接着就开了杀戒,惨不忍睹。但他们很快就后悔没有多杀几个,因为还乡团回来后立刻开始了另一场更加残忍的屠杀。共产党回来后,又进行以牙还牙的镇压。"从诉苦的情况看,如果所诉的均是事实,那么批斗对象当中至多有五人该是死刑。可是几天来的大会上已打杀了十余人。"

《古船》对于土改中的血腥和暴力的描写,在读者中引起了强烈的反响,同时也受到了严厉的批评。在一次讨论会上,面对批评,张炜不得不以党的名义为自己辩护:"有两个同志提到了土改的描写,说虽然写的是事实,但还是不应该写到农民对剥削阶级的过火行为。我想这种想法倒是可以理解。不过农民的过火行为党也是反对的——党都反对,你也应该表示反对。至于土改运动中的'左'的政策,已在当时就批判了——当时批判了,现在反而不能批判了吗?"①在八十年代中期的社会环境中,张炜如此写作是需要勇气的。可以说,在对于历史阴暗的揭露批判上,此时张炜较之艾特玛托夫已经有过之而无不及。

对于中国革命史的反省,张炜的《古船》可以说有开创之功。后来此类作品逐渐增多,出现了《灵旗》、《皖南事变》等揭露历史的小说,更出现了《白鹿原》、《故乡天下黄花》及《旧址》这样的重叙历史的小说。张炜在《古船》中曾描写过的暴力场面,在这些小说中得到了反复呈现。李锐的《旧址》甚至以此表达自己对于历史的解释:"一部人类的历史,几乎可以看成是一部屠杀的历史。常常是这些人为了表达和贯彻这样的意志杀了那些人,过了一段时间,那些人为了表达和贯彻那样的意志又杀了这些人。到头来,历史却抛弃了所有属于人的所谓意志,让那些所有泯

① 张炜《在济南、北京〈古船〉讨论会上的发言》,《古船》,作家出版社,1996 年 2 月北京第 1 版。

灭的生命显得孤苦而荒谬。"①此时李锐已经在一种新历史主义的观念下重述历史,与艾特玛托夫的渊源逐渐遥远。

---

① 李锐《关于〈旧址〉的问题——笔答梁丽芳教授》,《当代作家评论》1993 年第 6 期。

第五章 美国文学的"再生"

第一节 "现代"的转向

（一）

在名著重印和现实主义回归中，拥有莎士比亚、托尔斯泰、雨果等文学大家的英俄法现实主义经典大行其道，只有区区马克·吐温、惠特曼等被重印的美国文学微不足道。然而，在随后的新时期现代主义以至后现代主义潮流中，美国文学却转换了身份，异军突起。

美国历史较短，现实主义经典无法与十九世纪俄国欧洲抗衡，不过，美国二十世纪以来的现代文学却大放异彩。自1930年以来，美国有辛克莱·路易斯、赛珍珠、奥尼尔、艾略特、福克纳、海明威、斯坦贝克、索尔·贝娄、辛格、托里·莫里森等多人获诺贝尔文学奖，占据了世界文学的重要位置。二十世纪美国文学的最大特色，应该是其"现代"色彩，以至有人将二十世纪美国文学概括为"从现代主义走向后现代主义"。奇怪的是，因为特殊的历史环境，本世纪以来美国文学在中国得到最多介绍的却是其批判现实主义文学，现代主义有意无意地受到排斥，这种情形在 1949 年以后显得更为明显,直至新时期才得以"转向"改观。

中国对于美国文学的功利接受,似乎并非偶然。从起点上看,1901 年林纾翻译的《黑奴吁天录》即是着眼于社会反抗的。林纾在这本译作的"序"中曾谈及自己的翻译目的,他认为翻译此书不是为博得眼泪,而是因为黑人的奴隶境地已经逼近中国人,"吾与魏君同译是书,非巧于叙悲,以博阅者无端之眼泪,特为奴之势逼及吾种,不能不为大众一号。"《黑奴吁天录》的译出,的确在近代中国发挥了很大的社会作用。1907 年,我国留日学生曾孝谷将此书改编为话剧,由"春柳社"在东京演出,成为我国话剧运动的先声。

"五四"以后,文坛重视"被损害民族的文学"的翻译介绍,美国文学不太为人所知。二十年代后期革命文学崛起后,美国的无产阶级作家受到注意。据不完全统计,从 1928 年到 1934 年期间,就有 16 部辛克莱的小说被翻译成中文。当时在日本避难的郭沫若化名坎人或易坎人,翻译了其中的三部:《屠场》、《石碳王》和《煤油》。冯乃超翻译了辛克莱的《拜金艺术》。辛克莱的"一切的艺术是宣传"的说法,成为以"左联"为核心的无产阶级文学运动的口号。杰克·伦敦也是一位革命作家,他的小说因为描写了美国下层人民的悲惨生活、鞭挞了资产阶级文明而受到欢迎。从 1929 年到 1936 年,中国相继有《叛徒》、《铁蹄》、《深渊下的人们》、《野性呼声》、《杰克·伦敦短篇小说集》等译本面世。十九世纪批判现实主义作家马克·吐温的作品也被翻译过来,受到欢迎,如《汤模沙亚传》(上、下)、《夏娃日记》、《汤姆莎耶》、《幽默小说集》等。1932 年,鲁迅曾亲自为马克·吐温的《夏娃日记》中译本写过"小引",指出马克·吐温"成了幽默家,是为了生活,而在幽默中又含着哀怨,含着讽刺,则是不甘于这样的生活的缘故了。"

∧ 万紫、雨宁译
《杰克·伦敦短篇小说选》
外国文学 1981 年版

美国二十世纪的现代主义作品,也有一些翻译出版。如:1937 年,赵萝蕤翻译出版了艾略特的《荒原》,这是一件值得纪念的事情;1940 年,西风出版社出版过海明威《永别了,武器》的林疑今译本。 不过,整体来看,现代主义的引进介绍比较少,不太为人注意。

1949 年以后,中国与美国处在敌对状态,对于美国文学的介绍更少,翻译大体上局限于左翼的现实主义和无产阶级文学。据统计,建国 17 年间,中国共计出版了美国小说 136 种,仅马克·吐温、杰克·伦敦、法斯特和德莱塞四个作家的小说就翻译了 53 种,70 个译本。德莱塞因为晚年加入了共产党,最为中国感兴趣,作品得到了大量翻译,如《美国的悲剧》、《欲望三部曲》、《天才》、《嘉丽妹妹》、《珍妮姑娘》、《堡垒》等等,甚至少见地出现了多卷本《德莱塞选集》。除此之外,还有不少无产阶级文学及籍籍无名的社会批判作品被翻译过来。至于美国最有成就的现代主义文学,在这一时期则罕能见到,有正式作品印行的只有海明威一人。另外还有内部出版的作品,如作家出版社 1963 年出版的施咸荣翻译的塞林格的小说《麦田的守望者》,值得注意。

在那个时期的主流话语中,现代主义作品无异洪水猛兽。不过,处于封闭环境里的国人,一旦真地接触到这类作品,却很容易受到刺激和冲击。据唐敏回忆,她在"文革"期间看到一份北京大学中文系和外文系散发的小册子,里面是一篇论文式的大批判文章,批判外国现代派。从这篇文章中,唐敏第一次知道了外国现代派,并了解到现代派的毒害远大于外国古典文学,"撰写此文的革命小将以咬牙切齿的痛恨,怒骂外国现代派文学的反动与毒害,其可怕程度在我的理解中,十八层地狱也不过如此了。"为了让读者感受现代派的可怕,文章的后面特意附了爱伦·坡的《黑猫》,并说明:这只是早期现代派的作品,并不是严格意义上的现代派作品,"但已经毒到能够置人死地的程度了, 因此真正意义上的外国现代派文学是绝对不能阅读的,读者包死! 现在只需要让人们看一眼其中毒害最轻的一篇,就足以让人们了解外国人的堕落到了何等可怕的地步。"唐敏战战兢兢地看了《黑猫》,没想到生命从此有了奇异的变化,大概真的"中毒"了,"在恐惧之中我被一种比美丽还要深刻的旋律抓住了,我一下了沉浸到爱伦·坡的世界中去,被我从来没有经历过的神秘的魔力所吸引。""读完了一遍,我浑身发抖,甚至想不出我读过的是什么了。我最深的,永难忘记的印象来自我的身体的感觉,我觉得我的身体被瓦解了,包围我的一层硬壳被粉碎了。"唐敏感到,自己看到的是一个更真实的世界,另一种不同的真实。这种感觉深深地藏在唐敏的心里,直到新时期才释放出来,"直到八十年代以后,现代派文学像潮水一样不可阻挡地涌进中国。那时我已经选择了文学道路。我用了三年的时光来研读八十年代能够找到的现代派文学作品,用以补偿我在十二岁时的愿望——给我一个机会,我就要读遍'罪恶的'现代派!"①在旧有的意识形态和艺术成规中,西方现代派作品给中国读者带来了另一个世界,带来了震惊效应,唐敏的这段话大概可以解释现代主义在新时期风行的原因,翻译美国文学的"现代"转向大概也缘自于此。

(二)

爱伦·坡是恐怖小说鼻祖、现代主义的先驱,他的独一无二的文学风格影响了很多人,包括波德莱尔、柯兰道尔等等。爱伦·坡以前在中国的介绍较少,只有一本焦菊隐翻译的《爱伦·坡故事集》在 1949 年前后由晨光出版公司出版。新时期以后,外国文学出版社于 1982 年出版了《爱伦·坡短篇小说集》,译者是陈良廷和徐汝椿。此书译出了爱伦·坡的著名小说《毛格街血案》、《玛丽·罗热疑案》、《窃信案》、《金甲虫》等,初次向当代中国读者显露被鲁迅称为"鬼才"的爱伦·坡的真实面目。这本书的翻译出版,表明爱伦·坡在当代中国获得了承认,也表明了现代主义以至通俗小说在中国获得了合法地位。唐敏们可以不必在批判的压力下,战战兢兢地读爱伦·坡了。

不过,爱伦·坡是十九世纪上半叶的作家,还说不上真正的现代主义。新时期初文坛较为流行的美国现代派作家,一是海明威,二是福克纳。海明威与中国有特殊机缘,他的作品早就有翻译,在形式又并不特别"现代",因而较早在中国新时期流行。此前从未在中国得到介绍的福

① 唐敏《与"黑猫"私奔》,《世界文学》1989 年第 2 期。

克纳,接着向中国读者展示了真正的意识流丰采。李文俊对于福克纳的翻译介绍,引起了中国作家和读者的特别注意。关于海明威和福克纳,下面会专门谈及。

　　在八十年代的文坛上,还有另外两位美国作家的作品影响极大,那就是塞林格的《麦田的守望者》(1951)和约琴夫·海勒的《第二十二条军规》(1961)。早在 1963 年,塞林格的《麦田的守望者》在我国就有了施咸荣翻译的"内部发行"译本,我国当代作家对这本书的熟悉当与此有关。约瑟夫·海勒的《第二十二条军规》是新时期最早被翻译过来的现代派作品之一,1978 年《外国文艺》就刊登了《第二十二条军规》的节选,1981年上海译文出版社在"外国文艺丛书"里出版了该书的南文译本。这两部创作于五六十年代的美国小说一时成为了中国当代作家和读者追捧的时尚,我们很容易在刘索拉的《你别无选择》等中国当代"现代派"作品中找到这两部书的影响痕迹。

　　与约瑟夫·海勒同属于美国六十年代"黑色幽默"派的作家,还有冯内古特、纳博科夫、品钦、巴思等人。在八十年代中期中国的文学先锋运动中,他们被目为后现代作家受到追捧。以冯内古特为例,仅在 1983—1986 年间我国就有六部译作面世,它们分别是《回到你老婆孩子身边去吧——短篇黑色幽默小说选》(冯亦代、傅惟慈译,福建人民出版社,

∧ 梅绍武译《普宁》
　上海译文 1981 年版

1983,5)、《茫茫黑夜》(艾莹译,浙江文艺出版社,1984,5)、《上帝保佑你,罗斯瓦先生》(曼罗、子清译,海峡文艺,1985,4)、《五号屠场·囚犯》(云彩等译,湖南人民出版社)、《囚鸟》(董乐山译,漓江出版社,1986,3)、《重入樊笼》(曹兴治、朱传贤译,中国文联出版公司,1986,7)。纳博科夫是俄国旅美作家,被目为具有代表性的后现代作家。他的《普宁》早在 1981 年就由上海译文出版社出版了梅绍武译本。他在中国最有名的小说,应该说是描写"恋童癖"的小说《洛丽塔》。1989 年一年之内,国内就翻译出版了三个《洛丽塔》的译本,分别由王晓丹、黄建人和孔小炯翻译。其后,又不断有新的版本涌现。当代著名小说家池莉曾经描绘《洛丽塔》给她带来的冲击,"初次阅读《洛丽塔》的记忆将永不消失。""《洛丽塔》是一枚超级炸弹,它将我脑袋中纠结的所有思想炸成碎片,诱导我进入了一种宽泛的感性阅读。"①池莉读《洛丽塔》,与唐敏阅读爱伦·坡的情形有点相像,中国新时期作家的"现代"、"后现代"的感觉大概就是这样在外来观念的冲击下形成的。至于品钦和巴思,虽然介绍不少,作品翻译则不多。1996年出版的"美国后现代主义文学代表作丛书",算是此类翻译的一个总结。

新时期以来,马克·吐温等人的经典作品仍在重印出版,但已经不太能吸引读者,美国现代乃至后现代作家则引起了强烈关注,不断被翻译过来,影响了新时期的创作和评论。纵向地看,在新时期,美国文学实现了从现实主义乃至无产阶级文学到"现代"、"后现代"的再生。

---

① 池莉《最是妖娆醉人时》,《世界文学》2000 年第 2 期。

第二节　海明威

（一）

　　美国现代主义文学在中国的开路者,是我国读者熟悉的海明威。海明威与中国有特殊机缘。早在抗日战争时期,他的反映欧洲战场的作品《战地春梦》、《战地钟声》、《第五纵队》等就在中国流行。1941 年海明威的中国之行,更增加了国人对于他的兴趣。1949 年后,海明威的作品仍能出版,如五十年代新文艺出版社出版的《老人与海》和《永别了,武器》。与后面要提到的萨特的作品一样,海明威属于极少数由于特殊原因而能够在新中国公开出版作品的西方现代主义作家。当然,对于海明威的评价仍是较多批判的, 而在肯定他的时候则是将其看作批判现实主义作家的。1957 年,李文俊与冯亦代在《人民日报》上发生过一场关于海明威的小小争论,颇为有趣。先是李文俊在这一年三月十二日《人民日报》上发表了《作家与商人》一文,说他在美国《星期六评论》上看到以下报道:美国一个新创办的杂志编辑写信给海明威, 要求他义务地为杂志写一篇东西,借以帮助杂志顺利地发展。平常稿费高得惊人的海明威看了信后,大发雷霆地说:"这个家伙以为我是什么人? 以为我是艺术家吗? 我是一个碰巧挑中写作为谋生之术的商人。"李文俊对海明威以商人自居颇有感慨,认为在资本主义的美国,金钱就这样腐蚀了作家的灵魂! 冯亦代在三月二十九日的《人民日报》上发表了《我看海明威》,谈了自己的不同看法。他认为海明威是一个十分严肃的作家,而《星期六评论》上这篇文章的作者耐德·塞尔夫是个专写内幕新闻和低级趣味文章的人, 报道的真实性值得怀疑。况且在美国要办一本杂志,也不是一些穷书生所能做到的,海明威有什么义务要替那位"生意经"的编辑写没有稿费的文章呢? 这场早已被人们忘却的争论, 表明在那个时期对于海明威仍能有不同意见的讨论,这是一件不容易的事情。正是在 1957 年,海明威的两部书《老人与海》和《永别了,武器》被新文艺出版社翻译出版。难能可贵的是,它们是公开出版的,不是那个时代常见的"内部发行"。正因为这种特殊的背景,在"文

∧ 德玮 增瑚译《战地钟声》
地质社 1982 年版

∧ 汤永宽 陈良廷等译
《乞力马扎罗的雪》
上海译文 2006 年版

∧ 林疑今译《永别了,武器》
上海译文 1980 年版

∧ 程中瑞 程彼德译《丧钟为谁而鸣》
上海译文 1982 年版

∧ 董衡巽等译《老人与海》
漓江社 1987 年版

革"以后美国现代主义文学的引进中,海明威首当其冲,成了译介的重点。

早在 1979 年,《外国文艺》第 4 期上就刊登了海明威的三个短篇小说:《乞力马扎罗山的雪》、《麦康伯夫妇短促的幸福生活》和《桥边的老人》。《外国文艺》当时较早地译介了很多外国现代派作家,海明威的出现不足为奇。海明威在中国的热潮,表现在其后的著作译介上。1980 年 1 月,林疑今翻译的《永别了,武器》由上海译文出版社重印,印数八万二千。1981 年,上海译文出版社又出版了由鹿金等人翻译的《海明威短篇小说选》,印数达九万二千册。1982 年,海明威的《丧钟为谁而鸣》一下出了三个译本,分别是程中瑞、程彼德翻译的《丧钟为谁而鸣》、德玮、增瑚翻译的《战地钟声》和李尧等翻译的《钟为谁鸣》。其后,海明威的作品的译本就更多了。

从文学史上看,海明威属于所谓"迷惘的一代"作家。就小说叙事而言,海明威是综合运用多种现代主义手法的,论者常常从存在主义、意识流、象征主义以至批判现实主义的角度诠释海明威的作品,这说明他的作品的不拘一格。整体而言,海明威的小说并不那么"现代",这是他的小说在中国易于被接受的重要原因。在文学史上,海明威的贡献之一是与乔伊斯相抗衡,将文学从心理还原为行动,但具有讽刺意义的是,海明威在新时期最早、最有影响的小说恰恰是被视为意识流小说的《乞力马扎罗山的雪》。《乞力马扎罗山的雪》由主人公哈里的内心独白构成。哈里在乞力马扎罗山上腿部受伤,又与外部失去联系,临近死亡的时候,哈里忏悔了自己为金钱,委身于一位自己不爱的女性、致力于写作却终于一事无成等经历。如果作为意识流小说来看,《乞力马扎罗山的雪》的线索过于清晰,这正符合新时期初期文坛的需要。

美国女作家乔·卡·奥茨的意识流作品在新时期的流行,出于同样的原因。1979 年《外国文艺》第 1 期上登载了奥茨的三个短篇,《站起来了的奴隶》、《天路历程》和《过关》。同一年,上海译文出版社出版的《当代美国短篇小说集》选登了她的《在冰山里》,《外国文学》第 2 期又刊载了她另外的两部短篇。1982 年 2 月,江苏人民出版社还翻译出版了她的代表作《他们》(李长兰、陈可淼译)。奥茨文学创作的特点是融现代主义与现实主义为一体,因此严格说来她并不是意识流作家,称其为心理现实主义应该说更为合适。

(二)

1979 年底, 王蒙在给他人的信中说:"我也承认我前些时候读了些外国'意识流'小说,有许多作品读后和你们的感觉一样,叫人头脑发昏,我当然不能接受和照搬那种病态的、变态的、神秘的或者是孤独的心理状态。但它给我一点启发:写人的感觉。"① 王蒙这段话表明:在西方

---

① 王蒙《关于"意识流"的通信》(1979 年 12 月),《王蒙文集》(第七卷),华艺出版社。

"意识流"小说的启发下,他意识到了小说写作的新的可能性:"写人的感觉"。1979 年年底之前在中国面世的小说,主要是海明威、奥茨之类的准意识流作品,尽管如此,王蒙还是觉得难以接受。所谓"病态的、变态的、神秘的或者是孤独的心理状态",其实意味着更为内在的无意识,王蒙反感于此,希望以更为清晰的理性代之。他自己的创作实践正是如此。在《夜的眼》、《春之声》和《海的梦》等小说中,主人公都处于粉碎"四人帮"之后的时代巨变中。陈杲二十年前因为"鸣放"被赶出北京,如今是初次回到北京;岳之峰刚刚从法兰克福回国,就坐到了回老家的闷罐子车中;缪可言"文革"期间因为"特嫌"被投入监狱,如今得到了平反。这些小说都没有以一个线性故事的发展为中心,而是在巨大的历史反差中描述主人公的心理变化。小说中往事与现实相互穿插,时间与空间交相辉映,在随时引发的意识流动中,叙事已经失去了通常的那种线性顺序。这种意识流动是明朗清晰的,主要是对于"四人帮"左倾政治的批判,和对于人的权利的呼吁。如此,这种当时被惊呼为看不懂的"意识流"小说,便与西方现代意识流小说拉开了差距。西方"意识流"之所以不容易看懂,多是因为它表现了非理性、非逻辑性的无意识流动。王蒙小说却不同,它表现的都是意识层面的东西,这种心理流动是理性、逻辑的,是极其明白晓畅的。读者的所谓"看不懂",只不过是找不到过去所习惯的那种完整的故事情节。事实上,心理描写在现实主义作品中并不少见,王蒙的小说很难称为现代主义。即便与海明威、奥茨等人的小说相比,王蒙的小说仍是有差距的。

当时有人提出王蒙的小说《布礼》受到了海明威的《乞力马扎罗的雪》的影响,马上就有人加以分辩,"有的同志把美国作家海明威的短篇小说《乞力马扎罗的雪》和王蒙的中篇小说《布礼》加以比较,指出二者虽然都吸收、溶和了'意识流'的写作技巧,在艺术上有许多共同之处,但仍然存在巨大的差别。前者叙事的主观色彩和感情色彩都是主人公的,作家本人的感情并没有直接卷入,他保持着一种客观性;后者叙事时,'物皆我之色彩'里的我,不仅有主人公,还有作家自己,作家的客观叙述与主人公的主观感受混合在一起,形成一股感人的、炽热的情绪的流动。前者描写的人的意识活动完全是自发地、失去控制地展示出来的意识流;后者却几乎没有这种情况。"①较之真正的意识流,《乞力马扎罗的雪》中的意识流动还算是有序的,但论者仍嫌其是"完全是自发地、失去控制地展示出来的意识流",王蒙小说对于意识的流动控制更加自如,但唯其如此,它就愈不像意识流。

令人感兴趣的是,戴厚英的小说《人啊,人》也运用了意识流的手法,她在小说"后记"中对于自己运用"意识流"作了下列说明:

> 在写《诗人之死》的时候,我比较严谨地遵循现实主义的方法。一位朋友客气地说:"你的方法是古典的。"我懂得,他的意思是说,我的方法是陈旧的。在写这部小说的时候,我就有意识地进行一些突破了。我不再追求情节的连贯和缜密,描绘的具体和细腻。也不再煞费苦心地去为每一个人物编造一部历史,以揭示他们性格的成因。我采取一切手段奔向我自己的目的:表达我对"人"的认识和理想。为此,我把全部精力集中在对人物的灵魂的刻画上。我让一个个人物自己站出来打开自己心灵的大门,暴露出小小方寸里所包含的无比复杂的世界。我吸收了"意识流"的某些表现方法,如写人物的感觉、幻想、联想和梦境。我认为这样更接近人的真实的心理状态。但是,我并不是非理性的崇拜者。我还是努力在看来跳跃无常的心理活动中体现出内在的逻辑来。我还吸取了某些抽象的表现方法,因为抽象的方法可以更为准确和经济地表达某种思想和感情。我写了几个人的梦:孙悦的梦、赵振环的梦、游若水的梦。这些梦都是有象征意义的。它们所表现的内容也许并不深刻,但是,要我把这些内容采取另一种方法表达出来,却还是相当费力气而又费笔墨的。②

这段说明现在看起来十分有趣,作家所理解的意识流不过是"写人

---

① 添丞《有益的探索(关于"意识流"和王蒙新作的讨论)》,《作品与争鸣》1981年第8期。
② 戴厚英《人啊,人!》,广东人民出版社1980年11月第1版。

物的感觉、幻想、联想和梦境",而且她还申明她并不是"非理性的崇拜者","我还是努力在看来跳跃无常的心理活动中体现出内在的逻辑来"。这种竭力体现"内在逻辑"的做法,典型地体现了中国意识流写作的思路。这样做的结果,不过是在小说中添了几段梦,若干联想,这并没有超出十九世纪现实主义小说的技巧范围。作者在书中运用此类的"现代派"手法,目标却是为了歌颂"大写的人",为古典人道主义呐喊,这更与西方现代主义背道而驰。

第三节　福克纳

（一）

真正的意识流文学晚些时候才出现。在意识流文学大家中,译介最早,并对新时期文学产生了真正影响的,仍是美国作家,他就是福克纳。

福克纳在新时期中国的大行其道,应该归功于翻译家李文俊先生。早在 1958 年,当时编辑《译文》杂志的李文俊就发表了福克纳的两个短篇《拖死狗》和《胜利》,但因为时代的原因,李文俊介绍福克纳的愿望并不能实现。新时期后,1979 年《外国文艺》发表了三个短篇《献给爱米丽的一朵玫瑰花》、《干旱的九月》和《烧马棚》。读者对于福克纳稍有印象之后,李文俊接着组织翻译出版了《福克纳评论集》。《福克纳评论集》分几个部分:第一部分是对福克纳创作倾向的较全面的研究与评论,第二部分是对福克纳的《喧哗与骚动》、《押沙龙,押沙龙!》、《熊》等几部重要作品的分析性论文,第三部分是介绍福克纳的评论、评价情况的文章,第四部分是福克纳自己谈生活、艺术与创作的第一手资料,其中包括他接受诺贝尔文学奖的演说和一篇福克纳访问记。书的最后还附有有关福克纳的年表、参考书目等有关资料。应该说,这是一份较为详尽的对于福克纳的介绍。《福克纳评论集》当时发行了 27,000 册,为国人了解福克纳奠定了基础。在这本书的"前言"中,李文俊说:书中没有收入更多的作品分析,"固然是因为本书篇幅有限,更主要的原因还在于福克纳的作品基本上都没有译成中文。在读者未读原著的情况下请他们先看太多的有关评论,恐贻本末倒置之讥。"此后,李文俊便立下心愿,翻译福克纳的作品。三年之后,李文俊译出了极有难度的福克纳的意识流巨作《喧哗与骚动》,由上海译文出版社出版。这是一个不仅在翻译史上而且在文学史上具有重要意义的事件。

艰深的福克纳之所以能够为新时期国人所接受,不仅仅在于李文俊所做的这些介绍工作本身,更在于他介绍福克纳的方式。他首先从思想上合理化了福克纳,其次又从技术上分解了意识流,使其变得既能够接受又易于理解。李文俊对于福克纳的阐释,主要体现在《福克纳评论集》与《喧哗与骚动》的"前言"里。这两篇前言虽然隔了三年,但论述的口吻大体一致,只是后者较前者更为详细。

从上面王蒙等人的评价来看,西方意识流在新时期初还是一个陌生和异己的东西,王蒙等人仅仅希望剥离技巧,而对于其基调则是持否定态度的。福克纳的小说,在王蒙看来,无疑是那种表现了"病态的、变态的、神秘的或者是孤独的心理状态"的作品[①]。李文俊却从现实主义系统阐述了福克纳的思想特征,从而说明了它的合法性。李文俊首先从反映论的角度确立福克纳的价值:从题材上看,他认为福克纳创造了一套"约克纳帕塌法"世系,"这套小说规模庞大,人物众多,时代漫长。福克纳从自己的立场出发对二百年来美国南方社会作了描写,南方社会的变迁,各阶层人物地位的浮沉,各种类型人物精神面貌的变化,都可以在这里见到映影",但在这里,李文俊十分谨慎,或者说底气不足,他接着又在破折号后面作了补充说明,他在《福克纳评论集》中说"——当然,这种映影主观色彩很强烈,有时甚至是扭曲的。"在《喧哗与骚动》中说:"——当然,不一定是十分客观的映影。"从所表现的人物的精神状态看,李文俊认为福克纳反映了现代西方不少知识分子普遍感到苦闷的一些问题。作为一个对过去时代有所眷恋但又有所批判的敏感的作家,他所描写的南方种植园主世家飘零子弟的精神苦闷,"像如何对待祖先传下来的有罪的历史负担、如何保持自己精神的纯洁性、在何处寻

---

① 事实上直到 1988 年王蒙还坦认"读不下来"福克纳的《喧哗与骚动》,读下来也"颇感茫然",见王蒙《从实招来》,1988 年第 3 期《外国文学评论》。

∧李文俊译《喧哗与骚动》
上海译文 1984 版

∧李文俊译《喧哗与骚动》
浙江文艺 1992 年版

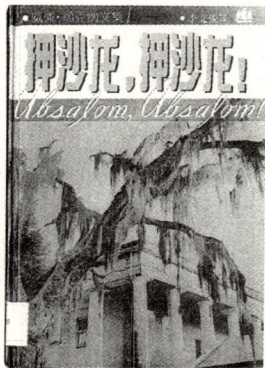

∧李文俊译《押沙龙，押沙龙！》
上海译文 2000 年版

求精神上的出路等等"，这些都是使西方一部分知识者感到困惑的问题，正因为如此，福克纳在一定程度上表现出了时代的精神。

对于新时期文坛来说，福克纳的价值主要在其艺术形式，宣扬福克纳自然应该在这一点上做文章。李文俊这两篇"前言"中，对于福克纳小说叙述技巧都进行了着重的介绍，不过李文俊仍然从现实主义角度对于这些技巧予以了"合法化"。在谈到福克纳的意识流技巧时，李文俊说："译者个人认为，福克纳之所以如此频繁地表现意识流，除了他认为这样直接向读者提供生活的片断能更加接近真实之外，还有一个更主要的原因，这就是：服从刻划特殊人物的需要。前三章的叙述者都是心智不健全的人。班吉是个白痴，他的思想如果有逻辑、有理性反倒是不真实、不合逻辑的。昆丁在六月二日那一天决定自杀。他的精神状态处于极度亢奋之中。到该章的最后一段，他的思绪已经迹近一个发高烧病人的谵语了。杰生也多少有些不正常，他是个偏执狂，又是一个虐待狂，何况还有头痛病。福克纳有许多作品手法上与传统的现实主义作品并无太大区别。他的别的作品若是用意识流，也总有其特殊原因。"将意识流看作是白痴的不正常思维，从塑造人物形象的角度理解意识流运用，这无疑坐实了福克纳，将现代主义现实主义化了。事实上，现代主义作品既不以反映时代为目标，也不以塑造人物为中心，李文俊从现实主义的角度说明福克纳，一方面说明当时国内话语体系的陈旧，无法与现代主义相适应，另一方面它也起到了将陌生异己的东西熟悉化、从而取得合法性的效果。

（二）

李文俊更为切实的贡献在于艺术技巧的介绍上。在《喧哗与骚动》的"前言"中，李文俊以该小说为例，对于意识流技巧作了十分具体的层层剥析："传统的现实主义小说中也常写人物的内心活动，意识流与之不同之处是：一、它们仿佛从人物头脑里涌流而出直接被作者记录下来，前面不冠以'他想'、'他自忖'之类的引导语，二、它们可以从这一思想活动跳到另一思想活动，不必有逻辑，也不必顺时序；三、除了正常的思想活动之外，它们也包括潜意识、下意识这一类的意识活动。在《喧哗与骚动》中，前三章就是用一个又一个的意识，来叙述故事与刻划人物的。在叙述者的头脑里，从一个思绪跳到另一个思绪，有时作者变换字体以提醒读者，有时连字体也不变。但是如果细心阅读，读者还是能辨别出来的，因为每一段里都包含着某种线索。另外，思绪的变换，也总有一些根据，如看到一样东西，听到一句话，闻到一种香味等等。据统计，在'昆丁的部分'里，这样的'场景转移'发生得最多，超过二百次；'班吉的部分'里也有一百多次。"不仅如此，李文俊在翻译《喧哗与骚动》时还对于其中的技巧作了具

∧ 陶洁译《坟墓的闯入者》上海译文 2000 年版

∧ 陶洁编《献给爱米丽的一朵玫瑰花》译林社 2001 年版

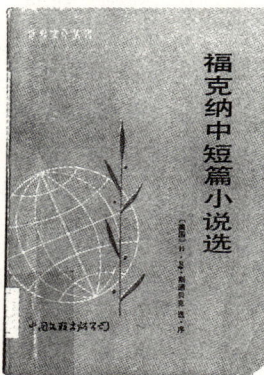
∧《世界文学》编辑部编《福克纳中短篇小说选》中国文联 1985 年版

体的标示,他在译本中作了 421 个注释,具体提示情节和时空转换的说明,书中还用不同的印刷字体表明时空的转换,这就为中国读者理解福克纳的意识流作了最为具体的演示,扫清了理解的障碍。比如说,在小说的第一章译者就有如下说明:"这一章是班吉明("班吉")的独白。这一天是他三十三岁生日。他在叙述中常常回想到过去不同时期的事,下文中译者将一一说明。"这种说明是非常具体的,例如在"凯蒂把我的衣服从钉子上解下来,我们钻了过去。"一句后,译者有如下长段的解释:"班吉的衣服被钩住,使他脑子里浮现出另一次他的衣服在栅栏缺口处被挂住的情景。那是在 1900 年圣诞节前两天(12 月 23 日),当时,凯蒂带着他穿过栅栏去完成毛莱舅舅交给他们的一个任务——送情书去给隔壁的帕特生太太。"李文俊的工作虽然后来被人批评为将意识流过于明晰化,但在新时期初国内读者对于福克纳以至意识流都十分陌生的情形下,这种介绍无疑十分重要。新时期初期进入中国的西方现代派作家多如牛毛,但很多作家却对于福克纳如数家珍,并运用于创作,这不能不说与李文俊的努力有很大关系。

意识流作家本来深奥难解,唯福克纳有了李文俊的浅显解说而变得易于理解,这使作家们如获至宝。赵玫在文章中说:"我把我拥有了李文俊先生翻译的那本《喧哗与骚动》当作我生命中的一件重要的事。对此书我一直爱不释手。我阅读它。我随手可将书中的任何一个细节找到。我一度曾被遮盖在福克纳的影子下。"她毫不犹豫地坦承,"这位美国南方的杰出的小说家,无疑给了我很多技术上(意识的流动、字体的变换以及潜意识独白)的启示。"[1]正是李文俊所作的很多技术上处理,才让她理解了意识流。余华在纪念福克纳诞生一百周年的《永存的威廉·福克纳》一文中,闭口不谈福克纳作品的思想意义,而是大谈福克纳"是为数不多的能够教会别人写作的作家,他的叙述中充满了技巧。"这正是福克纳在八十年代初给国人的印象所在。莫言更为直接,他承认自己并不太喜欢《喧哗与骚动》这本书,"我是通过读李文俊先生写在福克纳书前的序言了解福克纳这个人的。"前面我们已经说到,川端康成的

---

① 赵玫《在他们中穿行》,《外国文学评论》1990 年第 4 期。

"一只壮硕的黑色秋田狗蹲在那里的一块踏石上，久久地舔着热水"这样一句文学描写，让莫言突破了理念化的主题先行，而走向文学的审美世界。福克纳则启示莫言，故乡那巴掌大的地方即可以是文学的不竭源泉；并且，福克纳还告诉了莫言完全不同的写作家乡的方法。莫言说："我读福克纳的《喧哗与骚动》，服气了。他写得真棒，他有上帝般的魅力。他为自己的创作寻找到最大的内在自由，他敢于胡说八道，敢于撒谎。我们的创作毛病之一是太老实，把真实误解为生活的原样照搬，不敢张开想象力的翅膀去自由翱翔。"①莫言的作品中后来所有那股不拘一格、恣肆而粗鲁的风格，即是在福克纳的《喧哗与骚动》的叙述风格的启示下创造出来的。

---

① 莫言《几位青年军人的文学思考》，《文学评论》1986 年第 2 期。

第六章　存在主义与精神分析

第一节　萨特热

（一）

　　存在主义能够率先进入中国,与萨特有很大的关系。萨特可能是与新中国关系最为友好的西方现代主义哲学家和作家。1955 年 9 月至 11 月,萨特曾偕同西蒙·波娃访问我国,他们去了沈阳、鞍山等地,并在北京登上了天安门城楼参加国庆典礼。他对于中国的社会主义建设表示了赞赏。在当年 11 月 2 日的《人民日报》上,他发表了题为《我对新中国的观感》的文章,称颂中国是个"伟大的国家"。同月,他又在《法国观察家》上发表了题为《我所看到的中国》的文章,称赞中国:"在保守人士的心目中,一系列困难是随革命而来的",但"中国的革命却是从把通货膨胀、物价飞涨、苦难、动荡、无政府状态、地方割据等排出中国开始的","胜利的军队在人民群众中扎根,把任何革命政府都不可能一下子拥有的东西——安宁,给予人民。"甚至在"文革"期间,萨特也没有参加反华，他在《七十自叙》中说："我不太理解'文化革命'，并非我反对它，一点也不，而是因为我弄不清这意味着什么。"直到晚年他还愿意到中国来看一看，"我在余年还愿意去几个地方旅行，其中有中国。我在它的历史的一个瞬间，在1955年，见过这个国家。后来发生了'文化革命'。我很乐意现在重新见到它，我想这样我就能更好地理解它。"①此外，萨特还是个一贯支持第三世界弱小国家的斗士。他曾与共产党合作，参加了营救因反对印度支那战争而被捕的亨利·马丁运动；他曾在抗议法国政府逮捕支持反越战学生的"五月风暴"中，坚定地站在学生的一边；他曾冒险反对法国对阿尔及利亚的殖民战争；他曾抗议苏联对捷克和阿富汗的入侵；他曾挺身而出，支持受到政府压制的宣传"毛主义"的《人民事业报》，并亲自上街叫卖。与此有关，萨特成为新中国介绍最多的西方现代哲学家和作家。五十年代，我国曾公开放映了根据萨特剧本《可尊敬的妓女》改编的电影《被污辱与被迫害的人》。1963年，商务印书馆出版了萨特的《辩证理性批判》（第一分册）和《存在主义哲学》（包括《存在与虚无》等著作片断）。1965年，作家出版社出版了萨特的小说《厌恶及

^ 郑永慧译《墙》
安徽文艺1992年版

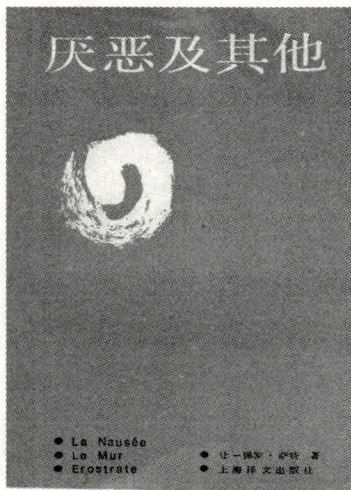

^ 郑永慧译《厌恶及其他》
上海译文 1987年版

---

①　柳鸣九编选《萨特研究》，中国社会科学出版社1981年10月第1版。

其他》(包括《厌恶》、《墙》和《艾罗斯特拉特》三部小说)。当然,这些著作都是"内部出版"的,而且萨特后来也不免在中国受到批判的命运。尽管如此,萨特仍然是在当代中国最具知名度和信任度的西方现代哲学家和作家。新时期之初,国人首先只能从以前熟悉的作家那里寻找思想资源,萨特首先在当代中国"复活"有其必然性。

　　1980年,萨特去世。这位被称为知识界良心的哲学泰斗的去世,引起了世界的震动,这恰恰给中国学术界谈论萨特提供了一个绝好的契机。这一年,《外国文艺》在第5期刊载了"萨特去世后西方的评论"专题,并在同期刊载了萨特的论文《论存在主义是一种人道主义》。《外国文艺》专门选择了萨特的这篇文章,应该与当时的人道主义思潮有关,它后来成了萨特在新时期最有名的文章。不过,这其实是一种历史的误会,因为此人道主义非彼人道主义,关于此下文再作分析。与此同时,北京外国语学院主办的《外国文学》在这一年第五期的封四上,刊登了萨特死后巴黎群众送葬及萨特生前演讲时以及与西蒙·波娃在一起的照片,同期还刊登了法国电台记者雅克·桑赛尔1973年对于萨特的一次采访及"萨特言论集"。中国学术界在几十年的封闭后第一次走向西方现代哲学的时候,恰恰赶上萨特的葬礼,这一事件具有象征意义。萨特可以称得上是西方现代哲学具有代表性的人物,他的去世在一定程度上意味着西方现代哲学的结束,此后就是同样起源于法国的后现代主义的天下了。在新时期中国重新走向世界,重走自人道主义至现代主义的路途时,却只赶上了现代哲学的尾声及后现代主义的时代,这就造成了新时期文化的一系列悖谬。

　　这并不是萨特第一次在新时期露面。在1978年《外国文艺》创刊号上,萨特的剧本《肮脏的手》就赫然在目。萨特进入中国的一个标志,可说是1981年柳鸣九主编的《萨特研究》的出版。这本书在新时期首次对于萨特作了比较全面的介绍,它收录了萨特的几篇有代表性的小说:《恶心》(郑永慧译)、《苍蝇》(谭立德译)、《间隔》(李恒基译),还有几篇有代表性的文论:《为什么写作》(施康强译)、《答加缪书》(郭宏安译)、《七十岁自画像》(施康强译),并对萨特的剧本《墙》、《自由之路》、《死无葬身之地》、《毕恭毕敬的妓女》等进行了提要介绍。另外,书中还有大量有关萨特生平和写作的背景资料。这本书的百科全书性质,满足了新时期读者的需要。它一版再版,与《外国现代派作品选》《现代小说技巧初探》一同成为那时流行于知识界的畅销书,并成为了新时期"萨特热"中的主要文本凭藉。此后,萨特的著作就有了源源不断的出版,计有《存在与虚无》(陈宣良译)、《影像论》(魏金声译)、《存在主义是一种人道主义》(周煦良译)、《词语》(潘培庆译)、《厌恶及其它》(郑永慧译)、《理智之年》(亚丁译)等等。至九十年代以后则出现了系统的文集:中国检察出版社 1995 年出版的由秦天、玲子主编的《萨特文集》计三卷,一是小说卷《恶心》,二是戏剧集《苍蝇》,三是自传集《自画像》;安徽文艺出版社 1998 年出版的《萨特文集》也是三卷,一是《戏剧集》,二是《文学论文

∧ 施康强译 《萨特文学论文集》
安徽文艺 1998 年版

∧ 苏斌 等译 《萨特自述》
河北人民 1988 年版

集》,三是《小说集》;集大成者是人民文学出版社 2000 年 10 月出版的由沈志明、艾珉主编的七卷本《萨特文集》,前四卷是小说卷,收录《恶心》、《墙》、《自由之路》等小说,第五、六卷是戏剧卷,第七卷是文论卷。2005 年,在萨特诞辰一百周年之际,人民文学出版社重出《萨特文集》八卷,增加了一卷萨特写给其终身伴侣波伏娃和几位好友的书信集——《寄语海狸》,这套书应该已经是目前最全面最权威的萨特译本。萨特的主要理论著作《存在与虚无》是一本艰深晦涩的纯哲学著作,即使在西

方能读懂的人也不多,但这本书在中国居然一版再版,笔者手头的这本1987年三联版《存在与虚无》的印数是三万七千册,对于一本理论书来说这个印数是惊人的。在大量出版的萨特著作中,同一作品有众多译本及同一译本被不断编选的情况比比皆是,这说明了萨特的著作在中国受欢迎的程度。据一份八十年代初的调查,在校大学生80%粗知萨特,20%"读过这些文学作品,又接触过理论",8%的学生"有比较系统的探索研究"①,中国新时期"萨特热"的情形由此可见一斑。

新时期是从人道主义的语境中理解西方现代主义的,存在主义也遭受了同样的命运,并且,萨特的"存在主义是一种人道主义"成为了将两者等同的一个有力论据。新时期萨特最受欢迎的思想是"存在先于本质"和"自由选择",这是出自经过了"文革"的盲目崇拜之后的中国人重新认识个人价值的需要。新时期为现代主义文学平反的最早的也最有影响的文章柳鸣九的《现当代资产阶级文学评价的几个问题》认为,萨特的"存在先于本质"和"自由选择"论"强调了个体的自由创造性、主观能动性",并将其视为"资产阶级人道主义的个性自由论、个性解放论"②的一种。柳鸣九在重评萨特的时候说:"资产阶级上升时期的思想家不少人都赞颂过人的力量、人的创造性、人的开拓精神,人是世界的主人。法国十八世纪一位启蒙作家这样满怀热情地写道:'凭着他的智慧,许多动物被驯服了;凭着他的劳动,沼泽被踏平、江河被防治、险滩被消灭、森林被开发、荒原被耕作……一个新大陆被发现,千千万万孤立的陆地是置于他的掌握之中……'我们从萨特对于存在主义的解释中,难道不能听到资产阶级上升时期思想家这类论述的某种余音?"③将萨特的存在主义看作是对于资产阶级上升时期人道主义的继承,这是混淆人道主义与现代主义差别的论述。柳鸣九其实并非不明白这一点,他紧接其后又作了如下补充:"当然,我们也应该看到,照萨特的存在主义哲

---

① 《文艺情况》,1982年10月。
② 柳鸣九《现当代资产阶级文学的评价的几个问题》,1979年第1期《外国文学研究》。
③ 柳鸣九《现当代资产阶级文学的评价的几个问题》,1979年第1期《外国文学研究》。

学看来,世界是荒废的,人是孤独的,痛苦的,人生是悲剧性的,这种观点的确反映了中小资产阶级的苦闷彷徨,但不也正反映了这个阶层对于资产阶级现实一种批判性的认识?"这段话其实已经非常清楚地说明了人道主义与现代主义的本质差别,而现代主义"反映了中小资产阶级的苦闷彷徨","反映了这个阶层对于资产阶级现实一种批判性的认识"的转换却在逻辑上无补于现代主义与人道主义的统一性,相反现代主义所批判的社会现实正是资产阶级人道主义的结果。

　　萨特的确将存在主义称为人道主义,但他明确划分他的人道主义与古典人道主义的区别,并且严厉批判了通常意义上的人道主义。萨特曾说过:"事实上,人道主义这个名词具有两个极端不同的意义。人们可以把人道主义视为主张以人本身为目的及以人为最高价值的一种理论。这一意义可以在高克多的《环游世界八十小时》这个故事中看到。书中的一个人物,当他坐着飞机飞越高山时,他说:'人是伟大的!'这就是说,虽然我自己没有制造飞机,但是我却身受这种特殊的发明的好处。而我个人,就作为一个人而言,可以认为我自己对某些人的成就也有关涉并以此自豪。这也就是说我们可以因某些人的特殊成就而把此种价值归之于人。这种人文主义是荒谬的,因为只有狗或者马才可以处于能够对人作普遍判断之地位,而宣说人是伟大的,但他们永远不会傻到做这种事——至少,就我所知道是如此的。存在主义摒除任何属于这一类的判断;一个存在主义者永不会以为人是一个结局,因为人还等着被决定。同时,我们也无权相信我们可以对人性建立起某种礼赞,如同孔德一样。"这里我们看到,柳鸣九认为被萨特所继承的资产阶级上升时期赞颂人的力量的人道主义,其实正是萨特批判的对象。萨特这样解释他的人道主义:"但这名词又有另外一种意义,此意义的基本意思是这样的:人永远处于其自身之外,在投射和失落自己的时候,他才使人存在。另一方面,也是由于对超越目的的追求,才使他本身有存在的可能。人正在自我超越的时候,他就处在这种超越的中心。除了人类的世界、即人类主观性世界之外,别无其他的世界。我们所谓的存在主义的人道主义,就是这种超越和这种主观的结合,当然,这种超越并非指上帝的神通,而是指人为的结果,这种主观则是指人不局限于自己而把自己体现在人类宇宙之中。"①

　　与古典人道主义的乐观向上不同，存在主义是建立在世界的荒诞和人生的无意义的基础之上的。萨特认为：人被抛入这个世界是偶然的，他只能与外在世界建立联系，在对世界的支配中确证自己，但这却不可能，因为自在是一种非目的论结构的存在，它完全是无原因、无根据的。在它面前，人是多余的、无用的，因而是空虚的，没有一种可以把握的必然的意义存在。自为与自在相遇时，人与外在世界的荒谬性同时被揭示，"恶心"便产生了。小说《恶心》的主人公洛丁根说："归根结底，我要说存在不是必然性的。存在，就是在那里，如此而已。存在物显现着，任凭彼此相遇，但是人们永远不能还原它们……偶然性并不是一种伪装，也不是人们能够消除的一种显象，它是绝对的，因而是十足的无用性。一切都是无用的，这个公园、这个城市、乃至我自己……"这一论述与海德格尔"人不是存在的主人"的说法相近，都是对于以人为中心的人道主义的批判。但萨特并不因此认为人就应该无所作为，他提出了"自由"与"选择"的概念。在萨特看来，自由与人生俱来，它是一柄双刃剑，它既使虚无成为可能，又为填补虚无创造了机会。萨特的"自由"是行动的自由，而行动首先是一种选择，故一个人将成为怎样的人是由他自己决定的，"人就是他自己所要求的那样的人。他不是什么别的，只不过就是他自己所造就的。"②在萨特看来，人生的结局是最终结局，只是在"使人生成为可能"的意义上，萨特将存在主义称为人道主义。这与"把人道主义视为主张以人本身为目的及以人为最高价值"的人道主义显然完全不同。

　　萨特的《存在主义是一种人道主义》早在1980年就有了译文，到处被望文生义地误用，而真正地释述存在主义理论的《存在与虚无》直至1987年才翻译出版。这个时间的差异，看似翻译难易的问题，其实显示了我们对于萨特的存在主义的接受程度，显示出新时期从人道主义到现代主义的深化。

---

① 萨特《存在主义是一种人道主义》，郑恒雄、陈鼓应译本，另见柳鸣九译文。
② 萨特《存在与虚无》，三联书店，1987年版。

（二）

　　萨特具有双重身份,他既是哲学家,又是文学家。新时期对于萨特的介绍首先是从文学方面着手的,如翻译他的戏剧、小说、文论等,柳鸣九编选的《萨特研究》也是作为"法国现代当代文学研究资料丛刊"出版的。与"意识流"小说、"荒诞派"戏剧等不同的是,存在主义文学并没有什么特定的形式技巧,它的命名来自于它独特的现代主义价值观。在新时期文学已经大量运用"现代派"技巧仍然毫不"现代"的情形下,萨特的存在主义成为了一种精神上的需要,它对于新时期文学的"现代"演变起了重要的作用。

　　中国的批评家是十分敏感的, 他们能够很快地洞察到与主流不合的异端思想的涌动。早在 1982 年初,就有人从 1979 年中篇小说《公开的情书》的发表"明显地感觉出革命现实主义遇到了某种挑战:文学创作出现了分化, 非现实主义和反现实主义的思潮已经有端倪可寻了。1981 年开始,我们又读到了中篇小说《晚霞消失的时候》和《波动》。这两部作品的发表,特别是《波动》,使我长期以来处于朦胧状态的一种看法更加明确了:一个以存在主义为指导思想的文学流派,已在社会上(主要是青年中)的存在主义思潮的影响下出现了。"①断言八十年代初社会上的存在主义思潮引发了存在主义文学流派的出现,未免耸人听闻。从时间上看,这一说法也难以成立。《公开的情书》发表于 1979 年,《晚霞消失的时候》并非出现于 1981 年以后,而是发表于 1980 年《上海文学》第 1 期上。《波动》发表于 1981 年《长江》第 1 期上。这三篇小说中最晚的《波动》也出现于引发存在主义思潮的柳鸣九的《萨特研究》(1981,10)之前。更为重要的是,这篇小说虽然发表于八十年代初,但写作年代却很早,可以追溯至"文革"期间。大体上可以说,它们与新时期"萨特热"并没有多少直接联系。不过,正如我们前文所说的,萨特的著作早在六十年代就有出版,而这些内部读物一直就是"文革"地下文学的思想

---

①　易言《评〈波动〉及其它》,《文艺报》1982 年第 4 期。

139

资源,由此看,批评家由作品的格调而产生的存在主义的联想却又不无根据。上文对这些小说的存在主义特征作了以下概括:"这些文学作品的一个共同特点是以现实是荒谬的、人是自由的这样的哲学思想为指导思想,对客观世界采取虚无主义态度,对内心世界主张人性的自我完善,企图用普遍的人性和人道主义来代替马克思主义世界观。"将"现实是荒谬的"、"人是自由"及"用普遍的人性和人道主义来代替马克思主义的世界观"混为一谈,显示出新时期之初对于存在主义的混乱认识。存在主义的启示,应该只表现在思路上,那就是萨特所说的破除盲从和自我选择。这几篇小说的共同特征,是较早地冲破历史的限制,表现出对于既定价值观的怀疑和重新选择的意识。《波动》中的肖凌关于"探求"的独白,显示了历史转折时期这一代人的精神特征,"你在探求什么样的目的?这正是我们这代人所提出并要回答的问题。也许探求本身就已经概括了这代人的特点。我们不甘死亡,不甘沉默,不甘顺从任何已经确定好的结论!"对于旧有的意识形态话语的质疑和突破,正是这些小说的时代价值所在。《波动》中的肖凌对林东平说:"我们小时候去看电影,总有大人告诉我们好坏之分。可在今天,我不知道这种词还有什么意义?""好"与"坏"的分别,是一个时代政治和道德标准的基本体现,对于这一标准的怀疑,意味着这一时代话语体系崩溃的开始。有时候,小说中的质疑达到异乎寻常的地步。在《波动》中,当杨讯告诉肖凌"咱们对于祖国是有责任的"时候,杨讯出人意料的回答:"你说的是什么责任?是作为供品被人宰割奉献上去的责任呢,还是什么?"对于国族叙事的利用,是历来政治统治的策略,在中国文学中极少受到怀疑,《波动》的质问不可谓不尖锐。这些都打破了当代文学创作背后隐含的话语秩序,引起了文坛的争议可谓情理之中。

《波动》等小说对于旧的话语秩序的怀疑质疑,其行为本身可能是存在主义式的,但话语本身的内容却主要又是人道主义的。因而批评家批评其"用普遍的人性和人道主义来代替马克思主义世界观",并没有多少错。正如我们上文所说,历史的际遇让我们对存在主义有了人道主义的解读,但存在主义作为一个整体在中国传播时,它的"虚无"的一面,却也不能不同时散发出来。陈思和在 1978 年在《外国文艺》上读到萨特的剧本《死无葬身之地》时，就与众不同地读出了"孤独"和"绝望"的感受，"从其意象说，一颗无法回归的心才是真正的死无葬身之地：人不能有所依托，孤魂野鬼似的游荡在旷野之上，凄厉地张扬其悲。"存在主义事实上在中国有滋生的土壤，这一土壤就是"文革"灾难的废墟。陈思和曾描绘这一心路历程，"对经受了残酷与绝望不亚于二次大战的中国知识分子，尤其是年轻知识分子而言，他们一时还难以从巨大的理想破碎和荒诞人生的打击下缓过神来，他们急需从世界的普遍经验中来理解他们自己的处境以及如何感受这种处境。自然，在一阵阅读狂喜过后，他们——当然其中也包括了像我这样正在大学求学，正在逐渐地步入知识分子行列的浮躁的年轻人——很快就不满足于那些遥远而美好的古典名著。"①

张辛欣是较早与萨特有共鸣的作家，她发表于1982年的《我们这个年纪的梦》有点存在主义的味儿。

与作者的经历相似，小说的主人公是个为北大荒付出了一腔热血的知识青年。"路，曾经是那么清晰，是'曲折的'，是'艰难的'，但每一步都接近着灿烂的明天。引黄河水，在沙漠里种江南水稻。为了画这幅美丽的画儿，千万人不要命地苦干。要想把黄河水引到沙漠深处去，得修很长、很长、很高、很高的大渠，那个累劲儿呀，累得连哭的力气都没有了，可还在做着火热、纯净的梦！无数担黄沙筑的大坝，经不起水轻轻施展一下它的自然属性。渠头只要有一个小孔渗水，拼死干了一年的整个长渠里，就滴水不见。再修！渗光了。再修。……多少年轻人在地球的这一小块地方，徒然地刻着无用的人工痕迹。"修大渠是一个具有隐喻性的情节，就像一个小孔转眼间就泯灭了他们全年的劳动。于是回城，回到那琐碎平庸的世界里。理想的破灭与现实的平庸，让人产生了一种幻灭的感觉。"路呢？先前认定有一根必然的链条，被什么东西打散了，再来看，似乎原来也只是一些偶然的碎片。剩下的，是自己的路。置身在纷乱的退潮中，茫然地被冲来冲去，把握不住别的，也把握不住自

---

① 陈思和《想起了〈外国文艺〉创刊号》，《作家谈译文》，上海译文出版社，1997年12月第1版。

② 《张辛欣小说集》，北方文艺出版社，1985年8月第1版。

己。……"②家庭俗务的猥琐的现实，不能不让人恶心；"把剩菜捡出来。拿起一片肥肉准备扔掉时，不知怎的，她会一下子注意到那片肥肉的表面，注意到那些细微的凝固脂肪的结构。她瞧着，心里一阵恶心。"介绍对象时一次次见面，让她十分尴尬。自己藏在心中的青梅竹马的梦中情人，最后却正是自己最讨厌的同屋。这一切都不能不让人恶心！"他突然来拉她的手！她想吐。（永远没法儿跟人说这种感觉）"这种洛根丁式的"恶心"感觉，在小说中反复出现。新时期开始后，文学的基本主题是控诉"文革"与改革，《波动》等小说也不能免，《我们这个年纪的梦》却有所突破。这篇小说虽然写了"文革"时代的知青生活，但其重点并不在控诉"文革"的罪恶，而在于作为个体的人的意义本身，在于人生的价值与意义的幻灭。当然，小说《我们这个年纪的梦》中的"恶心"感来自于"文革"以来的个人命运的挫败，因而过于坐实，这与其整体的现实主义叙事风格是一致的。

1983年第1期《小说界》曾刊发了题为"关于存在主义答文学青年"的一组专栏文章，其中"请陈骏涛同志就存在主义在我国当前文学作品中的反映作了答问"，陈骏涛在答问中也肯定文坛"出现了一些具有存在主义思想倾向的文学作品。"确定无疑地受到萨特思想影响的一篇小说，是1984年谌容的《杨月月与萨特之研究》。这篇小说的结构很独特，独特之处不在于它采用了阿维与阿璋的通信体方式，这种方式在现代小说中并不罕见，而在于阿维的信全是叙述她所遇见的杨月月，而阿璋的信全是叙述他所研究的萨特，于是小说由毫不相干的杨月月与萨特两部分组合而成。小说的情节主线是杨月月的故事，但在阿维向她的丈夫讲述这一故事时，她的丈夫却并无兴趣，而在回信中大谈萨特，他从萨特的出殡，谈到萨特的政治表现，谈到萨特的"存在先于本质""自由选择"的思想，再谈到萨特晚年有关马克思主义"不可超越"的评论，篇幅之多，连缀起来简直就是一篇萨特评论，水平大体上没有超出柳鸣九《萨特研究》的"序"。小说直到最后也没有揭示出杨月月的故事与萨特思想的关系，但我们在读完了杨月月的故事后，却不难体会作者的用心。杨月月参加革命时还是个梳着大辫子的姑娘，工作积极，大家都很喜欢她，说她像一弯新月，故称她为月月。后来组织上动员她嫁给了部

队老干部徐明夫,她尽管不愿意,但还是服从了安排。结婚之后,长期困在家中,政治、文化水平都大大下降,她想出来工作,但多次机会都因为琐碎的家事或丈夫的反对而告终。最后,因为她的落后,进省城的丈夫终于离她而去,找了一位有文化有风韵的女人,她则沦为了招待所擦地板的服务员。小说多次强调了"选择"的重要性,杨月月本应有多次的选择的机会,如婚姻的选择,如多次工作机会选择,只要她抓住了一次,她的结局都不会像今天那样悲惨,而会成为一个有觉悟、有文化的国家干部。这里显然在演绎萨特的"自我塑造"的理论,小说中大量引述了萨特"人首先存在,后来才成为这样那样的人"等理论,并作了发挥:"比如你吧,你现在'界定'为作家,这是社会承认的,也是你自己承认的。但这种界定,不是上帝的意思,也不是命运的安排,而是你按照自己的意志投入世界、深入生活的结果。"①存在主义的"存在大于本质"理论,在此被演绎成了一个资产阶级个人奋斗的说教,这与柳鸣九对于存在主义的人道主义解读一脉相承。其实,杨月月"选择"的失败,既有她个人的原因,也有社会的原因,在诸如婚姻等问题上,她实际上并没有选择的余地。杨月月的意义,与其说表明了国人自我选择意识的匮乏,毋宁说控诉了特定历史时期对于人的选择权利的剥夺。

至八十年代中期,刘索拉的《你别无选择》、徐星的《无主题变奏》、

---

① 诺容《杨月月与萨特之研究》,中国文联出版公司 1984 年 6 月第 1 版。

陈村的《少男少女，一共七个》等小说中年轻人的玩世不恭、疯疯癫癫，在格调上与萨特、加缪的小说已经颇为接近，以致李泽厚宣称当代"真正的中国现代派的文学作品"诞生了①。《无主题变奏》中的主人公有这么一段自白："我真正喜欢的是我的工作，也就是说我喜欢在我谋生的那家饭店里紧张地干活。由此我感觉到这世界还有点儿需要我，人们也还有点儿需要我，由此我感觉到自己或许还有点儿价值。同时我把自己交给别人觉得真是轻松，我不必想我该干什么，我不必决定什么。每周一天的休息对我来说会比工作还沉重，每当这一天到来之前，在下班的路上我都会作出种种设想：比如我将爬在阳台上数数马路上一小时能有多少辆车，都有哪几种；或者走到楼下，数数这栋楼究竟有多少扇窗户，其中有多少是关闭着的什么的……不过每每都被老 Q 那高亢的进取精神破坏了我的兴致，我怎么能像她要求的那样刻苦攻读什么，我怎么能像她那样抱着德彪西、威尔第什么的？"萨特在《存在与虚无》中曾分析人掩盖虚无的两种自欺类型：一是从散朴性出发看待自己，使自己成为自在。二是成为一种为他人的存在，这里萨特所举的恰恰是咖啡馆侍者的例子。萨特指出：作为侍者每时都在按照别人的安排行事，履行着我所不是的角色，这样就使自己成为他人眼中的物。由此看来，《无主题变奏》的主人公事实上在自欺，而他在工作之外的无聊正泄露了他的虚无。"我"对于老 Q 进取精神的厌烦态度，显示了中国新时期现代派小说中反抗传统价值的精神特征，也显示出他们的虚无感的来源。《你别无选择》中音乐学院的学生们的躁动不宁，是对于别无选择的传统学校体制的抵制。《少男少女，一共七个》中的学生反抗的是传统的父母教育的压抑。在这些小说中，传统也即正统的力量成为了一种嘲弄的对象，在反讽的语言中被消解殆尽。小说这样描绘父母对于子女的态度，"我发觉，凡是父母都有一种关心欲，那劲儿一上来你就别想活了。我也顶撞过许多回，惹得他们更关心不止。每当我推门走进房间的时候，照例会忘记了在垫子上擦擦鞋底。妈妈诲人不倦地指出过多次。"在这样一

---

① 李泽厚《二十世纪中国文艺之一瞥》，《中国现代思想史论》，东方出版社 1987 年 6 月第 1 版。

种对于通行价值的逆反中，小说中人物的行为常常悖于成规。《少男少女，一共七个》中，主人公考虑到北京玩的地方很多，因此决定考到北京上大学，但一个姑娘对他说了一句"考大学有什么意思？我才不想，没出息的才上大学"，又给他做了个媚眼后，他就转变了，"我正是不愿意被人看作没出息的年纪，特别不愿被姑娘们。虽然她和我仅仅是一个媚眼的关系，我还是立即改了主意，决心不考了。"在考场上，他把做对的题目又划掉了。《无主题变奏》中的主人公已经进了大学，但他庆幸自己又出来了，"那一年我刚离开学校不久，我不是说毕业，你别误会。幸好九门功课的考试我全部在二十分以下，幸好高考时的竞技状态全都没有了，幸好我得了一场大病，于是我和学校双方得以十分君子气的分手，双方都不难堪。"《你别无选择》的第一句就是"李鸣已经不止一次想过退学这件事了"，而最终孟野的确退学了，小个子也不知踪迹。学校里的人一个个特立独行，令人瞠目：小个子每天擦五十次地板，李鸣从来不出被窝，石客动辄一段不知所云的独白，还有那神秘的使人畏惧的功能圈。这种种夸大、反常、扭曲和变形，营造出了小说的荒诞气氛。

在存在主义小说中，我们常常看到这样一种由违反常规而带来的荒诞。加缪的《局外人》的主人公默尔索在母亲生前的朋友面对着棺材哭泣时，自己却一滴眼泪也没有。询问他母亲的年纪时，他毫无把握地说大约六十多岁。当他的女友玛丽·卡多娜问他是否爱她时，他的回答是："这种话毫无意义"，问他是否愿意结婚时，他说："怎么样都行。"当检察院论证默尔索是在神智完全清醒的情况下杀了人时，他对这一控诉未予置辩，反倒觉得对方观察事物的方式倒不乏其清晰正确，其说的话还是可以接受的。在最后陈述杀人动机时，他仅仅说是因为太阳[1]。萨特的小说《恶心》也是如此。在洛根丁看来，一切习以为常的事都莫名其妙。"你看见一些人突然出现，他们说了话又走开了；你投身到一些没头没尾的故事里面。我孤零零地在这一片快乐和正常的人声中"[2]。小说中的荒诞出自于本体意义上的人的虚无感，因为外在世界与人类的意识

---

① 加缪《局外人》，《加缪中短篇小说集》，外国文学出版社1985年第1版。
② 萨特《恶心》，《萨特研究》，中国社会科学出版社，1981年第1版。

是相悖的,故而一切先验价值及社会规范都是一种虚假的人为,没有终极根据,对于人来说也就没有什么意义。而对刘索拉等人来说,荒诞大多不是针对一切社会规定与价值,而是针对特定的他们认为已经过时的社会成规,如学校的旧体制、家庭的传统教育方式等等。这样,他们的反抗背后显示出的往往是个性主义的动力。《无主题变奏》中主人公的一句话露骨地表明了这一点,在其女朋友逼他上进考大学时,他感叹:"我只想做一个普通人,一点儿也不想做一个学者,现在就更不想了。我总该有选择自己生活道路和保持自己个性的权力吧!"刘索拉等小说中的主人公看似蔑视一切,但对于真正的西方古典音乐及绘画其实是崇拜的,对于作曲在国际上获奖更是欣喜若狂。它表明中国的现代派其实是有价值追求的,荒诞是有限度的。曾有人以这种区别指责中国的现代派是伪现代派。这种批评毫无意义。"理论的旅行"的结果,只能是中国的现代派,而不可能有原封不动的西方现代派。

第二节　弗洛依德热

(一)

弗洛依德学说在中国的流布,几乎与西方同时。弗洛依德的第一部经典著作《梦的解析》出版于 1900 年,但一开始并没有多少影响,此书初版六百本销了八年时间,此间弗洛依德又出版了《日常生活的精神病理学》(1904)和《性学三论》(1905)。被认为阐述精神分析学说最权威的著作《精神分析引论》出版于 1916 年,《精神分析引论新编》则迟至 1933 年才面世。中国最早介绍弗洛依德学说的可能是王国维,早在 1907 年他就翻译了丹麦的惠佛丁(Hhrold Hoffding)的《心理学概念》一书,其中"意识与无意识的关系"一章专门介绍了弗洛依德的无意识理论。此时弗洛依德的无意识理论出笼不久,第一版《梦的解析》尚未卖完。《梦的解析》不久就来到了中国,在 1916 年的《东方杂志》上已有《析梦篇》的

---

① 参见林基成《弗洛依德学说在中国的传播:1914—1925》,《二十一世纪》1991 年第 4 期。

∧ 傅雅芳 郝冬瑾译
《文明及其缺憾》
安徽文艺 1987 年版

∧ 孙恺祥译《弗洛伊德论创
造力与无意识》
中国展望 1986 年版

∧ 高觉敷译《精神分析引论》
商务 1984 年版

译文发表,同时刊发的还有《原梦》、《梦中心灵之交通》等评介文章①。弗洛依德在西方世界的声誉日隆与他 1909 年访美演讲有关,在美国克拉克大学二十周年校庆期间,他发表了五次演讲,题为《精神分析的起源和发展》。这一演讲影响很大,美国心理学专家舒尔茨认为:"在他访问克拉克大学以后,他的体系的冲击力立即为人所感受到了。巴亢说过,1910 年后,美国报刊载满了弗洛依德的论文,1920 年后,美国出版了两百部以上的书籍,论述弗洛依德的精神分析。"①《精神分析的起源和发展》是对于弗洛依德学说的一次系统介绍,可称得上是后来《精神分析引论》的预演。此书英文本出版后,汉译也于 1925 年出现,译者为高觉敷,译文连载于《教育杂志》第 17 卷 10 号和 11 号上。此文的翻译,奠定了弗洛依德在中国的影响。译者高觉敷可说是中国翻译研究弗洛依德

① D. Schultz, A History of Modern Psychology, 3ʳᵈ Ed., 1981.转引自高觉敷《精神分析引论·译序》,商务印书馆 1984 年 11 月第 1 版。

最用力的专家，他后来又分别于 1933 年和 1935 年翻译出版了弗洛依德的最具代表性作品《精神分析引论》和《精神分析引论新编》，此时距《精神分析引论新编》在西方面世的时间不过两年。这两本书的译出，标志着弗洛依德已基本进入了汉语知识界。

中国新文学蒙受了弗洛依德学说的巨大影响。鲁迅在 1922 年创作《补天》，即是"取了弗罗特说，来解释创造——人和文学——的缘起。"①其后郭沫若、郁达夫及三十年代的新感觉派、沈从文等小说家都不同程度地受到了弗洛依德学说的影响。恰恰在鲁迅创作《补天》的 1922 年，中国出现了第一篇运用精神分析方法研究文学的文章，那就是潘光旦的《冯小青考》。其后又出现了很多运用精神分析方法的批评文章和理论著作，如周作人对于郁达夫《沉沦》的著名评论，郭沫若对于《西厢记》的精神分析批评，集大成者可算是三十年代朱光潜的《变态心理学》(1933)和《文艺心理学》(1936)。

弗洛依德在西方的影响在 1919 至 1939 间达到最高峰，它在中国的影响大体也是如此。1937 年抗战之后的中国语境，使弗洛依德在中国的影响日益消减。1949 年之后，弗洛依德在中国除了偶尔的被批判外，基本完全消失了。与西方不同的是，在消失长达几十年后，八十年代中期前后弗洛依德的幽灵又重新飘荡于中国大地。

此时国人几乎已经不知道弗洛依德为何物了，骤然遇见不免十分新鲜，由此爆发了大规模的"弗洛依德热"。短短几年内，弗洛依德著作大量面世，这其中包括重印解放前的译本、港台盗版译文和新译本，数量之巨可能超过了本世纪以来弗洛依德翻译的总和。这其中包括《精神分析引论》(商务印书馆, 1984)、《精神分析引论新编》(商务印书馆, 1987)、《梦的解析》(作家出版社, 1986)、《弗洛依德后期著作选》(上海

---

① 《故事新编·序言》，《鲁迅全集》第 2 卷，人民文学出版社 1981 年第 1 版。需要说明的是，论者多认为鲁迅在创作这部小说之前，并没有读过弗洛依德的作品，这一说法似乎过于武断。这一结论的主要根据是他们认为中国第一部弗洛依德著作的翻译是 1925 年在《教育杂志》上连载的《精神分析的起源和发展》，而鲁迅译厨川白村的《苦闷的象征》也在 1924 年。林基成关于《东方杂志》上弗洛依德著作的翻译和评介的发现使这一论断变得可疑。事实上，在弗洛依德风行国外的一二十年代，鲁迅通过外文(如日文)阅读弗洛依德的可能性也不能排除。

译文出版社,1986)、《弗洛依德论创造力和无意识》(中国展望出版社,1986)、《弗洛依德论美文选》(知识出版社,1987)、《梦的释义》(辽宁人民出版社,1987)、《精神分析纲要》(安徽文艺出版社,1987)、《精神分析引论新讲》(安徽文艺出版社,1987)、《文明及其缺憾》(安徽文艺出版社,1987)、《性爱与文明》(安徽文艺出版社,1987)、《梦的解析》(陕西人民出版社,1987)等等。除了弗洛依德本人著作的翻译之外,这段时间国内还翻译了为数不少的国外研究弗洛依德的著作,如(美)C.S.霍尔《弗洛依德心理学入门》、(美)卡尔文·斯·霍尔等著《弗洛依德心理学与西方文学》、(英)奥兹本《弗洛依德和马克思》、M.M.巴赫金、B.H.沃洛希诺夫《弗洛依德主义批判》、(美)艾布拉姆森《弗洛依德的爱欲论——自由及其限度》、(美)J.洛斯奈《精神分析入门——150个问题的解说与释疑》、(苏)列夫丘克《精神分析和艺术创作》等等。这些书互相重复,译文质量上也良莠不齐。新时期弗洛依德研究者王宁认为:新译的弗洛依德著作多从英文转译而来,"译者的哲学和心理学知识及中外文语言的理解和表达水平均不算上乘, 这同中国文学界对弗洛依德及其精神分析学的强烈兴趣适成鲜明的对照。"①这庞大的译著的数量,只是向我们提示着彼时中国的"弗洛依德热"的热度。弗洛依德在八十年代中期前后何以能得到如此强烈的关注?它在新时期文化中担负了何种功能?这些都是值得考察的问题。

(二)

毋庸讳言,弗洛依德之所以能风行大陆,首先在于它是有关"性本能"的论述,这不但对文学界而且对于整个社会产生了诱惑。1986年,弗洛依德学说在中国最流行的时期,中国出现了性文学大潮,这种时间上的巧合让我们联想起这两者的直接关系。当然,这种"性的觉醒"由弗洛依德直接带来的说法未免过于简单, 毋宁说历史的内在需要让我们请回了弗洛依德。弗洛依德帮助我们在新时期重新想象自己的身体和性

① 陈厚诚、王宁主编《西方当代文学批评在中国》,百花文艺出版社2000年10月1版。

及其与社会的关系,完成了我们的知识重构。

左翼文学以来的中国主流文学一直负载着说明革命及其政权合法性、建构国人在新秩序中的主体意识的使命。对于"性"这样一个天生的颠覆性因素,这些文学作品的处理方式是将它纳入政治化合法化叙述的模式之中,如将男女之情处理为一个历经磨难的女性奔向象征着党的男人的怀抱的隐喻(《青春之歌》)。到了"文革"时期,文学作品中干脆将男女之"性"彻底湮没了,革命样板戏中均是无情无欲的孤男寡女,"爹想祖母我想娘",爹爹连想妻子的权利都没有。有人将1949年以后的文学称为"无性的文学",这一称呼其实并不周延,社会主义文学中其实也有赤裸裸的性,如《苦菜花》中日军玩弄、强奸农村妇女的描写,这些细节曾经引发了"文革"荒漠中的国人的想象。将性行为安置于反面角色之上,以道德的亏欠论证其政治上的反动,这是左翼文学以来主流文学安全地讲述性的唯一策略,这一策略早在茅盾《子夜》中的吴荪甫强奸吴妈的行为中已露端倪。将"性"的紊乱置于政治对手的身上,这显示出与传统的"万恶淫为首"的传统观念相呼应的道德主义的意识形态特征。新时期的政治变动之后,这种性的压抑才有得以复苏的可能。1978年《十月》创刊号上发表的刘心武的小说《爱情的位置》首先打破了这一禁区,其后陆续出现了如《公开的情书》、《爱的权利》、《爱,是不能忘记的》、《被爱情遗忘的角落》等情爱小说。从小说的题目我们可以看出,这些小说叙述的中心是"爱情"。但在这里,身体的美与道德的善是一致的,"爱情"的叙述其实是主流政治话语建构的一部分。这些小说中的爱情多是冰清玉洁、纯粹精神性的,爱情的渴望与想象并非围绕着身体和性。也有小说涉及到了性,如《被爱情遗忘的角落》,但这里的情欲并不指向自身,而是批判旧的政治、借以树立新的政治合法性的工具。

对于身体和性的要求是强大的,重要的是需要一个合法化的叙述途径。八十年代初期的性话语是借助于政治合法性以"爱情"形式存在的,这一形式愈来愈不能满足社会需要,弗洛依德关于性和本能的合法性理论就是在这样的情形下被人们从历史中重新召唤回来了,它有力地促进了中国性话语的生长。首先应该提到的是张贤亮。1985年在《收获》第五期,张贤亮发表了《男人的一半是女人》,这篇小说在新时期第一次对肉欲和性作了正面的描述,故在当时的社会中引起了轩然大波。作者在处理性的问题的时候,运用了弗洛依德的代表着原始本能的"本我"和代表着理性和道德的"自我"和"超我"间的矛盾作为冲突的结构,描写了男主人公面对黄香久赤裸裸的身体时情欲与理智的激烈斗争,理智胜利了,身体却有所不甘。长期的压抑,终于使得男主人丧失了生理的能力。主人公最终的新生,也是在对于黄香久女性躯体的胜利上获得的。小说中较为直露的地方,是对于黄香久的女性裸体的描写,它构成了对于男主人公的诱惑并最终使他成为了真正的男人。黄香久的身体给了读者深刻的印象,它是新时期文学中第一次对于禁忌的扫荡。但张贤亮这篇小说对于性的叙述具有两面性,它一方面着力描写了作为本体的肉体的压抑及由此而来的性的狂欢的历史,另一方面这种描写又是引向了社会文化的批判,身体和性在这里仍有政治的意义,这种意义后来由大青马直接揭示了出来。在由道德主体走向欲望主体的过渡中,张贤亮的小说在新时期爱情小说与1986年性文学冲击波之间构成了一个过渡。

在情欲与理性、道德之间,强调"爱情"的新时期初期,后者绝对压倒前者,在张贤亮的笔下,两者已经在冲突和抗衡,到了张贤亮之后的性文学大潮,前者则已彻底压倒了后者。这一性话语的"理论基础"就是弗洛依德的"力必多理论"。在弗洛依德那里,"力必多"代表着人的性本能,这是一种内在的人类自我繁衍的强大力量,应该得到满足,如受压抑则可能会导致精神疾病。"一般来说来,一个人能否犯神经症取决于他的力必多的力量,取决于满足力必多以及力必多找到出路、得到满足的可能性。"[1]在所谓的性文学大潮中,较有影响的小说作品有:莫言的《红高粱》,贾平凹的《黑氏》,刘恒的《伏羲伏羲》、《白涡》,王安忆的《荒山之恋》、《小城之恋》、《锦绣谷之恋》等等。在这些小说中,情欲本能得到了高度的渲染,成为人的本质,也成为了历史的动力,而封建宗法习俗、现实的婚姻制度乃至个人的理性道德都成为必须予以冲破的对立

---

① 弗洛依德《精神分析的困难之一》(1917),《弗洛依德论创造力和无意识》,中国展望出版社1986年4月第1版。

面。在《红高粱》中,"我"的"奶奶"丰满秀丽,却被许给了有钱却患着麻风病的男人,她愤而反抗,与"爷爷"野合于高粱地中。"爷爷"是喝高粱酒的野蛮的土匪,却又是与日本鬼子血腥抗争的好汉。"爷爷"杀人越货,精忠报国,演出了一幕幕英勇悲壮的舞剧,这令"努力学习马克思主义"的我们这些活着的不肖子孙相形见绌,感到种的退化。小说在这里既重叙了个人,也重叙了历史。有关于神话起源、苦难经历和终极承诺的虚假的革命叙述,彻底为活生生的热烈的感性生命所重构。原始情欲和生命本能在这里成为了小说叙事的支点,成为了创造历史的形式。高粱地里发出的呼喊是血腥、高亢的。在这样一种叙述中,情爱场面无需隐讳,相反却是要铺张渲染的,它就像红高粱一样,璀璨辉煌:

> 余占鳌把大蓑衣脱下来,用脚踩断了数十棵高粱,在高粱的尸体上铺上了蓑衣。他把我奶奶抱到蓑衣上。奶奶神魂出舍,望着他脱裸的胸膛,仿佛看到强劲剽悍的血液在他黝黑的皮肤下窜流不息。高粱梢头,薄气袅袅,四面八方响着高粱生长的声音。风平,浪静,一道道炽目的潮湿阳光,在高粱缝隙里交叉扫射。奶奶心头撞鹿,潜藏了十六年的情欲,迸然炸裂。奶奶在蓑衣上扭动着。余占鳌一截截地矮,双膝啪啪落下,他跪在奶奶身边,奶奶浑身发抖,一团黄色的浓香的火苗,在她面上哔哔剥剥地燃烧。余占鳌粗鲁地撕开我奶奶的胸衣,让直泻下来的光束照耀着奶奶寒冷紧张、密密麻麻起了一层小白疙瘩的双乳上。在他的刚劲动作下,尖刻锐利的痛楚和幸福磨砺着奶奶的神经,奶奶低沉喑哑地叫了一声:"天哪……"就晕了过去。

追求原始的性爱,高扬本能的力量,诸如此类的场面在性文学大潮中多处出现,蔚为大观。这一与弗洛依德学说相伴生的文化思潮,在八十年代中期的中国文坛激荡不已。它在理论上也有自己的表现形式,那就是此时出现的"美学热"。刘小枫的《诗化哲学》和刘小波的《感性·个人·我的选择——与李泽厚对话》可称是这种文化哲学思潮的有代表性的著作。新时期人道主义、启蒙主义虽然反对封建传统及"文革"左倾思想,但它仍是一种理性主体建构的现代性叙事,这种新的文化哲学思潮试图以"生命"、"本能"代替抽象的"人的解放",以一种个体的、感性、审美的主体重建价值,超越理性主义的人与社会。

王安忆的"三恋"是专门写"性"的,却并不热衷于性场面的渲染。"三恋"的独特之处在于对人的性本能的非理性力量的描写,它对于弗洛依德的领会显然更为深入。弗洛依德理论的前提即在于人的先天性的强大的性本能,这是他的理论根底所在,他认为精神病、梦、过失及艺术创作等现象的深层动因均是这种性本能的后天的不同表现形式。在莫言的《红高粱》等小说中,余占鳌等人本身代表的就是本能、野性的力量,其对立面是封建习俗道德或他人,因而这种冲突是外在的,并没有锲入个人的内心。张贤亮的小说写到了男主人公在道德与情欲间的斗争,但小说之意并不在"性",主人公所追求的只是个人的自由和前程,故而他事实上能够自如地操纵自己和女性,并在利用完了黄香久的身体之后毫不犹豫地将她抛弃。这种操纵自如在弗洛依德看来显然只是表面的,"当你认为你可以随心所欲地处置你的性本能,并且可以忽视其目的的时候,你过高地估计了自己的力量。结果,这些性本能起来反抗了,在黑暗中走了自己的路,以推翻这种压迫。它们如何达到了这一步,通过什么途径达到了它们的目的,你却不得而知;你只知道它们的行动的结果以及你所感受到的痛苦的症状。"[1]在"三恋"中,我们就看到了这种根深蒂固的性本能对于人的支配,小说中的男女主人公宿命地不能战胜这种盲目而强大的性的驱动。"三恋"之"恋"不仅仅是"爱恋",更是"性恋"。一男一女毫无理由、宿命地到了一起,没有所谓的共同语言,也没有恋爱的程序,有的只是性的纠结。他们彼此甚至互相仇恨,但却无法分离。小说的精彩之处,是对于男女主人公为性所扭曲的深层心理的酣畅淋漓的揭示,这在这时期小说创作中可称独树一帜:

---

① 弗洛依德《精神分析的困难之一》(1917),《弗洛依德论创造力和无意识》,中国展望出版社 1986 年 4 月第 1 版。

这场事端是她先挑起来的,她几乎有点后悔,与这个男人厮混的情景也常常在梦中出现。她不明白,是这样好,还是那样好,身体的饥渴实在难耐,它是周期性的出现,每一次高潮的来临都折磨得她如同生了一场大病,每一次过去,则叫她松口气下来,蓄积起精力以等待下一次高潮的来临。她竟然渐渐消瘦了,这时候,她已经毫不在意消瘦给她带来的好处,她秀气了一些。她的注意却全在于如何克服身体的欲望。那样的时候,她是多么渴望着看见他,只要他有一点点暗示,她就会奋不顾身地走向他去。可是,他是连看也不看她一眼,他深知这渴念于他和于她是一样的强烈,他如今硬耐着性子是为了将她完全召回,再不要起一丝一毫离心离德的念头。他是太知道这个女人了,他知道她健壮的身体所需要的是怎样强壮的抚爱。他料定她是会来伏倒在他的脚下,他的余光将她的消瘦与憔悴全看了进去,心中不由暗喜。由于要惩治她的决心那样强烈,他竟将身体的欲望压抑了。

爱与死是两个相关的范畴,"三恋"中的前两部《荒山之恋》和《小城之恋》都写到了由爱及死的过程,《荒山之恋》中男女主人公最后安详地死在了一起,《小城之恋》的女主人公在爱的极度中也曾被死的念头所缠绕。这里已经接触到了弗洛依德晚年提出的"死本能"的问题,不过这两部小说中主人公对于死亡的选择都与当时社会的外界压力有关,因此与弗洛依德还是有所不同。较为自觉地意识到精神分析这一要点的作家是略晚的洪峰,洪峰曾直截了当地说:"文学的主题和生活相同,和生命相联系的,就是爱情,接下去就是死亡,接下去就是生命,接下去就是爱情,接下去……当然,不是这样直接相接。"①洪峰的小说经常即是这两个主题的不同方式的演绎。但洪峰的贡献主要却不在于这些主题的开掘,而在于讲述这些主题的方式。王安忆着力于开掘性本能的非理性力量,但她的描述方式本身却是理性逻辑的,而洪峰却已经在尝试按照无意识的方式组织小说,呈现出非线性的、反逻辑的、梦魇一般的

① 洪峰《我的说话方式》,《文艺争鸣》1987 年第 2 期。

结构,从而与马原一道开辟了"先锋派小说"的潮流。当然,先锋派小说还受到博尔赫斯及其它西方现代派、后现代派作家的直接影响,这与弗洛依德的影响其实并不矛盾,弗洛依德学说本来就是本世纪初以来西方现代主义文学的理论基础。

第七章 拉美文学爆炸

第一节 拉美文学的"复出"

（一）

　　人们对于八十年代以来的以马尔克斯《百年孤独》为代表的拉美文学在中国文坛的"爆炸"记忆深刻，但对于此前拉美文学的翻译情形却印象模糊。以两位国内知名的拉美文学专家为例。林一安在一篇回顾拉丁美洲文学的文章中指出："新中国成立之初，虽然也间接地从俄文、英文或法文翻译出版了一些拉丁美洲文学作品，但数量极少，与今日我国的拉丁美洲文学翻译盛况相比，简直不可同日而语。"[①]尹承东认为："在解放后的三十年中（1949—1979），也只有人民文学出版社、作家出版社、中国青年出版社、上海文艺出版社和上海译文出版社等零星地出几本屈指可数的拉美文学作品。所以直到1979年西班牙、葡萄牙、拉丁美洲文学研究会在南京宣告成立以前，拉丁美洲文学在我国的介绍可说

---

　　①　林一安《拉丁美洲当代文学与中国作家》，《中国翻译》，1987年第5期。

还是一片荒野，一块未开垦的处女地。"对于 1949 年后我国的拉美文学翻译，一者认为"数量极少"，一者认为"屈指可数"。

事实上，1949 年后我国对于拉美文学的翻译相当可观。据中国版本图书馆统计，仅五六十年代，国内就翻译出版了墨西哥、危地马拉、洪都拉斯、哥斯达黎加、哥伦比亚、委内瑞拉、圭亚那、厄瓜多尔、秘鲁、玻利维亚、巴西、巴拉圭、智利、阿根廷、乌拉圭、古巴、海地、特立尼达和多巴哥等国家的多达四十多个作家的文学作品。1971 年诺贝尔文学奖获得者智利诗人聂鲁达的诗集就有六种不同的译本出版，其中包括袁水拍译的《让那伐木者醒来》、《伐木者，醒来吧！》、《聂鲁达诗文集》，邹绛等译的《葡萄园和风》，王央乐译的《英雄事业的赞歌》，邹绿芷译的《流亡者》。1967 年诺贝尔文学奖得主危地马拉的作家阿斯图里亚斯的作品《危地马拉的周末》早在 1959 年就译成了中文，这是一部中篇小说集，包括《危地马拉的周末》和《他们都是美国佬》两篇。本世纪初以来的中国现代文坛历来有翻译弱小民族文学的传统，1949 年以后社会主义中国重视对于拉美文学作品的翻译介绍应在情理之中。从出版的情况看，解放伊始我国过于倚重俄苏文学，在中苏关系出现裂痕后的五十年代中后期和六十年代初期，拉美文学的翻译介绍更为集中。

新时期以来对于拉美文学的翻译介绍，较之从前有了突飞猛进的进展，这倒是不争的事实，它令前三十年的翻译介绍黯然失色。从数量上看，据统计，1979 年西班牙、葡萄牙、拉丁美洲文学研究会在南京宣告成立以后，全国每年出版西班牙语国家文学作品三十种，较之从前有成倍的增长。从质量上看，新时期的翻译基本上来自于西班牙原文，较之于从前的转译不可同日而语。本世纪以来，我国西语人才一直较为匮乏，西语文学作品多自他语种转译，1949 年以后短时间内仍未有好转，如袁水拍译聂鲁达(智利)，吴岩译里维拉(哥伦比亚)，李珉译利昂(委内瑞拉)，郑永慧译亚马多(巴西)，英若诚译阿尔丰索(古巴)等名家的翻译也大多借助于英文、法文或俄文。这些译作已经是名译，但若从转译的角度看，问题仍然不少。因为英、法、俄等第二语种的翻译或者不完全，或者有篡改原作之处，这些均不能为转译者所知，只能将错就错。例如，袁水拍从英文转移过来的《聂鲁达诗文集》就多有误译，其中著名长诗《伐木者，醒来吧》译名即欠妥。这些问题,只有从西语原文中才能发现。新时期以来,我国五六十年代以来培养的西语人才涌现出来,成为了拉美文学翻译的主力,结束了我国转译拉美文学的历史。云南人民出版社自1987年以来出版的著名的"拉丁美洲文学丛书",出书几十种,没有一本是转译。

　　五六十年代拉美文学的翻译受到自身视野和时间的双重限制,主要侧重于描写下层疾苦及其反抗题材的作品。拉美文学爆炸发生于六七十年代,如马尔克斯的《百年孤独》出版于1967年,其时中国已进入"文革"时期,不可能介绍。到了新时期,经历了文学爆炸的拉美文学以完全不同的"先锋"面目重新进入中国,日具影响,参与了新时期文学建

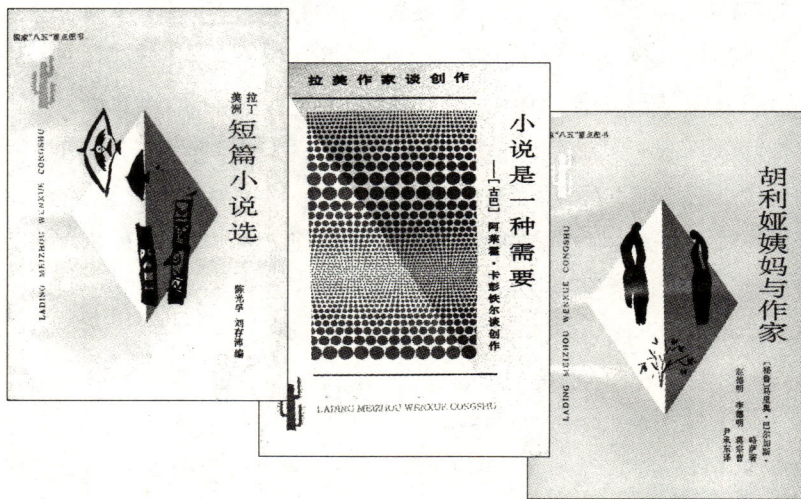

∧ 二十世纪九十年代中期云南人民出版社出版的拉丁美洲文学丛书之几种

构。它完全取代了前三十年拉美文学给予人们的印象,这是后者很快被彻底遗忘的一个重要原因。

(二)

　　新时期对于拉美文学的兴趣,集中在拉美魔幻现实主义。旨在介绍西方现代主义的《外国文艺》早在1980年第3期就刊登了马尔克斯的《格兰德大妈的葬礼》等四部短篇小说,编者在译文之前的介绍中,强调

马尔克斯汲取了西方现代主义、从而超越了现实主义:"马尔克斯的文学创作,一方面受到了乔伊斯、卡夫卡和福克纳等欧美现代派作家的影响;另一方面继承了阿拉伯东方神话和印第安民间神话传说的传统。他的作品往往把幻境与现实、人与鬼糅合在一起,形成独特的风格。他是当前风行于拉丁美洲最重要的流派——魔幻现实主义的主要代表之一。"《外国文艺》在1981年第六期上又译载了马尔克斯罢笔七年后的第一部作品《一件事先张扬的人命案》。1982年10月,上海译文出版社出版了赵德明翻译的《加西亚·马尔克斯中短篇小说集》。1982年,《世界文学》第六期首次发表了由沈国正、黄锦炎、陈泉翻译的马尔克斯的代表作《百年孤独》的前六章。这一期《世界文学》在介绍马尔克斯的时候,同样强调魔幻现实主义的先锋性,"他早年受到哥伦比亚先锋派创始人爱德华多·萨拉梅亚·博达的熏陶,后来接受了卡夫卡、福克纳、乔伊斯等外国现代派作家的影响,在创作中又采用了阿拉伯神话故事及印第安民间传说的技巧,兼容并蓄,逐渐形成自己的风格。他善于把现实主义的场面、情节和完全出于虚构幻想的情境并置共存,亦即通过光怪陆离、色彩斑驳的魔幻世界的折射,反映和表现出活生生的社会现实。"[①]

正是在1982年,马尔克斯获诺贝尔文学奖,这一事件大大促进了他在中国文坛的影响。对于马尔克斯的获奖,国内报刊有大量的报道和评论,基本上也都集中在对于魔幻现实主义的渲染上。1983年,"全国加西亚·马尔克斯及拉丁美洲魔幻现实主义讨论会"在西安召开。凡此种种,昭示了国内魔幻现实主义的热度。事实上,从拉美文学史上看,魔幻现实主义只是拉美诸种小说流派中的一种,此外还存在众多的并不魔幻的现实主义作品。新时期以马尔克斯为代表的魔幻现实主义的高潮,让人感觉到当代拉美文学就等于魔幻现实主义,以至于专家要出来纠正:"还想纠正一个错误看法,它相当普遍地存在于中国读者,甚至'专家'们之中。他们以为拉美小说,尤其是拉美新小说就是魔幻现实主义的,以为'文学爆炸'可以和魔幻现实主义划等号,以为魔幻现实主义由来已久,并且万古不灭。"[②]

---

① 何榕《加夫列尔·加西亚·马尔克斯》,《世界文学》1982年第6期。
② 段若川《安第斯山上的神鹰》,武汉出版社2000年4月第1版。

很明显，对于魔幻现实主义热情的线索隐藏在中国当代文学自身的发展逻辑之中。国内文坛对于魔幻现实主义的兴趣，大体上与当时国内的现代主义热同步。新时期文坛当时正处于摆脱陈旧的现实主义的阶段，拉美魔幻现实主义由现实主义走向了现代乃至后现代，得到了世界性的声誉，这一切不能不引起中国文坛的注意。

第二节　马尔克斯

（一）

经过多年努力，魔幻现实主义代表作马尔克斯的《百年孤独》的中文全译本终于在 1984 年面世，而且一出现就是两个译本：一是这一年 8 月上海译文出版社的沈国正、黄锦炎、陈泉译本，这个译本曾在《世界文学》上发表前六章；二是这一年 9 月北京十月文艺出版社出版的高长荣译本。这两个《百年孤独》译本的出现标志着新时期对于马尔克斯及魔幻现实主义的翻译介绍达到了高峰。也正是这一年，以 12 月的"杭州会议"为标志，寻根文学的旗帜正式亮出。据称，在杭州会议上马尔克斯的名字屡屡被提起。马尔克斯及其魔幻现实主义与当代寻根文学思潮的关系，看起来显而易见。在新时期文坛开始反省伪现代主义过于膨胀、以至淹没了中国自己的主体文化属性时，马尔克斯及其魔幻现实主义的价值被重新发现了。

新时期伊始，中国文坛主要试图通过吸收西方现代派技巧来抵抗僵硬的现实主义，但日后生搬生套的伪现代主义的风行却让有识之士十分担心。韩少功在被称为寻根文学"宣言"的文章《文学的根》一文中不满地指出："几年前，不少青年作者眼盯着海外，如饥似渴，勇破禁区，大量引进。介绍一个萨特，介绍一个海明威，介绍一个艾特玛托夫，都引起轰动。连品位不怎么高的《教父》和《克莱默夫妇》，都会成为热烈的话题。"[①]在国人心目中，西方现代主义和现代化、现代意识联系在一起，但

---

① 韩少功《文学的根》，《作家》1985 年第 4 期。

∧ 新时期以来所出版的不同版本的《百年孤独》

他们后来逐渐发现,西方现代主义其实难以表达我们的内心。李庆西指出:"西方现代主义给中国作家开拓了艺术眼界,却并没有给他们带来真实的自我感觉,更无法解决中国人的灵魂问题。也就是说,艺术思维的自由并不等于存在的意义。正如有人认为的那样,离开了本位文化,人无法获得精神自救。于是,寻找自我与寻找民族文化精神便并行不悖地联系到一起了。"在他看来,新时期的"现代派热"本身是自我觉醒的第一步,"由此发生的'寻找'意识可以看作'寻根'思潮的先声。从新时期文坛的'现代派热'到'寻根热',是一部分中国作家自我意识深化的过程。"①

　　1987 年,李陀发表了《要重视拉美文学的发展模式》一文。在这篇文章中,他首先指出了当时"拉美文学热"的情形:"我以为从对外国文学

　　① 李庆西《寻根:回到事物本身》,《文学评论》1988 年第 4 期。

的译介方面来说,把拉丁美洲的当代文学介绍到中国来,恐怕是近几十年中最大的一件事了。当然这不是什么新鲜事,因为当前是'拉美文学热',中国的读书界、文学界几乎到处都在议论马里奥·巴尔加斯·略萨、加西亚·马尔克斯或者胡安·鲁尔弗,以及他们对当代文学越来越强烈的影响。"接着,他从全球化与民族主义的角度阐述拉美文学的启示。他说:"拉丁美洲的'文学爆炸'是一种反对或者反抗世界文学走向一体化的产物。……不少拉美作家曾经长时间向西方文学(主要是欧洲文学)学习,并长时间地效法现代主义而无突出成就,直到他们将'拿来'的外国文学经验与本土文化传统相结合才取得惊人的突破,这大约是个无可怀疑的事实。……到底是现代主义?还是民族主义?这个问题可以说困扰着一切落后国家和民族的作家和艺术家。拉丁美洲的当代文学的发展经验之所以特别宝贵,就是因为拉丁美洲的文学家们经过几十年漫长而艰苦的努力,终于找到了一条摆脱这种两难局面的出路。而且,他们的努力和奋斗是如此成功,以至使那些在二三百年中已经习惯于领导世界文学潮流的西方文学家不得不在拉美文学的'爆炸'面前折腰。许多年来,世界上处于落后文明的国家和民族在文学上获得这样的成功,大约是第一次。拉美文学无疑为世界提供了一个新的文学发展的模式。"①

八十年代中期前后出现的"寻根文学热",正是李陀所说的民族主义对于现代主义的反动。按照寻根文学者的说法,当代文学中的寻根文学早在"杭州对话"之前就已存在,如贾平凹早在 1982 年就开始了"商州小说系列",李杭育的"葛川江小说"也已形成初步格局,郑万隆正投入"异乡异闻"的系列工程,乌拉尔图有关"狩猎文化"的描写已经引起重视,阿城的《棋王》则已名噪一时。寻根文学运动只是对于这种趋势的一种自觉的理论表达。韩少功在《文学的根》中提到了这样一个传说:张大千去找毕加索学画,毕加索对他说:你到巴黎来做什么?巴黎有什么艺术?在你们东方,在非洲,才会有艺术。然后说:在向西方拿来科学技术的同时,在民族的深层精神和文化方面,我们应该有民族的自我。他在批评了时髦的"现代派热"后,指出了值得欣喜的现象:"青年作者们开始投出眼光,重新审视脚下的国土,回顾民族的昨天,有了新的文学觉悟。贾平凹的'商州'系列小说,带上了浓郁的秦汉文化色彩,体现了他对商州细心的地理、历史及民性的考察,自成格局,拓展新境。李杭育的'葛川江'系列小说,则颇得吴越文化的气韵。与此同时,远居大草原的乌拉尔图,也用他的作品连接了鄂温克族文化源流的过去和未来,以不同凡响的篝火,马嘶和暴风雪,与关内的文学探索遥相响应。"①李杭育在《理一理我们的"根"》一文中,则举了拉美作家鲁尔弗的例子,"墨西哥有个胡安·鲁尔弗,是当代拉美最优秀的小说家之一。此人也古怪得很,在用几部很好的小说把文坛轰动了之后,忽然于 1962 年洗手不干了,兴趣转向人类研究,至今还在热带丛林里漫游,在一堆堆古代玛亚城邦的废墟上翻来倒去,寻寻觅觅……"以此说明,当代文学不能仅仅听从"时代的号唤",而必须"感受到另一个更深沉、更浑厚因而也更迷人的呼唤——他的民族文化的呼唤"②。

如此看来,在"现代派热"之后,当代文学似乎应该有一个民族文化的复兴。但情形并没有那么简单,拉美文学给我们带来的,与其说是本土文化的传统,不如说是处理历史的"现代感"。莫言说:"我认为,《百年孤独》这部标志着拉美文学高峰的巨著,具有惊世骇俗的艺术力量和思想力量。它最初使我震惊的是那些颠倒时空顺序、交叉生命世界、极度渲染夸张的艺术手法,但经过认真思索之后,才发现,艺术上的东西,总是表层。《百年孤独》提供给我的,值得借鉴的,给我的视野以拓展的,是加西亚·马尔克斯的哲学思想,是他独特的认识世界、认识人类的方式。他之所以能如此潇洒地叙述,与他哲学上的深思密不可分。我认为他在用一颗悲怆的心灵,去寻找拉美迷失的温暖的精神的家园。他认为世界是一个轮回,在广阔无垠的宇宙中,人的位置十分渺小。他无疑受到了相对论的影响,他站在一个非常的高峰,充满同情地鸟瞰着纷纷攘攘的人类世界。"③很明显,莫言是承续着福克纳、萨特的逻辑来解读《百年孤

---

① 韩少功《文学的根》,《作家》1985 年第 4 期。
② 李杭育《理一理我们的"根"》,《文学评论》1988 年第 4 期。
③ 莫言《两座灼热的高炉——加西亚·马尔克斯和福克纳》,《世界文学》1986 年第 3 期。

独》的，历史的轮回，人的渺小、孤独和绝望，颠倒时空顺序、交叉生命世界、极度渲染夸张等等，这些都是现代主义的词汇。不同的是，马尔克斯不是抽象的演绎，而是通过拉美活生生的历史表现出来的。前面我们已经说到，川端康成的一句关于秋田狗的文学描写让莫言突破了理念化的主题先行，而走向文学的审美世界，福克纳则告诉了莫言完全不同的写作家乡的方法，即"他敢于胡说八道，敢于撒谎。我们的创作毛病之一是太老实，把真实误解为生活的原样照搬，不敢张开想象力的翅膀去自由翱翔。"①应该说，莫言原来一直是从技巧方面来理解西方先锋派作家的，如福克纳汪洋恣肆、不拘一格的结构，《百年孤独》的时空颠倒、魔幻变形等等。后来通过琢磨，他才彻底理解到这些技巧之所以产生的根本原因，是上文所说的现代主义看待世界的独特的哲学思想。明白了这一层，导致了他的创作在思路上的根本突破。莫言说："马尔克斯让我激动的倒不是那些魔幻的故事，而是他那种不把人当人的高超态度。这确实是了不起的一招，一招鲜，吃遍天，后来者只能望洋兴叹。"②

　　莫言随后运用这种他概括为"不把人当人"的手法创作的《透明的红萝卜》，成为了他的小说创作的一个转折点。按照通常的说法，《透明的红萝卜》是一部表现"文革"时期农村题材的小说，不过莫言却厌恶了"伤痕文学"的写实方式，他创造了一个畸型神秘的"黑孩"，用以观照当时的世界。"黑孩"据说开始的时候很正常，后来在后母虐待下似乎成了一个沉默的痴呆。他有着超常的忍受痛苦的能力，在别人都穿上棉袄时，他仍然光背赤足，他敢用手去抓热铁，直到发出嗞啦嗞啦的响声，冒出黄烟。他关心的是第七个桥墩上那条石缝，迷恋地寻找在太阳下透明的红萝卜。小说主要描写的是"文革"时期某农村集中男女劳力兴修滞洪闸的故事，其中公社副主任的训话和威风，铁匠师徒的冲突和悲情，小木匠与姑娘的爱情等等，都写得十分传神。但小说中的这些现实描写并不自成体系，而是交织在黑孩的非现实性的光环之中。将现实与神奇混为一体，这正是《百年孤独》等小说的方法。黑孩的遭遇，不仅体现了

① 莫言《几位青年军人的文学思考》，《文学评论》1986年第2期。
② 莫言《我与译文》，《作家谈译文》，上海译文出版社1997年12月第1版。

"文革"时期中国农村的灾难,更体现了人与世界本身的悖谬。于是小说不再仅仅停留于图解政治的阶段,而达到了象征的层次。

　　韩少功虽然在《文学的根》一文中声称要寻找中国文化的源头,并且论证了中国绚丽的楚文化流入湘西一说,但在随后创作的表现湘西古民生活的小说《爸爸爸》中,我们却看不到任何生机,看到的仅仅是《百年孤独》中所呈现的人类的孤独与历史的轮回。高山上的鸡头寨还停留在原始状态,读音颇有古风,历史也只能在古歌里听到,"从父亲唱到祖父,从祖父唱到曾祖父,一直唱到姜凉。"这里的生活愚昧荒凉,充满了迷信、野蛮和血腥。为祭神,需要献上人命;因为巫师的关于风水的话,就与邻寨展开血战。鸡头寨的象征是丙崽,如果说《透明的红萝卜》

∧ 徐鹤林 魏民译《霍乱时期的
爱情》漓江 1987 年版

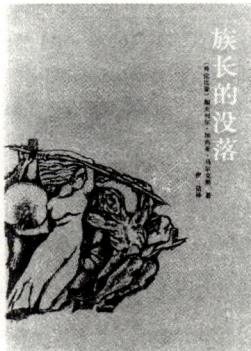

∧ 伊信译《族长的没落》
山东文艺 1985 年版

里"黑孩"尚有灵性,那么丙崽则是一个十足的痴呆了。他只会说两句话:"爸爸"和"╳妈妈"。要祭谷神的时候,丙崽成为连天公都嫌弃的祭物;被邻村战败的时候,他则又被乡人供奉为仙,但终被遗弃。丙崽永远长不大,永远畸型萎琐,鸡头寨的命运正和这小老头一样。在血腥和挫折之后,在一座座新坟面前,鸡头寨像《百年孤独》中的家族一样,重新迁徙了,这是又一次的历史轮回。《爸爸爸》中并非没有文明的足迹,但这是丝毫于事无补的文明。新与旧的碰撞是《百年孤独》热衷于描写的现象,吉卜赛人给土著居民带来了冰块、磁铁、飞毯、望远镜等前所未闻的新事物,每一项都给他们带来了惊喜和震动,让布恩迪亚陷入狂热之中,但只是损坏了古老的宁静。现代文明将他们卷入了战争,奥雷良诺一生发动三十二次起义,位居革命军高职,但它只给家族带来了牺牲。《爸爸爸》中现代文明的代表是仁宝,他像《百年孤独》中的吉卜赛人一样,时时从山下带来一些稀奇古怪的东西,一个玻璃瓶,一截松紧带,一盏破马灯,他像布恩迪亚一样忙碌地研究对联,研究松紧带,研究烧石灰,甚至研究在山里挖金子,与布恩迪亚的不同仅在于没有用磁铁。但仁宝在小说中却是一个丑角,很为鸡头寨的人看不上。他是一个老后生,常躲在林子里偷看女崽洗澡,看不大清楚就去看小女崽撒尿,看母狗的某个部位。与邻村大战的时候,他到处招摇,仿佛要为村子赴汤蹈火,但终于什么也不做。他常常煞有介事地宣称:"会开始的",但最后什么也没有开始。现代文明在韩少功的笔下,就是这么一幅丑陋的模样,它当然不会给鸡头寨带来帮助。鸡头寨只能像布恩迪亚家庭一样,永远地孤独下去。

十分明显,上述寻根文学对于拉美文学的接受,受制于中国当时的现代主义语境。就此而言,李陀的眼光倒是十分准确的。他说:"由于韩少功最早提出'寻根'的主张,因此他的创作遭到许多歪曲和误解。许多论者都批评他只注意描写落后、蛮荒、愚昧和社会生活,因此他的作品有一种复旧、倒退的倾向等等。然而如果我们认真读一读韩少功的小说《爸爸爸》、《归去来》,我们不难发现这些作品其实又是很典型的先锋文学。这不仅表现在这些作品在艺术形式上有很大的创新,是对传统小说艺术规范的相当自觉的破坏,而且,即使在思想内涵上,在对一般意义上的人类的生存处境以及具体的被中国传统文化所规定、所制约的中国人的特定文化心理的探讨上,都有很强烈的先锋色彩。具有这样创作特色的作家绝不只是韩少功一个,例如张承志、莫言、王安忆、郑万隆、张炜、扎西达娃等人的作品或多或少在不同程度上有类似形态。"①正是循此逻辑,当代文坛愈来愈遗忘了拉美文学的民族文化的部分,而日益追求其形式上的先锋性。到了后来,先锋小说对于马尔克斯《百年孤独》的借鉴甚至仅仅只剩下一个句子,那就是《百年孤独》的第一句话:"许多年之后,面对着行刑队,奥雷良诺上校将会想起那久远的一天下午,

---

① 李陀《要重视拉美文学的发展模式》,《世界文学》1987 年第 3 期。

他父亲带他去见识冰块。"这个句式为先锋小说家广泛运用,被赋予了神奇的后现代叙事效果。

(二)

情不自禁地套用一下这个句子:许多年以后,面对以马尔克斯《百年孤独》为代表的拉美文学仅仅被缩略为这样一个简单的句子时,评论家们将会回想起当初拉美文学的丰富性。

《百年孤独》被翻译过来整整二十年后的 2004 年,在为现代派、先锋文学等所开拓的当代文学日益沉浸于内心和形式、忘却了社会从而也被社会所忘却的时候,以韩毓海为代表的评论家开始痛心疾首地反省拉美文学被形式化、被肢解的命运。在《左岸》上,韩毓海等人发起了一个重新认识拉美文学的专辑。韩毓海在《"魔幻现实主义"作家们的身份确认》一文中指出:"在当八十年代所有中国作家都学会了'当面对行刑队的时候……'的技巧修辞之际,他们同时忽略了马尔克斯的左翼知识分子身份,忽略了卡彭铁尔曾担任过古巴革命政权的宣传部长,忽略了何塞·马蒂、胡安·鲁尔弗、略萨、亚马多、普伊格等革命家的身份和马克思主义背景,其中不少作家本身就是共产党员。拉美文学是与独立革命同时诞生的,离开玻利瓦尔、阿连德、格瓦拉、卡斯特罗、查韦斯等,就无法理解拉美文学。二十世纪六十年代后很多作家直接自视为政治先锋,认为文学创作也是一种革命实践,有些评论家干脆称他们为'新左派'"。他认为:我们从拉美文学汲取的主要流于写作技法层面和怪诞、神话的特征,如莫言的小说和张艺谋的电影,现在我们必须认识到:魔幻现实主义不仅仅是一种技巧,更重要的是背后的内容,英雄主义、浪漫主义、民族主义等等。我们借鉴了形式,却忘却了精神。徐则臣在《拉美文学的遗产》一文中,则力图辨别拉美文学留给我们的真正遗产到底应该是什么,他指出:"在'先锋'小说和'后先锋'小说中,作家们在'很多年以后……将会……'的句式里学会了偷懒,随心所欲地安插和嫁接故事,甚至于完全无视小说里世事的逻辑。在这种颇含宿命意味的表述中,作家的轻率可想而知,作品的轻飘也可想而知。"他感到，中国作家从形式上学习拉美作品真都挺像的，但他们并没有更深入的考虑：如拉美为什么会出现这些堪称'爆炸'的作品？这些作品与整个拉美有什么关系？拉美的作家如何面对这个世界等等？这些问题一直为人们所忽略和轻视，很令人遗憾。作者认为：为我们所忘却的拉美文学的真正遗产，不是那些技巧和句式，而是直面世界，介入现实的态度，"我以为拉美文学整体上是对社会、对拉美、对整个世界介入的，作家保持着坚定的直面的姿态。这种介入并非只与政治有关，同样与人类的心灵世界息息相关。马尔克斯关注'拉丁美洲的孤独'，略萨参选秘鲁总统，还有更多的作家为了正义和良心挺身而出……拉美的大作家很少是书斋里的作家，他们要对整个世界和人的心灵发言，他们要站出来，不仅以作家的身份，还以一个有机的知识分子的身份。他们的作品体现了作家本人积极地面对世界的一种方式，正因为此，我们才在他们的作品里看到了拉美的土地和人。这大概也是中国作家需要继承的更为重要的遗产。"

在八十年代"现代化"的社会理想及其文学理想日益破灭的今天，"新左派"批评家作出上述批判和纠正是完全合乎情理的。不过，历史地看，八十年代中期的形式变革其实具有同等的进步作用。八十年代初中期的历史语境是反对文学的政治化，因而彼时倡导文学的审美化和形式化事实上具有革命的意义。只不过，文学后来日益在挖掘内心和技巧试验的路上走到了极端，丧失了它的合理性，从而再一次出现了强调文学的社会功能的呼声。

重提历史是十分必要的。人们肯定已经忘却，在八十年代初的历史语境中，出自于政治合法化的策略，我们在引进拉美文学的时候，其实是首先强调它的社会批判功能，然后才敢提及他的艺术形式的。早在1983年5月，我国就在西安召开了"加·马尔克斯与拉美魔幻现实主义讨论会"，此时马尔克斯的《百年孤独》的中文全译本尚未出现。在会上，学者们首先论证的就是马尔克斯的政治进步性，"这位魔幻现实主义代表作家，创作了不少具有典型意义的作品，较深刻地反映了拉美人民贫穷落后的苦难遭遇，揭露了帝国主义的侵略行径和剥削罪恶，反对军事独裁，抨击社会时弊，具有进步意义。"不仅如此，甚至在讨论"魔幻现实主义"这一艺术手法时,学者们也是首先从思想意义上开始入手的:"一般来说,魔幻现实主义作品能比较真实地揭示拉美现实的本质,具有反帝、反殖民、反独裁的进步倾向。它通过对现实的神奇描绘,给作品涂上了一层'魔幻'的色彩,反映了拉美人民寻找'民族特性'和'拉美意识'的现实情况,探索了拉美文化渊源复杂万分及其相互之间的矛盾冲突,具有较高的认识价值和审美价值。"更会令韩毓海们惊奇的是,当时会上的学者较他们现在更为激进,因为他们已经在批评魔幻现实主义小说本身的形式主义倾向,认为魔幻现实主义"有时甚至过于追求形式而损害了作品的内容。"[①]这看起来像一次历史的轮回。翻译与社会话语实践的对应关系,于此凸显。

第三节　博尔赫斯

(一)

　　早在 1979 年,《外国文艺》就刊登了王央乐翻译的博尔赫斯小说四篇,计有《交叉小径的花园》、《南方》、《马可福音》、《一个无可奈何的奇迹》。1983 年,王央乐翻译的《博尔赫斯短篇小说集》由上海译文出版社出版。博尔赫斯来中国很早,彼时中国正在恢复现实主义,连适当吸取现代主义都会引起巨大争议,根本不具备接受博尔赫斯的土壤。但博尔赫斯的作品放在那里,却成了中国作家的一块心病。博尔赫斯的作品既不同于现实主义,也不同于现代主义,它的写法对于中国作家来说是不可思议的。怪异的博尔赫斯作品的存在对中国当代作家构成了潜在的挑战。面对博尔赫斯,他们还不知道如何反应。苏童初次面对博尔赫斯的心理反应,在中国作家中具有一定的代表性。"大概在一九八四年,我在北师大图书馆的新书卡片盒里翻书名,我借到了博尔赫斯的小说集,从而深深陷入博尔赫斯的迷宫和陷阱里,一种特殊的立体几何般的小

---

　　① 枫林《加·马尔克斯与拉美魔幻现实主义讨论会》,《拉丁美洲丛刊》1983 年第 4 期。

说思维,一种简单而优雅的叙述语言,一种黑洞式的深邃无际的艺术魅力。坦率地说,我不能理解博尔赫斯,但我感觉到了博尔赫斯。我为此迷惑,我无法忘记博尔赫斯对我的冲击。"①

当代作家的创新热情是巨大的,也就是从这一年开始,以《拉萨河的女神》为标志,马原首先尝试借鉴博尔赫斯,从而开启了新时期先锋小说的浪潮。八十年代中期是新时期文学的兴盛期,此时一方面八十年代初期以来的现代主义探索达到了高潮,出现了刘索拉的《你别无选择》这样的杰作,另一方面受拉美魔幻现实主义影响的寻根文学异军突起,出现了莫言《透明的红萝卜》、阿城的《棋王》等优秀作品。在这种情形下,如何突破、如何超越就成了后来作家的一个难题。在无路可走的情况下,马原大胆地选择了令人生畏的博尔赫斯,从而在小说写法上有了前所未有的突破。

现在我们已经知道,八十年代初我国翻译介绍的所谓西方"现代派"作品,事实上已经大量包括了"后现代"作品,如博尔赫斯、罗伯-格里耶、约翰·巴思等人的小说。也就是说,在中国,"后现代"与"现代"几乎是同时到来的。关于什么是后现代,众说纷纭,但将上述公认的后现代小说家的作品与卡夫卡、福克纳等经典现代派作家的作品比较,我们至少可以看到一点区别:即前者对于传统文体的破坏更为激烈,小说实验来得比后者更为极端。中国新时期作家不管什么"现代"、"后现代",只知道通过翻译借鉴西方最新的写作技巧,故而在经过了意识流、荒诞派、存在主义及弗洛依德之后,终于走向了对博尔赫斯等晦涩的后现代作家作品的借鉴。当一批青年批评家用刚刚学来的"后现代主义"来命名这批作家作品、并进而阐释中国当下的文化现实时,中国后现代主义时代就到来了。

中国新时期"后现代"的踪迹,最早可以追溯到刘索拉的《你别无选择》、徐星的《无主题变奏》等"现代"小说。前面我们已经说到,这些被称为中国真正的现代主义作品的事实上并不纯粹,其中隐含了个性解放等"前现代"的成分;这里想说明的是,它还同时夹杂了一些"后现代"

---

① 苏童《阅读》,《苏童散文》,浙江文艺出版社 2000 年 10 月第 1 版。

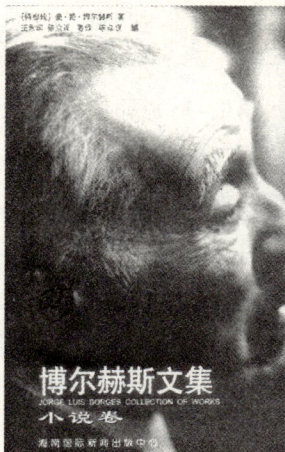

∧ 王永年 陈众议等译
《博尔赫斯文集》
海南国际新闻出版中心
1996 年版

∧ 王永年等译《博尔赫斯全集》
浙江文艺 1999 年版

∧ 王永年 陈泉译
《博尔赫斯小说集》
浙江文艺 2005 年版

的成分。有评论者曾分析:"'你别无选择'这个萨特存在主义式的标题正是后现代主义的'不确定性'命题和'无选择技法'的一种形变,如果说这部小说尚有某个类似'主题'的东西的话,那么这也是仿佛在海勒的《第二十二条军规》中似曾相识。此外,小说中人物所表现出的虚无主义人生观更得益于塞林格的《麦田的守望者》的深刻哲理。"①杰罗姆·大卫·塞林格《麦田里的守望者》早在 1963 年就由施咸荣翻译"内部出版",约瑟夫·海勒《第二十二条军规》在 1981 年由上海译文出版。在美国二十世纪文学中,前者属于"垮掉的一代",后者属于"黑色幽默",但它们都属于存在主义影响下的小说。它们虽然已经表现了意义的窘迫,却还没有走到彻底瓦解意义及小说形式的"后现代"地步。事实上,存在主义文学在西方就被看作是从"现代主义"到"后现代主义"的一个过渡。从行文风格看,《无主题变奏》与《麦田里的守望者》、《你别无选择》与《第二十二条军规》

―――――――――

① 王宁《现代主义、后现代主义及其在二十世纪中国文学中的命运》,《比较文学与当代文化批评》,人民文学出版社 2000 年 1 月北京第 1 版。

的对应关系是十分明显的,应该说它们主要是存在主义的,而不是后现代的,但可以说,它们已是中国"后现代"小说的先声。

启发了新时期先锋小说实验的是博尔赫斯、罗伯-格里耶、贝克特、萨洛特、布托尔、约翰·马思、冯内古特、品钦、巴塞尔姆等西方后现代作家作品。在袁可嘉的《外国现代派作品选》中,这些作家多数赫然在目。在这些作家中,阿根廷作家博尔赫斯对中国的影响甚为显赫。博尔赫斯虽然晦涩,在中国却能够大行其道,因为几乎所有的中国先锋派作家都对博尔赫斯敬佩有加,并不同程度地受其影响。新时期的先锋小说实验基本上笼罩在博尔赫斯的阴影之下,梳理博尔赫斯与中国先锋作家的关系,大体上可以勾勒出中国"后现代"文学创作的轮廓。

马原从博尔赫斯那儿学来的最具有"爆炸性"的一招,是打破小说的假定性,明确告诉读者小说的虚构过程。博尔赫斯在小说中常常采用这样一种叙事策略,《曲径分岔的花园》的结束一段说:"其余的事,不是真的,也微不足道。"《巴比伦彩票》的结尾也有这样一段话:"我本人在这篇草草写成的东西里也作了一些夸张歪曲。或许还有一些故弄玄虚的单调……"这样一种叙述方法对中国读者来说是十分新奇的,它完全打破了叙事文学的假定性原则,打破了我们一以贯之的心理禁忌。为了起到"革命"的效果,马原在作品中毅然引用了这一招。在《冈底斯的诱惑》快要结束的第十五章,作者忽然直接谈论起情节安排来:"故事到这里已经讲得差不多了,但是显然会有读者提出一些技术以及技巧方面的问题。我们来设想一下……"后来,在一篇直接题为《虚构》的小说里,马原开头直接交待自己及这篇故事的来由,口吻毕肖博尔赫斯:"我就是那个叫马原的汉人,我写小说,我喜欢天马行空,我的故事多多少少都有那么一点耸人听闻。"他声称小说只是"那个环境可能有的故事",是"编排一个耸人听闻的故事","或许它根本不存在,或许它只存在于我的想象中",而在结束的时候,他又指出:"下面的结尾是杜撰的","下面的结尾是我为了洗刷自己杜撰的"。

马原的小说在文坛引起了震惊,这正是马原的原意。对于将假定性看作是艺术创作前提的中国读者来说,这一招是破天荒的。它引起了先锋作家们的竞相效仿,对此尤其有兴趣的是洪峰。洪峰在在小说中肆意混淆写作与故事的界线，将这一手法推向了极端。在《极地之侧》一开头，他引用了一句哲言，接着说："——好像是我所不认识的哲人说过的话。权且拿它作为我的故事的题记——有助于我的故事滥竽充数混进当代最时髦的哲学小说或者第五维第六维第 n 维小说先烈里去。"他又声明："在我所有糟糕和不糟糕的故事里边，时间地点人物等博尔赫斯因素充其量是出于讲述的需要。换句话说，你别太追究。这样大家都轻松。"有了马原在前面，洪峰的实验多少有点白费力气。马原模仿博尔赫斯被认为是创新，毕竟他有勇气引进，再模仿马原，则已没有多少创造性。在后来的先锋小说中，这一手法已经泛滥成灾，变得了无新意。

博尔赫斯迷宫式的故事叙述方法，也让中国小说家们十分着迷。马原将其称为"故事里面套故事"的"套盒"方法，运用于小说叙述之中。他的小说常常并不围绕着一个中心情节进行，而是由一连串相关不相关的故事构成。《冈底斯的诱惑》由穷布、陆高和姚亮及顿珠和顿月兄弟三个没有多少关系的故事套接而成。《拉萨生活的三种时间》开始写"我"夜晚在八角街逛首饰市场，阿旺白白送他一件高贵的银饰物；在回家以后，老婆正害怕而睡不着觉，她正在想朋友家发生的故事，于是又引出午黄木家的天花板上夜晚有响声的故事。这两个故事间并无关系，只是在叙述他的黑猫贝贝时，想到阿旺送他银饰是否就是为了换猫，然后也并没有答案。马原的小说在叙述故事的时候，往往前后缺乏交待，甚至人物也有混淆，因而充满了疑义，读者很容易绕在其中，得不出一个明晰的印象。洪峰开始有意地在小说中设置谜团，《极地之侧》中，有一天早晨"我"起床后，小晶说了一段我在半夜里的经历："我"在半夜去了雪原扒坑，看埋在坑里的死孩子，并用英语对小晶说"我爱你"，"我"被弄糊涂了，认为是小晶在做梦。然而，在实地勘察确实在坑里发现了一丝不挂的死孩子。我懵了，疑是自己梦游，但在梦里我为什么能准确地找到两个死孩子呢？不懂英语的"我"怎么又会用英语说"我爱你"呢？这一切都没有答案。

格非对博尔赫斯十分迷恋，常对博尔赫斯进行公开模拟，如《迷舟》的开头直接模拟《交叉小径的花园》的开头，而结尾模仿的是博尔赫斯《死亡与罗盘》的结尾。他的《青黄》被认为是一部典型的博尔赫斯迷宫式的小说。《极地之侧》中只有部分疑团,整个情节还是清楚的,以寻找"青黄"为线索的《青黄》则整个就是一个迷宫。"我"要探索的是一段历史,但他所找到的只是一些似乎相关似乎不相关的遗迹,每个线索都可能将他引向不可知的歧途,历史在这里散落成了不定的碎片。先锋小说与传统小说的差别在于,传统小说的谜团在最后都能得到丝丝入扣的解答,先锋小说则不予解答,也没有答案,疑团甚至会变得更乱。

余华深谙博尔赫斯小说的迷宫构成,他说:"与其他作家不一样,博尔赫斯在叙述故事的时候,似乎有意要使读者迷失方向,他成为了迷宫的创造者,并且乐此不倦。……他的叙述总是假装地要确定下来了,可是永远无法确定。我们耐心细致地阅读他的故事,终于读到了期待已久的肯定时,接踵而来的立刻是否定。于是我们不得不重新开始,我们身处迷宫之中,而且找不到出口,这似乎正是博尔赫斯所乐意看到的。"但余华更着迷的是这迷宫后面的东西,即作者对于真实与虚构的混同,"他的故事总是让我们难以判断:是一段真实的历史还是虚构? 是深不可测的学问还是平易近人的描叙,是活生生的事实还是非现实的幻觉? 叙述上的似是而非,使这一切都变得真假难辨。"昔日当余华读到卡夫卡在《乡村医生》中让那匹马说出现就出现的时候,这种摆脱经验的态度让他大吃了一惊,这使他离开了细腻描摹现实的川端康成。博尔赫斯则上升到一个更高的层次,他寓神秘的世界于经验的外表,这令余华更为着迷。在谈到博尔赫斯的小说《沙之书》的时候,余华写道:"博尔赫斯是在用我们熟悉的方式讲述我们所熟悉的事物,即使在上述引号里的段落,我们仍然读到了我们的现实:'页码的排列'、'我记住地方,合上书'、'我把左手按在封面上'、'把它们临摹下来',这些来自生活的经验和动作让我们没有理由产生警惕,恰恰是这时候,令人不安的神秘和虚幻来到了。这正是博尔赫斯叙述里最为迷人之处,他在现实与神秘之间来回走动,就像在一座桥上来回踱步一样自然流畅和从容不迫。"①余华的小说看起来都是冷静的现实描写,甚至每个细节写得都很真切,但整体上看起来却虚幻不定。用现实的笔法描写神秘,将虚幻与现实混到一

---

① 余华《博尔赫斯的现实》,《我能否相信自己》,人民日报出版社1998年12月第1版。

起,这更让读者有一种扑朔迷离的感觉。

(二)

新时期以来,西方后现代主义文化思潮在中国是有过介绍的,但在八十年代中后期马原、洪峰、格非、余华、孙甘露等先锋派小说出现之前,它们在中国一直未曾引起充分的重视。在这批面目怪异的小说出现后,一批青年批评家才想到这批小说与西方后现代主义思潮的联系,于是他们一面大力翻译介绍西方后现代文化理论,另一方面开始用这些理论来阐释这些作品。

1980 年 1 月,美国的著名后现代作家约翰·巴思在《大西洋月刊》上发表了一篇论述后现代主义的文章,题目为《补充的文学:后现代主义小说》。让人意外的是,这篇文章迅速被译成中文,发表于同年第 3 期《外国文学报道》上。这可能是中国对于后现代理论的最早翻译。这一年年底,董鼎山在《读书》第 12 期上撰文介绍西方后现代派小说。他说:"后现代主义这个名词在字典、辞汇、百科全书中还找不到,可是自从第二次大战终止以来,特别是在过去二十年间的美国,所谓'后现代主义'(或'后现代派')的美术或小说创作相当流行。"文章提到的后现代作家包括:约翰·巴斯、巴塞尔姆、品钦、冯内古特、非美国籍的作家包括英国的贝克特、阿根廷的博尔赫斯、俄裔的纳布科夫、法国的罗伯-格里耶等。①

批评家常常指责袁可嘉在编选《外国现代派作品选》的时候没有区分出现代后现代的作品,以至于给中国读者造成了误导,有人称之为"权威性失误"②。现在看来,袁可嘉多少有点冤枉。袁可嘉不过认为后现代主义是现代主义的一个延续和组成部分,这种观点至今在西方仍是一种带普遍性的看法。《外国现代派作品选》在评论巴思、吕钦、马塞尔姆等黑色幽默作家时有下列总结:"黑色幽默派与本世纪上半叶以乔伊

①　董鼎山:《所谓"后现代派"小说》,《读书》1980 年第 12 期。
②　王宁《现代主义、后现代主义及其在二十世纪中国文学中的命运》,《比较文学与当代文化批评》,人民文学出版社 2000 年 1 月北京第 1 版。

斯为代表的现代派小说既有相似又有不同之处，无怪乎美国有些评论家如伊哈伯·哈桑和莱斯利·费德勒等，干脆将这类小说称为'后现代派'。"①伊哈布·哈桑是美国著名的后现代文学理论家，对于后现代主义贡献甚大，他被认为"对这个术语(后现代主义)的逐步被接受所作的贡献显然超过任何批评家"②，后来国内对于后现代文学的认识很多来自于哈桑。从上面这段评述来看，袁可嘉对于哈桑以至国外的研究状况其实是清楚的。另外一个有力的证据是，袁可嘉曾于1982年专门撰写过一篇题为《关于"后现代主义"思潮》的论文，介绍西方的后现代主义理论。文中着重介绍了哈桑的观点，并列表详细介绍了哈桑关于"现代主义"与"后现代主义"的区别，这应该是对于哈桑后现代理论的最早的详细介绍③。八十年代初"后现代"之所以在中国不能浮出水面，原因并不是袁可嘉等人"权威失误"的结果，也不是没有人介绍，而是中国当时的文化语境使然。当时中国尚在恢复现实主义，争论现代主义，后现代主义根本提不上议事日程。

对中国后现代理论的产生起重要作用的，是1985年9—12月杰姆逊来北京大学的讲演及其讲稿《后现代主义文化理论》的翻译出版。杰姆逊的演讲在中国引起了很大反响，乐黛云将此行与1921年罗素来华讲演相提并论。杰姆逊是著名的西方马克思主义思想家，他运用马克思主义社会阶段理论来阐释后现代主义，很容易为中国人所接受，故而流布甚广。杰姆逊认为：资本主义经历了三个阶段，一是国家资本主义阶段，二是帝国主义阶段，三是晚期资本主义阶段，与此相应的三种艺术准则分别是现实主义、现代主义和后现代主义。他将后现代主义的特征概括为平面感、深度模式的消失、雅俗界线的消失及复制等。熟悉中国后现代批评的人都知道，这些字眼后来成为了中国后现代批评最常用的术语。杰姆逊的理论影响主要在八十年代中后期，《后现代主义文化

① 袁可嘉等编《外国现代派作品选》第3册，上海文艺出版社1984年8月第1版。
② 汉斯·伯顿斯《后现代世界及其与现代主义的关系》，佛克马、伯顿斯编《走向后现代主义》，北京大学出版社1991年5月第1版。
③ 参见袁可嘉《西方现代派文学三题》(1982)，《现代派论·英美诗论》，中国社会科学出版社1985年9月第1版。

^ 唐小兵译《后现代主义与文化
理论》 北京大学 1997 年版

^ 王岳川 尚水编《后现代主义文化
与美学》 北京大学 1992 年版

理论》出版于 1987 年,他的另外一篇重要文章《现实主义、现代主义与后现代主义》的汉译也于同年面世,这正与中国后现代批评大致同步。

八十年代末、九十年代初这段时间,中国文坛开始有意识地翻译介绍西方后现代文化理论。其中最有代表性的书是王岳川、尚水编的《后现代主义与美学》。这本书虽是选本,但萃选了西方后现代文化理论各方面的代表性理论著作,包括贝尔、哈贝玛斯、利奥塔、罗蒂、杰姆逊、福科、纽曼等理论家的论文或著作选编,这个规模显示出批评家要跨入后现代的雄心。书中新译了杰姆逊的《后现代主义或晚期资本主义的文化逻辑》、《后现代主义的精神》,至此杰姆逊有关后现代方面的理论在中国有了更进一步的介绍。书中还收录了利奥塔的名著《后现代状态:关于知识的报告》的两章,收了哈桑《后现代转折》一书的两章,这几本书对中国的后现代批评起了重要作用。利奥塔的"向统一性开战"成了中国后现代批评家的口号,而哈桑关于后现代主义"不确定性、零乱性、无深度性、卑琐性、反讽、种类混杂"等特征的论述,成为了中国批评家论述后现代性的主要词汇。与《后现代主义与美学》这本资料汇编相对应的,是王岳川的理论研究专著《后现代主义文化研究》。这本书是中国新时期最早的、最具权威性的后现代理论阐述,但只要看一下这目录我们就会发现,它基本上只是对于西方诸位理论家观点的概述。此后中国后现代批评的理论阐释,基本上只是在照搬翻译过来的杰姆逊、哈桑等人的论述。每个人的论述都大同小异,实不必一一列举,无非是"深度模式的消失"、"平面感"、"不确定性"、"雅俗界线的消失"等等。后现代本来就是西方的现实,中国的后现代理论当然只能去重复别人的东西,不足为奇。

运用这些理论来分析马原等先锋派小说,这才算是中国后现代批评的"创造性"所在。面对先锋小说,批评界开始有点手足无措,但自从找到了后现代的分析框架,批评家们立刻就豁然开朗了。先锋小说声明小说的虚构性,被阐释为对真实性的解构,对于深度模式的破坏,"文本的作者往往采取了这样一种叙事策略,首先确立起一组组二元对立关系,然后在叙述过程中,则诱发能指与所指发生冲突并导致能指的发散型扩展,而所指却无处落脚,最后这种二元对立不战自溃,意义也就被分解了。"①王宁的概括虽然极为简要,但却足以代表不计其数的后现代批评对于先锋小说叙事策略的分析。先锋小说迷宫式的情节,现实与幻觉的混淆,被认为是对于历史与现实的统一性和确定性的破除。张颐武认为:"马原、洪峰等人所不断制造的叙事混乱,就表明着他们对文学/历史的极差性关系的反抗,他们一再地表明不存在任何确定的可能性追寻的真实和因果关系,而只是本文中能指的无穷尽的互相指涉、关联与差异的运动。"②

命名看来是极具快感的,1990 年王宁在翻译佛克玛、伯顿斯的《走向后现代主义》时尚认为:"后现代主义是西方后工业、后现代社会的特定文化和文学现象,它只能产生在资本主义物质文明高度发达、并有着丰厚的现代主义文化土壤的地区,而在只出现过一些具有现代主义倾向的作家、作品,却根本缺乏这种文化土壤和社会条件的中国,则不可能出现一场后现代主义文学运动。"到后来则禁不住命名的诱惑,一而再,再而三地大谈中国先锋小说的"后现代性"了。③先锋小说就这样成

---

① 王宁《接受与变形:中国当代先锋小说中的后现代性》,《生存游戏的水圈》,北京大学出版社 1994 年 2 月第 1 版。
② 张颐武《实验的意义》,张颐武《从现代性到后现代性》,广西教育出版社 1997 年 11 月第 1 版。
③ 参见佛克玛、伯顿斯编《走向后现代主义·译后记》(北京大学出版社 1991 年 5 月第 1 版)和王宁《比较文学与当代文化批评》(人民文学出版社 2000 年 1 月北京第 1 版)。

了中国"后现代"思潮的先锋,其后,后学家们又将"新写实小说"、王朔及电视剧等大众文化纳入了后现代框架之中,营造了中国的后现代的新纪元。

先锋小说本是在博尔赫斯等后现代小说影响下产生的,与后者必然有相似之处,但这种相似往往只是表面的,用先锋小说证明中国的后现代性、进而断言后现代的到来不能不说十分可疑。

实事求是地分析先锋小说,我们会发现它们身上的"后现代光环"只是人为强加的。马原完全是从现实性的角度理解博尔赫斯的,他将博尔赫斯的虚构性手法,理解为一种对读者逆反心理的利用,"与利用逆反心理以达到效果有关的,是每个写作者都密切关注着的多种技法。最常见的是博尔赫斯和我的方法,明确告诉读者,连我们(作者)也不能确切认定故事的真实性——这也就是在声称故事是假的,不可信。也就是在强调虚拟。当然这还要有一个重要前提,就是提供可信的故事细节,这需要丰富的想象力和相当扎实的写实功底。不然一大堆虚飘的情节真的像你所申明的那样虚假,不可信,毫无价值。"也就是说,声言虚构是为了解除读者的戒备心理,让读者更加相信叙述的真实,正如布莱希特的"间离效果"一样①,这与根本没有虚构与真实之分的博尔赫斯无疑有天壤之别。马原首先运用的申言虚构性的手法,其目的并不是为了打破所谓的意义深度,恰恰相反,是为了更好地加强意义深度。马原的小说迷宫,也并非如批评家们所说来自于马原的"非因果性"、"不可知论",这只是西方后现代主义的特征,与马原无关。迷宫就是情节的省略,但省略却又有不同:一种是海明威"冰山理论"式的省略,这种省略只是逻辑顺序中的空白,正如从露出海面的一角可以推测出冰山的全貌,这种空白虽然令人费解,但却并不最终影响意义的连续;另一种博尔赫斯式的省略,这种省略是难以填充的,因为博尔赫斯的现实本是不可知的,因此本文中也没有什么逻辑顺序。在批评家用博尔赫斯的迷宫比附马原时,马原却明确声称自己来源于海明威的"冰山理论",并说与海明威相比,博尔赫斯的手法不过是皮毛。不同的省略后面其实隐藏着

---

① 马原《小说》,《马原文集》卷四,作家出版社,1997 年 3 月北京第 1 版。

不同的哲学观,马原相信现象世界的真实,故省略并不影响他对于现实真实的表现,在博尔赫斯的小说里,现实的经验与虚构的想象并无区别,这才构成了真正的迷宫。由此可见,马原所谓的后现代文学实践批评的爆炸性革命意义,不过是后学批评家们的一种误读。

在先锋小说家们那里,叙事的变革的确不仅仅关乎形式,它事实上同时拆除了历史,瓦解了意义,但其拆除的历史与瓦解的意义与西方后现代小说却并不相同。中国的文化语境是初步商品经济中旧的政治权力和文化秩序的消解,这与西方后现代主义的文化背景不属一个层次。中国先锋小说所解构的是既定的历史叙述方式,并不是历史本身,所要破坏的只是既定的政治文化中心,并不是一切中心,所要消解的只是旧的意义,并不是一切意义深度。他们对于旧有的价值系统的破坏,对于历史和现实的关注,其实正是一种新的意义深度的表现。格非最为后现代的小说是《青黄》,他被批评家加上了"颠覆"、"消解"、"游戏"、"虚构"等一连串后现代的称谓。在《青黄》,作者确乎要将历史解构成了不定的碎片,瓦解意义的完整性,但事与愿违,正如张旭东所分析的,小说中历史真实性的瓦解是在作者"我"的蓄意中完成的,故而伴随着历史真实瓦解的是自我主体性的生成,张旭东由此断言:"从这种自我的历程着眼,'后现代'不如说是'前现代'"①。

究其实,中国先锋作家们并不是从解构的立场上,而主要是作为一种技巧的叙述实践来接受博尔赫斯等西方后现代小说的。余华着意于"在现实与神秘之间来回走动",这表明在他眼里"现实"与"神秘"本是两个不应混淆的领域。中国作家有一种普遍的心理,即掌握最新的文学手法,追逐世界新潮流,由此他们才会对后现代小说的形式技巧感兴趣。

中国后现代理论曾论证中国产生后现代的现实基础,无非是说中国目前虽然还处在前现代阶段,但已经受到了全球资本主义的强烈影响。但这种初步的商品化与杰姆逊所说的资本主义晚期的高度商品化

---

① 张旭东《自我意识的童话:格非与当代语言主体的几个问题》,《喂哨》,长江文艺出版社 1992 年 9 月第 1 版。

② 徐友渔《后现代思潮与当代中国文化》,《告别 20 世界——对意义和理想的思考》,山东教育出版社 1999 年 7 月第 1 版。

20世纪中国翻译文学史 新时期卷

显然不一样,故而有人这样问:它们"为什么不是'现代主义'的产生土壤,而偏偏是'后现代主义'产生的土壤呢?"②后现代其实并非中国土壤里结出来的东西,而不过是西方文学及理论旅行中国的结果,或者说不过是翻译的现实而已,用盛宁的话说:"'后现代主义'之所以会在八十年代末、九十年代初的中国文坛上成为一个'响词儿',实在是应该归因于某个特别的契机(指 1985 年杰姆逊的来华演讲),以及为数有限的几部论集在国内的传播。"①盛宁谈的是后现代主义理论,这种理论是以新时期先锋文学为前提的,因此在这"几部论著"之外,还要加上博尔赫斯等几部后现代小说的翻译出版。

① 盛宁《人文困惑与反思——西方后现代主义思潮批判》,三联书店 1997 年 6 月北京第 1 版。

第八章　历史的反省与承担

第一节　消失的"白银时代"

（一）

　　晚清至"五四"期间，汉译俄国文学的数量并不多，且集中于名家，计有普希金、列夫·托尔斯泰、莱蒙托夫、契诃夫、屠格涅夫、高尔基，果戈理、安特莱夫、迦尔洵等。"五四"以后，中国文坛出现了"俄罗斯文学热"。据《中国新文学大系·史料索引卷》不完全统计，1920—1927 年间，中国翻译外国文学作品 190 种，俄国 69 种，占三分之一以上，其中新译出的作家有陀思妥耶夫斯基、阿尔志跋绥、蒲宁、勃洛克、梭罗古勃等。应该说，这一时期对于俄国文学的接受是较为多元的。"五四"时期对于俄国文学的接受，主要着眼于启蒙主义和人道主义。以陀思妥耶夫斯基为例，陀思妥耶夫斯基在中国最早的译作是 1920 年《民国日报》上刊登的乔辛煐翻译的小说《贼》，该译作附有一篇简短的介绍文字，称陀思妥耶夫斯基的作品"人道主义的色彩最鲜明"。茅盾是当时评论陀思妥耶夫斯基文字最多,也最具代表性的理论家。他对陀思妥耶夫斯基评价很高,认为"陀思妥以夫斯基伟大的表现力与深刻的观察,使他成为俄国文学史上伟大的人物;他一定不易地是俄国的第一流作家,而且是全世界的第一流作家。"①陀思妥耶夫斯基出现于托尔斯泰、屠格涅夫等大师倍出的时代,何以特别引起注意呢?茅盾认为:陀思妥耶夫斯基带来了普希金、果戈理及全人类孜孜以求的东西,那就是"人性的永久真实","他把那些'被践踏者与被损害者'的狰狞可畏的外皮剥去了,把他们的纯洁的灵魂摊布出来给智识阶级的人看,叫他们知道人性永久真实即是善……叫他们知道人性的永久真实的伟大的力量。"②对于陀氏的宗教观,茅盾也作了人道主义的理解和称赞,他谈道:在《白痴》中,陀氏完全倾向于基督教义,"世界上只有一个绝对美的,那就是基督。"但到了《魔鬼》和《卡拉玛佐夫兄弟》,陀氏就主张新宗教了,这宗教是什么呢?茅盾认为:"陀氏承认俄国人民是有基督教根性的国民了,他又认定俄国人民的特点是能爱人,喜牺牲,爱痛苦……一言以蔽之,人道主义是俄国国民的根性,所以他就预言他所希望的新宗教的精神是人道的,是爱的。"③似乎只有鲁迅感觉到了陀氏的现代主义特质,他的"这确凿是一个'残酷的天才',人的灵魂的伟大审问者"的评价稍稍地逸出了"五四"时期人道主义的认识框架。

　　二十年代后期,对于苏联无产阶级文学及理论的引进翻译逐渐成为了主流,它大大地掩去旧俄文学光辉。但值得注意的是,左翼文学在翻译介绍苏联文学的同时,并未像后来那样一味地排斥旧俄文学,而是持一种相当开放的态度。1926 年"革命文学"期间,蒋光慈在《十月革命与俄罗斯文学》小引中曾激进地宣布屠格涅夫、陀思妥耶夫斯基、果戈理、托尔斯泰、契诃夫都已经死去④,高尔基也已老了,但事实上蒋光慈

---

①　朗损《陀思妥以夫斯基在俄国文学史上的地位》,1922 年 1 月 10 日《小说月报》第 13 卷第 1 号。
②　冰《陀思妥以夫斯基带了些什么给俄国?》,1921 年 11 月 11 日《时事新报·文学旬刊》第 19 号。
③　沈雁冰《陀思妥也夫斯基的思想》,1922 年 1 月 10 日《小说月报》第 13 卷第 1 号。
④　蒋光赤《〈十月革命与俄罗斯文学〉小引》,《创造月刊》第 1 卷第 2 期。

在次年出版此书时,仅将《十月革命与俄罗斯文学》作为上卷,而收录了瞿秋白撰写的《十月革命前的俄罗斯文学》作为下卷。瞿秋白的《十月革命前的俄罗斯文学》对于俄国文学的论述与蒋光慈的激进态度完全不一样,书中对于托尔斯泰、陀思妥耶夫斯基等俄国古典作家以至本世纪初的安特莱夫、梭罗古勃、勃洛克等虚无主义作家都有较为客观的论述,并无蒋光慈那种全面否定的态度。比如书中称赞陀思妥耶夫斯基:"心病的人是他创作的题材,他的描写——一直到他的长篇小说里都是如此,——确实能胜任,而且深刻邃远,好像灵犀澈照,能洞见现代社会的底蕴。"蒋光慈能够将两种理路不同的论述合为一本书,足见他的开放心态。这种态度在当时并不罕见。二十年代中后期以翻译苏联马克思主义文艺理论著称的冯雪峰也很注意对于俄苏文学的介绍。1926 年,他选择日本俄苏文学专家昇曙梦的著作翻译给中国读者。他并非仅仅注重无产阶级文学,而是既翻译了昇曙梦的《新俄文学之曙光期》,又翻译了《新俄罗斯的无产阶级文学》。昇曙梦的前一本书对于十月革命前的俄国文学如阿克梅派、象征派、未来派等都有介绍论述,并没有无产阶级批判色彩。在《新俄罗斯的无产阶级文学》一书的"序言"中,冯雪峰说,关于俄国资产阶级文学请参照卷首辟力涅克的序文。再看辟力涅克的序文,他的说法颇出人意料,他引用了托洛斯基的说法,认为无产阶级文学与资产阶级文学俱不能成立,因为人类将来是超越于阶级的,文学只能是一般的人类的文学①。1929 年郭沫若一方面倡导革命文学,另一方面却与李一氓翻译了《新俄诗选》,其中收录了勃洛克、别雷、叶赛宁、爱伦堡、阿赫玛托娃等人的诗,这些都是为后来的"俄苏文学光明梦"排斥的作家。郭沫若在这本书的"前言"里写道:"至于这儿所选的诗只是革命后四五年间初期的作品,严格的说来,这些诗都不足以代表新俄的精神。手法未脱陈套,思想亦仅是感情的冲动,没有真正的 Marx-Leninism 来做背景,这在俄国方面的批评家都是早有定论的。不过我们从这儿总可以看出一个时代的大潮流和这潮流所推动着前进的方向。"

---

① 画室译,昇曙梦《新俄文学之曙光期》,上海北新书局,1926 年 12 月;《新俄罗斯的无产阶级文学》,上海北新书局 1927 年 3 月。

郭沫若很清楚这些作家的性质,唯其如此,才显示出他的心胸。郭沫若在"前言"对此有专门解释:"历史是进展的,一切旧的分子被消化或被排除而升华成更新的产物。读者把这部诗和旧时代的诗比较,更为这部诗与最近苏俄的诗比较,我们除诗的鉴赏外总可以得到更重要的一个什么。以历史的进展的眼光去观察事物,是人生中最切要的事。"①

三十年代以后,马克思文艺理论的翻译引进,使左翼文坛看清了革命文学时期以机械的阶级意识排斥资产阶级文学的失误。周扬在1933年《文学的真实性》一文中,批评了唯物辩证法创作方法,并指出了这一方法排斥同路人的错误倾向。周扬指出,文学与作家的立场有关,但这其中却不是机械对应的关系。正是这样一种思路中,周扬分析了如歌德、托尔斯泰、陀思妥耶夫斯基文学创作的历史进步性,批评了革命文学阶级批评方法的机械性。

阶级性的发现,应该说是三十年代左翼文学的一个主要特征,概莫能外。需要指出的是,左翼文学并不是一个统一的整体,内中仍有派别层次之分,对于阶级性的理解接受的程度也并不相同。

鲁迅在三十年代也接受了阶级意识,对于俄国文学的评价角度有所调整。在1932年《祝中俄文字之交》一文中,鲁迅以三十年代的眼光叙述从前对于陀思妥耶夫斯基的记忆:"那时就知道了俄国文学是我们的导师和朋友。因为从那里面,看见了被压迫者的善良的灵魂,的酸辛,的挣扎……从文学里明白了一件大事,是世界上有两种人:压迫者和被压迫者!"②在1936年《陀思妥耶夫斯基的事》一文中,鲁迅批评了陀思妥耶夫斯基的"忍受":"不过作为中国的读者的我,却还不能熟悉陀思妥耶夫斯基式的忍从——对于横逆之来的真正的忍从……然而陀思妥耶夫斯基式的掘下去,我以为恐怕也还是虚伪。因为压迫者指为被压迫者的不德之一的这虚伪,对于同类,是恶,而对于压迫者,却是道德的。"③

鲁迅与周扬虽有共同之处,差别也是显而易见的。周扬在对于文学

---

① L、郭沫若译《新俄诗选》,上海光华书局1929年8月初版。
② 鲁迅《祝中俄文字之交》,《鲁迅全集》第4卷。
③ 鲁迅《陀思妥耶夫斯基的事》,《鲁迅全集》第六卷。

的阶级性和政治性的理解执行上，较鲁迅要峻急地多。阶级性在鲁迅那里，仅仅是观察的助力，并非立场的全部。对于陀思妥耶夫斯基，鲁迅仍能有来自于其它方面的共鸣。在《陀思妥耶夫斯基的事》一文中，鲁迅虽然对于陀思妥耶夫斯基有所批评，但仍然称赞他的伟大，称赞的角度沿袭了二十年代的观点，认为"他把小说中的男男女女，放在万难忍受的境遇里，来试炼他们，不但剥去了表面的洁白，拷问出藏在底下的罪恶，而且还要拷问出藏在那罪恶之下的洁白来。而且还不肯爽利的处死，竭力要放它们活得长久。"

甚至对那些为革命所排斥的虚无、黑暗的作家，鲁迅也能有独特的欣赏，并坚持翻译介绍。在《中俄文字之交》这篇文章里，鲁迅虽然认为俄国文学让我们看到了阶级的分野，但这并不是唯一的，这其中我们还可以看到更多，从安特莱夫的作品里"遇到了恐怖"，从阿尔志跋绥夫的作品里"看见了绝望和荒唐"，从珂罗连珂"学得了宽宏"，从果戈理的作品中"感受了反抗"。鲁迅于 1933 年翻译出版了小说集《竖琴》，内中收录了不为当时的革命文学家所齿的俄苏作家作品，如札米亚京、淑雪兼柯、伦支、裴定、雅各刑武莱夫等，其中不少都是在九十年代"白银时代"热中"回归"的作家，当然已经很少有人知道他们曾经在历史上被鲁迅翻译介绍过。鲁迅深知这些作家是很难为当时的革命文学家所容的，"还要说几句不大中听的话——这篇里的描写混乱，黑暗，可谓颇透了，虽然粉饰了许多诙谐，但刻划分明，恐怕虽从我们中国的'普罗塔列亚特基理替开尔'（无产阶级文化倡导者——引者注）看来，也要斥为'反革命'。"①鲁迅对于这种排斥的做法是不以为然的，在翻译了雅各武莱夫的《十月》后，鲁迅在出版"后记"中声称："这一本小说并非普罗塔列亚底的作品。苏联先前并未禁止，现在也还通行，所以我们的大学教授拾了侨俄的唾余，说那边在用马克斯学说掂斤估两，多也不是，少也不是，是夸张的，其实倒是他们要将这作为口实，自己来掂斤估两。"②

---

① 鲁迅《〈竖琴〉译者附记》，《鲁迅全集》第 10 卷。
② 鲁迅《〈十月〉后记》，《鲁迅全集》第 10 卷。

茅盾到了三十年代也从人道主义和启蒙主义批评转向社会历史批评，并成为这种批评的典范。此时茅盾的批评仍隐含了他自己的独特感受，因而并不十分僵化。在 1935 年的时候，茅盾撰写了《陀思妥耶夫斯基的〈罪与罚〉》一文，文章从阶级性的角度肯定了陀氏对于"被侮辱和被损害者"的挚爱，但他同时又指出了陀思妥耶夫斯基对待现实的二重性，隐含了批判意味。直到 1941 年，茅盾仍然能够保持他对于陀思妥耶夫斯基的独特欣赏。在对于耿济之译《卡拉马佐夫兄弟》的评论中，茅盾居然能够从现实意义上为陀思妥耶夫斯基有关上帝的讨论作出辩解，"我们要知道，'神'的问题，是俄国当时一个实际的社会问题，是革命前的俄罗斯一个思想意识的问题；是一个'无神论者'或不是，就差不多决定了他是革命者或不是。所以陀氏这一部巨著并不是和那时代最迫切而严重的政治问题没有关系的。"[①]另外，为了增加陀思妥耶夫斯基在中国的合法性，茅盾还专门提到了他可能给我们在艺术形式上带来的帮助："这一部世界名著，无论如何，是中国人应该一读的。对于中国的文艺工作者，这部书在技巧方面（这是指如何用形象来处理一个抽象的命题而言的）可能的助益，也绝不容低估。"[②]

三十年代应该说是一个多元选择的时代，虽然已经有苏联无产阶级文学及理论的崛起，但旧俄文学的翻译介绍并没有受到多少影响。有数据为证，1928—1937 年俄国文学作品的翻译出版达到 260 种，较 1919—1927 年间的 124 种有近一倍的增加。较大的改变，是从 1942 年"讲话"开始的。周立波的经历，体现了"讲话"对待外国资产阶级文学的精神。周立波于 1940—1942 年间在延安鲁迅艺术文学院讲授"名著选读"，主要讲授外国文学名著，包括蒙田、司汤达、巴尔扎克、普希金、托尔斯泰、陀思妥耶夫斯基等外国经典作家作品。讲课当时很受欢迎，"不仅使文学系的同学为之痴迷，也受到其他各系同学及教职员工的热烈欢迎。""解放后，工作在全国各条战线上的延安鲁艺的老同志们，每当回忆起在延安鲁艺度过的可贵的青春岁月，必然要谈起立波同志的'名著选读'课，

————————

① 茅盾《兄弟们》，1941 年 11 月 16 日香港《笔谈》第 6 期。
② 茅盾《耿译〈兄弟们〉书后》，1941 年 12 月 6 日《上海周报》第 4 卷第 24 期。

都对立波同志怀有深切的尊敬之情。"①周立波讲课基本沿用三十年代的社会分析方法,当然其中掺杂了很多个人的体验。在讲授陀思妥耶夫斯基的《罪与罚》的时候,周立波一方面对作品作了阶级性的分析:"看见了苦海,发现了人性的罪恶,'病态的良心'。'向狭窄的个人的道路去找寻解决自由的问题。'""个人的受难和个人的恶和至高的上帝的善的完全的和解是可能的吗?"另一方面又袭用了鲁迅"残酷的天才"的说法,谈到了自己对于陀思妥耶夫斯基的感觉,"'观念'的传奇或悲剧,他感觉着观念,正和我们感觉着寒、热,感受到饥、渴一样的,极端的爱和极端的苦难,罪恶的世界的内心的狂风暴雨,人物常常被放在一种最难堪的境地。"②在《讲话》发表之后,周立波的"名著选读"立即变得不合时宜了。关于革命文学与资产阶级文学的关系,《讲话》中有明确的强调:"继承和借鉴决不可以变成替代自己的创造,这是决不能替代的。文学艺术中对于古人和外国人的毫无批判的硬搬和模仿,乃是最没有出息的最害人的文学教条主义和艺术教条主义。"经过在鲁艺和《解放日报》的整风,周立波检讨了自己的错误,"为了教课,我又阅读了许多西洋古典的作品,不知不觉之间对这些东西有些迷惑。"周立波引用了《讲话》中关于是借鉴而不是替代的说法,进行自我批评,"不论中国的,或是外国的古典作品,是要借鉴的。但是,毛泽东同志明确地指出了:'……仅仅是借鉴而不是替代,这是决不能替代的'。我当时读着一些西洋的古典作品,却漠视了比古典作品所反映的内容要雄伟得多的眼前的工农兵的斗争的现实,这就不是借鉴,而是替代了。"③

"讲话"的影响,开始仅仅局限于解放区。国统区的左翼作家,在1942 年之后,仍然可以游离于外。邵荃麟翻译陀思妥耶夫斯基的小说《被侮辱与被损害的》时在 1943 年,但在人民文学出版社 1956 年重版此书时,他又专门写了"校订后记",对于陀思妥耶夫斯基进行了无情的批评。邵荃麟给人的印象,仿佛是一个刻板的批评家。事实上,邵荃麟在

① 《周立波鲁艺讲稿·校注附记》,上海文艺出版社 1984 年 8 月第 1 版。
② 《周立波鲁艺讲稿·罪与罚》,上海文艺出版社 1984 年 8 月第 1 版。
③ 周立波《谈思想感情的变化》,《周立波文集》第五卷,上海文艺出版社 1985 年 9 月第 1 版。另参见周立波《思想、生活和形式》,《解放日报》1942 年 6 月 12 日。

1943 年翻译出版此书时,原来就有一个"译后记",它后来被 1956 年版的"校订后记"取代了。在这篇写于 1943 年 3 月 11 日的"译后记"中,我们看到的却是另外一个邵荃麟,一个充满了审美感觉的批评家。邵荃麟这样描绘自己在翻译陀氏这本书时的感受,"我不能描述出,我在翻译这书的时候所感受的激动。有时完全被沉没到这小说的世界中间,为它战栗,为它流泪,而当感情极度沸腾的时候,往往被迫得只好搁笔,等待感情平静下来以后再继续下去。"大概因为身处国统区,没有及时领会到"讲话"的精神,邵荃麟才敢于如此地"投入"。直到 1944 年元旦,"讲话"才以《毛泽东同志对文艺问题的意见》为题在重庆《新华日报》摘要发表,第一次公开与国统区读者见面。1944 年 4 月,党中央才派何其芳、刘白羽从延安到重庆向大后方进步文化界宣传"讲话"。

(二)

至四十年代后期,中国文坛开始受到"规范"。规范有两个相互联系的方面:一是传播"讲话",二是清理、检讨国统区的文艺状况。执行这种思想"清理"的文章,有邵荃麟发表于香港《大众文艺周刊》的《对于当前文艺运动的意见》等文。富有讽刺意义的是,邵荃麟在这篇文章中专门批评了"一九四一年以后,十九世纪欧洲的资产阶级的古典文艺在中国所起的巨大影响。大量的古典作品在这时被翻译过来了。托尔斯太、弗罗贝尔被人们疯狂地崇拜着……从这一点上,也反证出革命文艺思想是怎样的衰弱了。"由此看来,这种"规范"其实首先是国统区左翼文人自身的规范,是向解放区文艺思想靠拢的行为,然后才是对于全部文坛的规范。邵荃麟就是经过了这种自我规范,才有可能在 1956 年重新为《被侮辱与被损害的》一书写出新的后记,才有资格在 1949 年后在作协担任外国文学方面的指导工作。

茅盾和邵荃麟一样属于"规范"者,同时又是自我规范者。1948 年,他写出了《谈"文艺自由"在苏联》一文,就联共中央关于《星》和《列宁格勒》两杂志的决议表明自己的态度。1946 年,苏联的《星》和《列宁格勒》两杂志因为刊登了左琴科和阿赫玛托娃的作品而受到严厉的批评处理,国外有人因此议论苏联失去了写作的自由。茅盾在这篇文章中尖锐批评了左琴科和阿赫玛托娃的作品，坚定地支持联共的决定，他认为：阿赫玛托娃"意识上充满了'世纪末'的病态，颓废而悲观"；"很显然的，她的作品对于苏联青年的奋发前进是会起了相反的作用的。"左琴科在十月革命前以讽刺的作品见长，但在革命后仍然继续讽刺，"那是公开侮辱了苏联人民"，"当然要引起苏联人民的愤怒"①。茅盾此时已经没有了三十年代翻译梅特林克、蒲宁、四十年代初为陀思妥耶夫斯基上帝问题而辩护的勇气了。只有经过了如此的思想洗礼，茅盾在 1956 年中国纪念三位世界文化名人的大会上评价陀思妥耶夫斯基的时候，才发出了与邵荃麟"统一"的口径，"尤其糟糕的，是他甚至仇恨时代的最进步的思想，而执拗地宣扬他的从逆来顺受中解脱的说教。""当陀思妥耶夫斯基为了被侮辱与被损害的人民而感到无限痛心的同时，却又顽固地不承认有什么道路可以引导人民脱离那种悲惨奴役的境地，甚至不主张去寻求这样的道路。②

既然以"从批判现实主义到社会主义现实主义"的模式来叙述十九世纪到二十世纪的俄苏文学，一些或者在思想上抵触红色政权，或者在艺术上倾向现代主义的作家，就因为无法纳入我们的文学史主流叙述之中而被驱逐于历史之外了。这就是梅列日可夫斯基、吉皮乌斯、明斯基、勃留索夫、曼德里施塔姆、洛扎诺夫、安·别雷、索洛古勃等一系列俄苏作家的名字后来不为我们所知的原因。对于自以为十分熟悉俄苏文学的中国读者来说，居然有如此众多的优秀作家在眼界之外，是一件匪夷所思的事情。另外还有一些逆流作家的名字我们是知道的，但因为他们的作品并未得到翻译，我们只能跟在苏联批评家后面盲目地批判。茹可夫斯基，我们是知道的，但我们只知道他是一个反动的消极浪漫主义者，我们的教科书对于茹可夫斯基的批判直接来自于高尔基的《俄国文学史》。阿赫玛托娃是"白银时代"阿克梅诗派中成果最为丰硕的诗人，但她在中国之所以知名，是因为日丹诺夫曾在《关于〈星〉和〈列宁格勒〉

————————

① 茅盾《谈'文艺自由'在苏联》，《文化自由》，香港新文化出版社 1948 年 9 月初版。
② 茅盾《不朽的艺术都是为了和平与人类的幸福的》，1956 年 5 月 28 日《人民日报》。

两杂志的报告》中将其斥为"荡妇"。

为了解"动态",供批判之用,我国有时采用了"内部出版"这一特别的处理手段。比如1963年作家出版社分别内部出版了诺贝尔文学奖获得者索尔仁尼琴《伊凡·杰尼索维奇的一天》和苏联"解冻文学"的代表作爱伦堡的《解冻》(一,二)。新时期较为流行的艾特玛托夫的小说,也早在六七十年代就有内部出版,一是陈韶廉等译的《艾特玛托夫小说集》(作家出版社,1965),二是雷延中译的《白轮船》(上海人民,1973)。"战壕真实"派以大胆揭露战争的真相著称,其代表作品邦达列夫的《热的雪》,也在1976年由上海人民出版社内部出版。"内部出版"的目的是在较高层次的小范围内流传,以为批判和借鉴。不过,事实证明"内部出版"是有风险的。作品一旦面世,读者有时会有自己的判断。六十年代作家出版社出版的"黄皮书"、"灰皮书",后来竟成为了新时期思想解放的一个资源。

∧ 冯南江 秦顺新译
《人·岁月·生活》
人民文学 1979年版

∧ 陈韶廉等译《艾伊特玛托夫小说集》
作家 1965年版

中国并不总是跟在苏联后面。对于苏联在"解冻"后平反的作家,如阿赫玛托娃、左琴科等人,我国却仍然予以冰冻。对于苏联改革文学,如利帕托夫的《普隆恰托夫经理的故事》等,我们在"文革"中则予以了坚决的批判。也就是说,在苏联开始自己揭示"光明"后面的黑暗时,中国仍然不遗余力地去维护这一梦想。

除却翻译的选择之外,阅读的引导也很重要。引导的形式多种多样,如文学史、学术研究、评论宣传以至教学等等。这里我们想说的是引导读者阅读的最为直接的形式,译本的"前言"或"后记"。翻译作品中的译者"前言"或"后记"一般是对于翻译情况的说明,但解放以来的这种"前言""后记"往往很长,无形中充当了阐释作品意义的权威角色。它给读者戴上一副有色眼镜,以免意义的流失。

尽管陀思妥耶夫斯基已经被选择出版,但其被允许出版的作品仍需进行"消毒"。邵荃麟在人民文学出版社1956年版的《被侮辱与被损害的》"校订后记"中,特别注意对陀思妥耶夫斯基消极思想的批判。文章在第一、二自然段介绍了此书的翻译情况和陀思妥耶夫斯基的生平后,就开始以主要篇幅分析陀思妥耶夫斯基的局限性。文章首先分析了陀思妥耶夫斯基"一方面他憎恨和抗议统治阶级的残暴,一方面又对革命感到怀疑和幻灭;一方面对现存制度感到不能容忍,一方面又感到这种制度的不可动摇;一方面对于人民生活的苦难寄予深刻的愤怒与同情,一方面又竭力劝导他们忍受这种苦难"的精神矛盾,接着指出,这部小说"不是从社会的原因上去认识这种剥削阶级道德堕落的现象,却是倒果为因地把它看作是社会不安和混乱的根源"。由此,文章明确地指出了陀思妥耶夫斯基一以贯之的致命弱点:"基督教的受苦受难的精神"。这种精神是需要批判的:"毫无疑问,这种思想是空想的,不健康的,而且是有害的。这是和现实斗争要求不相容的失败主义的思想。这种思想并不可能引导人们走上苏生之路,只有引导人们走向痛苦的毁灭,走向对压迫者的屈服。"邵荃麟认为:这种倾向不但是其思想的局限,也影响了小说艺术的完整性。

按照这种批评,读者不免会得出陀思妥耶夫斯基是个一无是处的作家的结论。文章作者似乎也意识到了这一矛盾,于是在文章的结尾解释:"我在这里比较着重地指出这部作品中的错误观点是为了帮助读者在阅读这部作品时可以避免受到这种错误观点的影响。但这绝不贬抑这部作品的伟大的现实主义意义。"①如此否定之后,陀思妥耶夫斯基小说的"伟大"意义已经不能不十分渺茫。对于文学大师陀思妥耶夫

---

① 陀思妥耶夫斯基《被侮辱与被损害的》,邵荃麟译,人民文学出版社1956年12月第1版。

斯基,既要批判他的消极性,又要肯定他的成就,译者不能不颇费心思。

在涉及如普希金、托尔斯泰这种作品被大量翻译的文学大师时,这种阅读引导也很有必要。普希金的小说诗歌等在五十年代一共译出了29种,仅《叶甫盖尼·奥涅金》就出现了吕荧、王士燮、查良铮、陈绵等四种译本,而且还出现了戈宝权编的《普希金文集》。托尔斯泰的翻译更多,五十年代国内计出版了托尔斯泰的著作48种,他的《安娜·卡列尼娜》出版了三个译本,《复活》出版了两个译本,四大卷《战争与和平》也出现两种译本。可以说,普希金和托尔斯泰的主要著作都翻译过来了。不过,这并不能保证其本来面目的呈现。作品中的某些东西,早在阅读以前就已被规定为非本质的"负面",从而得到有效控制。汝龙的《复活》译本本来并没有译者的前言后记,但1979年重印的汝龙译本的后面却专门加上了一个李明滨写的后记《关于〈复活〉》。此文在称赞了《复活》揭露社会黑暗的"最清醒的现实主义"特色后,严厉批判了托尔斯泰的基督教思想。文章认为在《复活》中宣传《福音书》的托尔斯泰"不但是'一个发狂的笃信基督的地主',而且是一个'鼓吹世界上最卑鄙的东西,即宗教'的牧师了。在俄国革命形势已经高涨的年代,作者还要贩卖'不用暴力抵抗邪恶'、'宽恕'和'博爱'这种麻醉人民的精神鸦片,就更显出其思想的反动而有害的一面了。"文中的批判用语严厉苛刻,所批判的正是刘小枫所认为是俄罗斯精神所在的基督教思想。

如果说对于托尔斯泰是通过否定加以压抑的,那么对于普希金则是通过片面的肯定进行限制的。普希金在五十年代主要被阅读成为一个争取自由的斗士和社会黑暗的批判者,他的作品被提到最多的是《自由颂》和《叶甫盖尼·奥涅金》,前者使他成为积极浪漫主义的先驱,后者使他成为了批判现实主义的开山。新时期以后,从前的那些小说阐释的"成规"逐渐地得以稀释,被压抑的东西逐渐地显示了出来。普希金在新时期最受欢迎的不是《自由颂》,也不是《叶甫盖尼·奥涅金》,而是抒情诗,特别是爱情诗,他已经由一个革命斗士被阅读成了一个爱情诗人。

新时期以后，俄苏文学翻译的历史条件发生了变化，从前在时代浪尖的作家作品日益淡出，而从前被压抑的作家作品却逐步地浮出了历史的地表。

五六十年代红极一时的社会主义现实主义文学代表作家吉洪诺夫、安东诺夫、巴甫连柯、卡达耶夫、柯涅楚克、克雷莫夫等人的作品，在新时期已经没有任何重版重印，更没有新译。如绥拉菲摩维奇、法捷耶夫、富尔曼诺夫、奥斯特洛夫斯基这些革命历史传奇，与中国的红色经典一样，对新时期失去了吸引力。八十年代初的时候，作为对于"文革"的反拨，他们的代表作作为经典有过少量的出版重印，但很快就失去了市场。马雅可夫斯基、高尔基在八十年代初中期有纪念性的选集文集出版，但其革命性已经不能引起人们的兴趣，相反这两位无产阶级文学大师遭到了重新解读，如马雅可夫斯基诗歌中的人道主义被重新提起，而高尔基的"痛苦"则也被人津津乐道。

1979 年 7 月，上海译文出版社出版了岳麟新译的陀思妥耶夫斯基的《罪与罚》；次年，即 1980 年 3 月，浙江人民出版社重印了《罪与罚》的韦从芜译本。1980 年 9 月，人民文学出版社出版了《被欺凌和被损害的》南江译本；其后这本书很快就出现了另外两个译本：1981 年浙江人民出版社重印了邵荃麟译本，1984 年上海译文出版社重印了李霁野译本。以新译开头，重印继之，这在新时期名著重印的热潮中是独特的。陀思妥耶夫斯基的其它小说，也逐渐有了多种译本。八十年代对于陀思妥耶夫斯基的系统翻译，当数两套陆续出版的文集：一是人民文学出版社出版的"陀斯妥耶夫斯基选集"，另一套是上海译文出版社出版的"陀思妥耶夫斯基作品集"。这两套书基本上包括了陀思妥耶夫斯基的全部重要作品。因思想的"黑暗"而遭到排斥的陀思妥耶夫斯基，愈来愈引起读者的兴趣。应该说，陀思妥耶夫斯基在中国至此才得到他应有的文学大师的地位。

1985 年 10 月，上海译文出版社出版了由黄成来、金留春翻译的《茹科夫斯基诗选》，让国人一睹这位"消极浪漫主义诗人"的真正面目。

∧ 耿济之译《白痴》
人民文学 1982 年版

∧ 韦丛芜译《罪与罚》
浙江人民 1980 年 3 月第 1 版

　　1949 年以后,蒲宁的作品一直没有译介。新时期以后,这位俄国首位诺贝尔文学奖得主(1933)的作品在中国受到欢迎。仅 1981 年,国内就翻译出版了四部蒲宁的作品:《布宁中短篇小说选》(外国文学出版社,陈馥译,1981,4)、《蒲宁短篇小说集》(上海译文出版社,戴聪译,1984,4)、《米佳的爱情》(外语教学与研究出版社,郑海凌译,1981,9)、《故园》(四川人民出版社,赵洵译,1981,12)。2005 年岁末,安徽文艺出版社出版了戴聪等人翻译的五卷本《蒲宁文集》。文集除了收录了蒲宁的诗歌、游记、短篇小说,同时收入了他一生所写的全部四个中篇小说和他唯一一部长篇小说《阿尔谢尼耶夫的青春年华》。如此,这位被称为俄罗斯托尔斯泰和屠格涅夫时代最后一位经典作家算在中国有了完整的介绍。

　　1949 年 12 月和 1950 年 1 月,平明出版社曾出版了《七个绞决犯》和《总督大人》的汝龙译本。此后,安德列耶夫就失去了踪迹。新时期后,安德列耶夫很快有了翻译。1981 年 11 月,上海译文出版社出版了陆义年、张业民翻译的《七个绞刑犯》。1984 年,接连出现了《安德列耶夫小说戏剧选》(鲁民译,1984,2) 和《安德列耶夫中篇小说集》(靳戈等译,

1984,12）。

鲁民译《安德列耶夫小说戏剧选》
外国文学 1984年版

1985年，戴聪译的《阿赫玛托娃诗选》面世。1986年，诺贝尔文学奖获得者帕斯捷尔纳克的代表作《日瓦格医生》出现了冀刚译本，次年接连又出现了蓝英年、张秉衡与顾亚铃、白春仁两个译本。1987年，《大师和玛格利特》同时出现了两个译本，一是钱诚译本，二是徐昌翰译本（名为《莫斯科鬼影：大师和玛格利特》）。1988年，雷巴科夫的《阿尔巴特街的儿女们》被翻译过来，这本足以同《古拉格群岛》相比的暴露斯大林时代黑暗的小说一年之内出现了多种版本：石慧芬等译本(湖南人民)、范国恩等译本(中国文联)、夏仲翼、刘宗次译本(漓江)等，足见国内读者热情之高。1989年，《跨世纪抒情——俄苏先锋派诗选》面世。1990年，《温柔的幻影——茨维塔耶夫诗选》出版。1991年，《勃洛克抒情诗选》出版。1993年，布尔加科夫《不祥的蛋》出版。1994年，勃留索夫的诗集《燃烧的天使》出版。1996年，别雷的现代主义名著《彼得堡》面世；《俄国现代派诗选》及《俄国象征派诗选》也于同年面世。1998年，作家出版社出版了《布尔加科夫文集》。

这些水流，最终汇集成了九十年代后期的蔚为大观的"白银时代"大潮。所谓"白银时代"指群星璀璨的俄罗斯二十世纪初，与十九世纪的黄金时代相映衬。1998年一年，国内同时涌现出四套"白银时代"作家作品集。学林出版社出版的郑体武主编的"白银时代俄国文丛"包括：《永恒的旅伴——梅列日科夫斯基文选》、《俄罗斯灵魂——别尔嘉耶夫文选》、《大墓地——霍达谢维奇回忆录》、《窗外即景——勃留索夫自传和回忆录》、《彼得堡的冬天——格·伊万诺夫回忆录》、《自己的角落——洛札诺夫文选》、《往事如昨——吉札诺夫文选》、《我的灵魂的历史——沃罗申日记选》、《爱是万物之灵——马雅可夫斯基与莉丽·布里克书信集》、《第四散文——曼尔施塔姆随笔集》。作家出版社严永兴主编的"白银时代丛书"包括六部著作：别雷的《彼得堡》、布尔加科夫的《撒旦起舞》、皮利尼亚克的《红木》、扎米亚京的《我们》、安德列耶夫的《红笑》和格林的《踏浪女人》。云南人民出版社推出的"俄罗斯白银时代文化丛书"第一辑包括七种：《俄罗斯白银时代诗选》、《时代的喧嚣——曼德里施塔姆文集》、《对另一种存在的烦恼——俄罗斯白银时代短篇小说选》、别雷的《银鸽》、舍斯托夫的《开端与终结》、别尔加耶夫的《自我认识——哲学自传的体验》和洛札诺夫的《落叶集》。中国文联出版公司出版的"俄罗斯白银时代精品文库"则是按照体裁分类的，计包括诗歌卷、散文卷、小说卷和名人剪影卷。俄罗斯"白银时代"的大潮，让读者看起来眼花缭乱。

　　八十年代初期国内常常提起的俄苏作家的名字是改革时代的作家艾特玛托夫、瓦西里耶夫等人，到了九十年代前后，被人们挂在嘴边的

∧ 靳戈 杨光译
《彼得堡》
广州社 1996 年版

∧ 李政文 吴晓都 刘文飞译
《银鸽》云南人民
1998 年版

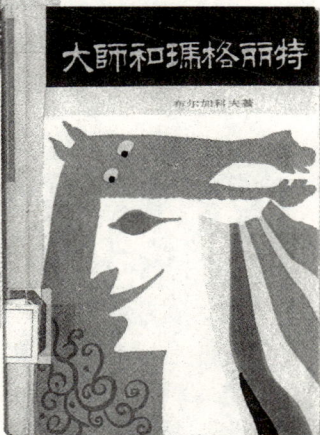

∧ 钱诚译《大师和玛格丽特》
外国文学 1987 年版

∧ 孙广英译《索尔仁尼津
短篇小说集》
作家社 1964 年版

∧ 田大畏、陈汉章译
《古拉格群岛》
群众社 1982 年版

∧ 景黎明译《第一圈》
群众社 2000 年版

名字则是索尔仁尼琴、布尔加科夫、帕斯捷尔纳克、阿赫玛托娃等人。索尔仁尼琴等人全是苏共时代被压抑的逆流作家，他们或者流亡国外，或者被压制于国内，但却不畏强权，坚守苦难，捍卫人的尊严。如果说在艾特玛托夫等人那里，我们开始怀疑"光明"，那么在布尔加科夫、帕斯捷尔纳克等人这里，我们学到的则是对于盲从"光明"的自我批判。

早在 1964、1965 年，索尔仁尼琴的小说在中国就有内部出版，当时译为"索尔仁尼津"。新时期初，索尔仁尼琴最重要的著作《癌病房》（上、下，上海译文出版社 1980，4）和《古拉格群岛》（上、中、下，群众出版社，1982，12）被翻译过来。索尔仁尼琴因为在小说中揭露了斯大林时代成千上万人被害的骇人听闻的真相，被苏联开除国籍，但也因此受到西方的欢迎，并在 1970 年获得诺贝尔文学奖。因为事关重大，这两套出版于已经思想解放的 1980 年和 1982 年的书，出人意料地仍然采用了"内部发行"的形式。不过，"内部发行"已经不能阻挡人们对于索尔仁尼琴的阅读，更不能阻挡他的作品在日后的翻译出版。索尔仁尼琴是在无法发表作品的情况下写作的。他期望他的作品的问世，并不是为了个人的写作成就，而是为了揭露历史的真相。索尔仁尼琴的《古拉格群岛》等书不像布尔加科夫的作品那样通过想象加以讽刺，而是纪实作品，是对于斯大林时代劳改营真相的历史揭露。他最害怕的事情是书稿被毁,使历史的真相永远被埋没。为此,他像一条"深水鱼"潜伏于世间。支持他的是这样一种信念,"我的工作不会是徒劳的,我的作品矛头所向的那些人终于会垮下去;我的作品如肉眼见不到的潜流奉献给另一些人,而这些人终将觉醒。"在此,他领略到了"为真理而忧心如焚的现代俄国作家的命运"①。中国文人欣赏的,正是俄国现代作家的这样一种"为真理而忧心如焚"的思想深度。"文革"时期的"地下诗人"食指曾在诗歌中自喻为一条"深水鱼",他在诗中写道:"当鱼儿完全失去了希望/才看清了身边狰狞的网绳/春天在哪儿啊,它含着眼泪/重又开始了冰层下的旅程"(《鱼儿三部曲》),这条深水鱼含着眼泪期盼着光明和个人的解放,而不是像索尔仁尼琴那样以自己的身躯承担起历史的命运。有论者尖锐地指出:"和那个时代的大部分自由主义青年一样,食指的诗歌表达中交错着两股闪烁不定的生存幻觉:哀情和热情——成人的绝望和儿童式的憧憬。"由此而来的哀叹是:"唯见诗人,独不见思想者。"②

余华是一位目光犀利的作家,他的《布尔加科夫与〈大师与玛格利特〉》是较早称赞布尔加科夫的名篇。在这篇文章中,余华以这样的细节开头:"一九三〇年三月二十八日,贫困潦倒的布尔加科夫给斯大林写去了一封信,希望得到莫斯科剧院一个助理导演的职位,'如果不能任命我为助理导演……'",他说,"请求当个在编的普通配角演员。如果当普通配角演员也不行,我就请求当个管剧务的工人。如果连工人也不能当,那就请求苏联政府以它认为必要的任何方式尽快处置我,只要处置就行……"布尔加科夫的剧作和小说,在二三十年代的苏联受到了来自于官方的强烈指责,但布尔加科夫毫不畏惧,拒绝一切不合理的批评或者要求修改的要求——这里面包括斯大林本人的声音在内。他的作品因此不能发表,以至被查禁没收,但他宁愿在默默无闻中写作,也要坚守自己。在最后的十几年里,布尔加科夫在发表无望的情况下,沉浸在《大师和玛格利特》的写作中,这部作品在作者去世 26 年之后才得以发

---

① 索尔仁尼琴《牛犊顶橡树》,群众出版社 2000 年 1 月第 1 版。
② 王开岭《"深水鱼"与"地下文学"——读索尔仁尼琴〈牛犊顶橡树〉》,《书屋》2002 年第 5 期。

表,当即引起震动,但作者已经不知道了。在布尔加科夫生活无着、陷入绝境的时候,他给斯大林写了上面这封信。我们看到,布尔加科夫在骄傲与饥饿之间显得矛盾重重,但最终捍卫了自己的尊严。余华评论道:"他在'请求'的后面没有丝毫的乞讨,当他请求做一个管剧务的工人时,依然骄傲地说:只要处置就行。"这一开头表明,布尔加科夫给予余华的最深刻印象是其不向一切低头的人格。的确,余华在文章中对于布尔加科夫的这一可贵品格予以了高度的称赞:"他说到做到,无论是来自政治的斯大林的意见,还是来自艺术的斯坦尼斯拉夫斯基的压力,都不能使他改变自己的主张,于是他生活贫困,朋友疏离,人格遭受侮辱,然而布尔加科夫'微笑着接受厄运的挑战',就像一首牙买加民歌里的奴隶的歌唱:'你们有权利,我们有道德'"①。

中国文人之所以对布尔加科夫等人的气节如此看重,并非偶然,而与自身的历史情境有关。中国知识分子在"文革"的遭遇与苏联文人在斯大林时代遭遇有类似之处,但我们对于历史的认识及对于人格的坚守与布尔加科夫等人相比又如何呢?"文革"已经过去了二十年,中国对于"文革"的反思已经从"少数坏人迫害多数好人"的自我欺骗中清醒过来,中国知识者日益认识到自己对于历史应有所承担。对于布尔加科夫人格的钦佩,其实正来自于中国文人的自我反省。

帕斯捷尔纳克在写作《日瓦戈医生》时,觉得这是自己对于同时代人的一笔巨债,"我认为有责任用小说讲述我们的时代。"在这部小说获得诺贝尔文学奖时,他在国内遭受了厄运,但他像布尔加科夫一样,平静地对待这一点,他在给苏联作家协会主席团的信中写道:"我知道,通过社会舆论的压力,你们一定会提出把我开除出作家协会的问题。我不指望你们能公正处理。你们可以枪毙我、驱逐我、随心所欲地处置我。我预先宽恕你们。但你们别高兴得太早了,这决不会给你们带来幸福与荣誉。请记住吧:几年之后你们仍将不得不替我恢复名誉。"后来的历史,验证了帕斯捷尔纳克的预言。当诗人曼德尔施塔姆因为诗歌写作而被捕后,帕斯捷尔纳克愤怒地对《消息报》总编布哈林说:"曼德尔施塔姆

---

① 余华《我能否相信自己》,人民日报出版社 1998 年 12 月第 1 版。

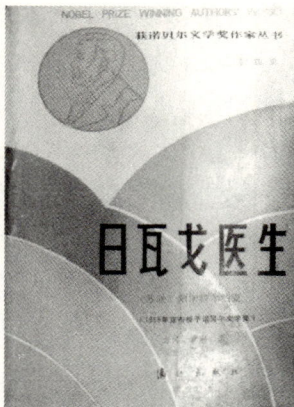

∧ 力岗等译《日瓦戈医生》
漓江社 1986 年版

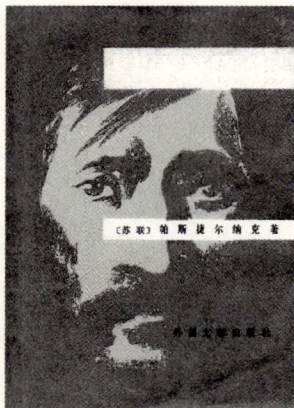

∧ 蓝英年 张秉衡 译《日瓦戈医生》
外文社 1982 年版

是位大诗人,怎能因为一首愚蠢的诗就把他送进监牢呢?"为了营救诗人,他在电话里毫无畏惧地要与斯大林谈一谈"生与死"的问题。1937年,当有人奉命征集签名,以表示拥护最高当局对于图哈切夫斯基、雅基尔等人的判决时,帕斯捷尔纳克严辞拒绝了。在那个有很多作家因言获罪的年代,帕斯捷尔纳克这样做是极其冒险的,他甚至已经做好了坐牢的准备。帕斯捷尔纳克这种捍卫良知和真理的勇气,打动了九十年代的中国知识者。中国读者在读到帕斯捷尔纳克的时候,想起的是顾准、张中晓和遇罗克们。然而,这样的人毕竟太少太少,相反,更多的人却不免随波逐流,这让人对于中国文人知识分子愈加悲哀。

在九十年代,索尔仁尼琴、帕斯捷尔纳克、布尔加科夫等人成为了中国文人的自觉参照。于是,我们有了王家新的《帕斯捷尔纳克》这首广为流传的诗:"我们,又怎配走到你的墓前?/这是耻辱!这是北京的十二月的冬天",然而我们还是来了,因为"这是你目光中的忧伤、探寻和质问/钟声一样,压迫着我的灵魂"。今天,"不能到你的墓地献上一束花/却注定要以一生的倾注,读你的诗/以几千里风雪的穿越/一个节日的破碎,和我灵魂的颤栗"。九十年代的诗人,不仅要赎回历史,他们自己事实上也正面临着帕斯捷尔纳克等人的那种精神上流亡的境遇,"终于能按照自己的内心写作了/却不能按一个人的内心生活/这是我们共同的悲剧"。因而, 诗人在内心里一次次听到了俄罗斯大师们的声音,

"这就是你,从一次次劫难里你找到我/检验我,使我的生命骤然疼痛/从雪到雪,我在北京的轰然泥泞的/公共汽车上读你的诗"。此时,诗人才感到自己像俄罗斯的大师们一样,与一个民族共命运,"正如你,要忍受更剧烈的风雪扑打/才能守住你的俄罗斯",中国的人们,也只有坚强地承受起苦难,才能捍卫我们的民族,捍卫我们的内心。王家新的这首诗之所以被传诵不息,是因为它表达了九十年代人的心绪,正如陈思和所说:它"所强调的不是从时代中抽身而退,也不是逃避对时代的责任和对传统的绝对反叛,而是显现为人与世界的必然相遇,显现为个人对以往人类精神的主动承续,以及凭借一己的存在来承担起人类命运与时代生活的全部压力。在这个意义上,帕斯捷尔纳克其实是一个精神上的象征,他是王家新为自己及同时代人所矗立的精神高度,借以自我观照、涤净心灵中的雾霭。"①

第二节　被改写的昆德拉

(一)

在八九十年代之交,唤起了国人的历史反省和承担意识的还有一位非俄苏作家,那就是来自东欧社会主义国家捷克的米兰·昆德拉。

米兰·昆德拉的小说虽然最早译于 1987 年,但它的流行却在 1989 年之后。囿于时代的原因,八十年代以后的新时期并未对"文革"以来的历史作出清醒的反省。来自社会主义国度捷克的米兰·昆德拉对于斯大林主义的反省,给国人提供了这样一个历史契机。对于斯大林主义的批评,我们早已在索尔仁尼琴等苏联作家的笔下看到,米兰·昆德拉的独特之处在于他将具体的历史是非升华到人性的形而上层次,建立了别具一格的现代深度。中国新时期作家追逐着现代主义、后现代主义等西方思潮,却又体会不到这些主义所包含的来自于现代西方社会的感受,因而总有东施效颦的不安。米兰·昆德拉的现代感是从捷克的社会主义

---

① 陈思和主编《中国当代文学史》,复旦大学出版社 1999 年 9 月第 1 版。

实践的历史中生发出来的,这无疑给经过了"文革"的荒谬的中国作家一个切实的启示。

米兰·昆德拉小说的最早汉译本是韩少功译的《生命中不能承受之轻》,时在 1987 年 9 月,初版就印了两万四千册。景凯旋、徐乃健译的《为了告别的聚会》在出版日期上比上一本书早一个月(1987 年 8 月),但面世却要晚。此后对于米兰·昆德拉的小说及其它著作的翻译连绵不断,以至不久以后米兰·昆德拉几乎所有的著作都有了中译本,而且很多著作都有多种译本,如《不朽》有宁敏的译本(作家出版社)、王振孙、郑克鲁的译本(台北时报文化出版有限公司)、安丽娜译本(青海人民出版社),《可笑的爱》有曹有鹏译本(湖南文艺)、伍晓明、杨德华、尚晓媛译本(安徽文艺出版社)、陈苍多译本(台北皇冠)、邱瑞銮译本(时代文艺)等等。几乎每一本小说的发行量都很大,很多书的印数超过了十万册,连米兰·昆德拉的理论书《被背叛的遗嘱》初版印数也达三万册。据估计,如果加上港台的话,米兰·昆德拉的著作的发行量超过了百万。在文学失去了轰动效应的八十年代后期,米兰·昆德拉的小说如此热销,堪称奇迹。

共同的社会主义历史,是我们与米兰·昆德拉的机缘所在。米兰·昆德拉写作《玩笑》的 1967 年,正是中国"文革"伊始。米兰·昆德拉写作《笑忘录》的 1978 年及写作《生命中不能承受之轻》的 1984 年,我国的新时期文学也正在反思 "文革"。米兰·昆德拉在小说中叙述的历史经验,让我们感到熟悉而亲切。《玩笑》中叙述的因玩笑而招致杀身之祸的故事在中国的"文革"中屡见不鲜,主人公被发配服役的情节也与张贤亮的《绿化树》大致相同,但昆德拉叙述历史的方式,却别开生面。在"伤痕文学"、"反思文学"中,"文革"被叙述成了一个少数"坏人"("四人帮"及其爪牙)迫害"好人"的灾难故事。文学作品中好人、坏人以及受骗上当的中间人物界线分明,好人虽然历经苦难,但对于党的信心不改,坏人虽然猖獗一时,但不得民心,终于垮台。中国的"文革"故事尽管血泪斑斑,但凄美而悲壮,既不令人恐怖,也不让人绝望,反倒给读者提供了历史的安全感。这种叙事策略体现了中国现实政治的需求,也体现了国人缓解内心焦虑的心理需求。米兰·昆德拉的处理方式与我们大不相同。米兰·昆德拉的小说表现的是斯大林主义统治下的捷克,但他并没有仅仅满足于暴露伤痕和抗议政治,而是要探究这政治背后的人性。米兰·昆德拉在小说中指出:"今天,人们把那些日子视为一个政治审讯、迫害、禁书和合法谋杀的时代,我们这些还记得的人必须作证:它不仅是一个恐惧的时代,而且是一个抒情的时代,由刽子手和诗人联合统治的时代"(《生活在别处》)。后来被视为罪恶的历史,当初其实并非由犯罪分子组成,恰恰相反是由热情分子组成,是"革命者"的青春挥洒,"他们确认自己发现了通往天堂的唯一通道,如此英勇地捍卫这条通道,竟可以迫不得已地处死许多人。后来的现实表明,没有什么天堂,只是热情分子成了杀人凶手。"(《生命中不能承受之轻》)。

追根溯源,米兰·昆德拉认为这是人性中的媚俗所致。媚俗(**Kitsch**)是一个德语词,描述的是一种追随潮流、讨好大多数的心态和做法。"媚俗的根源就在于与存在完全认同。而存在的基础是什么呢?是上帝?人类?斗争?爱情?男人?女人?由于意见不一,于是就有各种不同的媚俗:天主教的、新教的、犹太教的、共产主义的、法西斯主义的、民主主义的、女权主义的、欧洲的、美国的、民族的、国际的。"显然,米兰·昆德拉并不是在反对某一种主义,而是反对使种种主义得以膨胀的人性的"媚俗",它使人失去个性,盲从于外在。萨宾娜后来终于走出了"年轻的法国人高高举起拳头,喊着谴责社会帝国主义的口号"的游行队伍,别人惊奇她为什么不去反对占领她们国家的苏联社会帝国主义,她的想法是:正是这种"举着拳头、众口一声地喊着同样的口号的齐步游行"的行为,导致了社会帝国主义的产生。米兰·昆德拉指出:政治很容易导致群众的媚俗,但我们却不能因此而原谅自己,推卸责任,"我的良心是好的! 我不知道! 我是个信奉者! 难道不正是他的'我不知道','我是个信奉者'造成了无可弥补的罪孽么? "

"媚俗"的普遍性使得米兰·昆德拉的小说中没有简单的"好人"与"坏人"之分,没有泾渭分明的善恶对立。《玩笑》(1967)的主人公卢德维克开玩笑地发了一个"托洛茨基万岁"明信片,结果被组织上纲上线地定为托派分子,开除党籍校籍,发配至矿区服役。卢德维克是极"左"政治之下的受迫害者,但米兰·昆德拉并没有将他塑造成一个"正面人物"。"那个会议厅里一百个人举起手来，发出毁灭我生活的命令的印象，一次又一次地回到我心头。"这一可怕的情景使他对人性发生了怀疑，他再也无法与任何人相处，因为他总要把这个人放回到这一情景中去衡量，而且猜测他一定会举手。更可怕的是，他发现自己在这种情景中也一定会举手，"我一直试图使自己相信，假若我处在他们的地位，我绝不会像他们那样做。可是我的诚实足以嘲笑我自己。为什么我就应该是唯一一个不举手的人，一个正直的人呢？"卢德维克虽然被迫害，但他的确并不比迫害者更为正直。恢复工作后，为了报复昔日的迫害者泽曼尼克，他开始勾引后者的妻子海伦娜。当他发现泽曼尼克早已有了新欢的时候，他又无情地扔掉了已经爱上他的海伦娜。他被玩笑摧毁了，但他又以同样的方式摧毁了海伦娜。卢德维克意料不到的是，泽曼尼克也已经不是一个"反面人物"了，"媚俗"的立场使他背叛了自己的过去——他在意识形态上支持学生、抵触当局，因而备受学生爱戴。这使得卢德维克寒彻骨髓，因为他们已经站到了一边，他的恨已经无法集中。这其实是正常的，卢德维克这样想："虽然他的转向绝不是不可思议

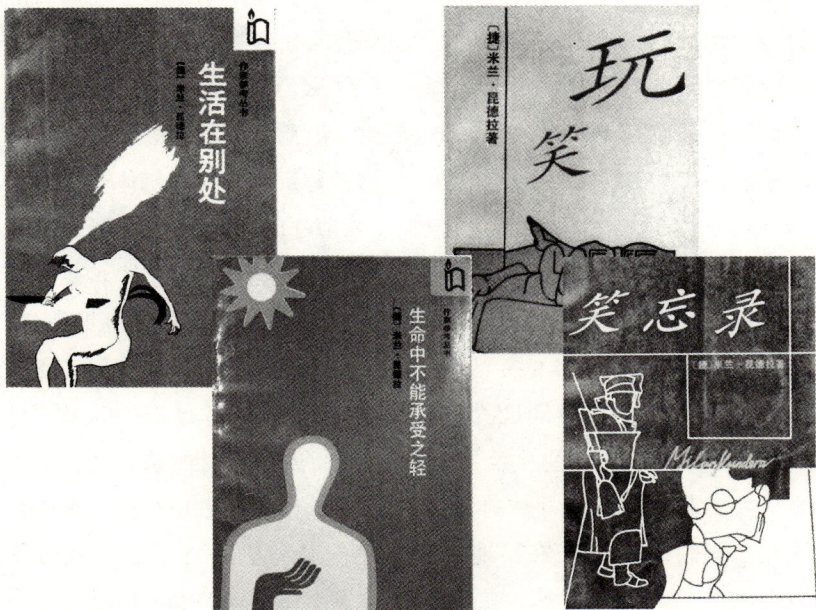

∧二十世纪末翻译出版的部分昆德拉作品

的，相反，这是很平常的，大多数人都这样做了。整个国家实际也正在逐渐这样做。问题在于我并没指望泽曼尼克会转向：他给我留下的最后印象是僵硬不化，要是我给予他一点变化的权利，我就不是人。"(《玩笑》)。我们的"伤痕文学"、"反思文学"可能有点像卢德维克，总是不愿意给人物以变化的权利。

　　《生命中不能承受之轻》中的萨宾娜可能是米兰·昆德拉的小说中最为"正面"的人物。如上所说，她激烈地反对"媚俗"，"她一生都宣称媚俗是死敌"，但最终她自己也不能避免"媚俗"。她在爱情上追求独立，但却又常常不自主地憧憬那家庭的世俗，"她的生活越是不似那甜美的梦，她就越是对这梦境的主人魔力表现出敏感。当她看到伤感影片中忘恩负义的女儿终于拥抱无人关心的苍苍老父，每当她看到幸福家庭的窗口向迷蒙暮色投照出光辉，她就不止一次地流出泪水。"米兰·昆德拉没有简单地将"媚俗"看成是一种可以轻易克服的品质，而是将它置入了人性的内部进行考察。在他看来，人生总是负担前行的，对于生命的负担，我们可能承受得住，也可能被压倒。反对"媚俗"意味着不愿承受负担。萨宾娜一生都在背叛，背叛父母、丈夫、国家以及爱情。尽管弗兰茨是个优秀的男人——聪明，英武，善良，但在弗兰茨公开了他的爱情并为了她而离婚后，她不声不响就离开了，因为他的追求将她纳入了世俗的模式，使她不得不在生活中扮演一个角色，"一旦她的爱情被公开，爱便沉重起来，成为了一个包袱"。在这种背叛的风险中她体会到了激情与欢乐，但最终父母、丈夫、国家以及爱情都已经背叛了，她还剩下什么呢？在卸去了生命的负担后，她感到了前所未有的空虚，一种生命中无法承受的"轻"，"完全没有负担，人变得比大气还轻，会高高地飞起，离别大地亦即离别真实的生活。他将变得似真非真，运动自由而毫无意义。"米兰·昆德拉的疑问是："沉重便真的悲惨，而轻松便真的辉煌吗？"《生命中不能承受之轻》中反复强调的是生命的一次性，认为这种不可重复性使得生命"像影子一样没有分量"，在此情景下，负担的沉重固然压垮了我们，将我们钉在了地上，但同时又使我们贴近了大地，趋近于真实和存在。米兰·昆德拉在此揭示了"媚俗"这一问题的复杂性，它不仅仅源于政治的感召、人的盲目，它在根本上来自于人性的脆弱，植根于人性的深处,这就使得人们难以避免,"我们中间没有一个超人,强大到足以完全逃避媚俗。无论我们如何鄙视它,媚俗是人类境况的一个组成部分。"米兰·昆德拉将具体的政治升华为了关于人性的形而上的思考,从根源上探寻政治盲动的原因,这显然高于一般的政治批判,因为用来批判政治的往往是另一种政治。

揭示人性的"媚俗",是米兰·昆德拉小说创作的出发点。米兰·昆德拉认为人们现在习惯于谴责十八世纪以来理性主义给现代社会造成的恶果,但他们却没有注意到欧洲的小说艺术保持的个性主义传统。早在十八世纪斯特恩的小说就与莱布尼兹大异其趣,而十九世纪在黑格尔宣布已经掌握世界历史的精神时,福楼拜却在大谈人类的愚昧。最终,正如布洛克所说:"现代小说英勇地与媚俗的潮流抗争,最终被淹没了"。在现代大众传媒无处不在的影响下,我们的美感和道德感也渐渐受到了影响。例如,"现代主义在近代的含义是不墨守成规,反对既定思维模式,决不媚俗取宠。今日之现代主义(通俗的用法称为"新潮")已经融会于大众传媒的洪流之中。所谓'新潮'就得竭力地赶时髦,比任何人卖力地迎合既定的思维模式。现代主义套上了媚俗的外衣,这件外衣就叫 Kitsch。"[①]米兰·昆德拉由此认为,我们的小说创作应该避免媚俗,揭示媚俗,接通历史上的小说的人文主义传统。这是小说对于现代社会的最大价值,也是米兰·昆德拉本人的写作原则。面对解构意义、将写作变为语言游戏的后现代浪潮,来自于弱小民族的米兰·昆德拉不为所动,坚持对于人的存在的表现,坚持小说应该回答"人的存在究竟是什么"这样一个首要问题。在艺术上,米兰·昆德拉也毫不媚俗。无论是现实主义、现代主义或后现代主义,他总能够从个人意图的表达出发,锐意创新,自成一体。故事情节性及其对于主题意义的寻求,似乎表明了他的小说的传统模式,但论文似的元小说写作方式及其多种体裁的杂糅,却又显示出他的小说的明显的后现代特征。"复调小说"的结构让我们想到巴赫金所分析的陀思妥耶夫斯基,但米兰·昆德拉小说的结构式复调

————————————

① 米兰·昆德拉《人们一思索,上帝就发笑》,《生命中不能承受之轻·附录》,作家出版社 1987 年 9 月第 1 版。

与陀思妥耶夫斯基却又大异其趣。我们只能说,这是米兰·昆德拉的独创,是"米兰·昆德拉体"。

(二)

米兰·昆德拉的独特性,对于中国新时期构成了巨大挑战。"米兰·昆德拉热"本身体现了中国知识者的变革要求,但中国的政治现实却决定了米兰·昆德拉不能畅通无阻,其结果就是"被改写的昆德拉"。

在米兰·昆德拉作品畅销的后面,掩藏着他的作品被肆意篡改的悲惨事实。米兰·昆德拉多用捷克语创作,他所承认的还有经他本人校订的法文译本。他拒绝依据英文的二手转译,因为他对于英译本很不满意。当初在见到《玩笑》的英译本时,他曾大叫:"我震惊极了!"遗憾的是,米兰·昆德拉在中国的汉译多数恰恰都依据于英文,不仅如此,这些英译还充满了错误。以韩少功、韩刚翻译的《生命中不能承受之轻》为例。这个米兰·昆德拉的汉语首译本在大陆销量极大,出版后三四年间达到十几万册,影响之大可以想象。可以说,中国读者对于米兰·昆德拉的最初领略,多数来自于此书。不幸的是,此书的翻译充满了错误。台湾学者萧宝林、林茂松曾从文法、语序、字词、语言、隐喻、注释等方面校对出韩译本的众多的翻译错误[①]。其中很多错误非常低级,如 "Was he genuinely incapable of ababdoning his erotic friendships? He was. It would have torn him apart."这一句韩本译为:"他真的不能放弃他的性友谊吗? 他能够,可那会要他的命。"这是简单的对于否定句的回答,"He was"应回应前面的"incapable",是"不能够"的意思,韩译正好把意思译反了。又如译者将"对……怀有恶感"(think ill of)想当然地译为"将其视为病人",将"深夜"(In the dead of night)想当然地译为"死亡的暗夜",将"每天"(daily)译为"白天",这些低级的错误都造成了意义的歪曲。盛宁还指出:在"媚俗"这样的关键论述中,译者也出现了翻译

---

① 《The Unbearable Lihgtness of Being 两个中译本比较分析》,《世界文学》1993年第 2 期。

错误。米兰·昆德拉论述"媚俗"的一段话中的第一句,韩译本这样翻译:
"直到最近,'大粪'(shit)这个词才以's……'的形式出现在印刷品中",
意思正好与原意颠倒,原意是以前大粪这个词一直以"s……"的形式出
现在印刷品中,因为人类总是自欺欺人地回避自己不愿意接受的东西,
所以将不愿意直接面对大粪的字眼。这正是米兰·昆德拉所说的人类的
"媚俗"——将"人类存在中基本上不可接受的一切都排斥在它的视野
之外。"①

这些方法上的错误还是表层的,更能说明问题的是译本对于昆德
拉作品的删节和篡改,这体现出了我们所说的翻译的政治功能。"意象
形态"如同"媚俗"一样是米兰·昆德拉思想的一个重要概念,然而《不
朽》中谈论"意象形态"的一段,却令我们读起来莫名其妙,原文是:

> 您是否反对将广告与宣传相提并论?因为前者服务于商业,而
> 后者服务于意识形态。其实您错了。大约在一百年前的俄国,被迫
> 害的马克思主义者开始组织秘密小组,学习马克思的宣言;他们为
> 把这种思想意识形态传播到别的小组,便把它的内容加以概括,而
> 那些小组的成员又作进一步简约,再往下去;这样,马克思主义便
> 不断传播,以至于在整个地球上变得家喻户晓,十分强大。然而由
> 于有了以上的简单概括,真正马克思主义的全部著作很少被人系
> 统研究,难以形成一种必然的逻辑体系,使我们有理由认为,一种
> 普遍的、全球性的从意识形态向意象形态的转变已经出现。

"然而有了以上的简单概括"与前文之间显然不能衔接,因为前面
并没有什么概括。经过施康强先生从法语的校对,我们才知道其间被删
除了一段话,这段话是"(马克思主义便不断传播,以至于在整个地球上
变得家喻户晓,十分强大,)但是又被归结为六七条松松垮垮地绑在一
起的口号,很难被认为是一种意识形态。而且,由于马克思剩下的全部
东西不再形成任何符合逻辑的思想体系,只是一系列提示性的意象和

---

① 盛宁《关于米兰·昆德拉的思考》,《世界文学》1993 年第 6 期。

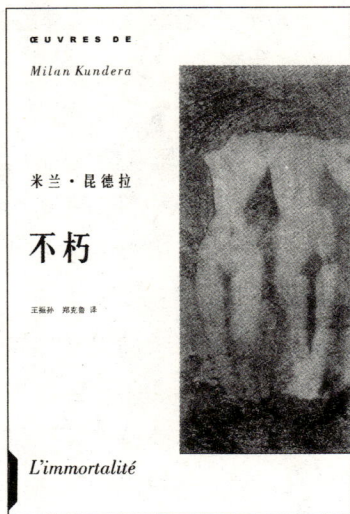

∧ 上海译文社 2003 年前后重新翻译出版的昆德拉作品

标记(手挟锤子微笑的工人,向黑人和黄种人伸出手去的白人,振翅起飞的和平鸽等),我们有理由认为,一种普遍的、全球性的从意识形态向意象形态的转变已经出现。"受到删除的,是小说对于马克思主义已经被简化为意象形态的流行符号的论述①,这其实正是昆德拉思想的过人之处,也正是他的作品在中国的意义所在。细察米兰·昆德拉小说的中译,它们的被窜改的多是触动意识形态的敏感之处。韩译《生命中不能承受之轻》1987 年版中删去了第 6 章第 16 节的三百多字,原文提到"共产党"、"共产主义"、"斯大林主义"、"极权主义"的地方多被删除。《不朽》中的"共产党宣传部门"变成了"宣传部门",文中各处的"共产党"变成了"政治党派"、"各种党派"或"政治党派"。这些删节使得小说的思想力量大大削弱,而且在逻辑上也出现混乱,影响了读者对于文本意义的理解。

对于昆德拉的改写,还不仅仅表现在译本上,也表现在评论注释上。因为意识形态的限制,中国当代评论者在谈论昆德拉的时候,不便触及涉及社会主义政治的敏感之处,只能将其形而上化,大谈特谈其所

---

① 施康强《被改写的昆德拉》,《读书》1996 年第 1 期。

谓的"哲理性"。由于其中的政治含义被压抑了,米兰·昆德拉在中国的形象被严重地模糊了。"性"这一米兰·昆德拉用以揭示捷克民族摆脱斯大林高压政治的出口,也失却了历史的含义,成了中国当代作家乐此不疲的话题。从中国当代写作中我们能够看到,米兰·昆德常常是作为"哲理性"的化身和写"性"的高手而产生影响的。

早在 1989 年的时候,王晓明就曾这样说明中国"米兰·昆德拉热"的原因,"昆德拉与我们非常接近,他也是从同样的制度下走出来的,而且也是写本国的事情,而居然能走向诺贝尔奖,那当然值得学习了。昆德拉吸引了中国作家的另一个原因,就是他的作品似乎具有一种对永恒性的关注,包括夏中义刚才讲的那种文化哲学的意味,那种带有现代反讽色彩的哲理性。昆德拉所写的许多感受,我们中国作家也有,但他却能在表达这些感受的同时,使他的作品具有一种超越现实的指向,关注整个人类的生存困境,富有哲理的表述,表现出对人类命运的终极关怀。这就对一些苦于无法提高的中国作家产生了很大的吸引力,甚至引得这两年的有些新潮小说直接去表现哲理,表现具有现代主义意味的哲理。但我觉得昆德拉的作品所以动人,主要不是靠那些哲理,如果靠那个东西的话,那这部作品就做作了。如果说昆德拉有什么地方值得中国借鉴,那就是他的那种沉入自己人生体验的深处的创作态度,他的所有哲理都仅仅是这种'沉入'的结果。"①王晓明所批评的这一倾向,在当代中国文坛上十分普遍。近来受到关注的长篇小说橡子的《脆弱》,就是这样一个例证。这部小说通过对于小说主人公韩波和辛瑶的性爱描写,探讨了爱、性、启蒙、脆弱等命题。据云:"这是一本融合了思辨、叙事和梦的诗体小说。……作者以罕见的才情融汇了多种文体,突破了当代汉语小说的边界,提供了一种深刻有力的思考,并且提出了一个疑问:爱情在当代有多大的可能性?"在我看来,摒弃故事型情节,采用时空交错的叙述手法,这在已经过了先锋小说试验的当代文坛早已不足为奇。这部小说的主要特色,主要由两大块构成:一是贯穿全文的不同场合、不同方式的性爱描写,二是大块大块的哲理议论。小说里甚至专门加了一

---

① 王晓明、夏中义《关于昆德拉和"昆德拉热"的对话》,《书林》1989 年第 5 期。

节"情书研究",造成了不同文体的混杂。如果我们熟悉米兰·昆德拉的小说,肯定会感到小说作者的才情实在并不"罕见"。小说对于性爱的描写与分析探讨,取法于米兰·昆德拉,而且不如后者出色。橡子很自负,他相信自己从一开始起就把中国的大部分作家抛在了后面,其原因就在于"当代作家过多地取悦读者,过度地迷恋故事",而"有哲学眼光的作家少而又少,这不是眼前的问题,这个问题将会影响很多年,因为会有一批年轻人在故事会中成长起来,他们不知道什么是真正的文学。"在别人毫无隐讳地指出他对于米兰·昆德拉的模仿时,他则十分气馁,对此供认不讳:"为了实现自己的小说美学(如果我有的话),我无法避免地向米兰·昆德拉靠拢。"①看来他对于米兰·昆德拉的理解,正在于王晓明所说的"表现哲理"。为了进一步加强这种哲理性,他甚至还想去北京大学哲学系进一步深造。

国内米兰·昆德拉小说的最早翻译者韩少功的中篇小说《昨天再会》中对于"记忆"问题的哲理探讨,应该是从米兰·昆德拉对于"遗忘"问题的著名论述中推导出来的。昆德拉认为"遗忘"是一个"政治的重要问题",他借米瑞克说出了这样的名言:"人与强权的斗争是记忆与遗忘的斗争"。他对于所谓"有组织的遗忘"的论述尤其发人深省。克莱芒提斯因为被控叛国罪被认为应该遗忘,于是他就从历史中消失了,虽然到处张贴的领袖哥特瓦尔德肖像上还留着他的帽子。米瑞克由于是布拉格之春和俄国坦克的历史见证,他也必须被遗忘。米兰·昆德拉所揭示的捷克民族在 1968 年俄国人入侵后被"有组织的遗忘"的事实,尤其令人难忘:捷克历史被重写,学问被禁止,数以百计的捷克作家被禁,一百多位捷克历史学家被解职,民族纪念碑被拆除。"记忆"是"遗忘"的反面,韩少功《昨天再会》中对于记忆的论述与米兰·昆德拉有异曲同工之妙,可以互为补充。《昨天再会》的主人公首先对个人的记忆产生了怀疑,因为自己不记得有苏志达这个人物。他开始查阅自己知青时代的日记,查阅的结果令他大吃一惊,它与他现在对于知青时代的记忆大相径庭,"这些字圆头圆脑,根本不像是我写的,这些话更不像是我写的,

---

① 《在逃避中写作》,橡子《脆弱》,中国电影出版社 1999 年 10 月第 1 版。

20世纪中国翻译文学史

新时期卷

几乎每页都充满'革命'、'资产阶级法权'、'修正主义'、'时代在召唤'、'退路是没有的'之类的话。我完全没有想到要把这些日记送到干部那里去,送到展览馆去,准备死后被追认为什么而且被领袖题词。事实上,也从来不愿什么人来看我的日记。这就是说,我当时就是这么想的,这么做的。这是一种令我惊讶和难堪的真实。"人的记忆太不可靠了,现在对于过去的记忆,与过去的记录竟有如此的距离。小说没有停留于真伪的辨析中,而是作了进一步的思索。从前的记录是一个版本,对此惊讶的现在的记忆是另一个版本,而以后再来看现在的日记,同样会感到陌生。原来,"记忆是不断变化的,生长的,被后来的思想和情绪悄悄删节增添,永远没有定稿,没有最标准版本,我没法校对。用大师一点的话来说,记忆只是冒充过去,假冒品。"由此,《昨天再会》将对于"记忆"的探讨延伸到了历史领域,小说对于"革命记忆"的制造可以看作是对于米兰·昆德拉"有组织地遗忘"的对应。在对于革命时代经验的反省中,小说发现:他们这一代革命青年的革命动力不是别的,正是社会所制造出来的关于革命的记忆。革命的成功者用纪念碑、小说、电影、回忆录、历史著作等制造了革命的神圣与崇高,制造了革命的诗情画意。这种记忆激起了人们对于革命的无限向往,这才有了 1976 年,1978 年,1980 年,1986 年,1989 年的不断革命,"他们情不自禁地一次次在大街上和广场上重演前人留下的记忆。"这些革命的性质不同,但革命的形象却大体相同:"旗帜、演说、齐声高歌、风衣、连连抽烟的讨论、对抗当局、血书等等。"对那些"革命者"来说,革命已经不是一种对于压迫的反抗,而是对于革命回忆的一种模仿。在他们眼中,农场的水库会变成曾经流放过俄国革命者的贝加尔湖,外面的风雪也是俄式的。才会出现这样的戏剧性场面:在上街吃辣豆腐干时,孟海突然指着广场严肃而激动地说:"这是属于人民的,一定会回到人民手中!"一位少女慕名来爱孟海时,却因他脸上没有伤疤而大失所望,弃之而去,"英雄的脸上不能没有伤疤,不能没有痛苦感。"小说揭示了通过记忆制造革命的过程,将当代中国的"神圣"的革命事件化作了一出出模仿的喜剧。韩少功的这种揭示虽然受启示于米兰·昆德拉,仍然是富于意义的。

从性描写的泛滥中脱身而出,而经由性爱揭示"文革"时代历史与人物的境状,王小波对于昆德拉的借鉴应该说别具匠心。在回答为什么喜爱用性爱题材时,米兰·昆德拉说:"我感到性爱场面能产生一道极其强烈的光,可以一下子揭示人物的本质,展现他们的生活状况。雨果同塔米娜做爱时,她却在拼命回想她与亡夫在一起度过的假日。性爱场面是小说中所有主题的聚焦点,同时也是小说中所有秘密深藏的地点。"①王小波显然深谙此道,再也没有比性爱更能够深刻地揭示出文革中人的生存的荒谬性了。陈清扬与王二的性爱起因就是离奇的,陈清扬虽然从未偷过汉,却被所有的人责为破鞋,在她找王二证实她不是破鞋时,她又被诬为与王二搞破鞋,她大为不平,王二却另有一番见解:"大家都认为,结了婚的女人不偷汉,就该面色黝黑,乳房下垂。而你脸不黑而且白,乳房不下垂而且高耸,所以你是破鞋。""她竟敢说得自己清白无辜,这本身就是最大的罪孽。照我的看法,每个人的本性都是好吃懒做,好色贪淫,假如你克勤克俭,守身如玉,这就犯了矫饰罪,比好吃懒做好色贪淫更可恶。"因此,陈清扬不可能证明自己清白无辜,而只能证明自己不无辜。这一理论果然得了证实,在陈清扬与王二真正"搞上破鞋"之后,再也无人说她了。"那里的人习惯于把一切不是破鞋的人说成破鞋,而对真的破鞋放任自流。"但这种情形下的性爱会是什么感觉呢? 第一次在山上做爱时,王二无师自通地想到,应该先亲热一番,但"陈清扬对此的反应是冷冰冰的。她的嘴唇冷冰冰,对爱抚也毫无反应。等到我毛手毛脚给她解扣子时,她把我推开,自己把衣服一件件脱下来,叠好放在一边,自己直挺挺躺在草地上。"结果是不欢而散。小说对于他们之间性爱的描写,兴趣并不在于单纯的动作过程,而在于呈现特定的生存境况下生命中最为隐秘也最为强烈的感觉。小说中有这样一段描写,感人至深,恐怕可以说是中国性爱文学中最为出色的文字之一:

　　陈清扬说,在章风山她骑在我身上一上一下,极目四野,都是

---

①《笑忘录·跋——菲利普·罗思与昆德拉的对话》,《外国文学动态》1994 年第 6 期。

灰蒙蒙的水雾。忽然间她觉得非常寂寞，非常孤独。虽然我的一部分在她身体里磨擦，她还是非常寂寞，非常孤独。……

陈清扬说，那一回躺在冷雨里，忽然觉得每一个毛孔都进了冷雨。她悲从中来，不可断绝。忽然间一股巨大的快感劈进来。冷雾，雨水，都沁进了她的身体。那时节她很想死去。她不能忍耐，想叫出来，但是看见了我她又不想叫出来。世界上还没有一个男人能叫她肯当着他的面叫出来。她和任何人都格格不入。

陈清扬后来和我说，每回和我做爱都深受折磨。在内心深处她很想叫出来，想抱住我狂吻，但是她不乐意。她不想爱别人，任何人都不爱。

性爱的悖谬显示出社会巨大的悖谬，性爱在此成为了对于压抑的反抗，对于禁忌的颠覆，对于现实权力的反讽，"她不知道为什么人家要把她发配到云南那个荒凉的地方，也不知为什么又放她回来。不知道为什么要说她是破鞋，把她押上台去斗争，也不知道为什么又说她不是破鞋，把写好的材料又抽出来。这些事有过种种解释，但没有一种她能听懂。"奇妙的是，最后当她穿着筒裙被王二架在肩上行走在清平山上时，在她的屁股被王二重重地打了两下之后，"那一刻她觉得如春藤绕树，小鸟依人。她再也不想理会别的事，而且在一瞬间把一切都遗忘，在那一瞬间她爱上了我，而且这件事永远不能改变。"这里，我们感到了王小波小说叙述的力量，奇异的性爱折射了时代的荒诞，而荒谬的时代又同时延伸了人性。应该说，在"文革"文学中我们还没有见过如此独特而深刻的表现。

中国当代作家竭力追求米兰·昆德拉小说深邃的哲理性，结果大段的议论把小说弄得单调枯燥，这种努力其实走到了米兰·昆德拉的反面，他们忘记了米兰·昆德拉的小说是非常好读的，忘记了米兰·昆德拉"小说并非来自推理，而是来自幽默"的话。王小波与众不同，他很看重米兰·昆德拉关于小说要让人开心的观念。在谈论米兰·昆德拉小说的艺术时，他说："写小说的人要让人开心，他要有虚构的才能，并要有施展这种才能的动力——我认为这是主要之点。"[①]王小波的小说不拘于情节的完整性，但他并不有意地为了哲理而大段地议论，其间的故事性是很足的。叙述者身居其外的立场，给他的叙述带来了浓厚的嘲弄色彩，由此产生了一种足以同"米兰·昆德拉式的幽默"相媲美的"王小波式的幽默"。米兰·昆德拉在《六十三个词》中曾精辟地说："真正的喜剧天才不是那些使我们大笑不止的人，而是那些揭示某种尚不为人知的喜剧领域的人，历史一向被当作一块特别严肃的领地。但是，历史自有其被发现的喜剧的一面。"王小波就是这样一个揭示严肃的历史领地的喜剧的发现者，他的小说叙述充满了反讽意味，是一种冷冷的黑色幽默。

---

① 王小波《小说的艺术》，选自《我的精神家园》，文化艺术出版社 1997 年 8 月北京第 1 版。

第九章 "《红与黑》事件"的背后

第一节 "等值"/"再创造"：一场误会？

（一）

　　新时期以来外国文学翻译的"热点"不断,但主要发生于 1995 年的"《红与黑》事件"却格外引起我的注意,因为这一事件凸显了中国翻译研究的诸多问题。

　　《红与黑》在中国的第一个译本是 1947 年由上海作家书屋出版的赵瑞蕻译本,这是 1949 年以前的唯一一个译本。1949 年后,出现了另外一个译本, 即 1954 年由上海平明出版社出版的罗玉君译本,1949 年至新时期也只有这一个译本。至新时期,译本骤然增加,截止 1995 年,先后有以下多种译本面世:郝运译本(上海译文,1986),闻家驷译本(人民文学,1988),郭宏安译本(译林,1993),许渊冲译本(湖南文艺,1993),罗新璋译本(浙江文艺,1994),臧伯松译本(海南,1994),赵琪译本(青海人民,1995),亦青译本(长春,1995)等。围绕着众多的译本,评论界出现了不同的反响,最后演化为一场大规模的讨论和争议,它牵涉到《读书》、《文汇读书周报》、《中国翻译》、《文艺报》等多家报刊,参与者包括赵瑞蕻、郭宏安、许渊冲、罗新璋、方平、许钧、施康强等众多的翻译家和学者,并因为《文汇读书周报》就《红与黑》汉译征询读者意见而引起了公众的讨论。这一论争也引起了国内外文坛的广泛关注,国际翻译家联盟前秘书长、《国际译联通迅》主编阿埃瑟兰教授,国内知名文化人季羡林、草婴、苏童等都参与回应了这场论争。这一"事件"引起了翻译风格、人名地名翻译等多种讨论,但笔者最感兴趣的是作为其焦点的所谓"等值"与"再创造"之争,这一争论延续了中国传统的"直译"与"意译"之辨,其中所隐含的问题,值得我们深思。

　　《红与黑》的翻译,似乎注定了要成为一个是非之地。早在 1982 年,作为《红与黑》第一个译者的赵瑞蕻就写出了《译书漫忆——关于〈红与黑〉的翻译及其他》一文。这篇文章在检讨了自己的译文的同时,主要批评了罗玉君出版于 1957 年的第二个译本。赵文说:"我从头到尾就原著仔细地校对了罗译本(1957 年上海新文艺版),发现错误实在惊人,甚至一页竟会有二三个误译。后来 1979 年,上海译文出版社出了一个新版;1982 年,又说'重版时曾作了一些修改'。但我再次校对时,仍然看到许多错误并未一一订正。"赵文颇不客气地认为"这是一种极不负责任的态度",特别是考虑到罗译本销路极大,至 1982 年已经印了一百多万册,"错误这么多,这怎样能说得过去呢?"[1]不过,这一批评并没有引起罗玉君的辩护。虽然赵文提到"罗译本除了不少错误外,这种任意增加,随便引申的地方太多了",但它并没有牵涉到所谓"直译"与"意译"之争。

　　按说在如此大量的错误被揭示出来后,后来的译本应该在纠正前人的基础上变得更为完善,但在王子野看来,其后出现的闻家驷译本却似乎还不如前者。他在发表于 1991 年《读书》第 3 期的题为《后来未必居上》的文章中说:"当我捧读这部新出的、装帧美观的《红与黑》新译本

① 赵瑞蕻《译书漫忆》,许钧主编《文字·文学·文化》,南京大学出版社 1996 年 2 月第 1 版。

时,心情是喜悦的。可是一字一句读下去,读了几十页,疑问一大堆,越读越糊涂,有的简直不知所云,这使我回想起五十年代读罗玉君的译本给我的印象并不是这样坏。"比较了闻家驷和罗玉君的译本后,王子野的结论是:闻译只是罗译的改译本,闻译本改正了一部分罗译本的错误,但留下很多没有改正,最不应该的是闻译将罗译本中正确的部分改错了。此文发表后,引起了不同的看法。施康强的《何妨各行其道》和孙迁的《也谈〈红与黑〉的汉译》都不太同意王子野对于闻译的刻意贬低,以为两种译本还是各有所长。两篇文章都谈到它们体现了两种不同的翻译风格。施康强指出:"罗译善发挥,往往添字增句,译文因此有灵动之势,但是有时稍嫌词费,司汤达似没有这般啰嗦。闻译比较贴近原文句型,但处理不尽妥当,有些句子太长,显得板滞,司汤达本人好像也没有这个毛病。"①孙迁在文章中则明确指出:"笔者的感觉是,罗译偏重意译,闻译则多用直译。"②对两个译本高下的评价,应该说与其翻译方法直接有关,但从上述施康强的话可以看出,他们并没有在翻译方法上明显偏向于直译与意译中的某一方。

直接的冲突,是由北大知名翻译家许渊冲先生引起的。许渊冲1993年重新翻译出版了《红与黑》,并写了一个"译者前言"。在这个"译者前言"中,他通过对比他的译本与此前译本的差异,申述了自己偏于"意译"的翻译思想。他的主要翻译思想是:"文学翻译的最高目标是成为翻译文学,也就是说,翻译作品本身要是文学作品。""翻译是两种语言的竞赛,文学翻译更是两种文化的竞赛。译作和原作都可以比做绘画,所以译作不能只临摹原作,还要临摹原作所临摹的模特。"简单地说,他认为翻译要成为一种"文学翻译",而不是"文字翻译",意思是不必过于拘泥于字句,应该发挥汉语的优势,传达出原作的精神。许渊冲从《红与黑》中挑出了几段,将自己的译本与罗玉君、闻家驷、郝运几种译本(赵瑞蕻译本则因为没有看到而付之阙如)进行了比较,说明自己的译文高明之处。所列举《红与黑》第一章第三段中的一句如下:

---

① 施康强《何妨各行其道》,《读书》1991年第5期。
② 孙迁《也谈〈红与黑〉的汉译——和王子野先生商榷》,《四川外语学院学报》1992年第3期。

罗玉君译本：

　　这种工作(把碎铁打成钉)，表面显得粗笨，却是使第一次来到法兰西和瑞士交界的山里的旅客最感到惊奇的一种工业呢。

闻家驷译本：

　　这种操作看起来极其粗笨，却是使初次来到法兰西和瑞士毗连山区的旅客最感到惊奇的一种工业。

郝运译本：

　　这种劳动看上去如此艰苦，却是头一次深入到把法国和瑞士分开的这一带山区里来的旅行者最感到惊奇的劳动之一。

许渊冲译本：

　　这种粗活看来非常艰苦，头一回从瑞士翻山越岭到法国来的旅客，见了不免大惊小怪。

　　许渊冲对于他之前的几个译本进行了具体的批评：一，将碎铁打成钉译成"工作"(罗译)、"操作"(闻译)及"劳动"都或者过于正式或者流于一般，只有他的译语"粗活"既形象，又在意思上较为全面；二，"旅客"(罗译，闻译)、"旅行者"(郝译)都不如"游客"更为贴切；三，前面三个选本都用了"惊奇"一词，不太合适，因为打铁成钉也不至于让人大吃一惊的地步，有点言过其实，"大惊小怪"则更符合原意；四，整体上看，罗译和郝译都连用了三个"的"字，肯定不是好句子，闻译虽然只用了两个"的"字，但冗长得也不像个作家写出来的句子，只有他自己的译句比较顺畅有味。总的来说，许渊冲认为，前几种翻译都是"译词"，而他的翻译是"译意"。"前者更重'形似'，后者更重'意似'，甚至不妨说是'得意忘形'"。他认为翻译不应该拘于临摹原作，而应该临摹"原作所临摹的模特"。例子就是自己在这句中运用的"翻山越岭"，这个成语并不为原文的关系从句所有，而是取意之作，"所以译文可以说是脱胎换骨，借尸还魂,青出于蓝而胜于蓝,发挥了译文的优势了。"由此种分析出发,许渊冲对于前辈进行了有点"惊世骇俗"的否定:"因此,无论是从词法还是从句法观点来看,三种译文都不能说是达到翻译文学的水平,也就是说,译文本身不能算是文学作品,所以需要重译。"而重译的范例,就是他自己的译句。最后,许渊冲又阐述了自己的翻译原则"信、达、优"。在这里的"信、达、优"中,许渊冲的特点自然在于"达、优"的方面,侧重于译入语,就汉译来说即是强调灵活运用汉语,发挥汉语的优势,使译作成为中国读者喜欢的汉语文学作品。许渊冲有一个假设,即翻译《红与黑》的境界应该是相当于司汤达的汉语写作,假如司汤达用汉语创作《红与黑》,自然会运用流利的汉语,包括作为汉语特点的表达方式(如成语等),而不会成为摹仿法语句式从而半通不通的汉语作品,不为读者爱读。

1995 年的"《红与黑》事件",即是以许渊冲的这篇文章为导火索展开的。虽然许渊冲认为并不存在直译与意译的绝对区别,但他反对在形式上摹仿原文而偏于译入语创造的方法,显然可以归入"意译"之列,他的所谓与"译词"相对的"译意"、与"形似"相对的"意似"、与"文字翻译"相对的"文学翻译",表达的都是这一意思。他明确地说:"文字翻译与文学翻译,大致来说,就是直译与意译,形似与神似的分别"。后面出现的对于他的批评,大致针对于此,由"直译"一派的思想而来的。

施康强对于许渊冲的翻译理论不无担心,他在文章中引用了钱钟书评论林纾的话:"一个能写作或自信能写作的人从事文学翻译,难保不像林纾那样的手痒:他根据个人的写作标准和企图,要充当原作者的'诤友',自信有点铁成金、以石攻玉或移桔为枳的义务和权利,把翻译变成借体寄生的、东鳞西爪的写作。"许渊冲说到的临摹原作的模特,施康强以为并非易事。"假如斯当达心目中有于连、索纳尔夫人和玛蒂德的原形,许先生想必没有见过他们,即使他的工具更称手,又何从临摹起? 除非'想当然尔'"。施康强还不无讽刺地来了一句"'译'者'臆',也"。至于译文,施康强显然并不喜欢与原文竞赛的过度的译文发挥。他特别提出了《红与黑》的最后一句,比较了诸家译本(增加了后出的郭宏安译本和罗新璋译本),对许渊冲的译法提出批评:

罗玉君译本：

德·瑞那夫人忠实于她的诺言，她没用任何方法自寻短见。但在于连死后三天，她拥吻着她的儿子，离开了这个世界。

郝运译本：

她丝毫没有企图自杀，但在于连死后三天，她抱吻着她的孩子们离开了人世。

闻家驷译本：

但在朱利安死后三天，她拥抱着孩子们，离开了人世。

郭宏安译本：

然而，于连死后三天，她拥抱着孩子们去世了。

罗新璋译本：

但在于连死后三天，她搂着自己的孩子，离开了人间。

许渊冲译本：

但在于连死后三天，她也吻着孩子，魂归离恨天了。

施康强认为，司汤达运用了法文词"elle mourut"，相当于英文 she died，表示一种不带感情色彩的风格。许渊冲以《红楼梦》中的诗句"魂归离恨天"相译，与原文竞赛，但"他把原文力求避免的哀艳慷慨赠与原文，斯当达会乐意接受吗？假如说'惊奇'较之'大惊小怪'是'言过其实，不符合原作的风格'，那么，对'魂归离恨天'又该怎么说呢？"①

施康强这篇题为《红烧头尾》的文章发表于 1995 年第 1 期《读书》上，与此同时，韩沪麟在这一年 1 月 17 日上海的《文汇读书周报》上发

① 施康强《红烧头尾》，《读书》1995 年第 1 期。

表了题为《从编辑角度漫谈文学翻译》的文章,批评许渊冲,形成了南北夹击之势。韩沪麟首先不满于许渊冲对于前辈译者的轻率否定,"我素来钦佩闻、郝、罗三位译界老前辈,他们都是知名度颇高的中国作协会员,其中郝、罗两家以大量的译著,为及早把法国文学介绍到中国来作出了功不可没的贡献,闻更是大学者大诗人,怎么能说他们的译文没'达到翻译文学的水平'呢?"他认为,如法国诗人普雷韦尔的白话诗、傅雷的家书都是当之无愧的文学作品,这三位大译家的译作为什么不是文学作品呢?到底什么叫文学作品,许渊冲似乎并无界定。三位译家在《红与黑》的翻译上解决了大量的疑点难点,提供了大量的解释,我们对此应该予以极大的敬意和宽容才是。从翻译理论上说,韩沪麟同样不同意许渊冲过于强调"化"、"美"、"青出于蓝而胜于蓝"的说法。有趣的是,施康强批评的是许译《红与黑》的最后一句,韩沪麟则挑出了《红与黑》的第一句,在比较中批评了许渊冲的翻译:

罗玉君译本:
    维立叶尔小城可算是法良士—孔德省里最美丽的城市当中的一个了。

郝运译本:
    维里埃尔这座小城可以算是弗朗会—孔泰最美丽的城市的一座。

闻家驷译本:
    韦里埃尔城可算是法朗什—孔泰最美丽的城市之一。

罗新璋译本:
    弗朗什—孔泰地区有不少城镇,风光秀丽,维璃叶这座小城可算得是其中之一。

郭宏安译本:
    维里埃算得弗朗什—孔泰最漂亮的小城之一。

许渊冲译本

　　玻璃市算得是方施—孔特地区山青水秀、小巧玲珑的一座市镇。

　　韩沪麟认为：从字面上看，许译最潇洒漂亮，但对照原文看，却并不准确，反倒是其他译本较为严谨。许译给人的印象，似乎这个地区就只有维埃里小城最美了，其实原意不过是美丽的小城"之一"而已。许渊冲将简单的法语 belle 译成"山青水秀，小巧玲珑"，与原文不等值，已经不是翻译，而像是创作了。韩沪麟语带讽刺地说："有点像林纾先生那样，听人说了一段故事，再根据大意再创作。我想许先生精于法语，决不会借用林先生的方法从事翻译吧。"与此相关的是，他反对滥用中文成语。另外，韩沪麟认为"玻璃市"的译法也没根据。

　　施康强、韩沪麟的评论获得了《红与黑》第一个译者赵瑞蕻的支持。1995年4月1日，上海《文汇读书周报》上发表了许钧对赵瑞蕻的访谈。在这一访谈中，赵瑞蕻表达了自己的翻译理念，"我觉得最重要的一点就是要'忠实'，要竭力做到'忠实'，也就是严复所说的'信'"。由这一"直译"立场出发，赵瑞蕻很自然地认为许渊冲的一些译法发挥过当，"比如第一章一开头，就用了'山清水秀，小巧玲珑'这两对四字成语，我看就是不可取的，原文没这个意思。'小巧玲珑'是说东西精巧细致，决不可形容一个小小的城市。再举个简单不过的例子：第二章上市长说：'我喜欢树荫'（J'aime l'ombre），为什么许先生会译成'大树底下好乘凉'呢？这种例子多极了。"至于《红与黑》结尾的翻译，赵瑞蕻觉得更离谱，"让我开个玩笑说，最后那一句'elle mourut'，许先生译作'魂归离恨天'，《红楼梦》里的词句都上去了，何不再加一句'泪洒相思地'呢？原文里就是'她死了'，多少种外国语言的译本中都有这两个字：Elle mourut……she died（英文），Ella mori（意大利文），Verschied sie（德文）。"

从行文上看，许渊冲先生是一个率性而为的人。他不但敢于大胆地批评前人，同时也不避讳称赞自己。许渊冲在文章中借湖南文艺出版社之口声称，只有他的译文能够超越傅雷。他还借由自己的中国古诗词集《不朽的诗》获企鹅公司好评、在英美加澳等地出版的事，宣称中国译者即将"走向世界译坛顶峰"。①这些自然都很容易受到别人非议。著名翻译家方平就曾撰文对于许渊冲的说法表示疑问，"借他人之口，声称自己还未问世的译本将胜过傅译，似乎为时过早了吧。""如果他能够学会给予对方更多的

---

① 许渊冲《从〈红与黑〉谈起》，《文汇读书周报》1995年5月6日。

> 新时期以来所出版的各种版本的《红与黑》

尊重——不仅仅是对同行，也包括对原作者，我们自然也会相应地越发看重这样一位翻译界前辈。"许渊冲却不以为然，他反问："方平先生在重译莎士比亚，如果不能胜过朱生豪的译文，请问有重译的必要么？如能胜出，为什么不可向读书界宣布，长自己的志气，灭武大郎的威风呢？"①

如此有个性的许渊冲，既然敢于"目无他人"，当然并不害怕别人的批评。对于每种批评，他都一一予以直接的回击。关于施康强认为许渊冲将《红与黑》结尾译为"魂归离恨天"是"把原文力求避免的哀艳慷慨赠与原文"的批评，许渊冲解释说：翻译不应该仅仅局限于"elle mourut"一词，如果回到结尾前的四十三章，我们能看到"于连心醉神迷的幸福感说明他原谅了她。他从来没有这样爱得如醉如狂"这样的句子，这说明于连和德·瑞那夫人的感情是十分"哀艳"的，因此用"魂归离恨天"不能算是言过其实。他评价自己的译文"不但精彩，而且精确；虽然不是文字翻译，却是文学翻译"。他进一步借题发挥："这似乎是自吹自擂、得意忘形了！但是我认为：如果武大郎说自己打过老虎，那是吹牛；如果武二郎说，那却是不卑不亢，不必少见多怪！"②关于韩沪麟批评许译《红与黑》的开头"山青水秀，小巧玲珑"与原文不等值、因而不"严谨"的说法，许渊冲也不以为然。他反驳说：《红与黑》这第一句的后面接着描写了蜿蜒的杜河和巍峨的韦拉山，"山青水秀，小巧玲珑"的译法全面表现了小城的美丽，不但包括建筑，也包括山水。因此它恰恰是"等值"和"严谨"的。③对于赵瑞蕻关于为什么将"我喜欢树荫"译成"大树底下好乘凉"的批评，许渊冲也进行了反批评。据许渊冲的解释，之所以译成"大树底下好乘凉"，而没有直译为"树荫"，是因为这里反映了市长将自己比做能遮荫的大树的意思，这样译才真正反映出市长"高傲得有分寸"。针对赵瑞蕻关于他"加了许多不该加进去的东西"的说法，许渊冲反唇相讥，认为赵瑞蕻是"没有加进'应该加进去的东西。'"④

---

① 参见许钧主编《文字·文学·文化——〈红与黑〉汉译研究》，南京大学出版社
1996 年 2 月第 1 版。
② 许渊冲《四代人译〈红与黑〉》，《读书》1995 年第 4 期。
③ 许渊冲《从〈红与黑〉谈起》，《文汇读书周报》1995 年 5 月 6 日。
④ 许渊冲《应该加进去的东西……》，《文汇读书周报》1995 年 6 月 3 日。

许渊冲显得很孤立,但也不是完全没有人支持他。《红与黑》的另一译者罗新璋就赞成许渊冲。他在致许渊冲的信中说:"没有创造力的译文,总没有生命力。生命就是创造。创造,才是生命。'魂归离恨天',曲终奏雅,我就没想到。想到,我也会用上。"①这种危难中的支持让许渊冲十分感动,他感慨:"俗话说,'千军易得,一将难求'。听了这'一士之谔谔',就不必管'千夫之诺诺'的了。"②

(二)

　　不同的意见互相冲突,相持不下,作为主要阵地的上海《文汇读书周报》和南京大学西语系翻译研究中心联合起来,做了一个问卷《〈红与黑〉汉译读者意见征询》,发表于 1995 年 4 月 29 日的《文汇读书周报》上。该问卷分为三个部分,第一部分是"您对《红与黑》汉译的基本看法",其中有 10 个问题,分别如下:

　　1.《红与黑》多次复译,现已有十几个版本,您对此现象怎么看?

　　2.文学翻译应着重于文化交流还是文学交流?

　　3.翻译外国文学名著,是否应尽量再现原作风格? 译者是否应该克服自己的个性,以表现原作者的个性?

　　4.文学翻译语言应该带有"异国情调",还是应该完全归化?

　　5.有人认为文学翻译首先应该求精彩而不应求精确,您认为对不对?

　　6.有人认为文学翻译可多用汉语四字词组,您的看法如何?

　　7.文学翻译是否应该发挥译语优势,超越原作?

　　8.有人认为文学翻译是再创造,再创造的最高标准是"化境",主张一切都应该汉化,您怎么看?

　　9.您喜欢与原文结构比较贴近,哪怕有点欧化的译文,还是打

---

① 参见许钧主编《文字·文学·文化》,南京大学出版社 1996 年 2 月第 1 版。
② 参见许钧主编《文字·文学·文化——〈红与黑〉汉译研究》,南京大学出版社 1996 年 2 月第 1 版。

破原文结构,纯粹汉化的译文?

　　10.您主张译文与原作的等值,还是对原作的再创造?

　　第 10 题的后面列出了七段《红与黑》的译文,明确标出"等值"和"再创造"两类,前者选取的是郭宏安和郝运的译文,后者选取的是罗新璋和许渊冲的译文。第二部分题为 "下面几种译文哪一种您比较喜爱?",然后不具名地列出了郝运、郭宏安、罗新璋、许渊冲、罗玉君对于《红与黑》的六段译文,请读者选择(篇幅原因,译文这里从略)。

　　这次问卷调查在社会上引起广泛的响应, 在问卷发出的短短三个星期内,《文汇读书周报》收到了除台湾、西藏之外的全国各个地区的读者回函。读者面很宽,包括各个年龄层次和文化层次,职业有工人、职员、老师、机关干部等等。答卷者的态度也相当认真。西北工业大学的巫耀堂老人患了眼疾, 却仍坚持填完问卷, 一笔一划地表达了自己的意见。武汉大学三年级学生冯凤阁写下了长达 28 页的文字,全面思考了问卷中涉及的翻译问题。有的意见还不仅仅代表个人,是家人、同学以至同事们的共同看法。有的答卷者甚至在其社交的范围内进行了调查①。如此大规模的群众与翻译家、学者互动,应该是中国当代翻译史上很值得书写的一章。

　　据《文汇读书周报》的透露,这次调查的结果是:78.3%的人支持"等值"类,仅 21.7%的人支持"再创造"类,而读者喜欢的译文作者依次为:郝运、郭宏安、罗新璋、许渊冲和罗玉君。可以说,"直译派"获得大胜,而以许渊冲为代表的"意译派"则落败而归。

　　1995 年 7 月 1 日,《文汇读书周报》专门发表了许钧、袁筱一撰写的《为了共同的事业——〈红与黑〉汉译读者意见综述》一文,对这次调查予以公布和总结。这份倾向性明显的"综述",借读者之口对于"意译"派进行了清理和批评。

　　关于翻译的"创造性",文章列举了两段读者的话予以批评,"安徽

---

　　①　许钧,袁筱一《为了共同的事业——〈红与黑〉汉译读者意见综述》,《文汇读书周报》1995 年 7 月 1 日。

第二棉纺厂的王学墉读者认为：'文学翻译只能说是一种具有再创造性质的劳动，但不是绝对意义的再创造。文学翻译的再创造不能离开原作，不能背离原作'，并指出'像林纾那样的再创造，已被历史淘汰了'。西安的谢飚认为，'尊重作者，尊重原作才是翻译的总原则'。在这里我们看到，大多数读者并没有否认'翻译是项再创造的劳动'，只是'再创造'与'创造'一字之差，差就差在'度'的问题上。山东大学关引光教授认为：'这种再创造性应该有个度，离开了一定标准的再创造，实际上是改写原作，而不是翻译……'"这种批评对许渊冲作了漫画式地理解，似乎许渊冲是离开原作"再创造"的林纾。如果问卷设计者让读者知道了许渊冲以"信"字为首、并将"信"阐释为"正确，精确，明确"的翻译思想，当不致有如此理解。

　　与之相关的是个性与风格的问题。"综述"谈到，读者多认为译者应该克服自己的个性。作家苏童就说："我认为译者应该尽量克服自己的个性，万万不可越俎代庖。"内蒙的王景晏也认为："当译者的风格与原作者的风格有一定距离时，译者应尽量发挥'克己'的美德，以表现原作的个性为己任。"也有读者提出，以伽德默尔"视界融合"的观点看，必须承认文本作者的原初境界与解释者现有视角之间不可消除的差距，而理解的过程则是将过去和现在这两种视界交相融合起来。但综述者似乎未能看到伽德默尔的说法所包含的当代译论的新视野，仍将问题转回到所谓的作者"有度的再创造"的问题上。他们从译者"再创造"的立场出发，又提出了一个能否"超越原作"的问题。这一问题的答案当然是否定的，"许多读者认为翻译'不应该以超越原著为己任'。北京的江瑞和雷君老人写道：'所谓超越原作不知是如何从大脑中产生的？如果译者如此高明，能超越为人类贡献了杰作的大师们，为何不甩掉他们，另起炉灶，生产属于自己的惊世骇俗的伟大作品呢？'"。这些议论可以说并未完全弄明白许渊冲的意思，没有与许渊冲在同一层次对话。但对于"超越原作论"的否定，指向了"再创造论"，最后轻易地将前面由伽德默尔可能引发出来的价值一笔勾销了。

　　关于"归化"和"异国情调"的问题，一些读者的意见主张应该保留"异国情调"，不能过度归化。陕西读者岳冬红认为："译外国文学作品，应保留其异国情调。"南京读者石页认为:"译作应体现异国情调,归化是不得已的手段。"这种观点应该是综述者愿意看到的,但似乎有很多读者同时认为,异国情调并不意味着将译文弄得艰涩。中科院廖吉甫认为"异国情调要稳步吸入,不能弄到佶屈聱牙,拿腔拿调的地步。"南京大学张冲认为:"不能异到让本国读者不知所云。"武汉大学冯凤阁认为"提倡异国情调,并不是要'翻译体'。"这时候,综述者又像上面一样如法炮制了一个转折,沿着自己的思路提出了更进一步的问题,"实际上,这里涉及到翻译的功用性问题。"所谓"文学翻译的功用性问题"指的是翻译到底仅仅是一种文学活动,还是更广义的文化活动? 这种问题的答案是不言而喻的,读者们均认为:作为翻译的文学活动是文化活动的一部分,它的意义要更多地从文化交流的意义上理解。如果从文化交流的意义看,当然要反对"归化",综述者引用第二届戈宝权文学奖一等奖获得者刘锋的话说,"文学交流是文化交流一种有效的形式与途径。削鼻剜眼,以求归化,脱离文化交流的大背景,无疑会削弱翻译的生命力。"综述者进一步强调说,"许多读者都认为,译者要尽量避免鲁迅所说的那种'削鼻剜眼'的做法。"

　　特意指出"削鼻剜眼"来自于鲁迅,表明了一种"征引权威"的心态,又说明了一种事实,即读者以及综述者的判断受到了中国现代以来以鲁迅为代表的强调"直译"的思想传统的影响。文化稍高的人都会记得鲁迅与梁实秋关于"硬译"的争论及《翻译与文学的阶级性》等名文。如此看来,问卷在设计出来之后,答案其实早已寓于其中了。最为典型的例子,莫过于对于欧化句式运用的拥护和对于以成语为代表的流畅中文运用的反对。常识而言,读者当然愿意读流畅的中文,这是不言而喻的事情,但奇怪的是,在回答问题的时候,却出现了对于欧化句式的种种奇怪的支持。天津读者张涵说:"我喜欢与原文结构相贴近的译文,因为这也是读者的一种审美享受和体验。"陕西读者丁德文认为:"忠实于原作,尽管会使个别地方显得疏离于本国读者,但这并不影响读者对原作的感受和理解,'陌生化'本身就是一种文学创作法则。"四川读者吴安明说,"我喜欢与原文结构比较贴近的译文。正是那有点欧化的译文,才让我感受到异国风情和文化特色,阅读时有一种置身异邦,身历其境的感觉。"与此相应的是对于汉字成语的一致讨伐。四川读者王沁莉说："多用汉语四字词组,犹如写八股文,先套上一副框架。汉语四字词组多纤巧,少了欧化句子的迂回曲折,耐人寻味的感觉。"苏州读者沈一鸣认为:"汉语四字词组与西洋人注重分析的流线长句并不相符,所以翻译时多用四字词组不太妥当。"这些议论让"再创造"派翻译家大呼意外,罗新璋在给许渊冲的信中就感慨:"读者是上帝,喜欢看洋泾浜中文,无可奈何的事。"在我看来,对于这些读者的回答其实不必太拘泥。它们往往并非来自于读者真实的阅读感受,而是被问卷带入了预定问题,然后被这一问题的先在传统话语规定了答案。"等值"与"再创造"两派其实早已有价值的高下之分,这当然不仅仅是指鲁迅的传统,还有许渊冲指出的,早在问卷之前,《文汇读书周报》就片面地发表了不少主张"等值",批评"再创造"的文章,它们早已给读者造成了"等值"派优先的印象。

之所以敢如此肯定地说上述言论并非来自读者的阅读经验,是因为任何一种风格的中文译本,都不存在上述读者喜欢的"与原文结构贴近的译文"。多数没有读过外文原著的读者受到"等值"、"再创造"划分的影响,想象"等值"就是"与原文结构贴近",而"再创造"就是背离原文的发挥,上述读者的很多议论,都建立在这一前提之上,这是受了"问卷"二元对立式的提问方法的误导。

毫无疑问,所有的《红与黑》的中文译本都是在以中文句式翻译原文,遵从外文原句的结构进行翻译从根本上说是不可能的事。所有的翻译都是在以中文调谐原文,成功的翻译都是将中文写得较顺而又不背离原意者。就此而言,所谓直译/意译,等值/再创造,文字翻译/文学翻译之类的区别并不是绝对的,它在一定程度上只是人为地"制造"出来的。早在1982年赵瑞蕻在批评罗玉君译本的时候就曾指出:"至于我们历来所说,也曾长期争论着的'直译'和'意译'的问题,我不想在这里多讨论了。因为依我看来,真正优秀的翻译是不存在这个矛盾的。"①在赵瑞蕻看来,错译无法以"意译"之名掩盖,而正确的翻译也不必要弄得佶

---

① 赵瑞蕻《译书漫忆》,许钧主编《文字·文学·文化》,南京大学出版社1996年2月第1版。

屈艰涩。在读者来信中,上海华东师范大学外语学院的曹国维也指出:"事实上,等值中包含着再创造,再创造中有等值的,也有不等值的,等值并不等于逐字翻译。"当事人许渊冲则也提出,"等值"与"再创造"并不矛盾,他说:"因为两种语言、文化不同,不大可能有百分之百直译的文学作品,也不大可能有百分之百意译的文学作品,百分之百的意译与其说是翻译,不如说是创作;因此,文学翻译的问题,主要是直译或意译到什么程度,才是最好的翻译作品。"许钧后来在编《文字·文学·文化——〈红与黑〉翻译研究》一书时,则也明确地谈到这一问题。他在比较了《红与黑》结尾的五段翻译后指出:"对比原文,这五种译文没有一种是'逐字逐句的直译,甚至硬译',也没有一种是百分之百的'意译'。"而且许钧还注意到,从翻译实践看,并不存在所谓"等值"与"再创造"的区分。如果从上面所引的《红与黑》的开头和结尾来说,似乎许渊冲是"再创造"的代表,而郝运、郭宏安等是"等值"的代表,但如果考察译文全文的话,根本不是这么回事,应该说基本上每个译本都是"等值"与"再创造"的混合。如许钧所举的例子:

> 许渊冲译本:外省人的处世之道是外强中干,口是心非,现在,报应落到德·雷纳先生头上了,他内心最害怕的两个人,却是他原来口头上最亲密的朋友。

> 罗新璋译本:铁石心肠,是内地实用的处世之道。此刻,瑞那先生最怕的两个人,恰恰是他的两个好朋友,正是平日狠心的报应。

> 郝运译本:心肠冷酷是外省人的处世之道的基础,而心肠冷酷造成的理所当然的结果是,德·雷纳尔先生此时此刻最害怕的两个人,是他的两个最亲密的朋友。

从这三段译文看,根本无法区分所谓"等值"与"再创造",可以说没有哪一种译法是"等值"的,也没有哪一种译法是"再创造"的。每种译文都是原文的中文表达,唯表达的好坏而已。被称为"等值"派代表的郝运在句式上其实变化最大,而据许钧从法语原文的比较,郝运的译法却最为贴近原文。

孙迁在自己的文章中也注意到这一问题,他说:"虽然人们对直译或意译早有不少高论,自然也有歧见,但在实践中,多数译者也是两种方法兼而用之的。""所以译文的得失不在于采用直译或意译何种方法,而在于对原文理解的深浅和表达艺术的高下"。他举出了罗新璋和闻家驷两个译本中的三个例句,

闻家驷译本:他怀有圣洁的热情,他的前程正未可限量。
罗新璋译本:他有神圣的火花,他可以走得很远。

闻家驷译本:他们要我干一件有目共睹的事情。
罗新璋译本:他们要我干一桩比白天还要明显的事。

闻家驷译本:这个人突然走过来,对朱利安来说,正是剑拔弩张,一触即发。
罗新璋译本:这个人突然走进于连的卧室,在于连的心目中,好像是加了滴水就使花瓶涨溢了。

这三段译文给我们的印象,与上述认为闻家驷是"等值"派、而罗新璋是"再创造"派的定型化看法完全相反,在这里罗新璋恰恰是较为拘泥于原文的,而闻家驷则较为畅达。而从罗新璋"干一桩比白天还要明显的事"、"好像是加了滴水就使花瓶涨溢了"等不通的句子看起来,真正的"与原文结构"相符的"直译"如何可能呢?罗新璋这些句子翻译的失败,并不是所谓的"直译""意译"的方法问题,而是他根本就未能将外文以中文的意思正确地传达出来。

有趣的是,孙迁对于鲁迅的倡导"直译"的说法也进行了辨正。他指出:"鲁迅先生是力主直译的,并曾一再强调'宁信而不顺',但他也并不因此排斥意译法。他在给童话《小彼得》译本写的序言里有这样一段话:'凡学习外国文字的,开手不久便选择童话,我以为不能算不对,然而开

手就翻译童话,却很有些不相宜的地方,因为每容易拘泥于原文,不敢意译,令读者看得费力。这译本原先就很有这弊病,所以我当校改之际,就大加改译了一通,比较地近于流畅了。"鲁迅关于"硬译"与梁实秋的争论,另有文化上的含义所在,这其实并不意味着,在翻译实践上鲁迅有意地不希望译文流畅而让读者明白。上面的引述表明,后世所理解的"直译"与"意译"的对立,在鲁迅那里其实也并不那么分明。

如此看来,这场争论似乎从一开始起就是一场误会。许渊冲明确地将"文字翻译"与"文学翻译"对立起来,又明确标出"再创作",就绝对化了两者的区别,易于引起误解。我们必须注意到,许渊冲的翻译原则其实是以"信"字为根本原则的。而仔细观察许渊冲与施康强、韩沪麟、赵瑞蕻诸人的争论,我们会发现,许渊冲并没有怀疑"信"或"等值"的原则,相反,他所论证的,是他自己的译文较别人更"信"、更"等值"。例如,许渊冲认为《红与黑》的开头一句中的"美丽"包括建筑和山川两个部分,故而译为"山青水秀,小巧玲珑",因而他认为译文并不像韩沪麟批评的那样"不等值"、"不严谨",而恰恰相反是"等值"和"严谨"的。同样,认为市长在内心有将自己比做能遮荫的大树的意思,许渊冲认为"大树底下好乘凉"的译文较"我喜欢树荫"的直译更为准确。由此看,许渊冲强调在翻译一个句子的意思时更多地考虑到译文的上下语境,予以综合理解。由上面罗新璋"干一桩比白天还要明显的事"、"好像是加了滴水就使花瓶涨溢了"等句子看,表面的直译其实根本是不可能的,问题在于译"意"的准确性,事实上许渊冲与施康强等人争论的都是对于"意"的不同理解。那句较为极端的"魂归离恨天"其实也是这样,分歧并不在于是否应该准确地传达"死了"这个意思,而在两人对于"死了"这一动作的性质理解不一致,施康强认为司汤达避免哀艳,用词平淡,而许渊冲以前文证明作者这里其实蕴涵了强烈的感情。

如果说许渊冲的说法易于引起误解,那么《文汇读书周报》和南京大学西语系翻译研究中心的问卷《〈红与黑〉汉译读者意见征询》则最后"定型"了这一误解。问卷设计了一组二元对立,是"等值"还是"再创造"? 是"异国情调"还是"归化"? 是"精确"还是"精彩"? 是"欧化"还是"汉化"? 这种二元对立在很大程度上都是虚构出来的,所谓"完全归化"、"纯粹汉化"、"原文结构比较贴近"等等说法根本都是不能成立的。问题的导向是绝对地强化两者之间的截然对立，它们很容易误导读者的思路，即将"等值"理解为准确再现的译文，将"再创造"看作离开原文的发挥，从而导致对于后者的批评。这种概括离两者的事实都相差甚远，而对于许渊冲派的翻译思想和实践尤其歪曲。上面所举读者对于许渊冲派思想的批评，例如认为文学翻译"不是绝对意义的再创造。文学翻译的再创造不能离开原作，不能背离原作"，"像林纾那样的再创造，已被历史淘汰了"，等等，可以说基本上是无的放矢，离许渊冲相距甚远。山东大学关引光教授"这种再创造性应该有个度，离开了一定标准的再创造，实际上是改写原作，而不是翻译"的话，几乎和上面所引许渊冲的"百分之百的意译与其说是翻译，不如说是创作"的话完全一致。读者们所批评的目标，是"问卷"所臆想出来的"再创造"，与这种"再创造"相符合的只是林纾。上文没有谈及的《〈红与黑〉汉译读者意见征询》中关于读者关于"精确"与"精彩"的论述，也是读者"误解"的例证。湖南读者蔡诗意说："译文应该精确。译作倘不精确，何为精彩？"山东关引光指出："精彩的译文必须是精确的，精彩而不精确，岂不是'译犹不译'"。如此等等，恕不再引。论述都很正确，但不知问题从何而来，事实上"精确"与"精彩"都是许渊冲提出来的，据许渊冲看来，它们是翻译的不可分割的部分。

到此为止，自然而然地出现了一个耸人听闻的结论：沸沸扬扬的"《红与黑》事件"所争议的似乎是一个假问题。"假"问题的说法似乎有点过分，但这个问题的确是没有什么意义的。有关"直译""意译"的问题，自汉译佛经以来到本世纪，一直有人议论，但始终没什么结果。到了90年代中期，居然又出现了这样一次大规模的争议，其中折射出的根本问题，是中国翻译研究的落后。

第二节　翻译研究新思路

（一）

我们看到，"直译"与"意译"看起来十分对立，其实双方在立场上是高度一致的。这种立场就是"信"，即最大程度地忠实原文，所争论的不过是如何达到"信"、谁更忠实而已。这种被中国翻译论述奉为最高目标的"原著中心主义"，事实上恰恰是中国翻译研究落后的标志。忠实于原作，如果作为一种应用翻译技巧的研究，自无话说；如果在翻译理论的层次上将"原著中心"视为前提则早已过时，在西方当代翻译的文化研究中，恰恰是翻译之"背离"被视为论述的当然前提，所需讨论的是"背离"的原因、条件、结果等。

早在 1921 年，本雅明就在《翻译的任务》一文中指出："如果翻译的终极本质是努力达到与原作的相似性，那么任何翻译都是不可能的。"他说，诗人的意念是"自发的、原始的"，而翻译者的意念却是"衍生的、观念的"。他认为原作的精神译文永远不可能全部达到，"尽管我们可以从译文中尽可能多地收集那种主题，并将其翻译过来，但真正的翻译所关注的那个因素却仍然相当遥远，不可企及。"他将原作的内容与语言间的关系比喻成水果的肉与皮那样不可分离，而到了译作，语言与内容的关系却是隔离的，这种隔离导致了原作与译作的差别。对于我们在翻译中尊奉的"信"的原则，本雅明不以为然，"'信'究竟能对意义的表达起什么作用呢？翻译中个别词语的'信'几乎永远不能完全再生产原词的意思。因为这个意思，就其对原文的诗歌意蕴来看，并不局限于所指的意义，而是赢得这样一种诗歌的意蕴甚至于达到所指的意义受到个别词语的意指方式制约的程度。当人们说词语具有情感内涵的时候，他们通常表达的就是这个意思。句法的直接转换使意义的再生产完全成为泡影，并有直接导致不可理解的危险。"①

后世解构主义大师德里达在读完本雅明的这篇文章后，表示十分赞成本雅明关于译作是原作生命的延续的说法。在德里达的"延异"观中，语言的意义取决于符号的差异，这种意义是不断扩散而终于不确定的。由此，原作的意义就不是固定的，翻译不过是对于再现的再现，更谈不上传达"本原"了。在德里达眼里，翻译也是一种延异的书写活动，因而翻译对于原作只能是一种"变形"。德里达指出："实际上，先验所指的

① 《本雅明文选》，中国社会科学出版社 1999 年 8 月第 1 版。

主题在一个绝对的、纯粹的、单一意义的翻译能力的视界中变了形。在可能或'似乎'可能的界限内，翻译实践了能指和所指之间的区分。但是如果这一差异不是纯粹的，那么翻译也不会是纯粹的。这样，我们就不得不用'变形'(transformation)概念来代替翻译概念：即一种语言和另一种语言，一个文本与另一个文本之间有规则的变形。我们从不，事实上也不容许纯粹所指(赋意手段使得能指纯粹化和不受任何影响)，从一种语言'转移'(transport)到另一种语言中去，或在一种或同种语言中进行这样的转移。"①故而，德里达在他自己的书《书写与差异》的汉文版面世的时候，他对译者张宁说："从某种角度上说，它会变成另一本书。即便最忠实原作的翻译也是无限地远离原著、无限地区别于原著的。而这很妙。因为，翻译在一种新的躯体、新的文化中打开了文本的崭新历史。"②

从翻译理论的角度说，值得提到的是西方七十年代中期的翻译研究学派(Translation Studies)，他们出发点不是译文如何达到"等值"，而是相反，研究译文为何偏离原文。伊塔马·埃文-佐哈尔(Itamar Even-Zohar)的"多系统理论"(Polysystem)认为，翻译是文化系统中的一部分，它的面貌取决于它在整个文化中的位置。在转折时期，翻译之"异"会帮助当地文化建立新的准则，这时候翻译会较为忠实于异文化；而在稳定时期，当地文化已经较为强大和稳定时，翻译之"异"便容易消融，原著往往会得到改动以适应本土文化。图里(Toury)探讨了"翻译准则"(Translational norms)问题。他将"翻译准则"分为"预先规则"和"操作规则"两种。前者较为重要，它在翻译活动开始前就开始发挥作用，预先决定了对于翻译对象的选择；后者则是实际影响翻译操作的具体因素。安吉·勒菲弗(Andre Lefevere)则具体区分了决定翻译准则的两个主要因素：一是"专业人士"，包括批评家、专家等，他们主要控制翻译与主流话语的协调及其诗学问题；二是"赞助人"，包括政党、团体、出版商等，他

---

① 德里达《符号学与文字学》，《一种疯狂守护着思想》，上海人民出版社 1997 年 1 月第 1 版。

② 德里达《书写与差异》，三联书店(北京)2001 年 9 月第 1 版。

们主要控制翻译的意识形态面貌。恰恰在关于《红与黑》的讨论十分热烈的 1995 年,香港学者张南峰在《中国翻译》第四期上发表了题为《走出死胡同,建立翻译学》的文章。在这篇文章中,作者提及了上世纪七十年代詹姆斯·霍姆斯(James S, Holms)关于描述翻译学、理论翻译学和应用翻译学的分类,并简略介绍了翻译研究学派的理论。在文章中,作者大力抨击了中国目下的唯原著独尊的思想,"现有的各种翻译标准,大多过分强调忠于原文的某些方面,而忽略了译文面貌的其他影响因素,尤其是目标文化、翻译动机、译文用途、译文读者。"他认为,进行译文方面研究的前提是偏离原文,"偏离原文是翻译的必然现象,分别只在于有的距离大,有的距离小,有的是自觉的偏离,有的是不自觉或者不那么自觉的偏离而已。因此,改译和忠实的翻译,中间并没有明显的分界线,而只是同一个连续体上的两端。"这篇文章本应给中国翻译界一个提醒,但却立即受到了批评。劳陇在《中国翻译》1996 年第 2 期上发表了一篇大批判式的题为《丢掉幻想,联系实践——揭破'翻译学'的迷梦》的文章,批判张南峰"建立翻译学"的主张,文章很不屑一顾地认为:"那个宏伟的'翻译学'至今仍杳无踪影……而翻译实践中的基本问题一个都没有解决,甚至最为根本的'什么是翻译'的问题也搞不清楚。"

正在论争困境中的许渊冲看到张南峰文,到大喜过望。他在文章中援引该文说法,为自己的"再创造"辩护,并批评《文汇读书周报》的不公正,但他对于张南峰的思想却充满了误解。许渊冲说:"《中国翻译》九五年四期发表了一篇重要文章《走出死胡同,建立翻译学》。文中说到:'译文是否符合某些标准与是否成功之间,并没有必然的关系。'这话说得对。上海译本(指郝运译本——引者注)符合形式上'等值'的标准,从上述译例看来,译本并不成功。'魂归离恨天'不符合形式上'等值'的标准,但从上面的解释看来,却是既精确、又精彩的'成功'之作。"①这里对张南峰的理解完全是"为我所用"的。张南峰在文章中认为,不忠实的翻译未必就不成功,严复和林纾就是这样,他还专门列举了裴多菲"自由

---

① 许渊冲《妙译来自"得意忘形"》,许钧主编《文字·文学·文化——〈红与黑〉汉译研究》,南京大学出版社 1996 年 2 月第 1 版。

与爱情"一诗的两个汉译加以说明。兴万生译文是："自由与爱情,/我需要这两样。/为了爱情,我牺牲我的生命,/为了自由,/我又牺牲了我的爱情。"殷夫译文是："生命诚可贵,/爱情价更高;/若为自由故,/两者皆可抛。"这里殷夫的译本在忠实性上显然不如兴万生译本,但事实上却更加脍炙人口。"若论让读者了解匈牙利文学,大概以兴万生的译本为佳,但若论给读者提供一个可独立欣赏的文学作品,甚至鼓舞革命志士,则非殷夫的译本莫属。"张南峰的意思是,忠实并非成功的唯一条件,不能完全以忠实与否讨论翻译。他还专门向读者介绍了汉斯·弗美尔(Hans J. Vermeer)的"目的论",它的大体意思是翻译未必需要忠实,而应该根据目的不同,选择不同的翻译策略,如直译,自由译,改译,等效翻译等等,改动的原则依赖于目的的不同,如将文学译为广告,自然要遵循广告的原则。张南峰的意思与许渊冲完全不一致,张南峰"译文是否符合某些标准与是否成功之间,并没有必然的关系"的意思是指不准确的译本自有其价值,而许渊冲其实并非有意追求"不准确",相反他追求的是既准确,又精彩。许渊冲在后文中还谈到:有缺陷的"是形式上'等值'的理论,而不是内容上'等值'的'魂归离恨天'。"可见许渊冲仍然是个"等值"论者,而这恰恰是张南峰所坚决反对的。许渊冲在文章的最后又征引张南峰的话,引述自己的结论:"《走出死胡同》一文还说:'不少(外国)翻译理论家认为,语言学派的翻译研究已经走进了死胡同。'又总结外国学者的意见说:'其实,偏离原文是翻译的必然现象,区别只在于有的距离大,有的距离小,有的是自觉的偏离,有的是不自觉的偏离……'又说:'值得注意的是,这些学者的研究重点不是译文如何达到最大程度的等值,而是译文如何并且为何偏离原文。'我看'偏离'就是'再创',而中国评论家的研究重点还是'等值',难道要落后半个世纪吗?"这段话似是而非,逻辑不畅。"偏离"固可说是"再创造",但有意识的"偏离"与追求"等值"的"再创造"完全不是一回事,最后许渊冲又笼统地批评起"等值",这里他批评的应该是形式等值,但事实上他自己同样是一个"等值"论者。

劳陇的批评和许渊冲的"赞扬",都说明了中国翻译界对于西方当代翻译理论的陌生,这与由中国译学传统构成的接受语境也有很大的关系。事实上，我们也翻译过来了不少西方翻译理论著作。二十世纪八九十年代我国翻译出版了九部外国译论著作，其中七部都是语言学理论著作，对于奈达尤为重视。谭载喜的《西方翻译简史》(1991)在"新时期的翻译理论"一节中，几乎只涉及了语言学派的翻译理论。而七十年代以来，在西方势头强劲的翻译研究学派的理论，直到这次"《红与黑》事件"发生的1995年后才有张南峰等人较为系统的介绍。这里值得一提的，是1999年出版的王宏志的《二十世纪中国翻译研究》一书。这本书在长长的"绪论"中较为详细地介绍了西方翻译研究学派的理论，更有价值的是作者运用这一理论研究了中国晚清及现代翻译史，对于严复、梁启超、鲁迅等人的翻译理论作了深入的探讨。并非偶然的是，作为先驱的张南峰和王宏志均来自香港，张南峰来自岭南大学翻译系，王宏志来自香港中文大学翻译系。这显然与香港得风气之先及中国译学传统的制约薄弱有关。他们的著作在大陆发表、出版①，应该说，对于国内的翻译批评起了良好的作用。

国内学者中较值得注意的，是上海外国语大学的教授谢天振。据谢天振回忆，1991年的加拿大之行对他具有重要意义。在阿尔伯特大学(Alberta)图书馆，他第一次读到了詹姆斯·霍姆斯(James S.Holms)的《文学翻译和翻译研究论文集》、安吉·勒菲弗(Andre Lefevere)的《文学理论与文学翻译》、伊塔马·埃文-佐哈尔(Itamar Even-Zohar)的《多元系统论》、《翻译文学在文学多元系统中的位置》及图里(Toury)的论文集《翻译理论探索》等，"而在此之前，这些学者的名字——更遑论他们的著作，我在国内时闻所未闻。在此之前，我只知道尤金·奈达，只知道彼得·纽马克，只知道卡特福特，只知道……这时我意识到，在西方译学界不仅仅只有语言学派，而还有一批所谓的'操纵'学派、'翻译研究'学派，其实也就是文化学派。"令谢天振激动的是，这些新的翻译研究的成果与他此前的思路颇多契合之处。如此，他更加坚定了对于自己的研究思路的信心，也明白了国内翻译圈

---

① 王宏志《二十世纪中国翻译研究》由东方出版中心1999年出版。张南峰的论文除在国内率先发表外，后于2004年在清华大学出版社出版了《中西译学批评》一书。

的落后状况。

正是在《红与黑》翻译论争的 1995 年,谢天振在《外国语》第 4 期上发表了《建立中国译学研究的文艺学派》的文章,这篇文章提出了崭新的研究思路。张南峰后来高度评价了这篇文章,他在谈到中国当代翻译研究状况时,先引用了谢天振的概括,并认为谢天振本人是唯一的例外,"谢天振指出:'我国的文学翻译研究基本上是沿着我国传统译学的路子前进的,它的最大特点是务实,它所关心的根本问题就是如何把作品翻译好。'看来这个评语不但适用于中国的文学翻译研究,而且适用于中国所有的翻译研究。唯一的例外似乎是谢天振本人所倡导的'文艺学派'的翻译研究;它强调描述,反对规范,与埃文—佐哈尔的多元系统论有许多相似之处,在中国来说是'开创性'的,但似乎至今未成为主流。"① "未成为主流"的原因,是国内翻译界的落后和顽固。谢天振指出:翻译研究的进展仅仅局限于学者的小圈子里,并没有在翻译界引起较多的反应,"比较多的翻译界人士对近年来我国译学研究上所取得的进展取一种比较冷漠的态度,在他们看来,译学研究,或者说得更具体些,翻译的理论研究,与他们没有什么关系。长期以来,我国的翻译界有一种风气,认为翻译研究都是空谈,能够拿出好的译品才算是真本事。所以在我国翻译界有不少翻译家颇以自己几十年来能够译出不少好的译作、却并不深入翻译研究或不懂翻译理论而洋洋自得,甚至引以为荣,而对那些写了不少翻译研究的文章却没有多少出色译作的译者,言谈之间就颇不以为然,甚至嗤之以鼻。风气所及,甚至连一些相当受人尊敬的翻译家也不能免。"应该说,主要由翻译家参与的《红与黑》的争论之所以陷入如此低的学术水准,正与此有关。谢天振认为,这种情况的造成,与我们翻译界对于翻译理论的认识误区有关。他认为:翻译学界存在着三个误区:一是"把对'怎么译'的研究误认为是翻译研究的全部",二是"对翻译理论的实用主义态度,片面强调理论对实践的指导作用",三是"习惯于强调'中国特色'或'自成体系',从而忽视了理论的共通性"。这种认识偏见,阻碍了中国翻译界对于翻译研究进展的注意,使中国的翻译讨论远远落后。谢天振还指出："今天,几乎世界上所有国际大师级的文化理论家,从德里达、福科,到埃科、斯皮瓦克等等,都在大谈特谈翻译,翻译不仅成为当今国际学术界最热门的话题,而且也被提高到前所未有的众所注目的地步。"①国内翻译界对于翻译研究的这种进展似乎浑然不知,仍在孜孜于讨论似是而非的"直译""意译"问题,这的确让人深思。

(二)

既然了解了西方翻译文化研究的新思路,本书自然不愿重复旧的史料描述的老格式。国内没有类似的研究在先,不过赛义德(Eeward Said)的《旅行的理论》、特贾斯维莉·尼南贾纳(Tajaswitni Niranjana)的《为翻译定位:历史,后结构主义与殖民情境》、劳伦斯·韦努蒂(Lawrence Venuti)《翻译与文化身份的构成》、美国华裔学者刘禾的《跨语际实践》等著述都可以在思路上给笔者以启发。中国当代翻译的独特历史,没有现成的模式可以套用,只能够自己进行尝试和摸索。

本雅明和德里达的论述主要着眼于语言的阐释层面,如果将翻译的变异问题与地域空间的迁移联系起来,无疑将会衍生出更进一步的意义。赛义德注意到了卢卡契的马克思主义理论被他的入室弟子戈德曼迁移至巴黎的变异情况。卢卡契是匈牙利苏维埃共和国的革命者,戈德曼则是流落巴黎大学的历史学家,戈德曼的巴黎语境使其"把(卢卡契的)造反的强烈敌对意识改变成一种兼容并包的对应性和同源性意识",将"一时的造反意识在另一时变成了悲剧观念"。在追究这一翻译变异的原因时,赛义德批评了关于语言阐释的泛泛而论,而强调理论移动的历史情境。他说:"我们已经听惯了人们说一切借用、阅读和阐释都是误读和误释,因此似乎也会把卢卡契——戈德曼事例看作证明包括马克思主义者在内的所有人都误读和误释的又一点例证。倘若下此结

---

① 谢天振《国内翻译界在翻译研究和翻译理论认识上的误区》,《中国翻译》,2001年第4期。

论,那就太让人失望了。"赛义德的意思是,以"那种漫无边际的关于文本间性的理论"来解释这一问题未免空洞,事实上这种理论命题的转变在历史中是有迹可寻的,"完全可以把(出现的)误读判断为观念和理论从一情境向另一情境进行历史转移的一部分。卢卡契写作时所处的和所服务的情境产生出他关于意识和理论的思想,与戈德曼在自己所处的和所服务的情境中产生的思想是大不相同的。如果把戈德曼的著作称为对卢卡契的误读,随即把他的误读与所谓阐释是误释的一般理论挂起钩来,那是对历史和情境置若罔闻。"

从卢卡契到戈德曼的变化,引发了赛义德关于理论的变异与空间移动的关系。他提出了如下问题:"假设一种理论或一个观念作为特定历史环境的产物而出现了,当它在不同的环境里和新的理由之下被重新使用时,以至在更为不同的环境中被再次使用时,会发生什么情况呢? 这能说明理论本身与批评及其界限、可能性和固有问题的什么情况,能表明理论与批评、社会与文化的什么关系呢?"赛义德由此提出了一个"理论旅行"理论,并概括了"理论旅行"的四个阶段:"首先,有一个起点,或类似于起点的一个发轫环境,使观念得以生发或进入话语。第二,有一段得以穿行的距离,一穿越各种文本压力的通道,使观念从前面的时空点移向后面的时空点,重新凸显出来。第三,有一些条件,不妨称之为接纳条件或作为接纳所不可避免之一部分的抑制条件。正是这些条件才使被移植的理论或观念无论显得多么异样,也能得到引进或容忍。第四,完全(或部分)地被容纳(或吸收)的观念因其在新时空中的新位置和新用法而受到一定程度的改造。"①

尽管赛义德语焉不详,但他的"理论旅行"的构想仍因其新意而引起了西方学界的注意。将"理论旅行"与翻译的问题联系起来,让人感觉到别有洞天,由此对八十年代以来的一系列学术命题有了新的认识。七十年代末期以来,进入中国的西方现代主义在历经了大量的翻译、争论及文学实践后,终于在八十年代中期前后稳固下来了。孰料,就在此时,

---

① Edward W.Said, *The World, the Text, and the Critic*.Cambridge:Harvard University Press,1983.译文参见谢少波、韩刚等译《赛义德自选集》,中国社会科学出版社 1999 年 8 月第 1 版。

文坛对于中国现代主义的身份忽然产生了怀疑。一些批评家认为,中国的现代派缺乏真正的现代主义的要素,与西方现代派相比尚有差距,因而只是"伪现代派"。关于"伪现代派"的惊呼,当时在文坛上引起了强烈的反响。现在看来,这只是一个耸人听闻的假问题。指责"伪现代派"的言下之意是,他们本来认为中国新时期的"现代派"原来就是西方的现代派,这一认识来自于我们对于"理论旅行"特性的无知。事实上,是否"伪"的问题是毋庸置疑的,西方的"Modernism"与中国的"现代派"的不同是不言自明的。值得讨论的问题倒是,在西方的"Modernism"变成中国新时期"现代派"的旅程中,究竟发生了一些什么? 换言之,中国新时期是如何"翻译"西方"Modernism"的?

劳伦斯·韦努蒂(Lawrence Venuti)《翻译与文化身份的构成》一文的贡献,既在于指出了翻译变异背后的时代意识与政治意识,更在于对于这种意识形态"归化"手段的具体分析。作者首先分析了西方世界对于亚里斯多德的翻译,文章首先提供了1962年约翰·琼斯对于此前拜沃特标准译本的批评,琼斯指出了拜沃特译本与希腊原文之间的三处差异:一,将希腊文的"好人们"译成了"一个好人";二,将希腊文的"一个坏人"译成了"坏人们";三是将希腊文的"命运的改变"译成了"英雄命运的改变"。这三处看似不经意的改变决非无足轻重,将复数译成了单数,无中生有出"英雄",这些暗示着亚里斯多德的心目中只有单独一个主要人物,而且是一个英雄,这就都将古希腊戏剧个人主义化了,暴露了译者的时代意识。词义的选择是意义篡改不易发觉的形式,希腊词中的 mellein 包含"即将要做"、"正要做"和"准备做"几种意思,但拜沃特等译本全都采用了心理化的概念"意图谋杀",这同样体现出"浪漫主义的印记"。当然,这种"纠正"并非意味着琼斯的答案是"正确","虽然琼斯无疑是揭示了亚里斯多德《诗学》与希腊悲剧中被忽略和歪曲的某些方面,但他自己也是在翻译,因而也是在构建一种某种程度上也是年代倒错的归化再现。"正如一评论家所指出的,琼斯的翻译体现出他的时代的存在主义色彩,他不过是以存在主义译法纠正拜沃特的浪漫主义翻译。

书中接着又分析了美国对于日本小说的翻译。五六十年代,美国的著名出版商翻译了很多日本小说,这些小说都是精心选择的,集中于谷崎润一郎、川端康成和三岛由纪夫。这些作家作品的翻译及其在欧洲的大量转译,制造了西方世界的日本形象——雅致、凄楚、忧郁等,这种形象将日本文学固定了四十年。这种日本文学的英译典律,是由战后日本的遭遇决定的,"他们确立起来的典律,构筑的是对逝去不可复得之过往的感伤忆念。不仅译过来的日本小说经常谈及传统的日本文化,而且有些还痛悼因军事冲突和西方影响而招致的断裂性的社会变化。"这些典律所传达出来的日本文学意识,传达了地缘政治学的含义,它们"为美国与日本的外交关系从本土给予了文化上的支持,这也是为遏制苏联在东方的扩张行为而设计的。"由此看来,翻译是一个不可避免的"归化"过程,劳伦斯·韦努蒂指出这一过程"贯彻了翻译的生产、流通及接受的每一个环节"。这些环节包括:"它首先体现在对拟翻译的异域文本的选择上,通常就是排斥与本土特定利益不相符的其他文本。接着它最有力地体现在以本土方言和话语方式改写异域文本这一翻译策略的制定中。再接下来,翻译的文本以多种多样的形式被出版、评论和教授,在不同的制度背景和社会环境下,产生着不同的文化和政治影响。"①

　　这些分析思路,几乎可以直接运用到中国对于俄苏文学的翻译介绍上。俄苏文学是二十世纪以来在中国最受重视的国别文学,翻译数量之大、品种之多给人以无所不包的感觉,然而它却可以说是最受"歪曲"的一种。俄苏文学在中国得到了长期的形塑,成为了主流意识形态的重要构成部分。形塑的手段竟也与劳伦斯·韦努蒂的概括大致相仿,自然,中国此外还有很多"独创"。首先是"对拟翻译的异域文本的选择",它排斥对于"本土利益"不利的作家作品,如梅日列科夫斯基、勃留索夫、吉皮乌斯、茨维塔耶娃、别雷、皮里尼亚克、布尔加科夫等异端作家的名字国人从前都没有听说过。对于陀斯妥耶夫斯基、安德列耶夫、勃洛克等作家的作品,国人只能看到与"本土利益"相符的一部分。中国的特殊国

---

①　Lawrence Venuti, *Translation and the Formation of Culture Identities*, in Christina Schaffner and Helen Kelly-Holms (eds) Cultural and Functions of Translation, Clevedon: Multilingual Matters Ltd. , 1996.

情还有"内部出版",享受这种待遇的有艾特玛托夫、邦达列夫、利帕托夫等当代作家。与此相反的是对于符合"本土利益"的作品的大量出版和宣传,如果说高尔基、马雅可夫斯基、法捷耶夫等作家的作品尚有一定的美学价值,那么从前红火一时的吉洪诺夫、安东诺夫、巴甫连柯、卡达耶夫、柯涅楚克、克雷莫夫等人的"社会主义现实主义"作品则只能说是意识形态的材料了。对于翻译作品的"评论和教授",在此也起着非常重要的引导作用。中国的翻译作品通常都有一个"前言"或"后记",它们负责对于作品的"积极意义"的彰显和对于"消极意义"的限制。上述种种,逐渐在国人心中构建起了一个俄苏文学的"光明梦"形象。直至九十年代,王蒙还在津津乐道地谈论这一"光明梦",以至于受到了年轻一代的批评。

令人感到有点意外的是,作为后殖民批评代表人物,赛义德居然将理论旅行的范围仅仅局限于欧洲,而没有涉及理论在西方与第三世界国家之间旅行的更为复杂的情形。在劳伦斯·韦努蒂的上述分析中牵涉到东方国家,但却是不能代表第三世界的日本。詹姆斯·克里福德敏感地意识到了这一点,在《旅行理论:旅行家》一书中,他肯定"赛义德的这篇论文是从换位的角度,从旅行的角度去分析理论的一种不可缺少的出发点",但他接着指了这一理论的局限:"如果拓展到后殖民的语境之中,这篇文章还需要作出某种修订。布达佩斯、巴黎和伦敦的旅行表是线性的,局限于欧洲范围以内的。……这样一种直线的路径并不能公允地反映在'第一世界'与'第三世界'各地之间的理论旅行、旅行家旅行所特有的反馈圆环、带有矛盾情绪的接受与拒绝等复杂现象。"①对此,特贾斯维莉·尼南贾纳也有同感,他在《为翻译定位:历史,后结构主义与殖民情境》一书中指出:"自欧洲启蒙运动时起,翻译就一直被用来支撑着种种主体化的阐述,对被殖民民族来说,尤其如此。在这样一个情境下,对翻译进行反思便成了一项重大的课题,对于要把早已活在'翻译里'、被殖民视角一再设想的'主体'弄个清楚的后殖

---

① Jamas Clifford ed.,*Traveling Theories:Traveling Theorists*,1989,PP.177-185.

民理论,具有极大的迫切性。"这本书对于早期英国人对于印度文化的翻译过程进行了分析,比如"溯古或称贵之词立刻即被当作胡编乱造打发掉,而任何显示了印度人堕落的东西,都被视为是正当合理的证据",比如说对于土著文化的西方立场的理解等等。正是这些翻译成功地在英语世界构建出了"懒懒散散,逆来顺受","整个民族无法品味自由的果实,却祈盼被专制所统治,且深深地沉溺在古老宗教的神话里"的印度人形象。这些形象不仅活在西方世界中,而且又通过英语教育居然在印度本地也成为了"真理",此书的导言中所引述的土著男童向外国人乞讨英文书的故事,正反映了印度与殖民化相伴随的自我殖民化的过程。英国人对于土著印度人"人之所以异于食草牲畜的那些官能都已麻木退化了"①这一类的描述,不免让我们想起《支那人之气质》等西方传教士对于中国人的丑化,这些书中的材料也无疑都翻译为中文。

无论是美国之于日本文学,还是英国之于印度文化,这些是西方对于东方他者的表现,按照刘禾的说法,只讲了故事的一半。刘禾在谈论特贾斯维莉·尼南贾纳的《为翻译定位:历史,后结构主义与殖民情境》一书时提出了以下疑问:"当欧洲语言翻译成非欧洲语言时情形又如何?"这样一种情形的确迄今无人理会,在此之前甚至没人提出这一问题。刘禾本人已经就个人主义话语在二十世纪初中国的旅行经历作过梳理②,本文的任务是考察新时期的西方文化思潮。新时期以来西方文化的纷至沓来、国人对其趋之若鹜这一现象本身,就显在地说明了特贾斯维莉·尼南贾纳所说的殖民化与自我殖民化的事实。新时期中国具有浓重的将西方作为终点的进化史观,将"进步"看作是追逐西方的同义词。譬如中国的后现代主义,它一开始是当代作家的技巧"追新",后来则是当代学者的理论"追新"。马原等先锋作家在写作中出现了打破小说的假定性、迷宫式的故事叙述等方法,它们本是对于博尔赫斯等后现

① Tajaswitni Niranjana, *Sitting Translation: History, Post-structuralism, and the Colonial Context*, University of California Press, 1992.
② 刘禾《个人主义话语》,《语际书写》,上海三联 1999 年 10 月第 1 版。

代小说的模仿,与后者的相似是必然的,但这却让不甘心落后的中国学者分外惊喜,他们以此为论据宣称中国的后现代世纪来临了。中国学者追逐西方、走向世界的心理动力强大无比,以至学术研究的严肃性也难以抵挡。从本文的分析看,当代先锋小说身上的"后现代光环"完全是人为强加的。马原将博尔赫斯虚构性手法理解为一种对读者逆反心理的利用,是为了让读者更加相信叙述的真实,正如布莱希特的"间离效果"一样①,马原的小说迷宫也并非如批评家们所说来自于马原的"非因果性"、"不可知论",而只是海明威"冰山理论"式的省略,这些都与博尔赫斯完全不同。先锋小说家们也拆除历史,瓦解意义,但中国先锋小说所解构的是既定的历史叙述方式,并不是历史本身,所要破坏的只是既定的政治文化中心,并不是一切中心,所要消解是只是旧的意义,并不是一切意义。

事情当然决不像"殖民化"或"自我殖民化"这么简单。或者说,这只是问题的一个方面;问题的另一个方面是,它反映了中国内部对于现代性的诉求。中国是一个与西方国家制度不同、意识形态对立的第三世界大国。新时期西方文化大潮的流行,固然与西方现代帝国主义有关,但它首先是国内政治权力斗争变动的结果。一个反证是,在新时期之前,西方文化思潮无论多么强大也不能到达中国。在此,刘禾的提醒并不多余,"值得重视的倒是非欧洲语言作为一个权利关系实践场所所存在的意义,在这片场地本身我们就可以看到主导与抵抗的复杂过程,以及本土语言和其它语言之间的历史关系。""新时期中国"并不是一个不可化约的整体,而存在着不同的利益集团和文化群体,作为一种外来思想资源的翻译便成为了本土价值冲突的工具。更为深入的研究,应该来自于对于这些文化群体之间的互动关系的具体分析。

一种西方话语之所以流行于中国,缘自于中国的内在需要。从一定意义上说,它不过是被借用来的斗争工具。例如,在新时期初期,作为对于"文革"时期国内主流话语体系的反拨,国内知识精英及党内新兴势力试图通过重新"翻译"人道主义,开辟新的话语空间,创作界则试图通

---

① 马原《小说》,《马原文集》卷四,作家出版社 1997 年 3 月北京第 1 版。

过借鉴西方现代主义摆脱庸俗社会学的艺术成规。这种话语实践从一开始起就充满了斗争，新政权的政治合法性也需要建立在对于过去的批判上，但在这种批判超过了限度以后就不能被容忍了。它们被指责为"资产阶级自由化"，受到了严厉的批判。对于人道主义内涵的翻译，最终为胡乔木的解释所主宰，"现代主义"者也纷纷公开检讨。由此看来，新时期"人道主义"、"现代主义"的提倡者的用心并非突发奇想地对于这些西方思潮发生了兴趣，而是借此解决自己的问题。至于在中国形成的人道主义、现代主义思潮，与西方"原版"则几乎没有多少共同之处，它是由中国的语境所决定的。新时期论者对于人道主义有过种种定义，如"尊重人的尊严，把人放在高于一切的地位"（朱光潜）等，这些定义其实是徒劳无益的。在海德格尔看来，如果将人道主义看作是对于人的"自然本性"及"自由"的强调的话，那么人道主义的内涵就因人们对于"自然本性"和"自由"的不同理解而大相径庭了，例如基督教和斯大林同样声称他们是人道主义。近现代以来的中国历史上有过多种人道主义，但每一种都不相同，因而应该研究的是我们这回谈论的是这一回我们"翻译"了怎样的人道主义。

　　新时期人道主义在批判"四人帮"的"法西斯"统治的时候，理论矛头指向的是长期以来的阶级斗争理论。新时期关于现代主义的争论是在人道主义的语境中进行的，由此它的反现代性的性质必然要被中国的现代性大潮所淹没。柳鸣九的《现当代资产阶级文学评价问题》是为外国"现代派"平反的第一篇文章，它刊登于《外国文学研究》1979年第1期上，篇目正好在新时期最早讨论人道主义的"人道主义笔谈"栏目之后，这篇文章正是从人道主义的角度肯定现代主义的，它决定了后来褒扬现代主义的方式。如论者认为现代主义的"价值就是对自我的重新发现，对人的价值的再肯定"，这已经让我们完全看不到现代主义同人道主义、个性主义的区别。在艺术上，西方现代主义也成为了回归内心、自我表现的代名词。新时期初的意识流小说、荒诞派戏剧、朦胧诗等"现代主义"的形态由此而来，它们与西方现代主义的确不能"同日"而语。

　　外国文化思潮一方面既影响了中国的现实，可能造成殖民及自我殖民的现实,另一方面其实又是出自于中国的历史需要,并被中国的现实所决定。一部翻译文学史,就是对于这种碰撞和协商的过程的描述。

第十章　市场消费与文学翻译

第一节　《挪威的森林》

（一）

　　九十年代以后,川端康成对于我国文坛的影响似乎已经不再,但他的作品的翻译出版却出现了热潮。川端康成专家叶渭渠一人就主编了多套川端康成的文集:1996 年中国社会科学出版社出版的"川端康成文集",1998 年漓江出版社出版的"川端康成作品",及 2002 年广西师大出版社出版的"川端康成文集"。另外,叶渭渠还主编了一个三卷本"川端康成集"和一个两卷本的"川端康成少年少女小说集"。2000 年,河北教育出版社又出版了高慧勤主编的"川端康成十卷集"。文学大家的大型文集的重复出版,与中国出版业的商业化和市场化有关。

　　九十年代以后日本文学的另一个热点,是三岛由纪夫。读者对于三岛由纪夫的热情,大约与对他的好奇有关。三岛由纪夫的作品,因为其性倒错、变态心理、剖腹嗜血等描写及武士道、天皇意识、军国主义而为人忌惮。三岛由纪夫的作品虽然在七十年代初就有供批判之用的内部印行，但直到1986年中国文联出版公司才获准出版他的作品，这一年12月该社出版了唐月梅翻译的《春雪》。在这本书的前言里，唐月梅提出要批判地看待三岛由纪夫。此后，三岛由纪夫的作品就在争议中不断翻译出版。1994年，作家出版社开始出版一套由叶渭渠主编的十一卷约二百三十万字的"三岛由纪夫文学系列"。与主编川端康成的情形相仿佛，叶渭渠后来还为中国文联出版公司主编了"三岛由纪夫小说集"和"三岛由纪夫作品集"。

国内对于大江健三郎的热情，则与诺贝尔文学奖直接相关。在获奖之前，我国文坛差不多对大江一无所知，连一个单行本都没有翻译过，只译过几个短篇。1994年大江获奖后，次年，即1995年，国内就有叶渭渠主编的五卷本"大江健三郎作品集"（光明日报出版社）问世，速度之快，让人惊讶。在1996年，叶渭渠又为作家出版社主编了五卷本《大江健三郎最新作品集》，其中收入了上一部"作品集"没有收录的大江作品。大江在中国的出版热潮，显然是诺贝尔文学奖催生和市场运作的结果，无论是读者还是评论界都未能好好消化。

最引人注目的是"村上春树热"。据译者林少华介绍，村上春树先在日本风行，接着窜红海内外。村上春树在出道以后的短短十几年内便风行日本，出版社为他出了专集，杂志出了专号，书店设了专柜，每出一本书，销量少则10万，多则上百万册。其中1987年的《挪威的森林》上下册销出七百余万册（1996年统计），也就是说几乎每十五个日本人中便拥有一册。美国翻译出版了《寻羊冒险记》、《世界尽头与冷酷仙境》、《舞！舞！舞！》，短篇集《象的失踪》以及《国境南·太阳西》、《奇鸟行状记》等书。《纽约人》(New Yorker)也刊载了其数篇短篇小说的英译本。德国翻译了《寻羊冒险记》、《世界尽头与冷酷仙境》两部长篇和《象的失踪》、《再袭面包店》等六七个短篇，很多报纸都发了书评予以赞赏。在韩国，村上的主要作品大多被翻译出版，其中《挪威的森林》和《且听风吟》不止由一家出版社亦不止一次出版。汉城坛国大学副教授金顺子撰文说，目前村上春树是韩国最受欢迎的作家。在台湾，村上的中长篇小说几乎全部翻译过来，由台北的城乡出版社、台北时报文化出版公司和可

∧ 林少华译《去中国的小船》
上海译文 2002 年版

∧ 林少华译《且听风吟》
上海译文 2001 年版

筑书房等相继出版。当地出版商认为，村上春树永远是"书市最佳票房"。

在中国大陆，《挪威的森林》1989 年由漓江出版社出版，数次印刷均很快售罄，后来出版的五卷本村上春树文集，以及译林出版社推出的《奇鸟行状录》，稳步获得读者的青睐。《人民日报》等刊物也都发表了评介文章，对其作品给予积极肯定的评价。林少华认为，无论就日本文学还是就当代外国文学来说，村上春树在中国的反响恐怕都是"极为少见"的。需要补充的是，村上春树在中国的流行其实还在后面。以《挪威的森林》为例，在 1989—2000 年间，这本书出版了三个版本，十五次印刷卖出三十万五千册，而 2001 年转到上海译文后，短短几年就二十四次印刷，销售一百一十万册。五卷本村上春树文集在 1996—1999 年间印出十万册，而在短短的 1999—2001 年却销出二十万册以上。

村上春树为什么如此受欢迎呢？林少华作了几个方面归纳："第一，在于他作品的现实性，包括非现实的现实性"，"第二，村上作品的魅力还在于作者匠心独运的语言、语言风格或者说文体"，"第三，行文流畅传神，富于文采。"最后，它还能够"唤起人们的田园情结，唤起一缕乡愁，给人以由身入心的深度抚慰。"林少华对于村上春树作品的风格分析，不无道理，特别是他所强调的村上春树在表达和语言上的魅力，译

者本人应该居功其间。村上春树在中国大陆的翻译几乎为林少华一人所垄断，这与我们前面提到的热门外国作家作品出现多种译本的鱼龙混杂的情形形成对比。林少华的村上春树译本语言优美。他喜欢中国古代诗词，在文字上追求唐诗宋词的意境，因而在翻译村上春树的时候不免充分汉化，甚至让人不自觉地读出中国古典文学的韵味。语言较为质朴的台湾赖明珠译本，常常被拿来与林少华译本相比较。林少华认为：赖明珠的英语比他好，可以将村上春树的西化词汇还原回来，而他则有时不免将自己不熟悉的爵士乐的名称译错；但他的汉语比赖明珠好，在汉语表达的韵味情调上更胜一筹。赖明珠似乎倾向于忠实原文，林少华则认为翻译不可能不带上自己的烙印，他们在翻译理路上看来不太相同。林少华译文在中国大陆深受读者喜爱，则已经是事实。很多大陆读者表示，因为一直读的是林少华译本，已经无法接受其他译文。当然也有人抱怨，分不清所读到的是树上春树还是林少华。

与全球同步的中国的"村上春树热"，说明九十年代以后中国的文化市场的确已经日益成为了全球文化消费的一部分。不过，林少华的介绍，似乎着重于共性，并未提到村上春树在中国被接受的独特性，如此就忽略了村上春树与中国社会进程的直接关系。事实上，"村上春树热"既与其自身的言情言性的畅销书因素有关，更与 1989 年之后的社会心态及其后消费社会的小资风潮有直接联系。

（二）

《挪威的森林》主要写男主人公渡边与直子及绿子等女性的感情和心理纠葛。直子是渡边的第一个恋人，她原是渡边中学同学木月的女友，在木月自杀后，直子一方面与渡边倾心交往，另一方面却在内心里无法忘却木月，以至在生理上无法接受渡边。渡边后来偶然相遇低年级的绿子，绿子大胆活泼，两人很快陷入恋情。渡边内心既牵挂身处遥远的疗养院的直子，又不能抗拒身边的绿子。如此，《挪威的森林》看起来不过是一部三角恋爱的言情小说。读者的确常常将村上春树称为日本琼瑶，不过日本琼瑶和台湾琼瑶不太一样。与中国传统文化有关，台湾琼瑶的小说所制造的情感世界十分纯洁，基本不涉及到性；村上春树的小说却不但写情，而且毫不忌讳地写性，或者说通过写性而写情，这自然使其更加吸引读者。性描写不断出现于《挪威的森林》小说情节中，成为了小说的结构性因素。小说中既有渡边与直子、绿子之间的情感与性爱的因果纠葛，又有与小说主线没有直接关系的性爱，如渡边与永泽上街找妓女过夜、渡边与直子的病友中年妇人玲子的做爱，这些画面共同营造出一个浮华情色的小说世界，使读者沉浸其中。

很多读者回忆，开始接触村上春树的时候，是将其作为地摊文学的黄色读物来看的。1989版的《挪威的森林》的封面上是一个半裸的女郎，似乎也是暗示这一点。译者林少华后来曾抱怨，出版社将1989年版《挪威的森林》设计得像一部黄色小说，让他无法拿去送人。情爱再加上性爱，成为《挪威的森林》吸引读者的原因，这一点是不必否认的。至2001年上海译文出版社出版的时候，为了吸引读者，出版社请林少华补足了漓江版中删去的一些色情文字，号称全译本推出，以吸引读者。

不过，《挪威的森林》并不是"情爱加性爱"那么简单。无数的地摊文学都被时间淘汰了，《挪威的森林》的读者范围却愈来愈大。其中的一个原因是，《挪威的森林》讲述的是革命时期的情与爱。与米兰·昆德拉有点相似，《挪威的森林》对于日本六十年代革命的挫败及情爱生死都有精彩描述和反省,这对于 1989 年以后的中国读者有着心理上的吸引力。

《挪威的森林》直接描写了渡边所在的大学的学生政治运动。学生们罢课,并且封锁了学校,向当局要求议案权,但警方稍加干涉,秩序立刻得以恢复。在渡边怀着期待的心情回到学校后,发现学校竟然"毫发无损"。更让他惊讶的是,最先出席上课的竟是带动罢课的那伙人,好像不曾发生过什么事似的,而当初在罢课决议时他们把反对或怀疑罢课的学生骂得狗血淋头。"这世界真是太可怕了。这班人拿了大学学位之后,便到社会上去拼命地制造更下流的社会。"作为女性的绿子对于革命也颇失望,那帮男学生藉革命之由指使女生。在一次半夜的政治集会上,他们叫女生们每人做好二十个宵夜用的饭团带来,绿子虽然觉得这是"彻底的性别歧视",但她仍然还是乖乖地把饭团带来了,没想男生们指责她的饭团里只有酸梅干,没别的小菜。她很失望,"如果这就叫做革命的话,我可不要什么革命了。否则我一定因为饭团里只放梅干的理由被枪毙。"

崇尚于美国"垮掉的一代",渡边既失望于革命,也失望于社会和人生。他想挽救心理自闭的直子,但其实他自己也不能融入社会,感觉"孤独得要命"。这种与政治和社会相带的人生的悲苦,应该说与 1989 年之后中国的社会心理暗合。《挪威的森林》有这样一段话,"一九六九年那一年,令我一筹莫展地想起了泥沼。那是仿佛每跨出一步,鞋子就会完全脱落的黏性泥沼。我在那样的泥泞中非常艰苦地踱步。前前后后什么也看不见,无论走到何处,只有一望无际的灰暗泥沼在延续着。"世界性的六十年代革命之后,接踵而至的就是这样一种陷入泥沼的感觉。更绝的是,后面还有这样一段话,"人人呼吁改革,仿佛看见改革就在不远的地方到来。然而那些变故,充其量只不过是毫不实际又无意义的背景。我几乎没有抬起脸来,只是日复一日地过日子……我无法找到自己的定位。也无法确信是否往正确的方向前进。只知道必须往前走,于是一步一步地往前。"这段话仿佛在言说二十年后中国的政治处境及其身处其中的国人的特定心理。在这种挫折和孤独中,情爱成了渡边生活中的慰藉。米兰·昆德拉在回答为什么喜欢描写性爱时说:"我感到性爱场面能产生一道极其强烈的光,可以一下子揭示人物的本质,展现他们的生活状况。"①当我们读到直子因为悲伤和渴望第一次主动和渡边做爱时的场面，"最后直子紧抱着我，叫出声来。在当时，那是我所曾经听过的高潮时的叫声当中最悲哀的声音。"很容易为这来自人物内心最深处的呼喊而感动。米兰·昆德拉将非常时期的性爱和革命紧紧相联，在动荡中展示人性的脆弱；村上春树《挪威的森林》则将革命置于背景，聚光于情爱本身与生命的关系。木月之死，制约了直子的全部生活，同样也改变了渡边的认识，"死不是生的对等，而是潜伏在我们的生之中。"

如此看，《挪威的森林》在中国翻译出版于 1989 年算得上生逢其时，它在后革命的社会氛围中受到欢迎显得可以理解。不过，村上春树在中国最为流行、影响最大的时期却不是这段时间，而是十年以后。《挪威的森林》1989 年初版卖得不错，1996 年再版卖得更好，但这部书真正火起来却是在 1999 年、尤其是 2001 年上海译文接手以后。村上春树在十年后重新迅速流行，理由已经截然不同，那是因为九十年代末中国消费社会小资风潮的带动。

九十年代以后，中国逐步进入消费社会，作为消费社会标志的小资风潮却要等到十年后时机成熟才能到来。据说，点燃中国小资风潮的是一本出版于 1999 年的保罗·福赛尔的《格调》。这部从生活细节角度展现西方中产阶级生活方式的书，迎合了中国广大的小资阶层在温饱之后追求生活品位的心理。作为一本发轫之作，《格调》引发了中国日后的生活类小资书籍市场。村上春树的书恰恰从这一年开始畅销，似乎并非偶然。村上春树的书并不是生活类书，但读者却在其中发现了对于美国及日本现代生活方式的富于质感的表现。2002 年，《北京青年报》刊发了一篇题为"村上春树引领青春生活方式"的文章，报道了国内读者将村上春树视为时髦的情形：

> 村上春树作品中人物生活方式的全面西化，倒和近年来受西方文化熏染的我国青少年的情况颇多吻合，因此上个世纪九十年代我国开始掀起"村上热"并不奇怪。他们看伍迪·艾伦的影片，向

---

① 《笑忘录·跋——菲利普·罗思与昆德拉的对话》，《外国文学动态》1994 年第 6 期。

往 D.H 劳伦斯笔下纯粹的恋爱(《四月一个晴朗的早晨,遇见一个百分之百的女孩》);听肖斯塔科维奇的大提琴协奏曲和斯莱·斯通兄弟的摇滚乐唱片,借喻欧洲历史,表现现实生活的无意义性(《罗马帝国的崩溃/1881 年印第安人起义/希特勒入侵波兰/》);他们收听美军远东广播,缅怀吉姆·莫里逊和保罗·麦卡特尼唱歌的青春时代(《下午最后的草坪》);他们开爵士酒吧,热衷哈特费尔德、海明威和菲茨杰拉德,试图探索人生的意义(《且听风吟》);他们玩美国人流行的弹珠游戏(《1973 年的弹珠玩具》),甚至津津乐道的食物也是汉堡包(《再袭面包店》)、唐古利烧饼(《唐古利烧饼的兴衰》)、起司蛋糕(《起司蛋糕型的我的贫穷》)、意大利面条(《意大利面之年》)这样的西式食品,而且经常可以看见来自新宿、兵库县等地的日本人早晨起来要煮咖啡、烤面包,他们的食谱多半是炸马铃薯片、爆玉米花、甜甜圈、炖牛排等,还有各种洋酒和法语。①

从"表现生活的无意义性""探索人生的意义"等词汇,我们可以看到,小资的含义除却物质的品牌之外,另外还有重要的精神维度。有读者说,村上春树的名字让人立即想到坐在星巴克咖啡馆中孤独的青年。这里的星巴克咖啡馆是物质场所是品牌,而孤独却是小资的精神象征。村上春树一方面精彩地传达出都市的节奏,另一方面却要从精神上居于都市之上,这很让中国小资读者心向往之。现代都市光怪陆离,甚至让渡边不知所措,"唱片行隔壁有间成人玩具店,一名睡眼惺忪的中年男人在买古怪的性玩具。我猜不到有谁需要那种东西,然而那间店似乎相当好生意。斜对面的小巷中,有个饮酒过量的学生在呕吐。对面的游戏机中心里,有个附近餐厅的厨师用现款在玩'冰高'打发休息时间。一名黑脸流浪汉一动也不动地蹲在一间关了的店的骑楼下。一名涂上浅红色口红,怎么看都像初中生的女孩走进店来,叫我放滚石乐队的'跳跃·杰克·闪光'给她听……见到这些情景,我的脑袋逐渐混乱起来,不明白那是什么玩意。到底这是什么?究竟这情形意味着什么?我不

---

① 丁丽英《村上春树引领青春生活方式》,2002 年 11 月 12 日《北京青年报》。

懂。"然而,这种"不懂"表达的却是一种冷眼。渡边的放荡不羁的旅行和性爱生活,及随口说出的"没有人喜欢孤独,只是不愿失望"的名言,更让人有一种大智若愚的超越感。

当已经被编辑为《村上春树音乐宝典》的爵士乐在中国市场上流行时,其中的冲动早已被磨平,在中国小资刻意地寻找星巴克咖啡馆时,所谓的孤独就成了一种装饰。在这种情形下,村上春树转变成了名副其实的消费品。可以作为佐证的是,在中国,小说《挪威的森林》已经与三宅一生香水,瑞士 SWATCH 手表,星巴克咖啡等并列为小资必备的品牌。

第二节 《钢铁是怎样炼成的》

(一)

九十年代以后,随着市场经济的高速发展,中国逐渐进入了消费社会的时代。在消费社会里,文化成为一种工业生产,阅读日益成为一种跨国界的文化消费,从而丧失了自己独特的历史。本书前面谈到的诸如古典名著、现代主义、弗洛依德、拉美文学以至白银时代等等翻译热潮,都植根于中国的历史需要,在新时期文化建构中发挥着独特功能。但随着消费主义对于社会结构的影响,情形发生了变化。

自 1998 年至 2004 年,在中国大陆销售量最多的外国文学作品为:《钢铁是怎样炼成的》、《挪威的森林》、《哈利·波特》、《魔戒》、《那小子真帅》等。在这些作品中,《哈利·波特》、《魔戒》是风行世界的魔幻作品,由西方制造,全球推销。我们还记得《哈利·波特》以美国为中心、全世界同步发行的壮观场景。这时候,中国的"魔幻文学热"不过是世界文化工业消费的一部分。《挪威的森林》、《那小子真帅》也都是首先在日本韩国持续畅销,然后波及到中国,中国读者的消费口味开始具有区域和世界的类同性。只有《钢铁是怎样炼成的》这部小说是个例外。

《钢铁是怎样炼成的》原是中国的革命红色经典,在九十年代末期以后畅销大陆显得十分突兀。在我看来,《钢铁是怎样炼成的》的"回潮"

钢铁是怎样炼成的
奥斯特洛夫斯基著

梅益译 人民文学
1980年版

李兆林 徐玉琴 赵瑞平译
浙江文艺 2003年2月版

曹缦西 王志棣译
译林 2001年6月版

王志冲译 上海译文
2001年6月版

^ 各个版本的《钢铁是怎样炼成的》

一方面具有中国的历史根据，显示了国人在特定社会条件下对于以保尔为代表的理想主义的缅怀，另一方面却主要是一个以"怀旧"和"理想主义"为卖点的市场消费行为。这是中国文化市场在分享全球文化产品的同时，在本土所进行的一次历史消费的练习。

尼·奥斯特洛夫斯基的《钢铁是怎样炼成的》一书在五六十年代的中国是家喻户晓的革命小说，其中的"一个人的一生应该这样度过……"的格言曾为无数的读者抄在笔记本上，铭刻在心里。在新时期，在"在没有英雄的时代，我只想作一个人"（北岛）的非英雄化的年代中，《钢铁是怎样炼成的》与其它革命书籍一道被忘却了。

刘小枫的《记恋冬妮娅》是一篇以个体的权利瓦解革命的神圣性的名文。在这篇文章中，刘小枫回忆了他少年时代躲在被窝里偷看《钢铁是怎样炼成的》的故事。作者自认，在阅读这部革命的故事时，他其实偷偷牵挂的是冬妮娅。"一开始我就暗自喜欢冬妮娅，她性格爽朗，性情温厚，爱念小说，有天香之质；乌黑粗大的辫子，苗条娇小的身材，穿上一裘水兵式衣裙非常漂亮,是我心目中第一个具体的轻盈、透明的美人儿形象。"不过,冬妮娅却不是个革命者。保尔说过,她不是"自己人,要警惕对她产生感情",保尔终于在革命与爱情之间选择了前者,与冬妮娅分道扬镳了。这种选择虽不免让人黯然神伤,却突出了保尔献身于革命的坚强意志。到了今天,刘小枫终于得以重新审视这段革命与爱情的关系。他认为,"解放全人类"的革命不应当泯灭了偶在个体的权利,"革命有千万种正当的理由(包括讴歌同志式革命情侣的理由),但没有理由剥夺私人性质的爱欲权利及其自体自根的价值目的。"他为冬妮娅抱屈,"她曾经爱过保尔'这一个'人,而保尔把自己从并不打算拒绝爱欲的'这一个',抽身出来,投身'人民'的怀抱。这固然是保尔的个人自由,但他没有理由和权利粗鲁地轻薄冬妮娅仅央求相惜相携的平凡人生观。""她的生命所系固然没有保尔的生命献身伟大,她只知道单纯的绻绻相契的朝朝暮暮,以及由此呵护的质朴蕴藉的、不带有社会桂冠的家庭生活。保尔有什么权利说,这种生活目的如果不附丽于革命目的就卑鄙庸俗,并要求冬妮娅为此感到羞愧?"刘小枫讴歌冬妮娅,因为当时保尔对她说"在我这方面,第一是党,其次才是你和别的亲近的人们"的话时,冬妮娅虽然"悲伤地凝望着闪耀的碧蓝的河流,两眼饱含着泪水。"但她没有接受自己所爱的人提出的爱的附加条件,而在那个年代,并不是所有的姑娘都能拒绝保尔式的爱情附加条件的。刘小枫以为,"冬妮娅身上有一种由歌谣、祈祷、诗篇和小说营造的贵族气,她懂得属于自己的权利。"①八十年代以来,《钢铁是怎样炼成的》所象征的空洞的革命叙事被启蒙话语所替代,而强调个性和感性的启蒙运动伴随着市场经济的改革逐渐演变成了一场世俗化运动。刘小枫的《记恋冬妮娅》以梳理个人情感记忆的方式,对这一历史进程作了一次异常有力的理论表述。

　　《钢铁是怎样炼成的》的最早、也是最权威的译本,出自于梅益。梅益三十年代后期在上海从事地下党文化工作,负责将上海出版的《字林西报》、《泰晤士报》等英文报纸上发表的有关中国问题的评论译成中文并汇报给中共中央。1938 年,他接受了党组织交给的政治任务,翻译刚刚出版的英文本尼·奥斯特洛夫斯基的《钢铁是怎样炼成的》。梅益在工作之余,挤时间翻译,终于在 1941 年冬将全书译完。1942 年,上海新知书店在极其困难的条件下出版了这本书。为了保证译文质量,后来出版社又请俄文专家刘辽逸同志根据俄文原本加以校阅增补,并由梅益进一步润色。作为革命经典,《钢铁是怎样炼成的》这部书影响巨大。仅人民文学出版社 1952 年至 1956 年就已印了 132 万册。不过,在新时期以后,《钢铁是怎样炼成的》虽得以重版,却与其它红色经典一样,逐渐被人忘却。

出乎意料的是,九十年代中后期,《钢铁是怎样炼成的》这部书开始重新流行,出现了重新翻译出版的热潮。仅在刘小枫写作《记恋冬妮娅》的 1996 年,国内就有六个出版社同时出版《钢铁是怎样炼成的》,它们分别是花山文艺出版社的仰熙、凤芝译本,四川文艺出版社的尚之年译本,陕西人民出版社的袁崇章译本,海天出版社的马海燕译本,东北朝鲜民族教育出版社的王志冲译本,解放军文艺出版社的米娜缩写本。2000 年 2 至 3 月,中央电视台在黄金时间播出了 20 集电视连续剧《钢铁是怎样炼成的》,获得了很高的收视率。漓江出版社紧接其后出版了《钢铁是怎样炼成的》电视剧文学本,首版达 20 万册,其后又有多家出版社翻译出版此书。应该说,《钢铁是怎样炼成的》出现了好的译本,如经过再次修订的由人民文学出版社及中青社出版的梅益译本,1976 年人民文学出版社初版后由漓江出版社修订再版的黄树南全译本,上海译文出版社译本的译者王志冲自身就是一位保尔式的残疾翻译家,他的译文也受到称赞。不过译本过多,未免泥沙俱下。漓江版电视连续剧本《钢铁是怎样炼成的》出现了大量的字词、修辞、语法、体例、标点、地名、人名、称谓等方面的错误,被南京大学教授余一中以消费者名义告上法庭,结果出版社被判停止发行此书。

电视热播及译本的涌现,使《钢铁是怎样炼成的》这部小说一时成了媒体报道和街谈巷议的热门话题。《北京青年报》上出现如下报道:"保尔精神体现了四个统一:中宣部教育部团中央联合召开《钢铁是怎样炼成的》座谈会"。中宣部副部长刘鹏、教育部副部长张天保、团中央书记处书记胡春华等领导到会并发言。报纸刊登了刘鹏的发言内容:

这部电视剧充分展示了原著的内涵，艺术地展示了保尔这个无产阶级革命英雄的成长历程，提示了钢铁是怎样炼成的这个主题，令人震撼，感人至深。它充分表现了对祖国、对人民、对革命事业无限忠诚的奉献精神，百折不挠的进取精神，身残志坚的奋斗精神，勇敢面对困难的革命乐观主义精神。①

　　上述"对革命事业无限忠诚的奉献精神"等论述，似乎复活了几十年以来的革命"宏大论述"。对于这样一种"红色经典"的回潮，知识界感到心惊。学者们陆续发表文章，揭示《钢铁是怎样炼成的》一书所反映的斯大林时代的历史真相，警醒读者不要沉迷于历史的欺骗和政治的大话中。

　　郑风在《不忘古拉格群岛》一文中指出，我们首先要问的是，"保尔的理想实现了吗？"作者认为，"要回答这样一个问题，我们就无法绕过索尔仁尼琴的'古拉格群岛'"②。《古拉格群岛》及其它揭露斯大林时代历史罪恶的书籍，已经告诉我们斯大林时代苏联的残酷真相，告诉了我们保尔所谓"壮丽的事业"到底是什么。斯大林时代对于上千上万苏联同胞的监禁和屠杀，毫无疑问是人类历史上的丑闻。理想主义的保尔当时只不过充当了斯大林路线的工具，钢铁是炼成了，但其用处可能仅仅用来做成屠戮无辜的武器。

　　董健发表《保尔的复出与历史反思》一文，对于"保尔热"提出自己的尖锐批评。他直接质疑保尔所奋斗的目标，保尔的信念是，他把一生献给了一个最美好的事业——为共产主义解放全人类而斗争，但结果如何呢？"他当然没有想到，他所直接参与的'斗争'不仅未能解放全人类，而且连苏联人民自己也没有解放，反而使他们之中的千千万万个家庭遭到过种种本不应有的大不幸！如果保尔活到今天，看看那些解禁的苏联历史档案，再听听一代新人们的历史反思，他还能那么自豪与自信

---

① 摘自 2000 年 3 月 17 日《北京青年报》，文/牛金荣。
② 郑风《不忘古拉格群岛》，《世纪中国》2001 年 4 月 4 日。

地说出那一大段关于生命与理想的话吗？他还能理直气壮地说他一点后悔之心也没有吗？"①

《钢铁是怎样炼成的》译者之一姜长斌教授本是"保尔热"的受益者。九十年代以来，他多次收到增印稿费，但他对于这本书的社会意义却深表忧虑。他结合赵云中《乌克兰：沉重的历史脚步》一书对《钢铁是怎样炼成的》的历史真相予以了详细的澄清。《钢铁是怎样炼成的》分为第一部和第二部，第一部九章，第二部八章。第一部从第四章起，着力描写"匪帮首领佩特留拉"的暴行，此后展开的主人公保尔·柯察金的经历是：参加共青团、布尔什维克党、红军及其肃反部队。第一部故事发生在乌克兰西部，红军作战对象有德国军队、波兰军队、佩特留拉"匪帮"。佩特留拉占据主要地位，被刻画为十恶不赦的匪徒首领。第二部的故事，主要以内战结束后苏俄新经济政策时期为背景。在姜长斌看来，这两部分的叙述在今天看来都是有严重问题的。西蒙·佩特留拉是受乌克兰人民尊敬的民族独立运动领导人，《钢铁是怎样炼成的》一书描写佩特留拉领导的乌克兰民族军与德军、波兰军队沆瀣一气是不准确的。乌克兰现在已经是中国承认的独立国家，我们继续沿袭原有的说法显然不适合的。的确有来自乌克兰的人，向姜长斌提出此类问题。小说第二部反映苏俄新经济政策时期至列宁逝世以后的历史，也有"严重的主题思想错误"。第二部第四章描写青年团要求参军，出国支援德国起义和攻打波兰首都华沙的场面，"事实上，苏俄主导的德国汉堡起义，1923年，很快就失败了，这次起义是托洛茨基、季诺维也夫、斯大林等人背着病重的列宁发动的，代价不仅是花光了苏俄1921年实行新经济政策以后积累的全部黄金储备，而且使德共和民众遭受了巨大的人员牺牲，客观上为德国重新军国主义化、法西斯势力上台制造了借口。"②

（二）

这些为历史真相而慷慨激昂的学者，似乎有点过于"较真"。在我看

---

① 董健《保尔的复出与历史反思》，《博览群书》2000年8月。
② 博正学术网(www.xueshubook.com)。

来,"保尔热"固然有其历史原因,但究其实,它主要并不是一个思想政治事件,而不过是一个得到政治资本支持的市场行为,不必过于大惊小怪。早已自负盈亏的出版社竞相翻译出版《钢铁是怎样炼成的》及民营万科公司耗费巨资拍摄电视剧《钢铁是怎样炼成的》,都不是出于政治动机,而是为了追求商业利润。商业主义行为遵循的是市场逻辑,追随的是消费者的心理。从市场的角度说,商家选择"红色经典"不能不说是一种精明的选择。"红色经典"是经过几代人积累的品牌,知名度高,容易得到社会认同,如此商家就节省了高额的广告宣传费用。另一个重要原因是,"红色经典"容易得到主流政治的认同,书籍发行及电视播出都容易完成。后来,《钢铁是怎样炼成的》在央视黄金时间播出大获成功,验证了商家的精明。

《钢铁是怎样炼成的》受到读者观众的喜爱,确有社会心理的原因。上文提到,刘小枫所歌颂的以冬妮娅为代表的强调个性和感性的世俗化运动,在市场的推动下,至九十年代已经日趋堕落:人性解放变成了享受腐化,个性主义变成了自私自利。九十年代上半期,中国学界的有关"人文精神"的讨论,就隐约折射出人们对于人文主义、理想主义的呼唤。在这种社会背景下,作为昔日理想主义化身的保尔的走红显得可以理解。但这是否说明读者观众都像以前那样欣赏这部小说的革命内涵、像官方希望的那样执著于"对革命事业的无限的忠诚的奉献精神"呢?并不尽然!商家所抓住的,事实上主要是由这部昔日家喻户晓的红色经典所带来的朦朦胧胧的怀旧心理。作为主要读者和观众的青年以上的国人,多数受过《钢铁是怎样炼成的》的熏陶,这部书在今天能够成功地唤起他们的青春记忆,至于具体内容,其实并不重要。我们看一下2000年3月10日《北京青年报》关于"保尔缘何热荧屏"问题所作的采访,下面是两位采访对象的回答:

武志海,1954年出生,曾在内蒙古当了七年兵团战士,现在某通讯设备公司做经理。谈起保尔,他说:"我几乎每天都看,实在没时间,落下的,以后重播时我肯定补上。"问他原因,他对记者说:"不知你有没有这种感觉:有时听一首十年前的流行歌曲,你会一下想起当时听这首歌时的场景,在哪儿、和谁一起等等。我现在看《钢铁是怎样炼成的》就是这种感觉,甚至好像能闻到我十四五岁时的气息。想起我们班很多同学都把保尔那段著名的话作为座右铭,贴在墙上、抄在日记本上……"

刘昕,一位女教师。她告诉记者,自己最早接触保尔这个形象还在上小学,是听大人读的小说。1965 年,她上初中时,保尔·柯察金受到她和同学们的崇拜。所以,一听说电视里要演保尔了,就不可忍耐地想马上看。她立刻在家里宣布播放保尔期间要"霸占"电视机。记者问她这是不是出于对自己青春岁月的一种怀念,她说:"这不是一种个人的怀旧情绪,而是对那个时代的一种怀念。保尔身上有理想主义的色彩,但他表现出的理智与感情的搏斗并最终用理智战胜感情,使人们相信他是一个平凡而又伟大的人。这正是那个时代的特点。"①

歌声、影像很容易触动人们对于过去的回忆。武志海对此深有感受,他将《钢铁是怎样炼成的》与十年前的歌相类比,说明歌声或电影的内容倒在其次。刘昕同样因为幼年时代的记忆而迷恋上这部电影,她还表示这不是一种纯粹个人的怀旧,而是一种集体性的时代怀旧。她的确提到了保尔身上的吸引人的品质,但她只泛泛地说,那是"理想主义色彩",她选择了"理智战胜感情""平凡而伟大"这类的抽象的字眼,似乎在有意地剥离其中的时代内涵。在《北京青年报》后来发起的众多媒体的关于"保尔和盖茨谁是我们这个时代的英雄"的讨论中,多数人都认为,保尔和盖茨都是我们这个时代的英雄,他们都具有英雄的品格。可见,读者观众并不是从政治思想的层面,而从精神的层面上怀念保尔的。

《钢铁是怎样炼成的》的消费主义性质,在其后的红色经典改编中显露无遗。"怀旧"的消费是有限的,经不住大量的红色经典跟风之作的消耗。于是,商家纷纷开始改编红色经典,将其现代都市化。《红色娘子军》中吴琼花成为时尚美女,洪常青变成帅哥;《林海雪原》中少剑波陷入与白茹的情感戏,杨子荣陷入三角恋,匪首座山雕甚至出现了"私生子"。这些改动受到了很多激烈的批评,批评家认为红色经典变成了黄色经典,英雄不是人性化,而是"性"化了。批评家感到奇怪:改编者完全可以按照他们的历史想象重写剧本,为什么一定要糟蹋经典名著。批评家还是太天真了,他们没有想到这正是商家的"智慧"所在。他们既要有红色经典的品牌效应和政治投机,但又要去除已经不符合当下观众需要的概念化情节,于是他们在人情化、人性化的幌子下将红色经典庸俗化市场化了。让商家没想到的是,这一次的"红色"效应失败了,商业操作超过了意识形态所能忍受的底线。国家广电总局向全国各地有关职能部门下发了《关于认真对待红色经典改编电视剧有关问题的通知》,禁止戏说红色经典。本来想借政治之功,行商业之利,没想到赔了夫人又折兵,商家们对此连连叫苦。

《钢铁是怎样炼成的》的热潮,是一次成功但难以重复的借重政治资本的市场运作的结果。

第三节　名著复译/魔幻文学

(一)

九十年代以来,国内出现了名著复译的热潮,大大小小的出版社都卷入到名著的复译和出版之中。在书店里,读者能够看到各种世界文学名著版本,琳琅满目,几乎每一种世界名著都出现了多种译本,而《红与黑》等热门品种竟然出现了十几种以至几十种译本。世界文学名著翻译如此繁荣的景象是前所未有的,然而,繁荣之下的浮泛也达到了足以令人震惊的地步。

这次名著复译的膨胀,与思想无关,完全是市场导致的结果。追根溯源,首先要谈到世界版权公约。1992年,中国加入世界版权公约,它极大地改变了中国的图书翻译出版市场。出版社不再轻易翻译出版当代

外国作品,因为要付版税,还不容易预计其市场效应。这时候,世界名著很自然地进入了出版商的视野。按照版权法的规定,版权在作家去世五十年后自动失效。大多数世界名著已经不再有版权的限制,而且经过历史淘汰留下来的世界名著还具有无可置疑的品牌效应及由此带来的市场效应,由此中国大陆出版商们不约而同地瞄准世界名著的出版市场。

"复译"的问题,则是由原译而来。在"复苏"一章里,我们已经谈及,多数世界名著在中国已经有固定的名译,而且这些名译多由特定的出版社拥有版权,如老牌的人民文学出版社及上海译文出版社等。新的出版社想加入出版名著的行列,只能找人重译。世界名著的翻译并非易事,那些名译是多年积累而成的,而这些出版社出于商机,一味赶速度,如此"刷新"出来的世界名著便出现了种种问题。小的出版社不提,单说名著重译的大宗北京燕山出版社。北京燕山"世界文学文库"及"中学生课外名著阅读推荐图书"的品种之多,规模之大,最为引人注目。但这些名著重译鱼龙混杂,它既出版了延请来的力冈、罗新璋、杨武能、陈中梅等名家的译本,也出版了很多质量不高的半成品。这些半成品受到了读者和读书界的猛烈批评。《光明日报》2002 年 5 月 9 日书评版曾刊登批评

"燕山版"的专题,牵涉到的作品包括《白鲸》、《红字》、《傲慢与偏见》、《鲁滨逊漂流记》、《大卫·科波菲尔》、《双城记》、《飘》等。

首先是翻译错误。因为译者不太有翻译能力和经验,赶制出来的译作错误之多,译笔之荒谬,令读者瞠目。以燕山版《鲁滨逊漂流记》为例,杨文秀发表了《拿什么"推荐"给中学生》一文,详细分析了这个作为"中学生课外名著阅读推荐图书"的译文的种种错误。

一是语法不通,其语法错误可以详细分为如下几类:

1、词语搭配不当,主要包括主谓、动宾搭配不当,修饰词与被修饰词搭配不当等方面。下面试举例证(后附为页码)

燕山版:我希望不要有任何英国人,运气那么倒霉(141)
人文版:我不希望任何英国人有这样倒霉的运气(159)
译林版:但愿没有一个英国人会这样倒霉(146)

在此例中,燕山版的主语与谓语搭配不当。"倒霉"的主语应是人而不是"运气",所以应去掉"运气"一词。

2、在燕山版的译文中,不少词与词之间、句与句之间、甚至段落与段落之间都存在自相矛盾:

燕山版:一股小小的强风(110)
译林版:风稍稍大起来(114)

燕山版使用"小小的"与"强"两个意义冲突的词语同时修饰"风";译林版的"风稍稍大起来"恰如其分。

二,除了以上严重的语言问题外,燕山版的译文还存在令人瞠目结舌的错译、误译(粗略统计,至少有三十多处),还有一些句子与人文版的译文几乎完全相同。

1、错译:主要指由于对英语语言的句式结构、习语词组等理解错误而导致的翻译错误。下面附上原文与人文版、译林版的正确译文以便发现燕山版的译文错在何处:

原文:and now I have difficulties to struggle with, too great for even nature itself to support(81)

燕山版:如今我有许多要克服的困难,这些困难是自然的,难以避免的(71)

人文版:现在,我有无数的困难需要克服,这些困难,就是大自然本身,也不容易克服(80)

译林版:我不得不在艰难困苦中挣扎,困难之大,连大自然本身都难以忍受(74)

上例中,英语短语 too great for even nature itself to support 是 too…to 的句型,意为"太……而不能……",而燕山版则理解错误。

2、误译:主要指由于态度不严谨等原因导致的翻译错误,这类错误往往非常明显:

原文:and now I thought it a proper time to sow it after rains (93)

燕山版:我觉得……雨季已过,现在不是播种季节(81)

人文版:我觉得正是播种的时候(92)

译林版:雨季刚过,……,我认为这该是播种的时机了(85)

上例中燕山版的译文将肯定误译为否定。

杨文秀认为,除了以上两方面的主要问题外,这个译本中还存在着"严重的标点符号滥用及不同程度的漏译、背景知识无交代"等问题。出版社拿这样的译本推荐给中学生,无法不令人担忧。

其次是方便的挪用、套用。因为有旧译以至名译在前,后来者太容易直接"借鉴"了。以燕山版《红字》为例,祝朝伟在将这个译本与译林版姚乃强译本及译文版侍桁译文进行了比较之后，惊叹于这个译本的移译、套译现象。他在《居然有这样翻译的"红字"——〈红字〉的三个译本比较研究》一文中认为，燕山版的《红字》整个小说共分二十四章，仅有第一、二、十三、二十三和二十四章是新译者所译，占整个篇幅的 1/5，而其余部分均有套译、移译的痕迹。他举例分析如下：

> 译林版：除了海丝特·白兰以外，没有其他人认识他，而且他手中掌握着关键，能操纵她使之缄口不言，所以他宁愿把他的姓名从人类的花名册上勾销；至于考虑到他从前的关系和利益，他也愿意从生活中彻底消失，仿佛他当真像很久以前传说的那样早已葬身海底了。这个目的一旦达到，新的利益立即出现，于是，又有了新的目标，……。(P.78，para.1)

> 燕山版：除了海丝特·白兰，没有一个人认识他，再说他有法宝使她不敢开口，所以他宁愿将自己的名字从人类的花名册一笔勾销，至于他从前的联系与爱好，也同样让其从他的生活中完全消失，如同他真的像谣传的那样早已葬身海底一样。这个目的一旦实现，新的兴趣、爱好随即应运而生，同样，新的目的也接踵而来。(P.94，para.1)

在以上两段中，译林版的总字数为 142 字，燕山版的为 137 字，两段完全相同的字数为 94 字，其余的不同均是同义词的替换，如"他手中掌握着关键"被替换成了"他有法宝"，"使之缄口不言"被替换成了"使她不敢开口"等。如果读者把这些词去掉，剩下的句子几乎连关联词都是一模一样的，所以，这绝不是偶然的巧合，只可能是别有用心的故意。这样的套译从第三章开始，直到第二十三章，几乎到处都是。

再等而下之的就是直接抄袭了。1998 年，外国文学出版研究会核查了六家出版社，就发现抄袭剽窃之作 23 种。其中包括：黄甲年译《少年维特的烦恼》、《茶花女》、《上尉的女儿》，蒋思宇译《包法利夫人》，熊希伟译《孤独散步者的遐思》，骆继光、温晓红译《拜伦诗选》，臧伯松译《红与黑》,长江译《悲惨世界》,丘林译《十日谈》,梁虹译《呼啸山庄》,苗国强译《母与子》,肖华译《一千零一夜》等等。这样的事实,真是无法不让人惊叹。接踵而至的,就是种种不同的"官司"。有的被迫公开检讨。黄甲年在抄袭杨武能被发现后,公开"检讨":"本人在长江文艺出版社所出之译作《少年维特的烦恼》一书中,……不自觉地犯了抄袭别人作品的恶劣后果,……表达我衷心的检讨和悔过。"不过,"检讨"似乎并未能阻止他的抄袭行为,他后面继续"新译"不断,以致杨武能公开撰文《我不再宽容》予以严厉谴责。有的原译者直接将抄袭者告上法庭。内蒙古远方出版社出版的张超的《简爱》译本,经查实,抄袭了译林出版社黄源深的译本。南京中级人民法院一审判决侵权成立,限令抄袭者向原告道歉赔款。还有一种是读者状告译者,如余一中状告漓江版《钢铁是怎样炼成的》一书的大量错误侵害了消费者的权益,同样胜诉,此书被判停止发行。

相较于新时期初期古典名著的归来,二十年后的名著复译不啻为正剧后面的喜剧。如果说七十年代末古典名著的归来意味着思想解放,那么,九十年代以来的名著的再次归来则仅仅表明中国的文化市场走向了无序消费,并表明了中国翻译文学自身的危机。

(二)

文学翻译的质量问题不限于名著复译,外国文学新译本一样不能避免。《哈利·波特》和《魔戒》在由人民文学和译林出版社于 2000 年和 2001 年高调推出后,借助西方电影大片的推动,在中国市场流行一时,位居当年中国畅销书榜。但这两部书的翻译质量,却引起了很多读者的不满。魔幻文学迷们采取了特有的网络批评的做法,甚至越俎代疱在网上自行翻译,由于涉及到"网络侵权"的问题,这一事件引起了社会的广泛注目。

2003 年,"哈利·波特系列作品"第五册《哈利·波特与凤凰令》出版发行。人民文学出版社购买了大陆版权,中文简体译本将于 9 月上市。未曾想,人民文学的译本尚未出世,一些国内网站上却已赫然出现"不满人文社版本"的网上译本。"西祠胡同"网站自 7 月开始连载"哈利·波特网络译本",受到了网友的追捧。另外,还有一个专为"哈利·波特迷"们设立的大型网站,翻译《哈利·波特与凤凰令》更快也更全,平均每天更新的内容都超过了一万字。据北青报记者探访,网络译者及网友们认为"人文社新书翻译出版过程太慢",而且人文社前四本《哈利·波特》"翻译得有问题",如将《哈利·波特》译得过于儿童化等①。

相对来说,读者对于人文版《哈利·波特》的反应还算温和,而对于译林版《魔戒》的批评,则远为激烈。2004 年,国内魔幻文学网站中出现了对于译林版《魔戒》的尖锐批评和排斥。批评认为,译林版《魔戒》的译者缺乏对于魔幻小说的基本知识,屡屡出现字面理解错误和大量漏译,三个翻译者之间常常缺乏统一性。据说,《魔戒再现》、《王者无敌》两卷书中翻译错误至少也有八百余处!而《精灵宝钻》更加离谱,仅仅是书后的 index 就可以找出 179 处硬伤!令人惊讶的是,这些网络读者似乎既通魔幻小说又通外语,他们居然给出了译林版译本《精灵宝钻》第九章译文的勘正表,共计指正了 107 处错误。兹举前面几例如下:

页码:78,行数 2:费阿诺痛苦地说:"非同小可也好,不非同小可也罢"

原文:But Feanor spoke then, and cried bitterly: "For the less even as for the greater……"

商榷:我认为原意是"对于更渺小者正如同对于更伟大者一样……"

页码:78,行数 5:要想打开它们,除非先杀了我,打开我的心脏!

原文:and if I must break them, I shall break my heart, and I shall be slain.

① 曾鹏宇:《网络版〈哈利·波特〉叫板始末,出版社否认将打击》,2003 年 7 月 29 日《北京青年报》。

商榷：我认为原意接近于"心碎"或者"打碎我的心血"之类，而不是"打开心脏"。

页码：78，行数 14-15：（费阿诺）："……如果梵拉一定强迫我，请先告诉世人，梅尔克是不是你们的同类？"

曼多斯说："你说的没错。"

原文：(Feanor) "....But if the Valar will constrain me, then shall I know indeed that Melkor is of their kindred." Then Mandos said: "Thou hast spoken."

商榷：这句台湾翻译做"汝出此言，覆水难收"极为传神。而译林错了十万八千里。在这里 Feanor 指责 Valar 为世界之敌 Morgoth 的同党，Mandos 怎么会说出"你说的没错"，简直错得离谱。"请先告诉世人"也是翻译自己写的。

页码：80，行数 14—16：可是乌戈利安特已经变得十分强大，莫高斯因为一直东奔西跑力量大不如前。她飞身跃起，轻扬双臂，一团黑色的云雾把梅尔克紧紧包裹起来。

原文：But Ungoliant had grown great, and he less by the power that had gone out of him; and she rose against him, and her cloud closed about him,

商榷：and she rose against him 不是"飞身跃起，轻扬双臂"（那是只蜘蛛呀！）完全是在胡编，Morgoth 也不是什么"东奔西跑"，只是说他因为力量流失而被削弱。

读者们以诸如"离谱""胡编"等网络特有的说话方式，对译林版《魔戒》提出了强烈的批评。甚至有人贴出了"抵制译林版"的口号，号召大家不要买译林版的《魔戒》。

从这一网络批评的事件中，除了继续得到当前翻译文学质量低下的警醒外，我觉得还可以有另外的发挥。

网络读者对于人文社《哈利·波特》的不满，首先是认为人文社的译本速度实在太慢，这也是导致读者自行翻译的原因。凭常识我们就知道，这其实正是《哈利·波特》等书出现翻译错误的重要原因。人文社在回答"《哈利·波特》一书的译本速度是否太慢"的问题时，觉得很冤枉。人文社策划室主任孙顺林告诉记者，"前几册我们只有一位翻译，这次专门安排了三位，目的就是尽可能地争取时间。网络译本更新得快，其实我们翻得也不慢，但是我们还要进行统稿、校对、制作版式等工作，另外必须保证新书的差错率要在万分之一以下，这些都需要时间。"他认为，在三个月之内拿出译本，这已经是相当快的速度了。据查，《凤凰令》德文、法文和繁体中文版都晚于简体中文版，其中法文版预计当年 11 月推出，而德文版和繁体中文版要在 2004 年才能与读者见面。[①]为赶时间，由三人同时翻译，很难不出现协调上的差错，而三个月的期限也没有让人从容雕琢的余地。前面我们谈到，名著重译之所以粗糙，就是因为抢速度，抢市场份额。像《哈利·波特》这样的当代国外畅销书，对于速度的要求更高，它追求的是同步畅销，以期不失去市场"热点"。同步畅销的机制，在获诺贝尔文学奖作品的翻译上，表现得尤为明显。当年诺贝尔文学奖得主作品在中国的翻译出版之快，达到令人惊叹的程度。2003 年 10 月南非作家库切获奖，半年后的 2004 年 4 月《库切小说文库》即由浙江文艺出版社出版上市。2004 年 10 月奥地利作家耶利内克获奖，三个月后的 2005 年 1 月，已有数本耶利内克中译文问世。在这种惊人的速度之下，译本的质量如何能够得到保证呢？市场给译者提出了很苛刻的要求。

那么我们的翻译队伍能否达到这一要求呢？很不幸，我国目前译坛的现状是人才凋零。网络上对于《哈利·波特》和《魔戒》的批评的一个共同结论是，译者缺乏魔幻文学的专业知识。这是我国翻译人才缺乏的表现，因为翻译本来需要各个不同领域的专家。事实上，魔幻文学还不足道。我国翻译人才的缺乏已经达到不能满足语种要求的地步。我们还记得上世纪八十年代拉美文学热的情形，本书前面专门有关于马尔克斯、

---

① 曾鹏宇：《网络版〈哈利·波特〉叫板始末，出版社否认将打击》，2003 年 07 月 29 日《北京青年报》。

博尔赫斯对于中国文坛冲击的论述，近年来我国却已经出现拉美文学翻译的危机。2003 年 8 月，中央编译局副局长尹承东提出我国拉美文学翻译出现了断档现象，他认为，"新一代翻译队伍跟不上，译者队伍断档"是导致近年拉美文学冷落的重要原因。另一个引人注目的事件发生在 2004 年 5 月，媒体纷纷报道捷克文学的断档，致使赫拉巴尔文集的出版面临终止的危险。据《南方都市报》记者采访，赫拉巴尔系列作品的责任编辑龙东表示，目前的译者多已是七十多岁的老人，他们来自中国社科院外文所东欧室，这个室现在已经解散，以后想找到合适的译者将更加困难。①青黄不接不仅仅是小语种的窘境，它事实上反映出我国整个翻译界的整体状况。我们曾有一批杰出的翻译名家，他们正在老去，近年来我们不断听到老一辈翻译家冯至、萧乾、施咸荣、董乐山等人过世的令人悲恸的消息。而新一代翻译名家却难觅踪影，年轻的翻译同行们似乎仅仅以不断出现的低劣产品以至赝品向他们的前辈致意。

文学翻译界的后继乏人，在近年来的翻译奖项的评比上显得格外分明。2004 年 10 月第五届戈宝权文学翻译奖颁奖，德语、俄语、西班牙语的一等奖全部空缺，昭示着我国译坛小语种的空档。2004 年 12 月，在一项由上海翻译家协会和上海译文出版社举办的翻译大赛上，一等奖空缺，唯一的二等奖颁给了一位土生土长的新加坡人。在 2005 年第三届鲁迅文学奖文学翻译奖评选中，五个名额仅仅评选出了田德望翻译的《神曲》和黄燎宇翻译的《雷曼先生》，其它三个名额因为质量太差，所得票数超不过 2/3，只能放弃。

中国译坛青黄不接，后继乏人的现象，为文坛所关注，报刊上不断出现"狼来了"的呼声。我们常听到诸如此类的忧心忡忡的质疑："冯亦代们走了，还能看到大师级的翻译作品吗？""二十年后，还有优秀的文学翻译吗？还会有诸如萧乾这样的翻译大家的出现吗？"对于当代文学翻译断档的原因，也出现了多层次的分析。有人提出，教育的偏颇导致了人才综合素质的欠缺。当代中国对于外语教学愈来愈重视，按说这应

① 田志凌《文化话题:〈魔戒〉的尴尬与文学翻译的危机》,2004 年 8 月 24 日《南方都市报》。

∧ 译林出版社出版的《魔戒》系列图书

该促进翻译水平的提高,其实不然,因为对于外语片面的强调带来了对于母语的忽视,这对既强调外语更要求中文的翻译显然极为不利。《人民日报》的李辉忧虑地指出,"今日文学翻译人才青黄不接,谁的错?环顾四周,对外语能力的片面强调已经到了令人啼笑皆非的地步。曾见报道,有的小学语文课,开始尝试用英语教学,英语是学会了,但唐诗宋词的意境呢?或许早已被消融于 26 个字母之中了……真所谓:大家都为外语忙,唯有母语全忘了!没有整个教育制度对于母语的重视,就无法培养年轻一代乃至整个社会对母语的热爱。长此以往,翻译人才的日趋萎缩,文学翻译的今非昔比,就会是必然的结果。"①据记者调查:确有译者感觉外文过关,中文功底却不够,出版社的外文编辑也提到,译者的中文表达存在问题。在我看来,母语水平的低下,的确是一个普遍存在的问题,但却不是文学翻译水平下降的根本原因。从上文关于名著复译、

① 李辉《文学翻译为何青黄不接》,2005 年 2 月 4 日《人民日报》。

《魔戒》等论述中,我们可以看到,文学翻译的问题不仅仅在中文表达上,更在外文的理解上。我国的素质教育的确有偏颇现象,但要找到中英文俱佳的人才其实并不难,问题的关键在于文学翻译无法吸引这些优秀人才加入。为什么呢?这就涉及到文学翻译水平下降以至队伍断档的更为重要的原因:那就是当代文学翻译这一行地位低下,没有吸引力。如今文学翻译行当既无名可得,又无利可图。据了解,至今多数大学或研究机构都不将翻译作为科研成果,不将其作为晋升职称的依据,如此专业工作者就失去了翻译的动力,它甚至根本不能成为一种业务工作。如果将其作为业余职业来说,它又无利可图。目下文学翻译的稿酬为千字 50 元左右,而为翻译公司做口译则可以拿到一小时数千元以上。文学翻译要求既高,收入又低,谁愿意做呢?无怪乎社会上出现大量的"编译"之作,将已有的不同译本篡编到一起,既不需要多高的英文中文素质,速度又快,这才是真正的市场消费时代的"产品"。

本书以"名著重印"开始,以"名著复译"结束,以翻译的政治开始,以翻译的消费结束,以新时期翻译的繁荣开始,以翻译的危机结束,历史莫非真的在这里走完一个轮回?

附录

相关翻译要目

1957 年

5 月,海明威《老人与海》,海观译,新文艺出版社。

9 月,海明威《永别了,武器》,林疑今译,新文艺出版社。

1961 年

4 月,《泰戈尔作品集》(1-10),人民文学出版社。

9 月,聂鲁达《英雄事业的赞歌》,王央乐译,作家出版社。

1962 年

12 月,爱伦堡《人、岁月、生活》(第一部),王金陵、冯南江译,作家出版社
（内部发行）。

1963 年

1 月,爱伦堡《解冻》(第一部),沈江、钱诚译,作家出版社(内部发行)。

2 月,索尔仁尼津《伊凡·杰尼索维奇的一天》,斯人译,作家出版社(内部
发行)。

3 月,爱伦堡《人、岁月、生活》(第二部),冯南江、秦顺新译,作家出版社
（内部发行）。

8 月,爱伦堡《人、岁月、生活》(第三部),冯南江、秦顺新译,作家出版社
（内部发行）。

9 月,塞林格《麦田里的守望者》,施咸荣译,作家出版社(内部发行)。

11 月,爱伦堡《解冻》(第二部),钱诚译,作家出版社(内部发行)。

1964 年

1 月,爱伦堡《人、岁月、生活》(第四部),冯南江、秦顺新译,作家出版社
（内部发行）。

10 月,《索尔仁尼津短篇小说集》,孙广英译,作家出版社(内部发行)。

1965 年

1 月,《艾特玛托夫小说集》,陈韶廉等译,作家出版社(内部发行)。

2 月,《战斗的越南南方青年》(第三集),叶灵、李翔译,作家出版社。

3 月,(越)《南方风暴》,岱学等译,作家出版社上海编辑所出版。

4 月,萨特《厌恶及其他》(包括《厌恶》、《墙》和《艾罗斯特拉特》三部小
    说),郑永慧译,作家出版社上海编辑所出版(内部发行)。

4 月,《巴拿马的游击队》(越南短篇小说集),作家出版社上海编辑所出
    版。

4 月,《抗美救国中的越南英雄》(越南报告文学集),中国青年出版社编
    辑出版。

7 月,萨缪尔·贝克特《等待戈多》,施咸荣译,中国戏剧出版社出版(内部
    发行)。

11 月,(越)《南方来信选》,人民文学出版社。

12 月,(越)原玉《祖国站起来了》,黄敏中译,人民文学出版社。

1966 年

1 月,卡夫卡《审判及其他》,李文俊、曹庸译,作家出版社上海编辑所出
    版(内部发行)。

3 月,(朝)金载浩《袭击》,北大朝鲜语科教研室译,作家出版社上海编辑
    所出版。

4 月,(越)《巴拿马的游击队》,作家出版社上海编辑所出版。

1971 年

11 月,三岛由纪夫《忧国》,人民文学出版社(内部发行)。

12 月,三岛由纪夫《天人五衰》,人民文学出版社(内部发行)。

1972 年

5月,巴巴耶夫斯基《人世间》,上海新闻系统五七干校翻译组译,上海人
　　民出版社(内部发行)。

8月,三岛由纪夫《晓寺》(《丰饶之海》第三部),人民文学出版社(内部发
　　行)。

9月,《越南南方短篇小说集》,人民文学出版社。

9月,《老挝短篇小说选》,人民文学出版社。

9月,《柬埔寨通讯集》,人民文学出版社。

12月,高尔基《一月九日》,曹靖华译,陕西人民出版社。

1973 年

2月,《阿尔巴尼亚短篇小说选》,作家出版社。

3月,《鲍狄埃诗选》,徐德炎等编译,人民文学出版社。

4月,《越南短篇小说集》,人民文学出版社。

5月,高尔基的《母亲》,夏衍译,人民文学出版社。

5月,三岛由纪夫《奔马》(《丰饶之海》第二部),人民文学出版社(内部发
　　行)。

5月,小林多喜二《沼尾村》,李德纯译,人民文学出版社。

7月,艾特玛托夫《白轮船》,雷延中译,上海人民出版社(内部发行)。

7月,肖洛霍夫《他们为祖国而战——长篇小说的若干章节》,史刃译,上
　　海人民出版社(内部发行)。

9月,绥拉菲摩维奇的《铁流》,人民文学出版社。

10月,小林多喜二《蟹工船》,叶渭渠译,人民文学出版社。

10月,小林多喜二《在外地主》,李芒译,人民文学出版社。

10月,利帕托夫《普隆恰托夫经理的故事》,上海外国语学院俄语系翻
　　　译,上海人民出版社(内部发行)。

12月,三岛由纪夫《春雪》(《丰饶之海》第一部),人民文学出版社(内部
　　　发行)。

1974 年

3月,高尔基《母亲》,夏衍译,广东人民出版社。

3月,《美国小说两篇》,晓路、蔡国荣译,上海人民出版社。

6月,《故乡——日本的五个电影剧本》,石宇译,上海人民出版社(内部发行)。

9月,法捷耶夫《毁灭》,鲁迅译,人民文学出版社。

11月,(阿尔巴尼亚)《阿果里诗选》,郑恩波译,人民文学出版社。

11月,(玻利维亚)奥普佩萨《点燃朝霞的人们》,苏龄译,人民文学出版社。

1975 年

1月,《巴勒斯坦战斗诗集》,潘定宇等译,人民文学出版社。

4月,斯诺《漫长的革命》,伍协力译,上海人民出版社。

4月,有吉佐和子《恍惚的人》,秀丰、渭慧译,人民文学出版社。

4月,松本清张《日本改造法案——北一辉之死》,吉林师大日本研究室文学组译(内部发行)。

6月,巴巴耶夫斯基《现代人》,上海新闻系统五七干校翻译组译,上海人民出版社(内部发行)。

6月,小松左京《日本沉没》,李德纯译,人民文学出版社(内部发行)。

6月,《生活的道路》(老挝中篇小说),梁继同、戴德忠译,人民文学出版社。

7月,《莫桑比克战斗诗集》,王连华、许世铨译,人民文学出版社。

9月,《朝鲜短篇小说选集》,张永生等译,人民文学出版社。

10月,(埃及)法耶斯·哈拉瓦《代表团万岁》,北京外国语学院亚非语系阿拉伯语专业译,人民文学出版社。

10月,高尔基的《人间》,汝龙译,人民文学出版社。

10月,法捷耶夫的《青年近卫军》,水夫译,广东人民出版社。

12月,(阿尔巴尼亚)斯巴塞《他们不是孤立的》,黎星译,人民文学出版社。

12月,(阿尔巴尼亚)斯巴塞《火焰》,李化等译,人民文学出版社。

1976 年

1月,电影剧本《沙器》、《望乡》,人民文学出版社(内部发行)。

1月,斐迪南·拉萨尔《弗兰茨·冯·济金根》,叶逢植译,人民文学出版社。

3月,(波利维亚)阿格达斯《青铜的种族》,吴健恒译,人民文学出版社。

3月,五味川纯平的《虚构的大义——一个关东军士兵的日记》,人民文学出版社(内部发行)。

5月,《朝鲜诗集》,延边大学朝鲜语系七二届工农兵学员译,人民文学出版社。

6月,户川猪佐武《党人山脉》(《吉田学校》第二部),上海人民出版社(内部发行)。

6月,邦达列夫《热的雪》,上海外国语学院《热的雪》翻译组翻译,上海人民出版社(内部发行)。

6月,法捷耶夫《青年近卫军》,水夫译,广东人民出版社。

6月,(美)米切纳《百年》,庞渤译,上海人民出版社。

8月,(波兰)密茨凯维之《先人祭》,韩逸译,人民文学出版社。

8月,堺屋太一《油断》,渭文、慧梅译,人民文学(内部发行)。

10月,尼·奥斯特洛夫斯基的《钢铁是怎样炼成的》,梅益译,人民文学出版社。

1977 年

1月,中田润一郎《从序幕中开始》,解放军某部共工译(内部发行)。

1月,户川猪佐武《角福火山》(《吉田学校》第三部),上海人民出版社(内部发行)。

4月,城山三郎《官僚们的夏天》,解放军某部共工译,人民文学出版社(内部发行)。

4月,《朝鲜电影剧本集》,延边大学朝鲜语系七二届工农兵学员译,人民文学出版社。

4月,(秘鲁)蒙托罗《金鱼》,上海外国语学院西班牙语专业76届工农兵学员及部分教员集体翻译,人民文学出版社。

6月,(西德)海因里希·伯尔《丧失了名誉的卡塔琳娜·勃罗姆》,孙凤城、孙坤荣译,人民文学出版社。

6月,马雅可夫斯基《列宁》,飞白译,人民文学出版社。

10月,(菲)黎萨尔《不许犯我》,陈尧光、柏群译,人民文学出版社。

10月,(菲)黎萨尔《起义者》,柏群译,人民文学出版社。

10月,(加)阿瑟·黑利《车轮》,上海师范大学中文系译,上海人民出版社。

10月,果戈理《死魂灵》,鲁迅译,人民文学出版社。

11月,斯威布《希腊的神话和传说》,楚图南译,人民文学出版社。

11月,户川猪佐武《吉田学校》,上海人民出版社(内部发行)。

11月,《有吉佐和子小说选》,文洁若、叶渭渠译,人民文学出版社。

11月,《井上靖小说选》,唐月梅译,人民文学出版社。

11月,(巴)《伊克巴尔诗选》,王家瑛译,人民文学出版社。

12月,《一千零一夜》(一、二、三),纳训译,人民文学出版社。

12月,莎士比亚《哈姆雷特》,朱生豪译,人民文学出版社。

12月,莎士比亚《雅典的泰门》,朱生豪译,人民文学出版社。

12月,夏崛正元《北方的墓标》,南京大学外文系欧美文化研究室译,江苏人民出版社。

12月,《维尔特诗选》,施升译,人民文学出版社。

12月,(美)德鲁里《前车之鉴——爱德华·贾森总统生涯》,复旦大学外语系外国文学教研组译,人民文学出版社。

1978年

1月,莎士比亚《奥瑟罗》,朱生豪译,人民文学出版社。

1月,莎士比亚《亨利四世》,朱生豪译,人民文学出版社。

1月,海涅《一个冬天的童话》,冯至译,人民文学出版社。

1月,显克微支《十字军骑士》,陈冠商译,上海译文出版社。

1月,瓦西里耶夫《这里黎明静悄悄》,施钟译,辽宁人民出版社。

2月,屠格涅夫《处女地》,巴金译,人民文学出版社据1950年译本重印。

2月,伏尼契《牛虻》,李俍民译,中国青年出版社据1953年译本重印。

3月,巴尔扎克《幻灭》,傅雷译,人民文学出版社。

3月,狄更斯《艰难时世》,全增嘏、胡文淑译,江苏人民据1957年新文艺出版社译本重印。

3 月，狄更斯《大卫·科波菲尔》(上下)，董秋斯译，人民文学据 1950 年译本重印。

3 月，塞万提斯《堂吉诃德》，杨绛译，人民文学出版社。

3 月，赵基天《白头山》，张琳译，人民文学出版社。

4 月，莎士比亚《温莎的风流娘们》，朱生豪译，人民文学出版社。

4 月，《莎士比亚全集》十一卷，朱生豪等译，人民文学出版社。

4 月，雨果《悲惨世界》(一、二)，李丹译，人民文学据 1958 年译本重印。

4 月，雨果《九三年》，，郑永慧译，吉林人民出版社据 1957 年人民文学译本重印。

4 月，托尔斯泰《安娜·卡列尼娜》，周扬、谢素台译，陕西人民出版社据 1956 年人民文学出版社译本重印。

4 月，《契诃夫小说选》，汝龙译，人民文学出版社。

4 月，马克·吐温《汤姆·索亚历险记》，张友松译，山西人民出版社。

4 月，李青崖译，《莫泊桑短篇小说选集》，上海译文据 1956 年新文艺出版社译本印。

4 月，笛福《鲁滨孙飘流记》，甘肃人民据 1959 年人民文学译本重印。

4 月，萨克雷《名利场》，杨必译，人民文学据 1957 年译本重印。

4 月，易卜生《戏剧四种》(《社会支柱》、《玩偶之家》、《群鬼》、《人民公敌》)，人民文学据 1956 年潘家洵译本重印。

5 月，雪莱《伊斯兰的起义》，王科一译，上海译文出版社据 1962 年上海文艺译本重印。

6 月，拜伦《唐璜》，朱维基译，上海译文出版社据 1956 年新文艺出版社译本重印。

6 月，司各特《艾凡赫》，刘尊棋、章益译，人民文学出版社。

6 月，邦达列夫《岸》，南京大学外文系欧美文化研究室译，人民文学出版社(内部发行)。

6 月，德富芦花《黑潮》，上海译文据 1959 年上海文艺金福译本重印。

6 月，莱蒙托夫《当代英雄》，翟松年译，人民文学据 1950 年译本重印。

6 月，《安徒生童话全集》十六卷，人民文学出版社据叶君健 1958 译本重印。

6月,《安徒生童话故事选》,叶君健译,人民文学出版社。

7月,上海译文出版社《外国文艺》创刊,创刊号中刊登了川端康成《伊豆的歌女》《水月》,约·赫勒的《第二十二条军规》和法国让-保尔·萨特的剧本《肮脏的手》等作品。

7月,托马斯·曼《布登勃洛克一家》,傅惟慈译,人民文学出版社。

7月,塞万提斯《小癞子》,杨绛译,人民文学出版社。

8月,席勒《威廉·退尔》,钱春绮译,人民文学出版社。

8月,托尔斯泰《战争与和平》(1—4册),董秋斯译,人民文学据1950年三联书店译本重印。

8月,《安徒生童话选》,叶君健译,人民文学出版社。

9月,傅雷译,巴尔扎克《赛查·皮罗多盛衰记》,人民文学出版社。

9月,席勒《阴谋与爱情》,廖辅叔译,人民文学出版社。

9月,《国木田独步选集》,金福译,人民文学出版社。

10月,惠特曼《草叶集选》,楚图南译,人民文学出版社。

10月,李青崖译,大仲马《三个火枪手》,上海译文出版社。

11月,《安娜·卡列尼娜》,周扬译,陕西人民出版社。

11月,米·莱蒙托夫《当代英雄》,草婴译,上海译文出版社。

11月,雨果《笑面人》,鲁膺译,上海译文,浙江人民据上海文艺1962年译本重印。

11月,罗大冈译,(法)孟德斯鸠《波斯人信札》,1978年11月人民文学出版社。

11月,(法)莫泊桑《羊脂球》,赵少侯、郝运译,人民文学出版社。

11月,巴尔扎克《高利贷者》,陈占元译,人民文学出版社。

11月,《海涅诗选》,冯至译,人民文学出版社。

11月,易卜生《玩偶之家》,人民文学据1963年潘家洵译本重印。

12月,托尔斯泰《战争与和平》,周扬译,人民文学出版社。

12月,歌德《浮士德》,人民文学据1949年郭沫若译本重印。

12月,柯南道尔《福尔摩斯探案集》(一),丁钟华、袁棣华译,群众出版社。

12月,大仲马《基度山伯爵》,蒋学模译,人民文学出版社。

12月,密茨凯维支《显克维支中短篇小说选》,陈冠商译,江苏人民出版社。

12月,(朝)郑成勋《回声》,田华麟译,吉林人民出版社。

1979 年

1月,莎士比亚《柔密欧与幽丽叶》,曹禺译,人民文学据 1949 年文化生活出版社译本重印。

1月,《契诃夫小说选》,汝龙译,人民文学出版社。

1月,普希金《杜布罗夫斯基》,刘辽逸译,人民文学出版社。

1月,松本清张《点与线》,晏洲译,群众出版社(内部出版)。

2月,马克·吐温《哈克贝里·芬历险记》,张万里译,上海译文出版社据 1954 年上海文艺联合出版社译本重印。

2月,高尔斯华绥《福尔赛世家》(一、二、三),周煦良译,上海译文据 1958、1961、1963 年译本重印。

3月,涅克拉索夫《谁在俄罗斯能过上好日子》,飞白译,上海译文出版社。

3月,托尔斯泰《复活》,汝龙译,人民文学出版社据 1952 年平明出版社译本重印。

3月,《莎士比亚戏剧故事集》,肖乾译,中国青年出版社。

4月,狄更斯《匹克威克外传》(上下册),蒋天佐译,上海译文据 1950 年三联书店译本重印。

4月,《卓别林电影剧本选》,中国电影剧本出版社。

4月,司汤达《红与黑》,罗玉君译,上海译文据 1954 年平明出版社译本重印。

4月,《当代美国短篇小说集》(外国文艺丛书),方平等译,上海译文出版社。

4月,《果戈理小说选》,满涛译,人民文学出版社。

5月,海明威《老人与海》,海观译,上海译文出版社据新文艺出版社 1957 年译本重印。

5月，海明威《永别了，武器》，海观译，上海译文出版社。

5月，大仲马《黑郁金香》，郝运译，江西人民出版社。

5月，《莎士比亚喜剧五种》，方平译，上海译文出版社。

6月，雨果《珂赛特》，李丹译，人民文学出版社。

6月，托尔斯泰《哈译·穆拉特》，刘辽逸译，人民文学出版社据1954年译本重印。

6月，马克·吐温《竞选州长》，张友松译，上海译文出版社。

6月，马克·吐温《哈克贝里·费恩历险记》，张友松、张振先译，上海译文出版社。

7月，莎士比亚《汉姆雷特》，曹未风译，上海译文出版社据1955年新文艺译本重印。

7月，莎士比亚《马克白斯》，曹未风译，上海译文出版社据1955年新文艺译本重印。

7月，莎士比亚《奥赛罗》，曹未风译，上海译文出版社据1955年新文艺译本重印。

7月，《罗米欧与朱丽叶》，曹未风译，上海译文出版社据1958年新文艺出版社译本重印。

7月，陀思妥耶夫斯基《罪与罚》，岳麟译，上海译文出版社。

7月，冈察洛夫《奥勃洛摩夫》，齐蜀夫译，上海译文据1949年三联书店译文重印。

7月，司汤达《巴马修道院》，郝运译，上海译文出版社。

8月，狄更斯《荒凉山庄》，黄邦杰译，上海译文出版社。

8月，《果戈理小说戏剧选》，满涛译，人民文学出版社。

8月，《普希金童话诗》，梦海译，上海译文据1954年新文艺出版社译本重印。

8月，海明威《乞力马扎罗山的雪》、《麦康伯夫妇短促的幸福生活》、《桥边的老人》，《外国文艺》第4期。

8月，亨利希·曼《臣仆》，傅惟慈译，上海译文出版社。

8月，《斯蒂芬·茨威格小说四篇》，张玉书译，人民文学出版社。

8月，罗伯-格里耶《窥视者》，郑永慧译，上海译文出版社。

9月,《埃斯库罗斯悲剧二种》,人民文学出版社据罗念生1961年译本重印。

9月,《欧里庇得斯悲剧二种》,人民文学出版社据罗念生1958年译本重印。

9月,《索福克勒斯悲剧二种》,人民文学出版社据罗念生1961年译本重印。

8月,荷马《奥德修纪》,杨宪益译,上海译文出版社。

9月,《巴尔扎克中短篇小说选》,郑永慧译,1979年9月人民文学出版社。

9月,雨果《笑面人》共两册,郑永慧译,人民文学出版社。

9月,巴尔扎克《人生的开端　卡迪央王妃的秘密》,梁钧译,人民文学出版社。

9月,《日本电影剧本选》(包括《望乡》、《豪门望族》(当代外国文学),外国文学出版社。

9月,克里斯蒂《东方快车谋杀案》,陈尧光译,中国电影出版社。

9月,小林多喜二《为党生活的人》,卞立强译,人民文学出版社。

9月,屠格涅夫《前夜·父与子》,丽尼、巴金译,人民文学出版社。

9月,屠格涅夫《猎人笔记》,丰子恺译,上海出版印刷公司据1953年文化生活出版社译本重印。

9月,马克·吐温《王子与贫儿》,张友松译,人民文学出版社据1956年译本重印。

10月,狄更斯《远大前程》,王科一译,上海译文出版社。

10月,辛格《卢布林的魔术师》,鹿金、吴劳译,上海译文出版社。

10月,辛克莱《屠场》,肖乾等译,人民文学出版社。

11月,巴尔扎克《舒昂党人》,郑永慧译,上海译文出版社。

11月,德莱塞《珍妮姑娘》,傅东华译,上海译文出版社。

11月,克里斯蒂《尼罗河上的惨案》,宫海英译,江苏人民出版社。

11月,森村诚一《人性的证明》,王智新译,江苏人民出版社。

12月,《人性的证明》(日本电影文学剧本),南京大学外国文学研究所译,浙江人民出版社。

12 月,克里斯蒂《东方快车谋杀案》,宋兆霖、榕榕译,浙江人民出版社。

12 月,托尔斯泰《谢尔基神父》,臧仲伦译,四川人民出版社。

12 月,爱伦堡《人、岁月、生活》(第五部),冯南江 秦顺新译,作家出版社(内部发行)。

12 月,密西尔《飘》,傅东华译,浙江文艺出版社。

12 月,埃·斯诺《西行漫记》,董乐山译,三联书店。

1980 年

1 月,但丁《神曲》,王维克译,人民文学出版社据 1954 年版重印。

1 月,《契诃夫戏剧集》,焦菊隐译,上海译文出版社。

1 月,海明威《永别了,武器》,林疑今译,上海译文出版社。

1 月,卡夫卡《城堡》,汤永宽译,上海译文出版社。

1 月,哈桑《当代美国文学》(1945—1972)(上),陆凡译,山东人民出版社。

2 月,《伯尔中短篇小说选》,外国文学出版社。

2 月,井上靖《天平之甍》,楼适夷译,人民文学出版社。

2 月,阿里斯图亚斯《总统先生》,黄志良、刘静言译,外国文学出版社。

3 月,《伏尔泰小说选》,傅雷译,人民文学出版社。

3 月,罗曼·罗兰《约翰·克利斯多夫》(四册),傅雷译,人民文学出版社。

3 月,巴尔扎克《欧也妮·葛朗台 高老头》,傅雷译,人民文学出版社。

3 月,《涅克拉索夫诗选》,魏荒弩译,上海译文出版社。

3 月,井上靖《天平之甍》,陈德文、张和平译,人民文学出版社。

3 月,陀斯妥耶夫斯基《罪与罚》,韦丛芜译,上海译文出版社。

3 月,约翰·巴思《补充的文学:后现代主义小说》,《外国文学报道》第 3 期。

3 月,亨利希·曼《臣仆》,郝运译,广西人民出版社。

4 月,契诃夫《萨哈林旅行记》,刁绍华、姜长斌译,黑龙江人民出版社。

4 月,索尔仁尼琴《癌病房》(第一、二部),荣如德译,上海译文出版社(内部发行)。

5月,芥川龙之介《罗生门——芥川龙之介小说十一篇》,楼适夷译,湖南人民出版社。

5月,爱伦堡《人、岁月、生活》(第六部),冯南江、秦顺新译,作家出版社(内部发行)。

5月,《福克纳评论集》,李文俊编选,中国社会科学出版社。

5月,《布莱希特戏剧选》(上下册),高士颜等译,人民文学出版社。

6月,奥斯丁《傲慢与偏见》,王科一译,上海译文据1955年上海文艺联合出版社版重印。

6月,德莱塞《嘉莉妹妹》,裘柱常译,上海译文出版社。

6月,《契诃夫文集》,汝龙译,上海译文出版社。

7月,《艾特玛托夫小说集》(上),力冈等译,外国文学出版社。

7月,蚁蛭《罗摩衍那》(一,童年篇),季羡林译,人民文学出版社。

8月,加缪《鼠疫》,顾方济、徐志仁译,上海译文出版社。。

8月,哈桑《当代美国文学》(1945—1972)(下),陆凡译,山东人民出版社。

8月,森村诚一《太阳黑点》,刘柏青、李成宰译,吉林人民出版社。

8月,左拉《金钱》,金满城译,人民文学出版社。

9月,陀斯妥耶夫斯基《被侮辱与被损害的》,南江译,人民文学出版社。

9月,《莱蒙托夫诗选》,余振译,上海译文出版社。

9月,《泰戈尔诗选》(吉檀迦利,园丁集),石真、谢冰心译,人民文学出版社重印。

10月,卜伽丘《十日谈》,方平、王科一译,上海译文出版社。

10月,罗曼·罗兰《母与子》(上),罗大冈译,人民文学出版社。

10月,井上靖《夜声》(小说集),文洁若译,上海译文出版社。

10月,袁可嘉等编选的《外国现代派作品选》由上海文艺出版社出版。

10月,托尔斯泰《克莱采奏鸣曲》,林楚平译,浙江人民出版社。

12月,紫式部《源式物语》(上),丰子恺译,人民文学出版社。

12月,屠格涅夫《春潮》,苍松译,上海译文出版社。

12月,卢梭《忏悔录》第一部,黎星译,人民文学出版社。

12月,《胡安·鲁尔弗中短篇小说集》,倪华迪译,外国文学出版社。

1981 年

3 月,陀斯妥耶夫斯基《白夜 别人的妻子床下的丈夫》,王庚年译,漓江出版社。

4 月,罗伯-格里耶《橡皮》,林青译,上海译文出版社。

5 月,杰克·伦敦《荒野的呼唤》,蒋天佐译,外国文学出版社。

5 月,《海明威短篇小说选》,鹿金等译,上海译文出版社。

5 月,乔万尼奥里《斯巴达克斯》,李俍民译,上海译文出版社。

5 月,蚁蛭《罗摩衍那》(二,阿逾陀篇),季羡林译,人民文学出版社。

6 月,纳博科夫《普宁》,梅绍武译,上海译文出版社。

7 月,川端康成《雪国》,侍桁译(二十世纪外国文学丛书),上海译文出版社。

7 月,泰戈尔《游思集》,汤永宽译,上海译文出版社重印。

7 月,泰戈尔《飞鸟集》,郑振铎译,上海译文出版社重印。

7 月,泰戈尔《园丁集》,吴岩译,上海译文出版社重印。

7 月,泰戈尔《新月集》,郑振铎译,上海译文出版社重印。

8 月,约瑟夫·赫勒《第二十二条军规》,南文等译,上海译文出版社。

8 月,陀思妥耶夫斯基《卡拉马佐夫兄弟》("陀思妥耶夫斯基选集"),耿济之译,人民文学出版社。

8 月,伯尔《莱尼和他们》,杨寿国等译,上海译文出版社。

8 月,卡尔维诺《一个分成两半的子爵》,刘碧星、张宓译,上海译文出版社。

9 月,《傅雷译文集》十三卷开始由安徽人民出版社出版,其中除《亚尔培·萨伐龙》据上海骆驼书店本重印外,其余均据人民文学译本重印。

9 月,川端康成《古都·雪国》,叶渭渠、唐月梅译,山东人民出版社。

9 月,《艾特玛托夫小说集》(下),冯加等译,外国文学出版社。

9 月,高行健《现代小说技巧初探》,花城出版社。

10 月,霍桑《红字》,侍桁译,上海译文出版社。

10 月,森村诚一《野性的证明》,何培忠等译,群众出版社。

10 月,柳鸣九编《萨特研究》,中国社会科学出版社。

11 月,歌德《少年维特的烦恼》,杨武能译,人民文学出版社。

11 月,《歌德抒情诗选》,钱春绮译,人民文学出版社。

11 月,法朗士《企鹅岛》,赫运译,上海译文出版社。

11 月,《芥川龙之介小说选》(日本文学丛书),文洁若等译,人民文学出版社。

11 月,陀斯妥耶夫斯基《被侮辱与被损害的》,邵荃麟译,人民文学出版社据 1956 年版重印。

11 月,略萨《城市与狗》,赵绍天译,外国文学出版社。

12 月,陀斯妥耶夫斯基《死屋手记》(陀思妥耶夫斯基选集),曾宪溥、王健夫译,人民文学出版社。

12 月《莫泊桑中短篇小说选》,郝运、赵少侯译,人民文学出版社。

12 月,波德莱尔《恶之花》,王了一译,外国文学出版社。

1982 年

1 月,歌德《少年维特的烦恼》,侯浚吉译,上海译文出版社。

1 月,海涅《诗歌集》,钱奉绮译,上海译文出版社重印。

1 月,陀思妥耶夫斯基《白夜》,李桅译,湘江人民出版社。

1 月,《斯·茨威格小说选》,张玉书等译,外国文学出版社。

2 月,(墨)得萨尔迪《堂卡特林》,王央乐译,上海译文出版社。

3 月,《歌德中短篇小说集》,王克澄、钱鸿嘉译,上海译文出版社。

3 月,小林多喜二《防护林》,文洁若译,山西人民出版社。

3 月,杜拉斯《琴声如诉》,王道乾译,浙江人民出版社。

4 月,卡夫卡《审判》,钱满素、袁华清译,湖南人民出版社。

4 月,歌德《浮士德》,董问樵译,复旦大学出版社。

4 月,歌德《浮士德》(上、下)钱春绮译,上海译文出版社。

4 月,夏目漱石《从此以后》,陈德文译,湖南人民出版社。

4 月,井上靖《敦煌》,董学昌译,山西人民出版社。

4 月,井上靖《敦煌》,龚益善译,新华出版社。

5 月,海明威《战地钟声》,德玮、增瑚译,地质出版社。

5 月,陀思妥耶夫斯基《中短篇小说选》,文颖等译,人民文学出版社。

5月,略萨《胡利娅姨妈与作家》,赵德明等译,云南人民出版社。

9月,《泰戈尔诗选》(吉檀迦利,园丁集),冰心译,湖南人民出版社。

6月,紫式部《源式物语》(中),丰子恺译,人民文学出版社。

7月,《罪与罚》,岳麟译,上海译文出版社。

7月,夏目漱石《心》,董学昌译,湖南人民出版社。

7月,斯陀夫人《汤姆大伯的小屋》,黄继忠译,上海译文出版社。

7月,伯尔《一次出差的终结》,王润荣等译,湖南人民出版社。

7月,蚁蛭《罗摩衍那》(三,森林篇),季羡林译,人民文学出版社。

8月,梭罗《瓦尔登湖》,徐迟译,上海译文出版社。

8月,《水上勉选集》,文洁若等译,外国文学出版社。

8月,《歌德诗集》(上、下),钱春绮译,上海译文出版社。

9月,左拉《萌芽》,黎柯译,人民文学出版社。

9月,海明威《丧钟为谁而鸣》(二十世纪外国文学丛书),程中瑞、程彼德译,上海译文出版社。

10月,蚁蛭《罗摩衍那》(四,猴国篇),季羡林译,人民文学出版社。

10月,加西亚·马尔克斯《加西亚·马尔克斯中短篇小说集》,赵德明等译,上海译文出版社。

10月,《罪与罚》(陀思妥耶夫斯基选集),朱海观、王汶译,上海译文出版社。

10月,托马斯·曼《布登勃洛克一家》(上下册),傅惟慈译,人民文学出版社。

12月,海明威《钟为谁鸣》,李尧、温小钰译,内蒙古人民出版社。

12月,索尔仁尼琴《古拉群格群岛》(1918—1956)(文艺性调查初探)(上册),田大畏、陈汉章译,群众出版社(内部发行)。

12月,索尔仁尼琴《古拉群格群岛》(1918—1956)(文艺性调查初探)(中册),田大畏、陈汉章译,群众出版社(内部发行)。

12月,索尔仁尼琴《古拉群格群岛》(1918—1956)(文艺性调查初探)(下册),田大畏、陈汉章译,群众出版社(内部发行)。

12月,马尔克斯《百年孤独》(前六章),沈国正、黄锦炎、陈泉译,《世界文学》第6期。

1983 年

1 月,菲茨杰拉德《菲茨杰拉德小说选》,巫宁坤等译,上海译文出版社。

1 月,纪德《伪币制造者》,盛澄华译,上海译文出版社。

1 月,夏目漱石《三四郎》,吴树文译,上海译文出版社。

1 月,夏目漱石《门》,陈德文译,湖南人民出版社。

2 月,雷马克《西线无战事》,朱雯译,外国文学出版社。

3 月,《群魔》("陀思妥耶夫斯基选集"),南江译,人民文学出版社。

3 月,海明威《第五纵队及其他》,冯亦代译,江西人民出版社。

3 月,富恩斯特《阿尔特米奥·克罗斯之死》,亦潜译,外国文学出版
    社。

3 月,伯尔《小丑之见》,高年生、张烈材译,上海译文出版社。

4 月,菲茨杰拉德《大人物盖茨比》,范岳译,辽宁人民出版社。

5 月,冯尼古特《回到你老婆孩子身边去吧——短篇黑色幽默小说选》,
    冯亦代、傅惟慈编译,福建人民出版社。

5 月,乔伊斯《一个青年艺术家的画像》,黄雨石译,外国文学出版社。

6 月,《中短篇小说选》(一)(陀思妥耶夫斯基作品集),周朴之等译,上海
    译文出版社。

6 月,《中短篇小说选》(二)(陀思妥耶夫斯基作品集),荣如德、芮鹤九
    译,上海译文出版社。

6 月,《博尔赫兹短篇小说集》,王央乐译,上海译文出版社。

6 月,茨威格《爱与同情》,张玉书译,浙江文艺出版社。

8 月,歌德《浮士德》,郭沫若译,人民文学出版社重印。

8 月,略萨《绿房子》,孙家孟、马林春译,外国文学出版社。

9 月,《竹取物语》,武殿勋译,山东人民出版社。

9 月,《海涅选集》,张玉书编选,人民文学出版社。

10 月,紫式部《源式物语》(下),丰子恺译,人民文学出版社。

10 月,石川达三《破碎的山河》,吴树文等译,春风文艺出版社。

10 月,蚁蛭《罗摩衍那》(五,美妙篇),季羡林译,人民文学出版社。

12 月,石川达三《人墙》,金中译,云南人民出版社。

1984 年

1 月,《席勒诗选》,钱春绮译,人民文学出版社。

1 月,《皮蓝德娄戏剧二种》,关正仪译,人民文学出版社。

2 月,但丁《神曲》(地狱篇),朱维基译,上海译文出版社。

2 月,但丁《神曲》(炼狱篇),朱维基译,上海译文出版社。

2 月,但丁《神曲》(天堂篇),朱维基译,上海译文出版社。

2 月,《海涅抒情诗选集》,冯至等译,江苏人民出版社。

2 月,丰子恺《落洼物语》(日本文学丛书),丰子恺译,人民文学出版社。

7 月,蚁蛭《罗摩衍那》(六,战斗篇),季羡林译,人民文学出版社。

5 月,冯尼古特《茫茫黑夜》,艾莹译,浙江文艺出版社。

6 月,蚁蛭《罗摩衍那》(七,后篇),季羡林译,人民文学出版社。

6 月,《平家物语》,周启明、申非译,人民文学出版社。

7 月,《万叶集》上下,杨烈译,湖南人民。

8 月,马尔克斯《百年孤独》,黄锦炎等译,上海译文出版社。

9 月,马尔克斯《百年孤独》,高长荣译,北京十月文艺出版社。

9 月,伯尔《小丑汉斯》,余秉楠译,湖南人民出版社。

10 月,《巴尔扎克全集》七卷开始出版,傅雷等译,人民文学出版社。

10 月,井上靖《杨贵妃传》,林怀秋译,陕西人民出版社。

10 月,海明威《太阳照常升起》,赵静男译,上海译文出版社。

10 月,福克纳《喧哗与骚动》,李文俊译,上海译文出版社。

10 月,乔伊斯《都柏林人》,孙梁译,上海译文出版社。

12 月,井上靖《杨贵妃传》,文兰译,百花文艺出版社。

11 月,弗洛依德《精神分析引论》,高觉敷译,商务印书馆。

11 月,《被侮辱和被损害的》,李霁野译,上海译文出版社。

11 月,《夏目漱石小说选》,陈德文译,湖南人民出版社。

11 月,皮亚杰的《结构主义》,倪连生、王琳译,商务印书馆。

12 月,夏目漱石《明与暗》,林怀秋、刘介人译,海峡文艺出版社。

12 月,聂鲁达《诗歌总集》,王央乐译,上海文艺出版社。

1985 年

1 月,《川端康成小说选》(日本文学丛书),叶渭渠译,人民文学出版社。

1 月,川端康成《舞姬》(当代外国文学),唐月梅译,外国文学出版社。

1 月,《井上靖西域小说选》,耿金声、王庆江译,新疆人民出版社。

1 月,茨威格《象棋的故事》,张玉书等译,人民文学出版社。

2 月,《萨特戏剧集》,吴丹丽译,人民文学出版社。

2 月,《加缪中短篇小说集》,郭宏安译,外国文学出版社。

2 月,陀思妥耶夫斯基《白夜 舅舅的梦》,成时、郭奇格译,人民文学出版社。

2 月,《夏目漱石小说选》,张正立等译,湖南人民出版社。

3 月,《卡夫卡短篇小说选》,孙坤荣选编,外国文学出版社。

3 月,莫泊桑《项链》,郝运、赵少侯译,人民文学出版社。

4 月,川端康成《花的圆舞曲》,陈书玉等译,湖南人民出版社。

5 月,冯尼古特《上帝保佑你,罗斯瓦特先生》,曼罗、子清译,海峡文艺出版社。

6 月,《阿赫玛托娃诗选》,戴聪译,四川文艺出版社。

6 月,川端康成《古都》,金福译,上海译文出版社。

7 月,川端康成《千鹤》,郭来舜译,陕西人民出版社。

7 月,福克纳《老人》,蔡宋齐译,广东人民出版社。

7 月,马尔克斯《族长的没落》,伊信译,山东文艺出版社。

7 月,杜拉斯《情人》,王东亮译,四川人民出版社。

8 月,冯尼古特《五号屠场·囚犯》,云彩等译,湖南人民出版社。

8 月,井上靖《西域小说集》,郭来舜译,甘肃人民出版社。

8 月,井上靖《杨贵妃传》,周祺等译,中州古籍出版社。

9 月,《少年》(陀思妥耶夫斯基选集),文颖译,人民文学出版社。

9 月,《少年》(陀思妥耶夫斯基选集),岳麟译,上海译文出版社。

9 月,川端康成《雪国·千鹤·古都》(获诺贝尔文学奖作家丛书),高慧勤译,漓江出版社。

9 月,井上靖《杨贵妃传》,郝迟、颜廷超译,黑龙江人民出版社。

9 月,艾略特《四个四重奏》,裘小龙译,漓江出版社。

9—12 月, 杰姆逊来北京大学发表关于后现代主义的演讲, 后由唐小兵译为《后现代主义文化理论》一书于 1986 年由陕西师范大学出版社出版。

10 月, 夏目漱石《路边草》, 柯毅文译, 上海译文出版社。

1986 年

1 月,《书信选》("陀思妥耶夫斯基选集"), 冯增义、徐振亚译, 人民文学出版社。

1 月,《抒情诗人叶芝诗选》, 裘小龙译, 四川文艺出版社。

2 月, 萨特《理智之年》, 亚丁译, 作家出版社。

2 月, 弗洛依德《爱情心理学》, 作家出版社。

2 月, 卡夫卡《诉讼》, 孙坤荣译, 外国文学出版社。

3 月,《福克纳中短篇小说选》, 陶洁等译, 中国文联出版社公司。

3 月, 冯尼古特《囚鸟》, 董乐山译, 漓江出版社。

3 月, 阿斯图里亚斯《玉米人》, 刘习良、笋季英译, 漓江出版社。

4 月, 萨特《厌恶及其他》, 郑永慧译, 上海译文出版社。

4 月,《弗洛依德论创造力和无意识》, 孙恺祥译, 中国展望出版社。

6 月, 波德莱尔《恶之花》, 钱春绮译, 人民文学出版社。

6 月,《左拉中短篇小说选》, 郝运、王振孙译, 人民文学出版社。

6 月, 米斯特拉尔《柔情》, 赵振江、陈孟译, 漓江出版社。

7 月, 泰戈尔《吉檀迦利》, 吴岩译, 上海译文出版社。

7 月, 冯尼古特《重入樊笼》, 曹兴治、朱传贤译, 中国文联出版社公司。

6 月,《弗洛依德后期著作选》, 上海译文出版社。

8 月, 萨特《魔鬼与上帝》, 罗嘉美等译, 漓江出版社。

8 月, 鲁尔弗《人鬼之间》, 屠孟超译, 人民文学出版社。

8 月,《白痴》(陀思妥耶夫斯基作品集), 荣如德译, 上海译文出版社。

8 月, 杜拉斯《情人》, 戴明沛译, 北京出版社。

8 月, 杜拉斯《悠悠此情》, 李玉民译, 漓江出版社。

9 月, 加缪《正义者》, 李玉民译, 漓江出版社。

9 月, 歌德《浮士德》, 梁宗岱译, 广东人民出版社。

9 月,(墨)利萨尔迪《癞皮鹦鹉》,周末、怡友译,人民文学出版社。

10 月,《死屋手记》(陀思妥耶夫斯基作品集),侯华甫译,上海译文出版社。

10 月,杜拉斯《长别离·广岛之恋》,陈景亮、谭立德译,漓江出版社。

11 月,萨特《影像论》,魏金声译,中国人民大学出版社。

12 月,帕斯捷尔纳克《日瓦格医生》,力冈、冀刚译,漓江出版社。

12 月,三岛由纪夫《春雪》,唐月梅译,中国文联出版公司。

12 月,娜塔莉·萨洛特《童年》,外国文学出版社。

1987 年

1 月,弗洛依德《精神分析纲要》,刘福堂等译,安徽文艺出版社。

1 月,弗洛依德《精神分析引论新讲》,苏晓、刘福堂等译,安徽文艺出版社。

1 月,《弗洛依德论美学文选》,张唤民、陈伟奇译,知识出版社。

1 月,帕斯捷尔纳克《日瓦格医生》,蓝英年,张秉衡译,外国文学出版社。

2 月,布尔加科夫《莫斯科鬼影:大师和玛格利特》,徐昌翰译,春风文艺出版社。

2 月,《列夫·托尔斯泰文集》第一卷,谢素台译,人民文学出版社。

3 月,萨特《存在与虚无》,陈宣良等译,北京三联书店。

3 月,加缪《西西弗的神话》,杜小真译,北京三联书店。

3 月,纳博科夫《黑暗中的笑声》,龚文庠译,漓江出版社。

3 月,弗洛依德《梦的释义》,张燕云译,辽宁人民出版社。

3 月,《摩诃婆罗多插话选》,金克木等译,人民文学出版社。

4 月,弗洛依德《文明及其缺憾》,傅雅离、郝冬谨译,安徽文艺出版社。

4 月,劳伦斯《儿子与情人》,陈良廷、刘文澜译,外国文学出版社。

5 月,布尔加科夫《大师和玛格丽特》,钱诚译,外国文学出版社。

5 月,田山花袋《棉被》,黄凤英、胡毓文译,江苏人民出版社。

5 月,《普希金选集》,第三卷,王士燮等译,人民文学出版社。

5 月,《列夫·托尔斯泰文集》第七卷,刘辽逸译,人民文学出版社。

6 月,帕斯捷尔纳克《日瓦格医生》;顾亚铃,白春仁译,湖南人民出版社。

6月，夏目漱石《明暗》，于雷译，上海译文出版社。

7月，布尔加科夫《莫斯科鬼影：大师和玛格丽特》，吴石、木津译，军事译文出版社。

7月，川端康成《湖·山之音》，林许金、张信仁译，海峡文艺出版社。

7月，《画家的毁灭：库普林中短篇小说选》，杨骅等译，上海译文出版社。

7月，马尔克斯《霍乱时期的爱情》，蒋宗曹、姜风光译，黑龙江人民出版社。

8月，马尔克斯《番石榴飘香》，林一安译，北京三联书店。

8月，杰姆逊《后现代主义与文化理论》，唐小兵译，陕西师范大学出版社。

8月，德田秋声、正宗白鸟《新婚家庭》，郭来舜、纪太平译，海峡文艺出版社。

9月，米兰·昆德拉《生命中不能承受之轻》，韩少功译，作家出版社。

10月，夏目漱石《哥儿》，刘振瀛、吴树文译，上海译文出版社。

10月，艾特玛托夫《断头台》，李桅译，漓江出版社。

10月，亚马多《弗洛尔和他的两个丈夫》，孙成敖译，云南人民出版社。

10月，劳伦斯《恋爱中的妇女》，梁一三译，中国文联出版公司。

11月，劳伦斯《儿子与情人》，李建等译，四川人民出版社。

12月，劳伦斯《恋爱中的女人》，庄彦译，时代文艺出版社。

12月，弗洛依德《精神分析引论新编》，高觉敷译，商务印书馆。

12，马尔克斯《霍乱时期的爱情》，徐鹤林、魏民译，漓江出版社。

12月，艾特玛托夫《断头台》，冯加译，外国文学出版社。

1988 年

1月，劳伦斯《虹》，雪崖译，云南人民出版社。

1月，雷巴科夫《阿尔巴特街的儿女们》，石慧芬等译，湖南人民出版社。

1月，雷巴科夫《阿尔巴特街的儿女们》，范国恩等译，中国文联出版社公司。

2月，《弗尔尼：塞林格中短篇小说集》，吕胜译，作家出版社。

2月，冯尼格《囚犯》，陈凯等译，中国社会科学出版社。

3月,雷巴科夫的《阿尔巴特街的儿女们》,夏仲翼,刘宗次译,漓江出版社。

3月,永井荷风《舞女》,谢廷庄等译,四川文艺出版社。

5月,谷崎润一郎《痴人之爱》,郭来舜等译,陕西人民文学出版社。

5月,伍尔芙《达洛卫夫人,到灯塔去》,孙梁等译,上海译文出版社。

5月,劳伦斯《虹》,李建等译,四川文艺出版社。

6月,施尼茨勒《相思的苦酒》,杨源译,北方妇女儿童出版社。

7月,帕斯捷尔纳克《含泪的圆舞曲》,力冈、吴笛译,浙江文艺出版社。

7月,赛珍珠《大地》,王逢振等译,漓江出版社。

8月,雷巴科夫的《大清洗:阿尔巴特街的儿女们》,汤毓强等译,花城出版社。

8月,福斯特《天使不敢涉足的地方》,林林等译,中国文联出版公司。

8月,福斯特《印度之行》,石幼珊等译,重庆出版社。

8月,《夸齐莫多、蒙塔莱、翁加雷蒂诗选》,钱鸿嘉译,外国文学出版社。

9月,《日本新感觉派作品选》,叶渭渠等译,作家出版社。

9月,斯丹达尔《红与黑》,闻家驷译,人民文学出版社。

9月,《拉丁美洲历代名家诗选》,赵振江编,云南人民出版社。

9月,略萨《狂人玛伊塔》,孟宪臣等译,云南人民出版社。

9月,多诺索《旁边的花园》,希若川等译,云南人民出版社。

9月,《泰戈尔选集》(十卷),人民文学出版社。

10月,司汤达《红与黑》,郝运译,上海译文出版社。

10月,艾特玛托夫《断头台》,徐立群等译,重庆出版社。

11月,《里尔克抒情诗选》,杨武能译,四川文艺出版社。

11月,阿尔志跋绥夫《萨宁》,王之译,外国文学出版社。

12月,三岛由纪夫《金阁寺》,焦同仁等译,工人出版社。

12月,《南朝鲜"问题小说"选》,金晶主编,社会科学文献出版社。

1989 年

1月,德富芦花《不如归》,于雷译,沈阳出版社。

2月,纳吉布·迈哈福兹《人生的始末》,袁松月、陈翔华译,上海译文出版社。

2月,皮兰德娄《寻找自我》,吕同六等译,漓江出版社。

2月,《莱蒙塔诗选》,吕同六译,湖南文艺出版社。

2月,伍尔芙《一间自己的屋子》,王还译,北京三联书店。

3月,《跨世纪抒情——俄苏先锋派诗选》,荀红军译,工人出版社。

4月,玛格丽特·杜拉斯《痛苦·情人》,王道乾译,作家出版社。

5月,《象征派诗人勃留索夫诗选》,方圆译,中国出版公司。

5月,佐藤春夫《田园的忧郁》,吴树文等译,上海译文出版社。

5月,纳博科夫《洛丽塔》,黄建人译,漓江出版社。

6月,普鲁斯特《追忆似水年华·一·在斯万家那边》,李恒基、徐继曾译,
译林出版社。

6月,纳博科夫《洛丽塔》,于晓丹译,江苏文艺出版社。

7月,村上春树《挪威的森林》,林少华译,漓江出版社。

7月,米兰·昆德拉《欲望的金苹果》,曹有鹏等译,湖南文艺出版社。

7月,《蒲宁抒情诗选》,葛崇岳译,安徽文艺出版社。

8月,纳博科夫《洛丽塔》,孔小炯译,浙江文艺出版社。

9月,纳吉布·迈哈福兹《名妓与法老》,陈凯译,北岳文艺出版社。

10月,雷巴科夫《大清洗的日子》,邹烈贞等译,中国青年出版社。

10月,南永鲁《玉楼梦》,韦旭昇译,北岳文艺出版社。

10月,《1988年诺贝尔文学奖获得者纳吉布·马哈福兹短篇小说选萃》,
葛铁鹰等译,华夏出版社。

10月,劳伦斯《白孔雀》,谢显宁等译,外国文学出版社。

11月,亨式三马《浮世澡堂·浮世理发馆》,周作人译,人民文学出版社。

1990 年

3月,格拉斯《铁皮鼓》,胡其鼎译,上海译文出版社。

4月,马尔克斯《将军和他的情妇》,申宝楼等译,南海出版社公司。

4月,劳伦斯《儿子与情人》,陈良廷等译,人民文学出版社。

6月,福斯特《印度之行》,杨自俭等译,安徽文艺出版社。

6月,普鲁斯特《追忆似水年华·二·在少女们身旁》,桂裕芳、袁树仁译,

译林出版社。

7月,《温柔的幻影——茨维塔耶夫诗选》,娄自良译,上海译文出版社。

7月,《拉丁美洲散文选》,林方仁编,云南人民出版社。

8月,《苏联现代朦胧诗大师帕斯捷尔纳克抒情诗选》,顾蕴璞译,花城出版社。

9月,井原西鹤《五个痴情女子的故事》,王向远译,上海译文出版社。

9月,《高野圣僧:泉镜花小说选》,文洁若译,人民文学出版社。

9月,《致一百年以后的你:茨维塔耶娃诗选》,外国文学出版社。

10月,格拉斯《猫与鼠》,蔡鸿群等译,漓江出版社。

10月,《勃洛克抒情诗选》,丁人译,湖南文艺出版社。

10月,托玛斯·曼《魔山》,杨武能译,漓江出版社。

10月,《巴尔扎克全集》第二十卷,袁树仁等译,人民文学出版社。

10月,《巴尔扎克全集》第二十一卷,袁树仁等译,人民文学出版社。

10月,《巴尔扎克全集》第二十三卷,张冠尧等译,人民文学出版社。

11月,福克纳《我弥留之际》,李文俊等译,漓江出版社。

11月,何塞·多诺索《污秽的夜鸟》,张永泰译,时代文艺出版社。

12月,凯鲁亚克《在路上》,陶跃庆等译,漓江出版社。

12月,《红字:霍桑小说选》,侍衍译,上海译文出版社。

1991 年

1月,卡尔维诺《隐形的城市》,陈实译,花城出版社。

1月,村上春树《舞吧,舞吧,舞吧》,张孔群译,百花文艺出版社。

2月,米兰·昆德拉《玩笑》,景凯旋译,作家出版社。

3月,村上春树《青春的舞步》,林少华译,译林出版社。

5月,佛克马、伯顿斯编《走向后现代主义》,北京大学出版社。

6月,村上春树《跳！跳！跳》,冯建新、洪虹译,漓江出版社。

7月,马哈福兹《新开罗》,冯佐库译,上海译文出版社。

7月,乔万尼奥里《斯巴达克斯》,李俍民译,上海译文出版社。

8月,马哈福兹《尊敬的阁下》,蒋和平译,文化艺术出版公司。

8月,《玉楼梦》,叶桂桐、叶蔚编,南海出版公司。

8 月,《莫泊桑短篇小说全集》四卷,李青崖译,湖南文艺出版社。

9 月,《1990 年诺贝尔文学奖得主奥克塔维里·帕斯诗选》,董继平译,北
　　　方文艺出版社。

10 月,《勃洛克抒情诗选》,丁人译,湖南文艺出版社。

10 月,马尔克斯《一个遇难者的故事》,王银福译,云南人民出版社。

10 月,亚马多《大埋伏》,孙成敖等译,云南人民出版社。

10 月,《巴尔扎克全集》第二十四卷,罗芃等译,人民文学出版社。

11 月,米兰·昆德拉《不朽》,宁敏译,作家出版社。

1992 年

1 月,《抒情诗人叶芝诗选》,裘小龙译,四川文艺出版社。

1 月,谷崎润一郎《春情抄》,吴树文译,上海译文出版社。

1 月,《夸西莫多抒情诗选》,吕同六译,四川文艺出版社。

3 月,福楼拜《包法利夫人》,李健吾译,浙江文艺出版社。

3 月,亚马多《无边的土地》,吴劳译,上海译文出版社。

4 月,帕斯《太阳石》,朱景冬译,漓江出版社。

6 月,米兰·昆德拉《小说的艺术》,三联书店。

8 月,巴思《路的尽头》,王艾等译,中国社会科学出版社。

8 月,村上春树《世界尽头与冷酷仙境》,林少华译,漓江出版社。

8 月,村上春树《好风长吟》,林少华译,漓江出版社。

9 月,福楼拜《包法利夫人》,许渊冲译,译林文艺出版社。

9 月,三岛由纪夫《金阁寺·潮骚》,林少华译,花城出版社。

11 月,《帕斯捷尔纳克诗选》,毛信仁译,上海译文出版社。

11 月,《莫里哀喜剧全集》,李健吾译,湖南人民出版社。

11 月,福楼拜《包法利夫人》,冯寿农译,海峡文艺出版社。

10 月,米兰·昆德拉《笑忘录》,莫雅平译,中国社会科学出版社。

1993 年

1 月,《普希金抒情诗全集》,四卷,戈宝权、王守仁主编,湖南文艺出版社。

3 月,略萨《胡利娅姨妈与作家》,赵德明等译,云南人民出版社。

3月,恩富斯特《最明净的地区》,徐少军、王小芳译,云南人民出版社。

5月,略萨《酒吧长谈》,孙家孟译,云南人民出版社。

5月,艾米莉·勃朗特《呼啸山庄》,方平译,上海译文出版社。

7月,夏目漱石《我是猫》,于雷译,译林出版社。

8月,布尔加科夫《不祥的蛋》,海燕出版社。

8月,《帕思作品选》,赵振江选编,云南人民出版社。

9月,《胡安·鲁尔福全集》,屠孟超、赵振江译,云南人民出版社。

9月,《巴比伦彩票:博尔赫斯小说、诗文选》,王永年译,云南人民出版
　　社。

11月,横光利一《上海故事》,滕忠义等译,辽宁教育出版社。

11月,《卡彭铁尔作品集》,刘玉树等译,云南人民出版社。

12月,《摩诃婆罗多》,第一卷,金克木等译,中国社会科学出版社。

12月,米兰·昆德拉《被背叛的遗嘱》,孟湄译,牛津大学出版社,上海人
　　民出版社。

12月,艾米莉·勃朗特《呼啸山庄》,韩敏中、盛宁译,湖南文艺出版社。

12月,司汤达《红与黑》,许渊冲译,湖南人民出版社。

1994 年

1月,《托尔斯泰文集》,草婴译,上海译文出版社。

1月,《雪莱抒情诗全集》,吴笛译,浙江文艺出版社。

2月,(韩)许世旭《东方之恋》,北京三联书店。

2月,《莱蒙托夫抒情诗全集》,余振译,浙江文艺出版社。

2月,《普希金长诗全集》,余振、智量译,浙江文艺出版社。

3月,艾略特《情歌·荒原·四重奏》,汤永宽译,上海译文出版社。

3月,《普希金抒情诗全集》,戈宝权等译,浙江文艺出版社。

3月,里尔克《给一个青年诗人的十封信》,冯至译,北京三联书店。

4月,乔伊斯《尤利西斯》,萧乾、文洁若译,译林出版社。

6月,斯当达《红与黑》,罗新璋译,浙江文艺出版社。

6月,(韩)宋荣《心中有个恋人》,卫为、枚之译,上海译文出版社。

6月,(韩)郑灿周《心:我的心,你的心,大家的心》,金一译,黑龙江朝鲜

民族出版社。

6月,《纪伯伦全集》,钱满素主编,河北教育出版社。

6月,夏绿蒂·勃朗特《简爱》,黄源深译,译林出版社。

6月,阿里图里亚斯《总统先生》,董燕生译,云南人民出版社。

7月,永井荷风《地狱之花》,谭晶华等译,上海译文出版社。

7月,《荷尔德林诗选》,顾正祥译注,北京大学出版社。

8月,夏绿蒂·勃朗特《简爱》,李霁野译,岳麓书社。

8月,《叶赛宁诗选》,王志刚译,春风文艺出版社。

8月,井原西鹤《好色一代女》,刘丕坤等译,译林出版社。

8月,《屠格涅夫全集》,刘硕良主编,力冈等译,河北教育出版社。

9月,毛姆《刀锋》,周煦良译,上海译文出版社。

9月,《福尔摩斯探案集》九卷,江苏文艺出版社。

10月,乔伊斯《尤利西斯》下卷,萧乾、文洁若译,译林出版社。

10月,勃留索夫《燃烧的天使》,周启超、刘开华译,哈尔滨出版社。

10月,索洛古勃《吻中皇后:俄国象征派小说选萃》,周启超译,哈尔滨出
版社。

10月,《叶芝抒情诗全集》,傅浩译,中国工人出版社。

10月,《纪伯伦全集》上、中、下,伊宏主编,甘肃人民出版社。

10月,夏绿蒂·勃朗特《简爱》,贾文湾译,北岳文艺出版社。

11月,《莎士比亚全集》,朱生豪等译,人民文学出版社。

11月,(韩)《韩甲东诗选》,金苍大等译,黑龙江朝鲜民族出版社。

11月,《英雄梦:比约·卡萨雷斯小说选》,毛金里译,云南人民出版社。

12月,井原西鹤《好色一代男》,王启元、李正伦译,山东文艺出版社。

12月,夏目漱石《我是猫》,刘振瀛译,上海译文出版社。

12月,巴尔扎克《人间喜剧》二十四卷,人民文学出版社。

1995 年

1月,(韩)李文烈《扭曲了的英雄》,金宰民译,学林出版社。

1月,《卡夫卡文集》,学思主编,武汉大学出版社。

1月,《阿嘉莎·克莉丝蒂小说选》十卷本,三毛主编,华文出版社。

2月,司汤达《红与黑》,杨德庆译,九洲出版社。

3月,《爱的饥渴·午后航行》,唐月梅等译,作家出版社("三岛由纪夫文学系列")。

3月,《爱伦·坡集》上、下卷,曹明伦译,北京三联书店。

5月,《奥尼尔集》,汪义群等译,北京三联书店。

5月,司汤达《红与黑》,亦青译,长春出版社。

5月,《大江健三郎作品集》,叶渭渠主编,王中枕等译,光明日报出版社。

5月,《假面自白·潮骚》,唐月梅等译,作家出版社("三岛由纪夫文学系列")。

5月,《勃郎特三姐妹文集》,梁虹译,时代文艺出版社。

6月,塞万提斯《堂吉诃德》,董燕生译,浙江文艺出版社。

6月,《春雪》,唐月梅译,作家出版社("三岛由纪夫文学系列")。

6月,大江健三郎《个人的体验》,王琢译,中国文联出版社公司。

7月,(韩)安东民,《圣火》,张琳译,人民文学出版社。

7月,《契诃夫小说全集》1-10卷,汝龙译,上海译文出版社。

7月,《莎士比亚十四行诗全集》,曹明伦译,漓江出版社。

8月,塞万提斯《堂吉诃德》,屠孟超译,译林出版社。

8月,《奔马》,许金龙译,作家出版社("三岛由纪夫文学系列")。

8月,塞万提斯《唐吉诃德》,刘京胜译,漓江出版社。

8月,《萨特文集》,秦天、玲子主编,中国检察出版社。

10月,聂鲁达《漫歌》,江之水等译,云南人民出版社。

10月,《乔伊斯文集》,安知译,四川文艺出版社。

10月,《海明威短篇小说全集》上下册,陈良迁等译,上海译文出版社。

10月,《晓寺》,刘光宇等译,作家出版社("三岛由纪夫文学系列")。

10月,《普希金文集》,抒情诗1-3,冯春译,上海译文出版社。

10月,奥斯特洛夫斯基《钢铁是怎样炼成的》,梅益译,人民文学出版社。

10月,奥斯特洛夫斯基《钢铁是怎样炼成的》,曹缦西等译,译林出版社。

10月,《茨威格小说全集》,高中甫主编,西安出版社。

12月,昆德拉《被背叛的遗嘱》,孟湄译,上海译文出版社。

12月,《普希金文集》,1-7卷,冯春译,人民文学出版社。

1996 年

1 月,奥斯特洛夫斯基《钢铁是怎样炼成的》,仰熙、凤芝译,花山文艺出版社。

1 月,《川端康成集》,叶渭渠、唐月梅主编,东北师范大学出版社。

2 月,《俄国现代派诗选》,郑体武译,上海译文出版社。

3 月,《波德莱尔诗全集》,胡小跃编,浙江文艺出版社。

4 月,奥斯丁《理智与情感》,武崇汉译,上海译文出版社。

4 月,《裴多菲诗文集》,1-4 卷,兴万生译,上海译文出版社。

4 月,《莫泊桑长篇小说全集》1-2,李青崖译,湖南人民出版社。

4 月,奥斯特洛夫斯基《钢铁是怎样炼成的》,王志冲译,东北朝鲜民族教育出版社。

5 月,奥斯特洛夫斯基《钢铁是怎样炼成的》,尚之年译,四川文艺出版社。

5 月,略萨《绿房子》,孙家孟译,云南人民出版社。

7 月,村上春树《挪威的森林》,林少华译,漓江出版社(村上春树精品集)。

7 月,村上春树《世界尽头与冷酷仙境》,林少华译,漓江出版社(村上春树精品集)。

8 月,村上春树《青春的舞步》,林少华译,漓江出版社(村上春树精品集)。

8 月,《俄国象征派诗选》,黎皓智译,浙江文艺出版社。

8 月,《勃朗特两姐妹全集》,宋兆霖主编,河北教育出版社。

9 月,《里尔克诗选》,臧棣编,中国文学出版社。

9 月,《瓦雷里诗歌全集》,葛雷等译,中国文学出版社。

9 月,《莱蒙托夫全集》,顾蕴璞译,河北教育出版社。

10 月,奥斯特洛夫斯基《钢铁是怎样炼成的》,袁崇章译,陕西人民出版社。

10 月,奥斯特洛夫斯基《钢铁是怎样炼成的》,马海燕等译,海天出版社。

10 月,《叶芝文集》,王家新编选,东方出版社。

11 月,《里尔克诗选》,绿原编,人民文学出版社。

11 月,别雷《彼得堡》,靳革、杨光译,广州出版社。

11 月,《博尔赫斯文集》,王永年等译,海南国际新闻出版中心。

11 月,奥斯丁《理智与情感》,孙致礼译,译林出版社。

12 月,《卡夫卡全集》,洪天富等译,河北教育出版社。

12 月,司丹达尔《红与黑》,刘志威译,陕西人民出版社。

1997 年

1 月,司汤达《红与黑》,边芹译,花城出版社。

1 月,司汤达《红与黑》,李振球、知莉译,海南国际新闻出版中心。

2 月,司汤达《红与黑》,萧禾译,安徽文艺出版社。

3 月,《圣殿:威廉·福克纳文集》,陶洁译,上海译文出版社。

3 月,《阿劳卡依玛山庄:步入圣地的大家穆蒂斯小说选》,李德明译,云
      南人民出版社。

4 月,司丹达尔《红与黑》,胡小跃译,漓江出版社。

5 月,村上春树《象的失踪》,林少华译,漓江出版社(村上春树精品集)。

5 月,村上春树《寻羊冒险记》,林少华译,漓江出版社(村上春树精品
      集)。

5 月,夏目漱石《我是猫》,尤炳圻、胡雪译,人民文学出版社。

6 月,《生命与希望之歌——拉美诗圣鲁文·达里奥诗文选》,赵振江、吴
      健恒译,云南人民出版社。

7 月,《人羊:大江健三郎作品集》,叶渭渠编,浙江文艺出版社。

8 月,《卡夫卡文集》,林骧华主编,安徽文艺出版社。

9 月,《卡夫卡文集》,木青、赤丹编,内蒙古人民出版社。

8 月,德田秋声《缩影》,力生译,上海译文出版社。

9 月,村上春树《奇鸟行状录》,林少华译,译林出版社。

12 月,大江健三郎《个人的体验》,杨炳辰等译,漓江出版社。

12 月,杜拉斯《情人·乌发碧眼》,王道乾、南山译,上海译文出版社。

12 月,《普希金全集》,肖马、吴笛主编,浙江文艺出版社。

12 月,司汤达《红与黑》,杨华、杜君译,花城出版社。

1998 年

1 月,《布尔加科夫文集》1-4 卷,戴聪等译,作家出版社。

1 月,叶夫图申科《提前撰写的自传》,苏杭译,花城出版社。

1 月,"白银时代俄国文丛",郑体武主编,学林出版社。

2 月,梅列日科夫斯基《诸神之死:叛教者罗马大帝尤里安》,刁绍华等译,黑龙江人民出版社。

3 月,奥斯特洛夫斯基《钢铁是怎样炼成的》,刘心语译,新世纪出版社。

3 月,"白银时代丛书",严永兴主编,作家出版社。

3 月,《龙子》,丁国华等译,漓江出版社(赛珍珠作品选集,刘海平主编)。

3 月,《同胞》,吴克明等译,漓江出版社(赛珍珠作品选集,刘海平主编)。

4 月,"俄罗斯'白银时代'文化丛书",云南人民出版社。

4 月,《井上靖文集》,安徽文艺出版社。

6 月,"俄罗斯'白银时代'精品文库"四卷,周启超主编,中国文联出版公司。

6 月,《欧·亨利全集》,石向骞等译,时代文艺出版社。

7 月,曼尔什塔姆《时代的喧嚣》,黄灿然等译,作家出版社(曼陀罗译丛)。

9 月,《罗伯-格里耶作品选集》,1-3 卷,陈侗、杨令飞编,湖南美术出版社。

9 月,《司汤达小说全集》,黄健昆等译,湖南人民出版社。

10 月,《勃洛克、叶赛宁诗选》,郑体武等译,人民文学出版社。

12 月,奥斯特洛夫斯基《钢铁是怎样炼成的》,王志冲译,上海译文出版社。

1999 年

1 月,《别尔加耶夫集》,汪建钊编选,上海远东出版社。

1 月,《俄罗斯灵魂:别尔加耶夫文选》,陆肇明等译,学林出版社。

1 月,《纳博科夫小说全集》,梅绍武等译,时代文艺出版社。

1 月,三岛由纪夫《禁色》,杨丙辰译,中国文联出版公司(叶渭渠主编"三岛由纪夫小说集")。

1月,三岛由纪夫《镜子之家》,杨伟译,中国文联出版公司(叶渭渠主编"三岛由纪夫小说集")。

1月,三岛由纪夫《心灵的饥渴》,杨炳辰译,中国文联出版公司(叶渭渠主编"三岛由纪夫小说集")。

1月,大江健三郎《性的人·我们的时代》,郑民钦译,译林出版社。

1月,《莫里哀戏剧全集》,肖熹光译,文化艺术出版社。

3月,川端康成《美好的旅行》,杨伟译,中国文联出版公司("川端康成少男少女小说集")。

3月,川端康成《少女的港湾》,杨伟译,中国文联出版公司("川端康成少男少女小说集")。

4月,格拉斯《狗年月》,刁承俊译,漓江出版社。

5月,《加缪文集》,郭宏安等译,译林出版社。

5月,奥斯特洛夫斯基《钢铁是怎样炼成的》,梅益译,第五版,人民文学出版社。

5月,艾特玛托夫《早来的鹤》,力冈等译,人民文学出版社("世界儿童文学丛书")。

6月,奥斯特洛夫斯基《钢铁是怎样炼成的》,大溪译,北京燕山出版社。

6月,毗耶娑《摩诃婆罗多:毗湿摩篇》,黄宝生译,译林出版社。

7月,艾特玛托夫《白轮船》,力冈等译,人民文学出版社。("艾特玛托夫小说集")。

7月,艾特玛托夫《我的包着红头巾的小白杨》,力冈等译,人民文学出版社("艾特玛托夫小说集")。

7月,艾特玛托夫《永别了,古利萨雷》,冯加等译,人民文学出版社("艾特玛托夫小说集")。

9月,《歌德文集》,杨武能、刘硕良主编,河北教育出版社。

9月,奥斯特洛夫斯基《钢铁是怎样炼成的》,宋建超译,大众文艺出版社。

10月,杜拉斯《毁灭,她说》,马振骋译,作家出版社("杜拉斯选集1")。

10月,三岛由纪夫《沉潜的瀑布》,竺家荣译,中国文联出版公司(叶渭渠、唐月梅主编"三岛由纪夫作品集")。

10月,三岛由纪夫《纯白的夜》,汪正球等译,中国文联出版公司(叶渭渠、唐月梅主编"三岛由纪夫作品集")。

10月,三岛由纪夫《春雪》,唐月梅译,中国文联出版公司(叶渭渠、唐月梅主编"三岛由纪夫作品集")。

10月,三岛由纪夫《恋都》,唐月梅等译,中国文联出版公司(叶渭渠、唐月梅主编"三岛由纪夫作品集")。

10月,三岛由纪夫《走尽的桥》,唐月梅等译,中国文联出版公司(叶渭渠、唐月梅主编"三岛由纪夫作品集")。

12月,《普希金全集》,刘文飞主编,河北教育出版社。

12月,《阿赫玛托娃诗文集》,马海甸等译,安徽文艺出版社。

12月,《海明威文集:曙光示真》,金雯等译,上海译文出版社。

2000 年

1月,索尔仁尼琴《牛犊顶橡树》,群众出版社。

1月,《泰戈尔散文诗全集》,冰心等译,北京燕山出版社。

3月,《兰波作品全集》,王以培译,东方出版社。

4月,《列夫·托尔斯泰文集》,17卷,汝龙等译,人民文学出版社。

7月,奥斯特洛夫斯基《钢铁是怎样炼成的》,张超译,上海译文出版社。

7月,《契诃夫小说全集》,汝龙译,上海译文出版社。

7月,司汤达《红与黑》,张超译,远方出版社。

8月,《肖洛霍夫文集》8卷,草婴等译,人民文学出版社。

8月,《勃洛克诗歌精选》,丁人译,北岳文艺出版社。

8月,《痴人之爱》,郑民钦译,中国文联出版社公司(叶渭渠主编,"谷崎润一郎作品集")。

8月,《恶魔》,郑民钦译,中国文联出版社公司("谷崎润一郎作品集")。

8月,奥斯特洛夫斯基《钢铁是怎样炼成的》,张江南等译,长江文艺出版社。

9月,罗琳《哈利·波特与陈兹卡班的囚徒》,郑须弥译,人民文学出版社。

9月,罗琳《哈利·波特与密室》,马爱新译,人民文学出版社。

9月,奥斯特洛夫斯基《钢铁是怎样炼成的》,涂尚银等译,四川人民出版社。

10 月,《俄罗斯白银时代诗选》,顾蕴璞编译,花城出版社。

10 月,奥斯特洛夫斯基《钢铁是怎样炼成的》,苗健译,延边人民出版社。

10 月,奥斯特洛夫斯基《钢铁是怎样炼成的》,白眉译,哈尔滨出版社。

10 月,《萨特文集》,沈志明、艾珉主编,桂裕芳等译,人民文学出版社。

11 月,奥斯特洛夫斯基《钢铁是怎样炼成的》,刘刚译,光明日报出版社。

11 月,司汤达《红与黑》,昌义译,光明日报出版社。

12 月,《川端康成十卷集》,高慧勤主编,河北教育出版社。

12 月,《泰戈尔全集》,刘安武主编,河北教育出版社。

12 月,《到灯塔去》,瞿世镜译,上海译文出版社("伍尔夫文集")。

12 月,《海浪》,曹元勇译,上海译文出版社("伍尔夫文集")。

12 月,司汤达《红与黑》,冀湘译,哈尔滨出版社。

12 月,博尔赫斯《杜撰集》,王永年译,浙江文艺出版社。

2001 年

1 月,《阿赫玛托娃札记》,三卷,张冰等译,华夏出版社。

1 月,《卡夫卡散文》,叶廷芳等译,浙江文艺出版社。

1 月,大江健三郎《迟到的青年》,王新新等译,河北教育出版社("大江健三郎自选集")。

1 月,大江健三郎《燃烧的绿树》,郑民钦译,河北教育出版社("大江健三郎自选集")。

1 月,横光利一《春天的马车曲》,唐月梅等译,作家出版社(叶渭渠主编"横光利一文集")。

1 月,横光利一《家徽》,朱春育等译,作家出版社(叶渭渠主编"横光利一文集")。

1 月,横光利一《寝园》,卞铁坚译,作家出版社(叶渭渠主编"横光利一文集")。

1 月,横光利一《商界家族》,邱雅芬译,作家出版社(叶渭渠主编"横光利一文集")。

2 月,村上春树《挪威的森林》,林少华译,上海译文出版社(村上春树文集)。

2月,奥斯特洛夫斯基《钢铁是怎样炼成的》,孙纲等译,南方出版社。

4月,《海涅文集》,杨武能主编,陕西人民出版社。

4月,《伍尔芙随笔全集》,石云龙等译,中国社会科学出版社。

4月,奥斯特洛夫斯基《钢铁是怎样炼成的》,张羽太等译,延边人民出版社。

5月,罗琳《哈利·波特与火焰杯》,马爱新译,人民文学出版社。

5月,奥斯特洛夫斯基《钢铁是怎样炼成的》,刘心语译,中国妇女出版社。

6月,奥斯特洛夫斯基《钢铁是怎样炼成的》,张启明译,时代文艺出版社。

6月,奥斯特洛夫斯基《钢铁是怎样炼成的》,苏延航译,吉林文史出版社。

8月,村上春树《国境之南 太阳之西》,林少华译,上海译文出版社(村上春树文集)。

8月,村上春树《且听风吟》,林少华译,上海译文出版社(村上春树文集)。

8月,村上春树《斯普特尼克的恋人》,林少华译,上海译文出版社(村上春树文集)。

8月,村上春树《寻羊冒险记》,林少华译,上海译文出版社(村上春树文集)。

8月,村上春树《一九七三年的弹子球》,林少华译,上海译文出版社(村上春树文集)。

8月,村上春树《再袭面包店》,林少华译,上海译文出版社(村上春树文集)。

9月,大江健三郎《空翻》,杨伟等译,译林出版社("译林世界文学名著")。

9月,《卡尔维诺文集》,吕同六、张洁编,译林出版社。

9月,《纪德文集》,徐和瑾等译,译林出版社。

10月,《纪德文集》,朱静等译,花城出版社。

11月,"东山魁夷的世界"丛书,王忠枕等译,十四卷,花山文艺出版社。

11月,《屠格涅夫文集》,丰子恺等译,人民文学出版社。

2002 年

1月,罗琳《哈利·波特与火焰杯》,马爱新译,人民文学出版社。

1月,罗琳《哈利·波特与魔法石》,马爱新译,人民文学出版社。

1月,(韩)李荣道《龙族》,王中宁,邱敏文译,华文出版社。

1月,《雨果文集》,程曾厚等译,人民文学出版社。

1月,《马克·吐温十九卷集》,叶冬心等译,河北教育出版社。

1月,《索尔·贝娄全集》,宋兆霖主编,河北教育出版社。

2月,叶渭渠主编"川端康成文集",广西师大出版社。

4月,《海涅文集》,张玉书选编,人民文学出版社。

5月,《果戈理全集》,七卷,沈念驹主编,河北教育出版社。

6月,叶渭渠主编"东瀛美文之旅",河北教育出版社。

6月,(韩)金东里《巫女图》,韩梅等译,上海译文出版社。

6月,(韩)金浩植《我的野蛮女友》,何晨等译,当代世界出版社。

6月,村上春树《去中国的小船》,林少华译,上海译文出版社。

6月,村上春树《神的孩子全跳舞》,林少华译,上海译文出版社。

6月,村上春树《舞!舞!舞!》,林少华译,上海译文出版社。

7月,《乔伊斯诗全集》,傅浩译,河北教育出版社。

7月,(韩)金河仁《菊花香》,荀寿潇译,南海出版公司。

9月,(韩)尹晟僖《现在恋爱中》,陆嘉译,当代世界出版社("韩剧精选")。

10月,井上靖《孔子》,包容等译,人民文学出版社("井上靖中国古代历史小说选")。

11月,《卡夫卡文集》,四卷,高潮等译,上海译文出版社。

11月,村上春树《奇鸟行状录》,林少华译,上海译文出版社。

12月,(韩)金俊植《约定》,郝群欢译,中国工人出版社("韩国小说佳篇榜")。

2003 年

1 月,《茨维塔耶娃文集》,汪剑钊主编,东方出版社。

1 月,《博尔赫斯诗选》,陈东飚译,河北教育出版社。

1 月,《海涅全集》,章国锋等译,河北教育出版社。

1 月,《玛斯纳维全集》,穆宏译,湖南文艺出版社。

2 月,昆德拉《慢》,马振骋译,上海译文出版社。

2 月,(韩)金河仁《七朵水仙花》,荀寿潇译,南海出版社公司。

2 月,(韩)李愚赫《退魔录》,金京善译,东方出版社。

4 月,村上春树《海边的卡夫卡》,林少华译,上海译文出版社。

4 月,(韩)金河仁《菊花香》二,荀寿潇译,南海出版社公司。

5 月,《马哈福兹文集》,陈中耀等译,上海译文出版社。

5 月,《奥克塔维奥·帕斯诗选》,朱景冬译,河北教育出版社。

6 月,昆德拉《玩笑》,蔡若明译,上海译文出版社。

6 月,昆德拉《不朽》,王振孙等译,上海译文出版社。

7 月,昆德拉《不能承受的生命之轻》,许钧译,上海译文出版社。

8 月,(韩)金河仁《你爱香草吗》,荀寿潇译,南海出版社公司。

8 月,《卡夫卡小说全集》,赵登荣等译,文化艺术出版社。

8 月,奥斯特洛夫斯基《钢铁是怎样炼成的》,黄树南等译,漓江出版社。

9 月,罗琳《哈利·波特与凤凰社》,马爱农、马爱新、蔡文译,人民文学出版社。

11 月,奥斯特洛夫斯基《钢铁是怎样炼成的》,林晓燕译,二十一世纪出版社。

11 月,《欧·亨利小说全集》,王永年译,人民文学出版社。